有爱的青春陪伴者

图书在版编目（CIP）数据

那就等风起 / 承珞著. -- 南京：江苏凤凰文艺出版社，2024.7
ISBN 978-7-5594-8675-2

Ⅰ.①那… Ⅱ.①承… Ⅲ.①长篇小说－中国－当代 Ⅳ.①I247.5

中国国家版本馆CIP数据核字(2024)第098297号

那就等风起
承珞 著

责任编辑	王昕宁
特约编辑	周丽萍
出版发行	江苏凤凰文艺出版社
	南京市中央路165号，邮编：210009
网　　址	http://www.jswenyi.com
印　　刷	天津睿和印艺科技有限公司
开　　本	880mm×1230mm　1/32
印　　张	10
字　　数	348千字
版　　次	2024年7月第1版
印　　次	2024年7月第1次印刷
书　　号	ISBN 978-7-5594-8675-2
定　　价	45.80元

江苏凤凰文艺版图书凡印刷、装订错误，可向出版社调换，联系电话025-83280257

目录 MULU

第一章 ……… 001　临川一夏

第二章 ……… 035　十七岁，真好

第三章 ……… 071　逐梦蓝天

第四章 ……… 108　少年风华

第五章 ……… 131　我的"国王"

第六章 ……… 162　春风得意，时间嘉许

第七章 ……… 193　雪也落在我肩头

目录 MULU

第八章	……… 223	一世顺航
第九章	……… 239	铃兰花开
第十章	……… 275	愿等长风
番外一	……… 299	我将喜欢说与风
番外二	……… 304	周铭臻小朋友
番外三	……… 309	致敬这场遇见
后　记	……… 313	

第一章 ·
临川一夏

地中海沿岸又到了雨季，湿冷的空气与缠绵细雨纠缠不休，深入骨髓。

丛夏站在窗边，看着雨滴顺着玻璃划出的纹路淡淡地出神。

已经是深夜一点了，她却没有丝毫睡意。距离实验室的那场意外已经过去整整两年时间了，但至今，她一闭上眼，药剂迅速反应后爆炸的刺眼瞬间依然清晰地重演着。

一遍又一遍，惨烈到让人不忍直视。

丛夏痛苦地揉了揉太阳穴，头疼得厉害，觉得有些喘不过气。

窗外的雨更大了一些，十一月底，即便是不开窗，也冷得吓人。

丛夏是地道的江南人，自十七岁那年转学去了临川，也逐渐适应了北方的寒冷。

但在国外这两年，她却始终对这里的冬天厌烦至极。地中海沿岸的冬雨季像是一张细密的看不见的网，将她完全笼罩压抑着。

丛夏微微叹了口气，回到卧室，吞了整整两片安眠药，用被子紧紧地裹住自己。过往记忆又一次朝她侵袭而来，痛苦与疲惫交织中，睡意袭来。

这一晚，她又做了熟悉的梦。

栾树木大道遮天蔽日，梦里的临川一如往常。

"夏夏！你郑叔叔帮你弄到了转学到临川一中的名额，你还不快谢谢你郑叔叔。"

孟葭做了一大桌的菜，饭桌上她笑着将这个好消息告诉了丛夏。

丛夏思索了三两秒，举起面前的果汁，朝着郑言鑫的方向递了递："谢谢郑叔叔。"

郑言鑫笑着摆摆手，夹了一口眼前的菜："不用客气。还是咱们夏夏的学习成绩好，校长一看到夏夏之前模拟考的成绩，都用不着我多说，主动提出叫夏夏加入实验班。"

孟葭听了喜笑颜开，她这个女儿暂且不说别的，就学习这一块，从来没有让她操过心。临川一中可是省重点，能进到一中实验班，以后上个"985"肯定是没什么问题了。

晚饭吃得其乐融融，丛夏一向苦夏，没什么太大胃口，满桌的菜也没吃几口，又不想破坏气氛，于是随便找了个理由："妈妈、叔叔，我吃好了，你们慢慢吃，我去楼下走走回来继续做卷子。"

才刚刚八月中旬，临川的傍晚已经有了凉意，风从发丝间穿过，轻轻划过脸庞，触感轻柔舒服得很。

虽然丛夏来临川已经两个月了，但这座北方城市对她来说依旧有些陌生。车水马龙，人潮熙攘，每到夜晚潮湿的海风会吹过整座城市，一点也不同于她从小生长的江南小镇，那样漫长闷热的夏天，在水乡里可以做一个曲折蜿蜒的美梦。

丛夏微微叹了口气，新学期开学就要高三了，转学到临川一中的实验班也不知道能不能跟得上，不同的地域，不同的考卷，总是要花时间和精力去适应和学习。

临川一中的实验班是省内出了名的清北摇篮，学校的办学条件和硬件设施都相当优越。

站在烫金的牌匾下，丛夏思索了几秒，背着书包，拿着沉重的复习资料走进大门。

教学楼的走廊安安静静，早自习时间，大家都在专注认真地忙着自己的事。丛夏循着班牌一个班级一个班级地浏览着，直到走到了走廊尽头，在高三（1）班的教室门口站定。

丛夏有些局促，同学们都在学习，她这会儿进去会不会有些打扰。正思考得入神，身后有人拍了她一下。

"你站在我们班门口干什么？"

"我……"丛夏回过身，微微仰起头，看着对面站着的男生。

男生拿着篮球，脸上和发梢上还沾着汗珠，校服外套搭在肩上，漫不经心又略有些惊诧地看着丛夏。

"我是刚转学过来的，我叫……"

还没等丛夏说完，一个中年女老师闻声从班级里走出来："周嘉誉，你又迟到！"

听名字，丛夏略有些耳熟，但又一时想不起来在哪里听过。碍于老师在场，她只好保持沉默。

"蒋老师，"被叫住的男生嬉皮笑脸，但还是规规矩矩地应了一声，"早上不运动一下，一会儿上课很容易犯困。"

中年女老师戴着红框厚底眼镜，头发梳得溜光水滑整齐地盘在脑后，职业装套在她身上，扣子一直扣到领口最上面一颗。严谨归严谨，但看起来莫名有些死板。

想来，这位就是临川一中大名鼎鼎的"灭绝师太"——蒋珍霞。丛夏人还没来报到就已经听说了蒋珍霞的威名，孟葭可是来回打听了一圈，才给她选了这位老师的班级。

"借口！你别以为你理科成绩好就能横着走，赶紧给我进去！"蒋珍霞一点也不买账。

"好嘞好嘞！"周嘉誉双手抱着篮球刚要走进去，又听到一声命令。

"走后门！"

周嘉誉被呵斥住，及时转了方向，猫着腰从后门蹑手蹑脚地进了班级。

"你站在我们班门口干什么？"蒋珍霞目送走了周嘉誉，目光重新审视地落在丛夏身上，显然没有认出她的身份，上下打量了半天，才好像想到了什么，"你是刘主任说的转校生？"

"是的，老师您好。"丛夏规规矩矩地答道。

"进来吧。"

蒋珍霞扫了一眼墙上钟表的时间，早自习快要结束了，她拍了拍手，向大家介绍丛夏。

丛夏不太适应生人众多的场合，略微有些局促，简单地介绍了一下自己，目光不自觉地扫过下面坐着的新同学。在教室最后排靠窗的位置，看见了刚才在教室门口熟悉的那张脸。

"你就坐在倒数第二排靠窗那个空位那儿吧。"蒋珍霞随手一指，踩着下课铃声说了声"下课"，"第一节是我的英语课，都给我打起精神，去水房洗洗脸，别一下课就睡。"

丛夏抱着复习资料，背着书包，趁着下课的工夫，赶紧收拾起资料来。

座位旁边的女生帮着她搬了些书本。

坐定后，丛夏跟她打招呼："你好，我叫丛夏。"

"我叫孙橙瑶。"女生很热情地握了握丛夏的手，"哎！你转学到一中居然还能进老蒋的班，厉害啊！我听说老蒋这人最不畏强权，你要是成绩不够好，甭管是教导主任还是校长，就是天王老子来了都不好使。"

丛夏含糊地笑了笑，解释道："没有没有，我是从外地转学过来的，所以也不怎么了解临川这边的考卷。而且……我数学成绩不太好，实验班这么多高手，还是要向你们多学习。"

孙橙瑶听了这话，笑得更欢了，扭过头："说起数学，咱们整个一中，谁能比得过誉哥呀！"

周嘉誉这会儿忙得焦头烂额，根本没有心思讨论数学好不好这个话题，低着头正忙着抄昨晚的英语作业，眼皮都没抬一下，说："林骁，你这写的都是对的吗？一会儿上课老蒋肯定提问我，答错了，晚自习时她又揪我去她办公室背单词。"

"放心吧！"林骁听见了孙橙瑶与丛夏的对话，扒拉了一下周嘉誉，"叫你呢！"

周嘉誉忙得眉飞色舞，飞快地抬起头，扫了一眼，又把注意力重新放回面前的作业上："丛夏是吧，你好你好！"

"等誉哥度劫成功你再说。"孙橙瑶一副见怪不怪的样子。

丛夏微微皱了皱眉没作声。初来乍到她不是很了解周嘉誉，但从早上他抱着篮球迟到，到现在他抄作业这两件事来看，她对这个人的印象已经减了好几分。

因为第一节课蒋珍霞要讲昨晚布置的英语卷子，所以丛夏也要来了一张以便跟上进度。

卷子不难，前半节课蒋珍霞在讲单词和语法的时候，她一心二用地把阅读和完形填空都给写了。

单词和语法讲过之后，蒋珍霞按惯例找同学来对卷子的答案。周嘉誉倒是很有自知之明，他就是那个头号幸运儿。

"第一题选 A，第二题选 C……"周嘉誉忙活了一早上，以为可以逃脱，自信地回答着，没想到念完答案，全班鸦雀无声，沉寂了大概有三五秒。

"二十个完形填空，你就填对了九个，周嘉誉，瞎蒙的都比你对得多！"蒋珍霞把卷子重重地拍在桌面上，拔高了音调。

周嘉誉挨了骂，带着恨不得杀人的眼光狠狠地瞪了林骁一眼。

蒋珍霞看了一眼周嘉誉浮皮潦草的卷子，一把扯了过来："第二节晚自习下课之后来我办公室。做不对是吧，我看着你做！"说完狠狠地将卷子重新甩回周嘉誉面前。

正巧回过头的时候，蒋珍霞扫见了丛夏桌上刚刚写好的试卷，随手一指："你来对一下。"

丛夏做英语题的速度很快，所以每次做完了题目都会检查一下。早自习时间紧张她刚刚勉强做完，没检查她不敢保证准确率，但蒋珍霞点到了她，她也只好硬着头皮回答。

其实林骁平常的英语水平还算过得去，虽然在所有科目中也属拖后腿，但起码比周嘉誉强点，不然周嘉誉怎么敢这么放心大胆地"copy"。但这张卷子确实是有难度，加之林骁也没怎么好好写，所以正确率不高也是正常。

丛夏规规矩矩地站起来，一丝不苟地完整地念了一遍自己的答案。

"倒数第二题应该选C，其余的都是正确的，准确率不错，坐下吧。"蒋珍霞认可地点点头，算是很满意，还不忘又瞪了周嘉誉一眼。

"哇，只错了一个，这姐是不是提前在家搜答案写的？"

林骁的话丛夏听得一清二楚，但她没有想要解释的意思，倒是孙橙瑶目睹了她做题的全过程，忍不住怼了他一句："你自己水平不行承认得了，怎么人家写对了，你还嫉妒不成？"

林骁虽然心里不忿，但孙橙瑶的话倒也没错，只能乖乖闭嘴。

周嘉誉面子有点挂不住，盯着那张英语卷子。前脚他刚被一顿臭骂，后脚人家准确率那么高，这不是狠狠打他的脸吗？

"你刚说你叫什么？"周嘉誉干咳了一下，轻轻拍了下前面坐着的人，口气谈不上多友善，但也算礼貌。

丛夏不太明显地皱了皱眉，碍于同学情面，小声地重复了一句："我叫丛夏，夏天的夏。"

蒋珍霞这人向来说一不二，晚自习周嘉誉果真被抓到了办公室，考单词、背课文、刷卷子，三板斧一个都少不了。

"老师，我能不能回去了啊？今晚数学作业可多了呢，物理作业也不少！"周嘉誉看见英语单词头就疼。

"别跟我扯，数学老师什么时候给你留过作业。"蒋珍霞重新找出最新的复习卷子，"把这篇完型填空也做完再回去。"

周嘉誉看着眼前白花花的卷子，敢怒不敢言，乖乖地在蒋珍霞眼皮子底下把卷子给做了。

实验班的学习节奏是很快的，丛夏才待了一天，就已经感受到紧张压迫的氛围。就连课间休息的时候教室都是静悄悄的，大多数的同学在继续做题。

第三节晚自习下课已经九点钟了，下课铃声刚响林骁就叫住孙橙瑶："誉哥怎么还不回来，这都下课了？"

"这还不都怪你，你瞧瞧你那完型填空题的准确率。"孙橙瑶撇撇嘴。

丛夏本来是不想参与两人的讨论的，但孙橙瑶叫到了她："你看看人家丛夏，上课时稍微分分神做的题准确率都那么高。"

"没，我就只有英语稍微好一点。"丛夏谦虚地推辞了一下。

"哎！你上午是不是说你数学不太好来着，誉哥数学好啊，你们俩刚好互相帮助！"孙橙瑶又多解释了一句。

"周……周嘉誉，他的英语成绩很不好吗？"丛夏尝试着叫出周嘉誉的名字，但没有把所有的疑惑说完。

她其实是想问，实验班都是靠成绩进来的，基本没有非常明显的偏科。而且大家恨不得除了吃饭睡觉都在学习，周嘉誉怎么看起来像是个浑水摸鱼的"另类"。

"也不是很不好，只是誉哥的心思根本就不在这些死记硬背的文科上。他去年可拿了全国数学竞赛金牌！校长特批进实验班的，以后大概率是要走保送的路，也就老蒋锲而不舍非要抓着他学英语。"孙橙瑶满眼羡慕，无奈地看着桌上的一堆复习资料，"不像咱们，还要在这儿卖命地卷高考！"

金牌？数学竞赛的金牌含金量可是相当高。

丛夏终于想起来了，转学过来前班上也有人是走竞赛路子的，她是听参加数学竞赛的同学提过周嘉誉这个名字。

还没完全消化这个消息，周嘉誉拿着两张英语卷子，一路带着怨气进了班级。

"林骁！"周嘉誉被蒋珍霞折磨得不轻，冲进来要找林骁算账。

"誉哥你别生气！"林骁赶紧转移话题，"你看咱们这新同学英语不是好得很吗，下次你找她商量商量，让她教教你！"

丛夏忽然被提及，有点没反应过来，停下笔转过头含糊地跟周嘉誉打了声招呼："你好。"

"你好。"周嘉誉火气还没消,还在和林骁较劲,"周末游戏你自己打吧。"

"别啊!没你陪我,我这段位还怎么升得上去啊!"

趁着两人吵得正欢,丛夏偷偷地打量了一下周嘉誉。

校服短袖洗得干干净净,浓眉下是一双很亮的眼睛,眼尾微微上挑,看起来有种莫名的骄傲和压迫感。

"别管他们,天天这样。"孙橙瑶倒是一副见怪不怪的样子,看戏一般。

今晚的数学作业格外多,最后一节晚自习,丛夏都专注在复习卷子上,解析几何题的最后一小问怎么也解不出来,下课铃响了她也没弄出个所以然来,正一脸苦大仇深地看着卷子。

"丛夏,放学了,走啊!"孙橙瑶收拾着书包。

"这会儿楼梯上人太多,我把这张卷子写完,等人少点再下去。"丛夏跟孙橙瑶挥了挥手,又重新低下头,专注于眼前的卷子。

大家都陆陆续续离开了教室,丛夏又苦苦思索了几分钟无果,烦躁地在草稿纸上乱画了几下。

"用洛必达法则就解出来了呀。"

身后有声音响起,丛夏吓了一跳赶紧回头,看见周嘉誉站在身后,校服外套搭在肩上,书包瘪瘪的,应该没带什么书本回去,篮球倒是拿在手上。他目光笔直地落在她的卷子上,说着解题思路。

"你看我干什么,看题呀!"周嘉誉说了半天也不见丛夏有什么回应,视线偏了几寸看向她。

丛夏有些尴尬地赶紧收回目光,重新看向卷子,羞愧地说了句:"你……你刚说怎么做?"

周嘉誉又耐着性子仔仔细细地重复了一遍,因为解题步骤比较复杂,还顺手拿了丛夏桌上的笔和草稿纸演算。没多长时间,就写满了整张草稿纸。

"这不就解出来了吗?"周嘉誉微微勾了勾嘴角,看起来很满意自己的成果,笑意里还带着小小的骄傲。

丛夏看着纸上清晰的解题步骤大概反应了一分钟,恍然大悟一般:"原来是这样!"边说边仔细地整理,然后将解题步骤完整地写在了卷子上。

她写完再抬头的时候,发现周嘉誉还在看着她。

"嗯……谢谢!"丛夏想了想,迟疑着很认真地道了声谢,然后就打算收拾书包离开教室。

"除了谢谢，没了？"周嘉誉直视着丛夏，黑亮的眼睛里带着一种"诚挚"的疑惑和期待。

丛夏闪躲着周嘉誉的目光，有些不太明白，思索了几秒，又斟酌着开口："那、我明天请你吃早饭。"

"啧，怎么这么不上道呢？"周嘉誉嘟囔了一句，声音很小，丛夏没听清。

"什么？"

"没什么！"周嘉誉见迂回着来不行，索性也顾不得面子了，干脆直说，"丛同学，今晚的英语作业，能不能借我参考一下？"

"参考？怎么参考？"周嘉誉都说得这么直白了，丛夏再迟钝也反应过来了，"抄作业是不行的，这样你英语成绩永远都提升不上来。"

周嘉誉就没见过这么死心眼的人，一时竟找不到话回答。

"要不然，明天你早点来，我帮你检查一下英语作业，你回去好好做。"

"我明早要打球呢！"

见鬼了，谁要大早上起来做什么狗屁英语作业，周嘉誉想起英语就头疼得要命。

"那、那怎么办？"丛夏的眼神看起来无辜得很，有些胆怯地看着周嘉誉，似乎真的在思索着解决办法。

"算了，回家吧。"周嘉誉微微叹了口气，不打算再与丛夏纠缠，抱着篮球，单肩背着书包，头也不回地走到教室门口，他像是想起了什么又站定，"三楼东门的声控灯昨天就坏了，现在人都走光了太黑了，一起走吧。"

"哦哦，好！"

郑叔叔家离学校很近，只需过个马路就到了。丛夏出了校门，没一会儿就走到了家。

"夏夏回来了！"孟葭听到关门声从客厅过来，"怎么样，第一天去新学校还适应吧？"

"挺好的。"

"饿不饿，要不要吃点东西？"

丛夏摇摇头，拿着书包，想着回房间再回顾下刚才那道题："我先继续做作业了。"

"好，别学太晚，早点休息。"

解析几何一直都是丛夏的弱项，现在刚刚开始第一轮复习，所以她想着尽快地查漏补缺。

刚刚周嘉誉说的解题方法确实清晰，丛夏自己又做了一遍加深印象。

扫了一眼墙上的时钟，已经十一点半了，丛夏准备去洗漱下，然后背背单词就睡了。

"夏夏，睡了吗？"刚要起身，孟葭敲门进来。

"没呢。怎么了，妈妈？"

"周六是没有晚自习的吧？"

一中实验班的教学节奏很快，每周只允许学生休息周六一个晚上和周日一个上午。

"应该是下午周考之后就没有晚自习了，怎么了？"丛夏想了想，打算周六晚上去书店买些最新的复习资料。

"周六晚上跟你郑叔叔的领导还有他儿子一起吃个饭，他们家儿子也是一中实验班的。"孟葭跟丛夏商量着。

丛夏刚到班级，人都还没认全。况且领导下属之间的酒局，听起来就让人觉得虚伪厌烦。

"一起去吧，到了新班级也有人照顾你。"孟葭看得出丛夏的不情愿，还是努力劝说。

丛夏没作声，孟葭改嫁过来也没工作，一家的开销基本是靠郑言鑫，人家领导要求吃饭，不去怕是不行。

"我知道了，放学后我会早点回来。"

"行，真乖。去洗漱了早点睡吧。"孟葭摸了摸丛夏的头，把手里的热牛奶放在桌上便离开了卧室。

看着孟葭离开，丛夏微微叹了口气，很轻，像是很怕被人听了去。

背完单词，准备睡觉的时候，丛夏又想起了今晚周嘉誉教自己做题的事情，虽然抄作业不可取，可白让人家讲题也不太好。

想了半天，丛夏在班级群找到了周嘉誉的微信并发了验证消息。

等待的时间里，丛夏把今晚作业里一些生僻的词语都标注好，又把阅读理解在原文的出处都用荧光笔画出来，很仔细地每一张都拍了照片。

周嘉誉骑车回家出了一身汗，冲了个澡喝过可乐来了精神，坐在桌边写了一道竞赛题。

大概花了半个多小时才写出完整的答案，他再看手机的时候已经深夜十二点多了，刚拿起手机就收到了丛夏的添加好友的验证消息。

难道这姑娘是想通了？开窍了？

周嘉誉看着屏幕露出笑容，赶紧点了同意，紧接着就收到了丛夏的消息：重点和生僻的单词我都标注好了，还有阅读理解原文参考的部分我也画出来了，你可以看看。

丛夏等得又困又累，差点睡着，手机消息提示音一响便一股脑地把图片都发了过去，说了句"早点休息"之后很快躺上床，近乎沾枕即眠。

周嘉誉看着图片里一排排彩色的荧光笔划痕，还有各种单词批注，半天没反应过来。

这姑娘……

该说她认真，还是死心眼？

周嘉誉想起晚自习丛夏站在他面前那种无辜澄澈的眼神，觉得有趣，他舔了舔后槽牙，轻哼了一声，自顾自地念叨了一句："把我当小孩了！"

周嘉誉看着手机里的图片，本想潦草地抄抄算了，但写了几笔又觉得怪怪的。

平常林骁那家伙的字迹简直可以用龙飞凤舞来形容，看久了再瞧丛夏这么工整的字迹倒是有点不习惯了。

就连单词旁边的批注都是用彩笔写好，让人忍不住多看几眼。

周嘉誉向来对这些死记硬背的科目嗤之以鼻，但看着手机里的一张张图片，竟感觉就这么无视抄上去，有些浪费和不忍心。

"真是麻烦。"周嘉誉喝光了剩下的半罐可乐，打了个饱嗝，捏扁了空的易拉罐，"直接给我抄下多简单。"

他虽然嘴上这么说，但行动上还是把单词都看了一遍。

把这些从头到尾看了一遍，已经一点多了，周嘉誉捏了捏脖子，看着桌子上铺满的英语卷子，第一次觉得除了厌烦，还有点好笑。

算上在老蒋那儿写的，他这是一晚上写了三张英语卷子？

躺倒在床上，周嘉誉又翻了翻丛夏的朋友圈，里面大多是一些风景和学习软件的打卡，也没几条，无聊得很，很快就翻到了头。

"就忙着学习了吧。"周嘉誉嘟囔了一句。

他向来不喜欢循规蹈矩按部就班，每周就休息一个晚上他都忙不迭地跟林骁打游戏。

他又刷了一会儿手机，很快就睡下了。

蒋珍霞的英语课天天有，大多数是一天两节。所以提问周嘉誉不是第一节课就是第二节课，总归是逃不掉的。

现在进入一轮复习阶段，英语科目不是做卷子就是背单词，来来回回周嘉誉根本应付不过来。

"周嘉誉，C篇阅读你来对下答案。"

周嘉誉不情不愿地站起来，意料之中，还好早有准备，他把昨晚参照丛夏写的答案念了一遍。

他念完，蒋珍霞抬眼看了看他，沉默了几秒："D篇阅读你也来说下。"

"今天怎么还买一赠一呢？"周嘉誉皱了皱眉，小声嘀咕着。

心里不愿意归不愿意，但老蒋的面子还是要给，周嘉誉又把下一篇阅读答案也给对完了。

蒋珍霞像听到了什么滑天下之大稽的笑话一样，审视一样地看了周嘉誉足足十几秒，走过来，又看了看林骁，质问道："你借他抄的？"

"我冤枉啊，老师。"林骁也纳闷着，今天早自习周嘉誉怎么没问他要英语作业补。

林骁这么一说，蒋珍霞倒是糊涂了。这张卷子可是她亲自摘取和出题的，搜题软件都查不到，标准答案只有英语组的老师有，难道这小子真就是靠自己"一步登天"了不成？

蒋珍霞不信邪，又接着问选项的原文根据。

只是她不知道这些丛夏都已经用荧光笔标注得非常清楚了，周嘉誉昨晚就已经都了然于心了。

"坐下吧，今天表现不错。"蒋珍霞打消了疑惑，算是鼓励，又转回讲台中心，"刚刚这两篇阅读，周嘉誉的答案都正确，大家哪道题有疑问。"

别说蒋珍霞了，连林骁和孙橙瑶都惊了。

"周嘉誉，你上哪儿搞的答案？怎么也不想着兄弟呢？"林骁压低着声音，但还是难掩震惊。

周嘉誉笑得灿烂极了，头一次听到蒋珍霞的表扬，这感觉简直比连中三次再来一瓶还要爽！

孙橙瑶也在旁边念叨着："哎，夏夏，誉哥是不是沾了你学英语的灵气？你还有没有多的，分我点。"

丛夏没有作声,她也没想到蒋珍霞又提问周嘉誉,莫名地有点心虚,回过头看他,刚对视上她又飞快地转了回去。

"哪有答案,没有答案。"周嘉誉第一次在蒋珍霞那儿得了乖,心情好得不得了。

要什么答案,有这么个行走的英语小百科,答案什么的简直弱爆了。

周嘉誉平常和林骁他们玩惯了,本来习惯性地想拍一下前面坐着的丛夏,但抬起手又收了回来,拿起旁边的笔,用圆钝的一头轻轻地戳了一下丛夏的背。

"怎么了?"

"丛同学,哦不,丛老师!谢谢!"

"不客气。"丛夏压低了声音,见还在上课,把手摆在嘴边轻嘘了一下,"有什么事下课再说吧。"

话音刚落,下课铃就跟着响了,蒋珍霞前脚刚走出教室,后脚丛夏的周围就炸了锅。

"夏夏,你借他抄的?"孙橙瑶大呼不公平,"同桌都没享受到这样的福利!"

"没有没有!"丛夏摇摇头,"昨天他给我讲了道数学题后问我要英语作业,我就把答案和生词批注都给他拍了照片,下次你需要我也给你发一下。"

林骁听了丛夏的话也是相当震惊:"可以啊誉哥,这么快就下手了。你俩这算是互帮互助,强强联合?"

周嘉誉撞了林骁一下,说了句闭嘴,但也没有否认,他挑了挑眉,想了想,看着丛夏的背影,又轻轻戳了戳她:"那你有不会的数学题问我。"

丛夏回过身,看着周嘉誉转着笔,懒散地靠在椅背上。

风挑起窗帘和他面前的卷子像是一种很柔软的叫嚣,阳光轻微有些刺眼,可以看见有细小的尘埃飞舞在他周围。

他就坐在那儿笑着,像个骄傲的小少爷一样,却又让人讨厌不起来。

"嗯,好。"鬼使神差地,丛夏没有拒绝,与周嘉誉的目光短暂地交汇了几秒,点点头。

新学校的生活似乎没有想象的困难,孙橙瑶很热情很努力,林骁和周嘉誉虽然吵吵闹闹但是也给枯燥的高三生活平添了几分乐趣。

一周的时间很快过去,周六的周考结束之后,大家都已经筋疲力尽,边抱怨边收拾着东西。

"就休息一个晚上加一上午，还留这么多作业！"孙橙瑶翻了翻白眼，背着沉重的书包，"夏夏，刚才化学考试最后一道选择题你选什么？"

"选的 A，但我也不太确定。"

"我怎么选的 B。"

林骁倒是笃定得很，化学是他最擅长的科目，在省赛里也是拿过名次的："就是选 A，你选错了，孙橙瑶。"

孙橙瑶瞪了林骁一眼："关你什么事！哪儿都有你！"

"别生气啊，大不了哥教你，晚上不是休息嘛。"林骁倒是很好脾气的样子，接过孙橙瑶甩过来的周考卷子，笑嘻嘻地迎合着。

"你今天怎么不去和誉哥打游戏了？"

"今晚有事！我爸回来非要带我去吃饭。"周嘉誉也没怎么收拾，将桌面上的卷子一股脑塞进书包，"我先走了，等明天上午再打！"

"好嘞！"林骁嬉皮笑脸地应了一声，拉着孙橙瑶也往外走，"走吧，你瞅瞅你那化学成绩，再不学下次月考还得在咱们班垫底。"

"哎哎，你别拽着我。"孙橙瑶被林骁拖出教室，"夏夏，我先走啦！"

回到家的时候，孟葭已经都收拾好了，递给丛夏一条裙子："快快快，去换衣服，我们一会儿就出发。"

丛夏考了一下午的试，被孟葭推着换了衣服，又梳洗了一下赶紧出了门，路上的时候，她差点睡着。

到饭店包间的时候，对方还没到，孟葭又多嘱咐了几句。

丛夏有些走神，机械地点点头，思绪早就飘走了。

这几天，周嘉誉又教了她几次数学题。他讲题的时候，每次都思路清晰简明扼要，正经得很，讲完了又一副吊儿郎当地开始琢磨着抄作业的事情，叫人捉摸不透。

不知为什么，丛夏老是觉得周嘉誉的身上带着一种莫名的傲气，不是那种盛气凌人的傲气，而是一种明媚张扬丝毫不屑隐藏光芒的傲气。让人不但不讨厌，反而有莫名的好感。

她正想得入神，包间门被推开了。

"周总。"郑言鑫站了起来，满脸笑意，朝着刚进门的男人喊了一声。

丛夏回过神，也规规矩矩地站好。

"快，夏夏，叫周叔叔。"孟葭提醒着。

然而这声周叔叔还没叫出口，跟着他后面进来的人把丛夏吓了一跳。

"哎！丛老师！"周嘉誉还穿着校服，刚进门便一眼看见了站在饭桌边的丛夏。

"你们已经认识了？"周堃转过头问。

"认识啊，前后桌！丛老……丛夏的英语成绩可好了，经常帮助我！"周嘉誉说起谎来连眼睛都不眨一下。

丛夏还没反应过来，身边的孟葭碰了碰她提醒着。

"啊，是的。"丛夏赶紧承认，又象征性地跟周嘉誉打了下招呼，目光便不再敢往他身上瞟。

"是吗？这小子英语成绩可是真的差，辛苦夏夏在学校多看着他点。"周堃在领导位置坐久了话术向来滴水不漏。

"叔叔好，阿姨好！"周嘉誉倒是自来熟，"当然了！我们是互帮互助！"

丛夏始终都没从郑叔叔领导的儿子居然是周嘉誉这个巧合的震惊里出来。直到菜一道道上来，看着满桌佳肴，听着大人们的谈话，她才缓过来，偷偷看向周嘉誉。

晚上放学的时候撞见他在操场上又打了会儿球，许是打球耗了体力，这会儿满桌的菜他吃得正香，塞了满嘴，鼓起了腮帮子，活像只花栗鼠一般。

丛夏偷偷地笑了一下，谁知就这几秒还被周嘉誉捕捉到了。

桌上的手机响了一下。

周嘉誉：你笑什么？

丛夏：没有，我就是想到了个笑话。

丛夏干巴巴地解释了一句，周嘉誉倒是放下了筷子。

周嘉誉：丛老师，刚刚打招呼的时候，你怎么一点也不热情？

丛夏：你还要我多热情，上桌为你摇旗呐喊不成？

周嘉誉：你要是愿意，也不是不行。

丛夏皱了皱眉，不再接下去，专心地听着家长们说话。

"夏夏转到临川这边还适应吗？"周堃忽然问到丛夏。

"还好，老师和同学们都挺好的。"丛夏点点头，乖巧地回答。

"说起上学，我们现在住得离一中太远了，我没时间送这小子，他每天骑车上学要半个小时。"提到上学，周堃正犯愁。

"现在高三了，时间本来就紧张，在路上耽误这么久确实是个问题。"郑言鑫想了一下，"现在高三陪读的不少，我们住的那个小区，不就在学校对面吗？好多家长特意租了房子过来陪读。"

本来就是句闲话，周堃倒是听进去了："小区到学校多久啊？"

"步行也就五分钟吧。"孟葭之前专门计算过。

"哎！老郑那你帮我留意留意，你们小区还有没有要租的房子。"周堃本来就有这个打算，正巧郑言鑫提起就顺便问问看。

"咱们家隔壁单元门的五楼，最近不是刚贴了出租吗？"孟葭提醒了一句。

听到孟葭这话，丛夏的心"咯噔"一下，继而转移目光到周嘉誉的身上。

要是周堃真的决定租他们隔壁，那周嘉誉岂不是成了她的邻居。

正巧周嘉誉也正看着她，听着周堃的建议不但没有任何意见，甚至认同地点点头："这样确实能省下不少时间。"

"那回去我就帮您问问。"郑言鑫热情地接下了周堃的话，转移了话题开始讨论工作上的事。

这事就这样答应下来了？丛夏也没什么心思再继续听家长们的谈话了，又拿起手机给周嘉誉发消息：你真的要搬到学校附近吗？

周嘉誉：这不还在找房子吗？别着急啊。

着急？从哪儿看出来是着急？

丛夏一时语塞不知道回答什么，倒是周嘉誉继续发了消息过来：等我搬过来，咱们不就能更好地互帮互助了吗？到时候你的早饭我都包了！

丛夏：不用了，谢谢。

周嘉誉：你怎么还不领情啊，这样不仅影响邻里关系，还破坏同学情谊。

才认识一周，哪儿来的什么同学情谊？丛夏觉得周嘉誉就是在找碴儿，好能更好地找她抄英语作业。

周嘉誉：你吃饱没？

她正想着，他的消息又进来。

丛夏：吃饱了。

周嘉誉低头扫了一眼手机之后，很快站起身："爸，我吃好了，我书包里带了今晚的英语作业，我有两道题想问问丛夏。"说着又看向郑言鑫，"郑叔叔，可以吗？"

郑言鑫："啊，当然可以，夏夏吃好了没？"

丛夏哪里还有拒绝的余地，无声地点点头，然后跟着周嘉誉出了包间。

"你干什么？"刚出来，丛夏就赶紧问道。

"你不是说你吃饱了吗？坐里面多无聊，出来透透气多好。"周嘉誉笑嘻嘻地把书包挂在肩上，"走走走，这里的饭菜能有多好吃，我带你去学校后门那边。"

吃饭的地方离临川一中也不远，两人随手在路边拦了辆车，五分钟就到了学校后门。

"吃什么？吃什么！里脊肉饼还是臭豆腐？"周嘉誉倒是放飞自我，撒欢一样在各个摊位之间晃荡。

丛夏上下学一直都走的是前门，还从来没有来过后门，自然也没有见过这么多小吃摊。

"要个里脊肉饼吧。"丛夏不太适应今晚的社交场合，所以也没吃多少东西。

"阿姨，两个里脊肉饼！"周嘉誉直接把钱给付了，"有一个！多放辣椒！"

等着的工夫，丛夏又问起了刚才的问题："你真的要搬到学校对面的小区去吗？"

"不行吗？"周嘉誉测过头，好整以暇地看着丛夏，"你是对我有意见还是怎么回事？"

"没有。"丛夏赶紧否认，摇摇头。

"那是不想借我抄英语作业？"

丛夏没说话算是默认了，她想了想又补充了一下："我听瑶瑶说了，你有竞赛的奖牌，是要走保送的路的。但是就算是上了大学，也是要一直学英语的。"

"你要是有不会的可以问我，如果我会的话，我会告诉你！"丛夏转过身，微微抬起头和周嘉誉对视，口气很认真，说的话也相当真诚。

周嘉誉最怕她这样一本正经却还温温柔柔地讲话，明明是要求，却说得跟恳求一样。

"我也没说直接抄啊，不是每次都把你的批注认真看过了吗？"周嘉誉摸了摸后脑勺，干咳了一下，解释道。

正巧，里脊肉饼好了。

"快快快，你先吃东西。"周嘉誉想着转移话题，塞了一个里脊肉饼给丛夏。

"但你要自己先做过了才能看我的批注和答案。"丛夏倒是一根筋，注意力根本没有被转移走，"你得认真一点，好好复习。"

临了，丛夏又觉得有点底气不足，像是试探一样问了一下："可以吗？"

周嘉誉这人向来是吃软不吃硬，蒋珍霞那儿他每次都只想着怎么蒙混过关，倒是丛夏这副好声好气的样子，他拒绝的话到了嘴边又咽了回去。

"可以可以，你快吃吧。"周嘉誉闪躲开丛夏无辜澄澈的眼神，塞了口肉饼在嘴里。

得到了肯定的答复，丛夏安心地接过肉饼，咬了一小口，味道很好。

丛夏："你晚上在饭桌上不是吃了不少了吗？"

周嘉誉狼吞虎咽着，嘴里塞满东西有些含混不清："不差这一个肉饼了！这不是为了带你来尝尝嘛！"

"哦，谢谢！"丛夏若有所思地点点头，低头按了两下手机，"六元，给你转过去了。"

六元的里脊肉饼也得 AA？

周嘉誉语塞，林骁这家伙平常恨不得一口气讹他两个，她可倒好还不领情，这是有多怕他仗着人情强迫她给他抄作业。

"都高三了，你为什么要转学到临川？"算了，周嘉誉也不想跟丛夏计较，换了个话题。

"我妈妈改嫁给郑叔叔，要搬到临川这里。"丛夏没想着隐瞒，实话实说。

"哦。"周嘉誉也没觉得多震惊，吃完了最后一口肉饼。

"你要是搬过来，是周叔叔陪你，还是阿姨陪你？"

周嘉誉摇摇头："我妈在我九岁的时候就生病去世了，我爸平常忙，基本都是住单位附近那边的房子，估计是我自己吧。"

去世了……

丛夏顿住脚，有些歉意："不好意思啊。"

"没事啊。"周嘉誉摇摇头，淡淡地笑了一下，"这都快十年前的事了，我都已经记不清我妈妈长什么样了。"

丛夏用一种同情的眼神看向周嘉誉，半天没说话。

"为什么用这种眼神看着我，我爸对我挺好的，你这整得好像我被虐待了一样。"周嘉誉倒是没太在意，笑意更深了几分。

这么多年，周堃工作那么忙，他已经十分习惯自己照顾自己，学习、生活，要是现在多一个人在家围着他转，他还不习惯呢。

"没有没有。"丛夏收回目光，摇摇头，"那，你以后要是有什么需要帮忙的可以跟我说，能帮的我一定会尽力。"

"哟！"

又来了又来了，小姑娘年纪不大，做事循规蹈矩，说话还一套套的。她这是刚到实验班，还不知道实验班那些"书呆子"的德行。

"应该是我罩着你吧！到底谁是转校生？"周嘉誉轻轻地戳了一下丛夏的脑门。

丛夏吃痛，往后退了两步："不用！我就正常上学而已，一年很快就过去了！"

反正又不会在临川这个地方待太久，丛夏心里是这么想的。

已经快要九月了，临川在北方，又靠海，傍晚的海风带着凉意吹过，让人禁不住裹了裹外套。

两人边说边走，速度有些慢，离吃饭的地方还有几百米。

周嘉誉穿着校服外套，还是觉得风止不住地往脖子里灌，低下头想要拉拉链。

丛夏误会了他这个举动，赶紧说了句："不用不用。"

"不用什么？"周嘉誉一口气把拉链拉到头，转过头不明就里地看着丛夏，他本来也没有把衣服脱下来给丛夏的打算。

这么冷的天，穿半截袖岂不是明天就得发烧，明天上午他还约了林骁打游戏呢。

丛夏误解了周嘉誉的意思，自作多情多少有些尴尬，脸红到了耳根，恨不得找条地缝钻了。

"给！"周嘉誉压根没想那么多，从书包里掏出刚刚在饭店就装好了的热水瓶递给丛夏，"暖暖，外面太冷了，别感冒。"

明明就有不需要牺牲一个人的健康，就能换两个人都暖和的办法，也不知道电视剧为什么老演那些老掉牙的酸人剧情。

"啊……"丛夏没反应过来，看着水瓶愣了几秒。

"拿着啊。"周嘉誉一把将瓶子塞进丛夏的怀里，"快走！"

水瓶这会儿的温度刚刚好，暖暖地在怀里，驱散了不少寒冷。丛夏抿着嘴偷笑了一下，怪不得刚刚在饭桌上他就把滚烫的茶水往瓶子里装。

他这关心人的脑回路，似乎跟常人不太一样。

"走啊！"周嘉誉大步流星，还不忘回头看看身后的人跟上没。

"来了！"

周嘉誉是个随性的人，周埜也是个说风就是雨的性子。

孟葭问过五楼那家的房子后，周堃很快就商定租下来。但平常周堃工作忙，搬家之后还是经常住在单位，租的房子大多数时候都是周嘉誉一个人住。

理所当然，平常生活上，郑言鑫和孟葭也更照顾他一些。

"夏夏，妈妈给你带了两盒水果，你记得分给嘉誉一盒。"

丛夏看着桌上两个颜色不一、款式一样的饭盒，沉默着点点头。

才刚刚下楼，丛夏就看见了早早等在单元楼门口的周嘉誉。

"早！"

"早。"丛夏礼貌性地问好，"你今天怎么这么早？"

"不是昨天你说的吗？我起得太晚，你要早点去学校。"周嘉誉还是老样子，拿着篮球。

因为他们都住在一栋楼，所以自周嘉誉搬过来，受孟葭和郑言鑫的嘱咐，丛夏每天都和周嘉誉一起上下学。

开始周嘉誉懒散惯了，起得晚，丛夏说了两次之后，这两天他倒是勤快多了。

"我妈妈给你的水果。"丛夏把手里的水果盒递给周嘉誉。

"帮我谢谢阿姨！"周嘉誉把水果塞进书包，又从包里掏出了两张英语卷子，"丛老师，昨晚我做好的卷子，早自习，麻烦你给批改下。"

自从那天吃过了肉饼，两人谈过一番之后，周嘉誉便开始遵循着丛夏的意思，自己写英语作业，然后第二天早上拿给她检查一下。

"知道了。"丛夏没有拒绝，毕竟看看英语作业对她来说并不是很难，难的是数学的压轴题。

到了学校，丛夏按"惯例"带着周嘉誉的卷子先回班级，周嘉誉依旧是翘了早自习在篮球场打球。

这英语水平，怪不得蒋珍霞每次看到都吹胡子瞪眼，七选五能错四个，完型填空能一口气错一半。

丛夏微微叹了口气，拿着铅笔在旁边把自己认为错的写在旁边，然后又在原文里圈出出处，把一些选项的单词写在一边。

"夏夏，早！"没多久孙橙瑶也来了，扫了一眼桌面，"你又帮誉哥看作业！"

"嗯。"丛夏应了一声点点头，心里想着这样也不是长久之计，这样他的英语水平也只能是原地踏步。

"昨晚的数学作业最后一小问你做出来没？"孙橙瑶放下书包。

"没，老师上课应该会讲。"丛夏摇摇头，刚好把看完的英语卷子，整齐地叠好放在了身后周嘉誉的桌子上。

"数学老师每次讲卷子的速度都跟起飞了一样。"孙橙瑶想起数学老师唾沫横飞地说废话，撇了撇嘴，"誉哥肯定会，下课问他。"

这大半个月以来，周嘉誉在丛夏的"掩护"下，躲过了不少蒋珍霞的骂，心情自然是好得不得了，连上英语课都变得积极多了。

蒋珍霞瞧着他英语成绩有了进步，对他翘了早自习打球这件事也就睁一只眼闭一只眼了。

眼看着要进十月了，临川一中一年一次的秋季运动会也要开始了。这是高中三年里最后一个运动会，蒋珍霞破天荒地没有占自习课，主动提了运动会的事。

同学们倒是不太积极，大多是桌面摆着卷子，心不在焉地听着。

只有周嘉誉和林骁积极得很，尤其是说到班级方队口号的时候，两人还因为持不同意见差点吵起来。

"你俩行了！"蒋珍霞瞪了他俩一眼，又继续讲了一些运动会的事情，就到了各个项目报名的时候。

因为是秋季田径运动会，所以项目不少，大多也和跑步相关，大家都兴趣寥寥，报名的人也不多。

"女生立定跳远，有没有同学参加？"体委又在讲台上喊了一遍，没人应答。

丛夏环顾了一下四周，看着大家都没什么反应，举起了手。

"立定跳远，丛夏。"

"夏夏！你也要参加项目！"孙橙瑶刚报了 4×100 米接力，她向来看不惯实验班的同学只会死读书的风气。

当年中考她超常发挥，加上高一学得也还不错，被学校选中参加了实验班的选拔考试才进了蒋珍霞的班。

但有一说一，实验班的学习压力实在太大了，大家甚至连课间休息都在卷，连辅导资料相互都藏着掖着，生怕对方学了会超越自己，就更别说互相讲题一起进步了。

因为厌恶这样的竞争氛围，加上偏科，所以孙橙瑶的成绩也就在实验班垫底。不过还好她最差的化学和数学有林骁和周嘉誉帮着，现在稳下心态成绩也有所提升。

"体测的时候，我立定跳远的成绩还好。"丛夏点了点头，她一向奉行的是学习的时候好好学，玩的时候好好玩，所以运动会那几天她不打算学习。

运动会定在周五开幕，直接接上国庆假期。只不过高三的学生不配七天假期，学校只给放了三天。

因为周五要开运动会，所以周四的晚自习也破天荒地取消了。

放学之后孙橙瑶拉着丛夏去超市买零食，林骁听了自然也是要跟去的。

"誉哥，去不去？"林骁当然是想拉着周嘉誉。

但周嘉誉却在纠结，丛夏怎么这么不上道，孙橙瑶都知道叫林骁，她怎么不问问自己去不去？

"去！"周嘉誉心里虽然有点不爽，但还是答应着要去。

放了学，四人就直奔超市，还在门口推了两辆购物车。

"夏夏，巧克力派！还有薯片！"孙橙瑶看见零食，就控制不住自己的购物欲望。

"我还要买一包梅子。"上了高三，丛夏也有些日子没逛超市了。

但那个口味的梅子放在了上层的货架上，孙橙瑶也没拿到："林骁，你过来拿一下！"

林骁还没走过来，倒是周嘉誉抬手，拿了两袋那个口味的梅子丢进了购物车。

"谢谢。"丛夏小声地道了句谢。

周嘉誉没说话，推着购物车走在了前面。

"你看看人家多有眼力劲儿，你看看你！"孙橙瑶嫌弃地瞪了一眼林骁。

"我怎么了？我这不是一心一意地为公主您服务吗？"林骁撇撇嘴，自我感觉倒是很良好，"你要吃的黄瓜味薯片！我这不给你去拿了吗？"

丛夏偷偷笑了笑，看了看购物车里的黄瓜味薯片，挽着孙橙瑶的胳膊："瑶瑶大小姐，消消气。"

孙橙瑶满意地点点头，又开始开心地逛超市。

买了满满几大包零食，几人终于满意地准备回家了。

孙橙瑶："夏夏，我爸爸来接我了，我先走了。"

看着孙橙瑶上了车，林骁也骑车走了，超市门口就剩下周嘉誉和丛夏两个人拎着两个购物袋。

"走吧，咱们也回家吧。"周嘉誉指了指路边的共享单车。

"这儿离小区不远吧，走回去也就五分钟吧。"丛夏不太明白为什么要骑车。

"今晚又没作业，你不是刚来临川嘛，我带你骑车溜达一圈。"周嘉誉也不等丛夏回答，已经把购物袋放进了车筐里。

丛夏纠结了两秒，想着今天难得没有晚自习，也跟孟葭说过了要去买东西，晚回去一会儿也没什么大碍，于是也扫了一辆自行车。

临川确实是一座很美的城市，因为靠海，所以空气格外好，骑上自行车，会有风掠过皮肤、耳边，穿过发丝。

周嘉誉也没有带着丛夏走远，进了九月，临川的天气就不太适合去海边了。

大概骑了十几分钟，丛夏跟着周嘉誉骑到了一条两侧都种着树的大道。

"这是栾树。"周嘉誉停下车回头。

已经是秋天了，栾树高大茂盛，已经开出了一朵又一朵的小灯笼花，叶子开始微微有些泛黄。

丛夏抬起头，能隐约看见穿透树叶缝隙里漏下来的夕阳余晖，和微黄的叶子搅和在一起，温柔细碎。

这条种满栾树的大道有些起伏，骑着自行车往上走的时候，略有些困难，但下坡的时候却格外爽。

风更急了一些，呼呼地从耳边穿过，夕阳余晖快要消失，树荫下是一片朦胧柔光。偶有飘落的叶子掉落下来，像是飞舞的金色精灵一样，缓缓地落在柏油路上。

不用太费力，一路下坡，吹着风，短短的几十秒，丛夏却觉得格外舒服。被栾树覆盖的这条路，就像是一场短暂的、美好的梦，没有考卷，没有排名，没有陌生的家庭和难忍的气候差异，在临川，她第一次觉得如此惬意。

回去的路上，两人并排骑车回去。等绿灯的时候，周嘉誉侧过头，看着丛夏，很认真地问了一句："为什么不会的题不问我？"

"怕你觉得麻烦。"丛夏捏着车把的手有些微微出汗。

"那为什么孙橙瑶不怕麻烦我？"

"因为你们认识得久，关系好。"

已经绿灯了，丛夏想着赶紧过马路好避开这个话题，没料到周嘉誉按住了她的车把。

"不麻烦。"

"什么？"

"我说我不觉得麻烦，你有问题不用老跑办公室，可以问我。"

丛夏沉默了一整个绿灯的时间，直到红灯再次亮起，她才鼓起勇气点点头：

"我知道了,好!"

运动会如期进行,今年一中也迎来了很多新面孔。

因为高三时间紧张,所以方队也没有仔细练习过。一班又是实验班自然是走在最前面的,没有系统练习过,大家又都没什么太大的兴趣,队伍走得松松散散,口号也喊得有气无力,一出场就显得气势全无。

对比明显的是后面紧跟着走过来的二班。

二班成绩虽然一般,但是每年运动会都能拿到不少奖状,每次会演,二班也都是积极分子。加上二班的班主任年轻,老是有新奇的点子和创意,所以总是格外出彩。

"啧啧啧,本来就烂,还排在二班前面,显得更烂了。"下了方队,林骁撇撇嘴抱怨了一句。

孙橙瑶的脸色也不是很好看,实验班个个都是"大卷王",一个个很会盘算,于他们学习无利的他们都能躲则躲。

丛夏没说话,侧了侧头,余光看向周嘉誉。

因为第二个项目就是男生 1500 米长跑,周嘉誉已经换了校服,准备去检录了。

"誉哥,加油加油,给他们点颜色看看!"孙橙瑶是了解周嘉誉的实力的,每年一班的男生 1500 米项目都是他来。

"放心吧!"周嘉誉系好了鞋带,扬了扬眉,又扭头看了看坐在后面的丛夏,"丛老师,都不给我加油的吗?"

丛夏抬起头,从座位上站了起来,顺手拿起了桌上的一瓶矿泉水,递给周嘉誉,带着笑意:"好好加油。"

昨天从栾树大道骑行回去,丛夏想了一路。

这一个多月来,丛夏几乎日日都跟周嘉誉见面、相处。似乎除了抄英语作业,喜欢翘早自习,他这个人并没有什么错处。反倒是跟实验班大多数自私的人不一样,他不会因为自己数学成绩厉害就藏着掖着,生怕别人超过自己,无论是谁问他题目,他都能耐心地讲解完。虽然对蒋珍霞的压抑教学模式不满,但他也只是发发牢骚,从不会说一些十分过分的话,老是笑嘻嘻地挨骂。

这样的人,自己愿意和他做朋友吗?这个问题在昨天周嘉誉按住她的自行车车把的几十秒里,她就想清楚了。

她愿意，愿意跟这样一个阳光热心的人做朋友。

所有不够了解前的判断和评论，其实都是偏见。丛夏有些羞愧，把矿泉水又往前递了递。

周嘉誉愣了三两秒，摇摇头，笑得格外开心："上场前不能喝水了。"

丛夏只好收回水，点点头。

"拿着水，在终点等我。"周嘉誉顺手把脱下来的校服外套搭在了丛夏的肩上，往前小跑了几步，又回过头朝着她挥了挥手，"等我！"

少年的背影在阳光下奔跑着，一路去往检录处。

"可以啊夏夏，知道和誉哥搞好关系了！"孙橙瑶一直都希望丛夏和周嘉誉搞好关系，这样他们坐在前后桌，四个人开开心心的多好。

丛夏没有否认，捏着矿泉水瓶，抿了抿嘴笑了。

"咱们誉哥，那可是人见人爱，怎么会有人跟他关系不好呢？"林骁出来又打了个圆场，还顺手拿了孙橙瑶书包旁边的巧克力，"给我吃一块！"

孙橙瑶翻了翻白眼："就知道吃！"

不过林骁这话没说错，周嘉誉可是临川一中的香饽饽。人生得阳光好看，笑起来右边脸颊还有浅浅的梨涡。数学成绩一流，甚至在蒋珍霞的班级浑水摸鱼还能让各科老师都又爱又恨，这可是一般人学不来的本事。

游戏、篮球，但凡是娱乐项目他也都玩得转，从不关注排名，也不屑跟谁卷来卷去，自在痛快，在高中活出了另一副模样。任谁不感叹一句，一班的周嘉誉，那可是个骄傲得"不可一世"的主儿。

丛夏看着周嘉誉的身影消失在树荫相接的教学楼后面，听着孙橙瑶叽叽喳喳地在和林骁吵闹。

天气不冷不热，有秋风扫过，是个开运动会的好天气。塑胶跑道，蓝天白云，高中生涯里，转学还能遇到这样友好的环境实属难得。

男子1500米很快检录过了，站在操场的西北角，一排精气神十足的男生蓄势待发。

丛夏一眼就认出了站在第三赛道的周嘉誉。

他穿着白色短袖、灰色运动裤、白球鞋，站在起跑线前。

"誉哥加油！"孙橙瑶和林骁高喊了两声。

周嘉誉闻声朝这边挥了挥手，深吸了口气，听到了枪声之后，他越出了起跑线。

1500米不是短距离，得围着操场整整跑好几圈。

开始的一圈大家当然都是体力尚佳，大多数人没有掉队。周嘉誉裹在人群里，平稳地朝前跑。

　　大概过了一圈，开始有一部分人坚持不住落了下风。周嘉誉所在的第一梯队人数在减少，又一个转弯的时候，他又加快了脚步，往前超越到了前五名的位置。

　　"哎哎！你看见没，誉哥到前面了！"孙橙瑶激动地拍了拍林骁。

　　"这还没到最后呢，不急。"林骁是知道周嘉誉的实力的。

　　丛夏莫名地跟着紧张，目光追随着那个白色身影，从弯道跑到前面，步子迈得很大，看起来没有很吃力。

　　到了最后一圈，已经有人在走了，第一梯队的人越来越少，又一个转弯的时候，后面的人超上来撞了一下周嘉誉。

　　丛夏紧张地攥紧了手，目光紧紧跟着那抹身影，甚至舍不得眨一下眼。

　　还有半圈了，周嘉誉越到了前三，但前面两个人的势头也很猛，几人之间的距离越来越短，超越有些难度。

　　丛夏捏着那瓶水，离开了班级，站在终点线的位置，始终看着跑道，看着白色身影一步步地跑向她。

　　最后的冲刺，周嘉誉忽然加快了速度，越过了离他并不算很远的第二名。

　　风从耳边掠过，比加油声更清晰地响在耳边，体力在消耗着，气喘的感觉越来越强烈，周嘉誉咬咬牙，没有放慢速度，朝着终点，一步又一步。

　　转过最后一个弯道，周嘉誉和第一名越来越近，只可惜没有超越。

　　只剩下最后一百米了，大家都觉得比赛结果应该已经尘埃落定，掠过弯道，后继者很难超越第一名。

　　丛夏像是打了兴奋剂，心跳、脉搏都不正常地狂跳着，她盯着周嘉誉，看着他跑来，速度越来越快。

　　五十米！

　　还有那么一点点。

　　四十米！

　　周嘉誉从第一名的旁边跑过与其并排在一起。

　　三十米！二十米！

　　丛夏大气都不敢喘，她看见了他掠过第一名冲到了最前面！

　　十米！

　　五米！

直到周嘉誉冲过终点线，计时器掐断的那一刻，结果了然于众人面前。

"耶！"丛夏没忍住，在原地蹦起来，欢呼着。

她好高兴！虽然仅仅是一个1500米的运动会项目，但看到周嘉誉第一个冲过终点线的那一刻，她感受到喜悦，激动在整个胸腔迸发！

周嘉誉报完了序列号，有些摇晃地走到了丛夏的面前。

丛夏刚想要开口，周嘉誉忽然压在了她身上。

她吓了一跳，慌了神，僵硬在原地，有些不知所措。她能听见周嘉誉在她耳边沉重的喘息声，能感受到身上的重量，大概是这1500米跑得很辛苦，周嘉誉缓了半分钟一句话也没说出来。

"你……"丛夏的背都僵硬起来，手心出了些薄汗，也不敢抬手，就这样架着他，感受着他跑步之后迅速升高的体温。

一米八几的男生，架在丛夏的身上要弯下腰。

"不好意思。"大概又过了十几秒，周嘉誉勉强把气息喘匀，胸腔里的那颗心在剧烈运动之后差点要蹦出来，刚刚冲刺得太猛，有点头晕眼花，实在是难受。好一些之后，他撑着身体站起来，瞧着丛夏微红着脸沉默的样子觉得不太好，道了句歉。

"没关系。"丛夏觉得脸有些烫，心跳还没有完全平复，刚才他凑得那么近，近到呼吸声都可以听见，皮肤纹理都可以看得见。

丛夏递过水，抬起头看着周嘉誉。

他的额角带着汗，应该是跑得太急，连脸颊都泛着红。白色的短袖领口被汗水微微打湿，跑过步之后，还带着一身风尘。

已经快要十月了，天气没有那么热，但今天阳光很好，即使是在树荫下也能感受到那种明亮。

接过丛夏的水，周嘉誉"咕嘟咕嘟"地喝了整整一瓶。

透过树荫，被切割得零碎的阳光落在他身上，一片片斑驳。少年那种特有的热血，青春洋溢在他冲过终点线的那一刻被完美诠释。

"怎么样？厉害吧！"周嘉誉喝过了水，缓和过来不少，捏扁了矿泉水瓶，嘴角带着得意的笑，像是个在炫耀的小朋友。

"厉害。"丛夏也温柔地笑了笑，"我还给你拍了照片！"

"是吗？"周嘉誉吵嚷着要看。

"拿昨天买的梅子换！"丛夏笑着扬高了手机。

"嘿！你跟孙橙瑶学坏了是吧！"

两人心照不宣，都没有提及刚刚的事，就像是临川这秋日里的一场风，从阳光里吹过，褶皱的海面又归于平静。

一路说说笑笑，两人朝着班级走去。

一班真的就是除了学习，没什么太拿得出手的优点。

除了周嘉誉在1500米得了第一名，林骁在400米得了第三，其余的项目凑齐人都很难，更别说拿奖了。

孙橙瑶应该是女子项目里唯一能拿到名次的了，连着跑了100米的预赛、决赛和200米预赛，下场之后简直要累瘫，她"咕嘟咕嘟"地喝了整整一瓶水。

"来来来，歇歇！"林骁一边给孙橙瑶扇风，一边又递过去一根雪糕。

女子立定跳远的项目也快检录了，丛夏换了一身比较轻便的衣服鞋子。

"你做一些准备运动吧，免得一会儿跳远的时候受伤。"周嘉誉结束了1500米就没有其他项目了，跟着丛夏一起去了检录处。

"手腕脚踝，都要活动下。"周嘉誉仔细地叮嘱了两句。

丛夏点点头，活动好了之后很快就参加了检录。

立定跳远没有预赛，直接是凭借着参赛者最后的成绩排名，每个人都有两次机会，取最好的成绩。

中考体育考试的时候，丛夏的立定跳远发挥得好，可以跳到两米一，照着这个水平拿个名次肯定是没什么问题。

但问题就在于，她已经很久没有练过跳远了。中考结束之后，高中的体测基本都是及格即可，所以她也没有再系统练习过。

第一次她跳了一米八五。

这成绩单听起来是不错，但放在整个年级的比赛里没有拿名次的希望。

排队进行下一次的时候，丛夏朝着周嘉誉的方向看了看。

因为隔得有些远，周嘉誉没说话，做了个加油的动作。

丛夏深吸了口气，微微蹲下身，站在原地，看着画着线的跑道轻轻晃了两下身体，然后猛地朝前跳去。

这一跳，她准备得很充足，动作也很标准，稳稳地落在了两米零五的那条刻度线上。

周嘉誉的目光一直跟着丛夏的身影飞跃过去，直到落地，他在原地欢呼了一声："漂亮！"

无疑，这个成绩虽然得不了第一名，但前三是肯定没什么问题的。

丛夏松了口气，笑了笑，回头看向周嘉誉挥了挥手，然后挪动着步子离开了比赛场地。

不走起来倒没觉得有什么，迈出步子她才感觉到脚踝有些疼。大概是刚刚跳得用力，落地的时候崴了一下。

丛夏放慢了步子，缓慢地挪动着。

周嘉誉还沉浸在刚刚丛夏取得了两米零五好成绩的喜悦里，对此毫无察觉："可以啊！丛老师你这是深藏不露！"

"还好，倒是不如你1500米能跑第一名厉害！"关系熟了一些，丛夏也会打趣了。

"彼此彼此！"周嘉誉看了看表，"今天的项目快都结束了，晚上也没有自习，一会儿叫上林骁和孙橙瑶我们一起去吃晚饭吧！"

丛夏点点头没有拒绝，跟着周嘉誉的大步子，有些吃力，脚踝疼得比刚才厉害了。

"你走慢一点。"丛夏轻哼了一声，走得不太利索。

周嘉誉这才察觉到不对，停下脚步，扶住她："你怎么了？脚扭了？"

"应该是刚刚落地的时候崴了一下。"丛夏摇摇头，想着回去养几天就好，也不需要擦药。

"你怎么不早说？"周嘉誉皱了皱眉，搀着丛夏，"走，去医务室。"

"不用，这也不严重，不用去医务室。"

"快点！"周嘉誉没理会丛夏的反抗，只是抓着她的校服外套将她架起来，避免她继续用力伤到脚。

"宋医生！宋医生！"

因为快到下班时间，医务室的医生都已经脱掉白大褂，准备离开了，看着周嘉誉进来，又停了手上的动作。

"怎么了？"宋南是认识周嘉誉的。

小伙子老是打球，难免今天崴伤，明天擦伤的。但每次周嘉誉也就来拿个药，根本也不让她看伤口，平时他都摇摇头说这点小伤不算事，今天看起来倒是挺着急。

"医生，她脚刚才跳远的时候扭了，你快看看，别是骨折了。"

丛夏吓了一跳，哪有那么严重，赶紧解释："不是不是，就是崴伤了，医生你看着给我上点跌打损伤的药就好。"

宋南弯腰仔细检查了一下，点点头算是认同："没什么大事，就是长时间没有运动，过度用力崴伤了，给你拿了云南白药，回去喷几天就没事了。"

丛夏点点头，觉得这个治疗方案很合理，倒是周嘉誉大惊小怪："真的吗？宋医生你再好好看看！"

宋南被逗乐："你怎么回事，平常不都说扭伤不是事，养两天就好的吗？"

周嘉誉听了宋南的话，干咳了两声："那不一样，人家这不是小姑娘吗？怪娇弱的。"

"哦哦哦，是吗？"后面两个字宋南说得尤其重，还带着一抹怀疑的笑。

宋南研究生毕业不久就来到医务室工作了。许多年前，她也是临川一中的学生。因为年轻，又是从这个年纪过来的，所以打趣学生，琢磨学生的小心思她觉得最是有趣。

"谢谢医生。"周嘉誉还没说话，丛夏倒是觉得丢人，脸有些烫，赶紧接过药，往外走。

因为她的脚受伤了，所以那几步走得也不是很顺利。

周嘉誉反应快，一把搀住她："你急什么，宋医生又没说给你把脚切掉。"

周嘉誉："是吧，宋医生！"

"快走！"丛夏压低了声音，恨不得找条地缝钻进去，甚至想要甩开周嘉誉的手自己一个人跑了。

"是是是！"宋南一边脱下白大褂，一边回应着。

"你跑什么啊！"周嘉誉把剩下的药拿上，跟在丛夏的后面喊了一句。

"哪有那么娇气。"丛夏埋怨着走出医务室。

周嘉誉撇撇嘴，嘀咕了一句："不识好人心！"

"你说什么？"丛夏没太听清。

"没什么！我说丛老师晚上您想吃什么啊？"

"回去问问瑶瑶他们吧，她这会儿应该刚跑完 4×100 米接力。"丛夏朝着班级的方向走去。

今天的项目基本已经全部结束了，蒋珍霞正在组织学生放学。

"夏夏！你回来啦！"孙橙瑶下了场已经等了半天了，迎上前，"你的脚怎么了？"

"没事，落地的时候不小心崴了一下，已经去医务室看过了。"

"哦哦，那就好！"孙橙瑶今天格外兴奋，"咱们一会儿去哪儿吃饭？"

"吃火锅！吃火锅！"林骁可是积极，只要一提到吃。

按照惯例，孙橙瑶是要怼林骁一句的，但听说吃火锅又把话咽了回去。秋日里有凉风，确实是适合吃一顿热乎乎的火锅。

孙橙瑶："夏夏，可以吗？"

丛夏："可以啊。"

四个人商量好了，蒋珍霞那边一说放学，他们就火速前往火锅店。

"弄个鸳鸯锅吧。"周嘉誉看了一眼菜单。

"什么啊，誉哥你不是最能吃辣吗？"林骁怀疑地看了一眼周嘉誉。

"夏夏，你不能吃辣吗？"孙橙瑶看了看旁边的丛夏，她向来也是无辣不欢的。

丛夏刚想回答自己可以，被周嘉誉抢了先："她脚伤了，宋医生建议她清淡饮食。"

"哦哦，这样啊，好吧。"

鸳鸯锅就鸳鸯锅吧，丛夏偷偷地瞄了一眼周嘉誉，只能沉默着点点头没说话。

谁知道点菜的时候，周嘉誉语出惊人："卤猪脚，给我来五份！"

孙橙瑶和林骁对视了一眼，迟疑地发问："誉哥，咱四个人，一人吃一个也点不了五份吧？"

"再说，我和你也不吃猪脚啊！"林骁瞪了一眼周嘉誉。

"她不是脚伤了吗？吃啥补啥，多吃点。猪脚你吃的吧？"周嘉誉不以为然，又问了丛夏一句。

她是吃猪脚的，但是谁让他一口气点五份啊。丛夏真觉得这家伙是故意的，在医务室丢人还不够，这又丢到了火锅店。

"不用点这么多。"丛夏听见了周围服务员轻轻的笑声，恨不得直接遁地消失。

周嘉誉："哦，那点两份吧。"

丛夏勉强松了口气，刚喝了口水压压惊。

下一秒，周嘉誉又语出惊人："那卤鸡脚和鸭掌再各来一份吧。"

丛夏刚喝了口凉白开差点没呛出来，她真想好好问问周嘉誉，是不是今天跑1500米把脑子也跑丢了。

服务生憋着笑，点了菜。

林骁和孙橙瑶互相对视了好几眼，瞧瞧周嘉誉又看看丛夏，饭桌上的气氛变得很微妙。

涮火锅的时候，孙橙瑶很自觉地把猪脚、鸡脚还有鸭掌一股脑地塞进了丛夏的碗里，还带着看好戏的笑。

"快快快，夏夏，多吃点！"

丛夏看着从番茄锅里捞出来的一盘"脚"，胃口倒了一半，只好赶紧转移了话题："明天运动会就结束了，十一你怎么安排呀，瑶瑶？"

"别提了，一共三天假，我爸给我找了化学补习班，连上三天！"孙橙瑶义愤填膺，一脸悲苦样。

"你那化学成绩，就补几天，也没救。"林骁老是忍不住毒舌孙橙瑶两句。

"闭嘴吧你！"

"誉哥！那咱上午打球去吧？"林骁才不愿意把国庆假期用在学习上，一般只要是假期，他们都是在球场度过。

周嘉誉看了一眼丛夏："你呢？"

丛夏的国庆学习计划早就计划好了，三天都用来冲刺她薄弱的数学科目，毕竟国庆假期之后就是高三的第一次月考了。

丛夏："在家学习吧。"

周嘉誉皱了皱眉，他是想打球的，三天时间，也不用都用来学习吧。但看着丛夏那一脸云淡风轻的样子，他又不知道怎么说，好在这时候孙橙瑶开口了："我想去看你们打球！"

因为一直是高中同学，所以孙橙瑶和林骁、周嘉誉已经很熟了。她围观过他们不少次打球，虽然看不太懂，但是一起出去玩总是很放松。

"要不你和你老爸撒个娇，休息一天？"林骁出主意。

"夏夏，你也去吧！他们俩打球可有意思了。"孙橙瑶没理会林骁，转头询问丛夏。

"假期要复习一下吧，开学就要月考了。"丛夏有点犹豫，但是讲心里话，她对于围观他们打球，有点心动。

"那上午看我们打球，下午咱们一起学习！"周嘉誉听着丛夏有松口的意思，想了个折中的办法。

孙橙瑶："这个好！这样我就和我爸说要和同学一起复习，他也就不会拦着了。"

林骁"啧啧"了两声:"你瞧瞧你那个没出息的样子!"

看着大家都同意,丛夏吞了半只鸭掌,在心里想了又想,还是点点头。

火锅"咕噜噜"地沸腾着,升腾着的热气缭绕,视线有点模糊。

周嘉誉看着丛夏把面前的各种"脚"一个个乖乖吃掉,嘴里塞得满满的,边吃边点头,还觉得她有点傻乎乎的可爱。

吃饱喝足,大家都各回各家。

丛夏伤了脚,也不能骑自行车,就随手在路边拦了一辆出租车。

回去的路上,丛夏和周嘉誉一起坐在后排。

思索再三,丛夏还是开口:"咳咳,那个,以后真不用像今天这么夸张,我身体挺好的,也不是玻璃做的。"

"夸张吗?"周嘉誉挠挠头,撇撇嘴,怎么也不觉得夸张。反倒是自我感觉还挺良好,这可是奶奶告诉他的,吃什么补什么。

丛夏勉为其难地点点头,忍不住多看了几眼周嘉誉,一副欲言又止的样子。

"你这样学英语不是长久之计,要开始系统背单词,针对性刷题才能真的提高。"

周嘉誉一听英语就头疼,耷拉着脑袋。

"国庆假期,上午打了球,下午我给你一份重点单词表,你好好背一下。"

单词表丛夏已经准备有一阵了,基本都是周嘉誉每次作业混淆的易错词语和生词。

"背一下午?"周嘉誉试图再挣扎一下,丛夏倒是没有给他这个面子。

"不然呢?是你说下午学习的。"丛夏看着周嘉誉好看的脸上露出"悲怆"的表情,忍不住地想笑。

"丛老师。"

"干什么?"

"能不能……"

"不能。"

管他要说什么,丛夏一口回绝。

"周嘉誉,可是你自己跟周叔叔保证,要跟我好好学习英语的,不然你现在打包搬回去?"

越和周嘉誉熟悉起来,她越觉得相处轻松。丛夏承认以前的固化思维影响到了她的判断。

周嘉誉聪明却从不耍小聪明，不会、不学从来都是单刀直入地耍赖。没有实验班那些学霸斤斤计较的小心思，更不会因为有省赛、国赛的金牌就自视甚高。

"好好好，学学学！"周嘉誉见耍赖无效，只好点头应承。

回去的路，出租车开得也不是很快。

打开车窗，有微凉的晚风灌进来，吹在脸上格外舒服温柔。华灯初上，临川的夜景从车窗里一帧一帧地闪过，霓虹、灯光、行人、车辆都在窗格里，像是一幅幅的动态图画。

有那么一瞬间，丛夏很想家，想那个水乡里、蜿蜒曲折的家。

她也想爸爸。

即使知道他再婚了，即使知道他又有了孩子，她还是忍不住去想。

曾经一家三口，也是这样坐在一辆车里，吹着晚风，回家。

不同于临川，秋天的水乡，潮乎乎的风里还夹杂着甜腻的花香。金秋时节，是桂花开得正好的季节。

"你想什么呢？"周嘉誉在说今天的运动会，说了半天见丛夏也没有反应。

丛夏没有应答，目光还在窗外，摇摇头，忽然有些好奇。

"你老是自己一个人在家，不会觉得孤独吗？"

丛夏这话倒是把他问住了。

仔细想想，妈妈去世得早，所有人都哭天抹泪的时候，他怔怔地站在原地一滴眼泪都没掉，亲戚在背后都说他心硬。

可他真的没什么太大感受。他从小跟着奶奶长大，父母都忙于工作，很少来看他，所以他对于爸爸妈妈一直都很陌生，即使现在对周堃，熟悉里也都带着一丝丝陌生。

直到初中被周堃接回了临川，上了三年重点初中，他才算是适应了在临川的生活。

周堃很少回家，很少给他做饭，他的起居都是钟点工上门来照顾的。开始的时候吃不到奶奶做的饭菜，没有人叮嘱他添衣、洗澡，他是不习惯的，第一年夜里他也偷偷抹过几次眼泪。

只是眼泪抹多了，他发现好像没用。

再后来，他学会了做饭，学会了做各种家务，学会自己搭车回去看奶奶。他已经适应了一个人的生活，也不是很需要别人照顾他了。周堃回不回来，有没有妈妈嘘寒问暖,他毫无感觉。

　　周嘉誉大概思索了几秒,摇摇头,只是很浅地笑了笑:"没有,我自己一个人挺好的,以后要是能把奶奶接过来就更好了。"

　　丛夏在周嘉誉脸上看不到任何可惜和难过,他似乎真的能把自己照顾得很好,似乎真的很享受自己一个人的生活。对他来说孤独或许很陌生。

　　"你怎么了?想家了?"

第二章·
十七岁，真好

丛夏沉默着没有否认。

"临川是个很好很好的地方。"周嘉誉干巴巴地解释了一句，也觉得略微有些单薄。

丛夏点点头，她承认临川是个浪漫的海滨城市，有清新潮湿的空气，有温柔的海风，有新鲜的海鲜……

或许就是一方水土养一方人吧，要完全适应需要很长的时间。

运动会在实验班同学的摆烂中，毫无意外地在年级中垫底。蒋珍霞虽然一向不是很在意这些除了学习的课外活动，但拿了个倒数第一，面子有点挂不住。

这样的成绩对周嘉誉、林骁还有孙橙瑶三个来说是意料之中的，丛夏倒是觉得有点可惜。毕竟周嘉誉是拿了 1500 米第一名的，孙橙瑶几个项目的成绩也不错。

大家回去洗洗澡，休息了一晚上，拿上全部的作业，第二天先去了体育场。

平常要上学，所以即使翘了早自习去打球，周嘉誉也都是穿着校服，今天没了上学的限制，他穿了一身白色的球衣，手里抱着篮球，书包瘪瘪的，单肩背着，一看就没装多少东西。

"让你带英语作业，你带了吗？"丛夏进入角色很快。

"带了带了！"周嘉誉这一整个书包里也就背了英语作业和英语书。

有林骁在，孙橙瑶自然带的都是和化学相关的教辅资料。

有一阵子，他们没有好好地在球场比拼了。

临川已经彻底入秋了，早上凉风吹过来，冷得很。林骁和周嘉誉穿着短袖，来来回回地在球场上奔跑着。

丛夏和孙橙瑶坐在一边的长椅上，看着少年如风的两人，奔跑着、跳跃着，争夺着那个球。风从他们的发梢、袖口、领口穿过，平添了几分恣意潇洒。

清晨的阳光很好，散落在篮球场上，快要起飞的影子，被风掀动的白球衣，丛夏坐在高高的长椅上，能感受到临川这个季节的凉意和浪漫。

"耶！"场上的周嘉誉进了球，欢呼了一声。

丛夏的目光不自觉地追随着他，旋转跳跃。

他是真的生了一副阳光周正的好皮相，仅仅站在篮球场上，就叫人的目光根本挪不开。

孙橙瑶对林骁一贯持打击态度："林骁，你倒是使使劲啊，你看誉哥都进了几个球了！"

林骁白了一眼孙橙瑶，心里不爽得很，球却打得更卖力了。

"你怎么老是打击他？"丛夏好奇地问了问。

"那是我打击他吗？他本来就菜，学习学习不灵，打球打球菜鸟。"

孙橙瑶的父母和林骁的父母是好朋友，从小两人上的是同一个小学，同一个初中，后来中考又一起考到了临川一中，进了实验班。

初中时林骁打架还翘课，妥妥的小混混一个，为此林骁的父母没少找孙橙瑶看着他们这个不省心的儿子。

说来也怪，林骁也只怕孙橙瑶。在她的压迫下，他中考前冲刺了三个月，直接以全市前二十的名次考到了一中，实验班免试。

孙橙瑶呢，初中也没怎么消停，不仅追星，还暗恋学长。但也是因为暗恋的这个学长考入一中，她才拼了老命冲刺复习，最后超常发挥以全市前五十的成绩冲进了一中，没想到她前脚考到一中后脚学长就转学了，林骁可没少拿这个事笑话她。

上高中之后，林骁的理科天赋慢慢凸显出来了，也没少帮着孙橙瑶。只是两个人都习惯了互相斗嘴嫌弃的相处模式。

"快快快，水给我喝一口，渴死小爷我了。"林骁下场直接奔来孙橙瑶这边。

孙橙瑶嫌弃地递上了一瓶水，丛夏这时候才意识到，周嘉誉好像没水喝。

"你渴不渴？"丛夏说完，就觉得自己这话有点多余，打了那么久的球，不渴就奇了怪了。

"要不，我去给你买瓶水吧？"

"我和你一起去。"周嘉誉看着林骁在一边"咕嘟咕嘟"已经干了一瓶，心里不爽，嘴上没说，屁颠地跟在丛夏后面去了超市。

"你喝什么?"丛夏自己拿了一瓶红茶,又给孙橙瑶拿了一瓶果汁,扭过头对着周嘉誉说,"我请你。"

周嘉誉也不客气,他记仇得很,她来看他打球,却不带一瓶水给他:"老板!五罐可乐!"

又来?

丛夏瞪了一眼周嘉誉:"你也不怕二氧化碳把你撑死!"

孙橙瑶和林骁看着周嘉誉提了一袋子的可乐,吃惊:"誉哥,这又是谁哪儿伤了?喝啥补啥,缺二氧化碳了?"

丛夏难得毒舌:"我看是缺心眼了。"

四个人在篮球场又吵吵闹闹了一会儿,下午一起找了环境还不错的咖啡店自习。

丛夏把整理好的单词表递给了周嘉誉:"一共是四百七十三个,今天先背五十个吧。"

"五十个?"

丛夏没理会周嘉誉的不满,拿出数学题准备开始做。

"丛老师。"

"干吗?"

"没事了。"周嘉誉忽然怂了,看着眼前的单词深吸了口气,低下头开始死记硬背。

丛夏很快也专注进眼前的数学题里。

玩归玩,闹归闹,他们最根本的身份还是高三的学生。

孙橙瑶和林骁一起做着化学题,偶尔会痛苦地哀号几声。周嘉誉跟英语多年不怎么交手,也有些焦头烂额。

只是,大家都很认真。

他们有独属于这个年纪的压力、焦虑,甚至疲惫和痛苦,同样的,他们也有独属于这个年纪的热烈、恣意,还有骄傲。

外面的日头一寸寸地滑落,金黄的夕阳掺杂着一点点微红染透了半边天,像是秋日里一个温暾的美梦,摇曳着、绚烂着,最终坠落,消逝。

周嘉誉勉勉强强把五十个单词背完,丛夏也刷完了两套复习题。

周嘉誉:"不会吗?"

丛夏已经盯着答案看了有一会儿了，还是她最薄弱的解析几何。

丛夏："没看懂这道题的答案。"

周嘉誉拿起旁边黑笔，扫了一眼题："答案的方法太笨了，这样做。"

白色的草稿纸上，一排排黑色的计算步骤被流畅地写出来。

周嘉誉平时看着吊儿郎当，像是什么都不放在眼里，但算起数学题的时候，总是很专注。

他能清晰地拆分每一个步骤，能仔细地讲出每一个知识点，盯着题，拿着笔。

丛夏尽可能地跟上他的思路，听着他的讲解。

大概过了二十几分钟，她才恍然大悟一般抬起头："懂了，懂了！"

周嘉誉被夸，和小朋友一样，骄傲地抬起头合上笔，瞧着眼前自己写出的完美公式和解析过程，心里别提多美。

丛夏看着他一脸骄傲，又忍不住窃喜的表情，觉得可爱，想继续夸夸他，话到嘴边又变成了："那奖励你再背五个单词。"

恩将仇报？

周嘉誉一时语塞，倒是丛夏狡黠地笑了笑："可乐你都喝了，五十个单词你也背了，不差这五个了！"

天完全暗沉下来，外面秋风萧瑟，咖啡店里温暖如春。四个人守着自己面前的小桌子，还有那些复杂的练习题，一分一秒都被赋予了更多的意义。

晚上孙橙瑶的爸爸来接她，顺便也把林骁捎回去了。

丛夏和周嘉誉家在一块儿，自然结伴而归，路上吵吵嚷嚷，周围人声鼎沸。

"dynamics."

"力学。"

"exception."

"呃……例外？例外吧。"

"确定？"

"不确定……"

"五遍，明天继续考。"

"什么？五遍，例外例外，我想起来了！"

"十遍！"

"喂！你不会是老蒋的亲闺女吧？"

回去的路上，两个人骑着自行车，并排往回走。丛夏随机抽考着那些单词，周嘉誉被问得满头包。

这姑娘，怕不是被老蒋搞魔怔了吧，怎么说起话来的口气都是如出一辙。

夜色渐浓，氤氲的寒气附着在玻璃窗上，深秋尾声里，已经快有冬的意味了。

路过临川一中快要到家的时候，周嘉誉停了车买了两杯玉米汁。

"给，丛老师，不占你可乐的便宜！"

热乎乎的玉米汁喝进胃里很暖，丛夏抱着那杯玉米汁，自行车停在路边，看向临川一中的校园。

教学楼顶是"临川一中"四个大字，夜晚里会亮起红色的灯光。国旗杆在黑暗里看得不太真切了，只能隐约瞧见红旗在风里猎猎飘扬着。

一转眼她已经在这里上了一个多月的学了，高三的进度条也在以最缓慢的速度流逝着。

"周嘉誉。"

"嗯？"晚上没吃东西，周嘉誉倒是怪饿的，正和玉米汁较劲，心里还盘算着要不要再吃点什么。

"你有想考的大学吗？"

周嘉誉诚实地摇摇头，他真的没有很想去的地方，但他有想做的事情，想从事的职业。

"你呢？"

丛夏也摇摇头，学习似乎是一件分内的、必须要完成好的事，所以在收获前，她只管投入。

"急什么，日子还长呢！"周嘉誉一向奉行的是当下即为全部，"我们才十七岁。"

丛夏认可地点点头，淡淡地笑着看向周嘉誉那张阳光俊朗的脸，目光交错在一起，像是某场突如其来的遇见。

是啊，我们才十七岁。

十七岁，真好。

国庆三天假期，周嘉誉也没有什么补习班，基本除了第一天上午打了个球，就一直缩在房间里跟丛夏布置的英语单词做斗争。

"夏夏，今天你郑叔叔和周叔叔都在单位加班，妈妈做的晚饭你一会儿给嘉誉也送去一份。"孟葭把晚饭装进保温盒里。

"好。"

丛夏知道孟葭每晚都有去广场锻炼的习惯，所以这会儿去给周嘉誉送晚饭可以多待一会儿。

敲门半天无人应,丛夏以为周嘉誉出去了,刚想等会儿再来,门就开了。

丛夏:"你怎么这么久不开门?"

"背单词。"说起来,周嘉誉就没好气,四百七十三个单词简直是快要了他的命。

"这么用功啊。"丛夏憋着笑,把保温盒放在桌上,"我妈妈做了晚饭,有清蒸鲫鱼,要不您先吃了补补?"

"真的!"周嘉誉说起吃喝玩乐和小孩没什么两样。

吃上了饭,周嘉誉刚想开口说话,被丛夏抢了先。

"revolution."

"喂,不是吧,吃饭呢,能不能歇会儿,好倒胃口。"周嘉誉本来在大快朵颐,一听英语就想吐。

丛夏想想也是,便没再为难他,随便聊起了学校的事。

"开学就月考了,我看咱们班第一的位置一直都是郭玥和陈子安轮着坐。"丛夏有关注过之前年级榜单的排名。

周嘉誉对郭玥不熟,对陈子安的印象坏得很。陈子安老是跟看犯人一样看着他,他做个什么练习题,陈子安下课就要趁他不在的时候偷偷去看。被抓到还不承认,数学正面比不过他,就几次三番在背后抹黑他,说他是找了关系才进了实验班。

"不熟,和我没关系。"周嘉誉大口吃着饭菜,根本不想提起这两号人。

丛夏来的时间虽然短,但也对实验班"恶性竞争"的学习氛围有所了解。大家似乎都生怕被其他人超越,练习题从不分享,会做的题目也不愿意讲解给别人听。

"你月考准备得怎么样了?"丛夏看得出来周嘉誉不想继续提班级的事,便很自然地转换了话题。

周嘉誉又往嘴里塞了一些食物,话语含混不清:"有什么好准备的。"

他向来是这样,考试随心发挥,也没有什么顾虑。

说到底不就是个月考吗?周嘉誉真的不明白,那些人为什么要搞得和决定生死一样。

"要好好复习。"丛夏叮嘱了他一句。

周嘉誉现在对丛夏一本正经老是小大人的样子已经完全适应了,点头和小鸡啄米一样:"知道了,知道了。"

周嘉誉:"一会儿吃过饭你就考!我背得挺熟的。"他倒是自信满满。

丛夏笑而不语,看着眼前的人把面前的菜吃光,心里想着下一个单词表要写些什么好。

怪不得蒋珍霞一直揪着周嘉誉的英语不放,明明是用功就可以学好的,这才三天,这四百多个单词周嘉誉就基本掌握,快问快答基本不在话下。

"怎么样,还可以吧,丛老师?"周嘉誉沾沾自喜,有些小小的得意。

"你早拿出这个劲头来,蒋老师怎么还会一直抓着你不放呢?"丛夏其实心里也替周嘉誉高兴,但为了防止这家伙翘尾巴,还是不能夸他。

周嘉誉摸了摸鼻子,不是很满意丛夏站在蒋珍霞那边说话:"丛老师,背得好没有奖励吗?"

"你想要什么?"

周嘉誉指了指冰箱:"给我剥点石榴吧。"

"石榴?"

丛夏前几天刚刚抱怨了临川这边的石榴不够饱满不够甜,秋日里,她最喜欢吃的就是石榴。

"这石榴看着就好吃!"丛夏从冰箱里拿出了两个大个儿的石榴,轻轻一掰,红色晶莹剔透的果粒就暴露出来。

"肯定好吃啊。"周嘉誉嘴上没说,心里可清楚得很。

他很少向周堃提出要求,前几天听丛夏说过,他特意求着周堃托外地的朋友邮寄过来的石榴,又在家里放了两天,里面的果粒早就饱满成熟了。

"你就是故意馋我是吧?"丛夏没有怎么多想,看着红色的石榴粒儿又看了看周嘉誉。

"我还能不让你吃吗?吃呗!"周嘉誉从桌上拿起掰开的半个石榴,只放进嘴里一粒,剩下的都放进了玻璃碗里。

"吃吧。"周嘉誉笼统也没吃上半个,也就浅尝辄止地试了几粒,就把玻璃碗推到了丛夏面前。

刚巧丛夏剥完了一整个:"我刚剥完,你不吃了?"

"吃太饱了,实在吃不下了,你替我吃了吧,不浪费。"

丛夏严重怀疑周嘉誉这家伙是在逗自己玩,白白剥了这么多石榴。不过也好,她刚好想吃。

"再做几篇语篇填空吧,完型填空短时间内提高是很难的。"丛夏还带了语篇的专项训练过来。

周嘉誉不满地哼了一声，但还是乖乖地接过来，重重地重复了一声："知道了，丛老师。"

国庆假期之后，很快就是高三的第一次月考，蒋珍霞更像是巡逻警察一样，经常闪现班级盯着学生们上课。

丛夏越来越适应实验班的节奏，几次小测成绩都名列前茅，在一中也算是如鱼得水。

眼看着，明天就是月考了，蒋珍霞站在讲台前唾沫横飞，坚守着最后的晚自习。

丛夏打算再做一张数学的复习卷子，练练熟练度，保持手感，这样明天答起题来也更顺一点。

谁知道才写了选择题，她隐隐觉得肚子疼。

算了算日子，丛夏有不好的预感，下课赶紧去了趟洗手间，果不其然是生理期。

明天还要考试，早不来晚不来偏偏这个时候来。

丛夏觉得小腹难受得很，微微弯着腰回到教室有气无力地趴在桌上。

"你怎么了，夏夏？"孙橙瑶还在和化学题做斗争，看着丛夏脸色有些发白，趴在桌上。

"生理期，肚子疼。"丛夏很小声地解释了一句，小腹疼得她有点微微冒汗，但她仍揪着校服强忍着继续写题。

孙橙瑶刚好带了暖宝宝，给了丛夏一片。

"这个单词什么意思啊？"周嘉誉还沉迷在英语单词中，没有察觉丛夏不舒服，直到拍了拍她，见她半天没动，他才觉得不对。

"她怎么了？"周嘉誉问了一下孙橙瑶。

孙橙瑶又不好仔细说，含糊地解释了一下："肚子疼。"

都是学过高中生物的人，周嘉誉很快就反应过来，眼神闪躲了两下，轻咳了一下，走过去顺走了丛夏的杯子。

"水房晚上九点就没热水了。"林骁提醒了一句。

周嘉誉没回头，应了一声："我知道。"

这会儿蒋珍霞刚下了课，回了办公室正准备下班回去，周嘉誉敲门进来。

"怎么了？这会儿你来干什么？"蒋珍霞瞧着他也不像是来问题的样子。

周嘉誉"嘿嘿"笑了两声："老师，能不能接点热水？"

接热水倒是没什么，蒋珍霞就让他进来了："去吧。"

"英语最近有进步，好好保持，别骄傲。"蒋珍霞忍不住唠叨了几句，无意间瞟见了周嘉誉手里的粉色杯子。

"你这是给谁接的水？"

"丛夏的啊。"周嘉誉根本没想着隐瞒，说得很大声。

蒋珍霞疑惑了半刻也没多想，实验班她带了这么多年，谁但凡有什么小心思，她最清楚不过了。

周嘉誉一副吊儿郎当的不正经样子，丛夏满脑子都在学习上，两个人顶多就是前后桌。

"老师，我接好了，我走了。"

"回来。"

"啊？"

"桌上有包红糖，你带给丛夏吧。"蒋珍霞指了指桌上的一包红糖，没说什么，"明天考试别迟到。"

回到教室的时候，丛夏还趴在桌上艰难地写着数学题。

"给。"周嘉誉口气放得很轻，然后把红糖和热水放在桌角。

"你从哪儿弄的？"丛夏疼得有些微微出汗，十分不好意思。

"老蒋给的，你自己冲了喝掉，明天还要考试呢。"周嘉誉瞧着她脸色不好，有点紧张。

孙橙瑶帮着丛夏把红糖倒进滚烫的热水里，顺便还不忘瞪一眼林骁。她每次碰上生理期难受，林骁就知道说"那怎么办，要不多喝热水"。

"夏夏你再忍忍，马上就要放学了。"

丛夏点点头，没吭声，余光偷偷看了看周嘉誉，脸红得不太正常，有点不好意思。

好巧不巧，今天还赶上了值日，教室的同学走光了，孙橙瑶跟着林骁也一起结伴回去了。

"你别干了，我来吧。"周嘉誉看着擦黑板的抹布泡在冷水里，自己伸手去捞出来拧干。

"不用，我自己可以。"丛夏刚刚喝了红糖水，稍微好受一些。

周嘉誉没答，自顾自地开始擦黑板。

飞扬的粉笔灰围绕在他周围，蓝白相间的校服和被擦干的黑板格外搭配。

"值日还有一会儿,丛老师,考考我单词吧。"

丛夏想了想没拒绝,退了几步,看了看四下无人,她坐在了桌子上,掏出英语书,一个一个地抽考。

是一个很平常的晚自习,是一个很普通的月考前夕。

单词还是那些单词,杂乱无章;数学题还是那些数学题,复杂得令人讨厌。

秋末晚风凉飕飕地从教学楼的走廊穿堂而过灌进教室里,少年背对着少女嘴里念念有词,飞快地将黑板擦得干干净净。

明亮的灯光照射在这间只有他们两人的教室的角角落落,桌面上的卷子被风吹得作响,温柔细碎,像是安徒生的童话。

"周嘉誉。"

"嗯?"

"没事,明天好好考。"

考场的序号是按照成绩排列的,因为丛夏没有参与上半年的最后一次考试,所以就被分到了最后一个考场。

昨晚回去,丛夏又喝了一杯热红糖水,孟葭还给她打了热水泡脚,今早起来她就好受多了。

她下楼的时候,周嘉誉已经等在楼下了。

"早。"

"早。"

因为从小妈妈就不在身边,周嘉誉也没有姐姐妹妹,所以也不知道要怎么解决丛夏肚子疼的问题。昨晚他在网上搜了很久,早上起来泡了一杯红枣桂圆银耳羹装进了保温杯。

"给你。"周嘉誉把保温杯递给了丛夏,想了想又解释了一句,"新的杯子,我没用过。"

丛夏犹豫着接过保温杯,看了一眼周嘉誉,觉得有些不好意思又收回了目光:"谢谢。"

"好好考试。"

一路走到了学校,两人停在楼梯口分别要去各自的考场。

"等一下,"周嘉誉又喊住丛夏,"要是不舒服,和监考老师说。"

丛夏点点头,拿着那杯银耳羹去了考场。

趁着没有考试,丛夏拧开保温杯喝了一口。

大概是第一次做，冰糖的量没掌握好，有点过甜。但银耳软软糯糯，红枣片也很香甜，喝进胃里暖暖的。

丛夏忽然想起周嘉誉早上略显笨拙的样子，不难推测他手忙脚乱泡这杯银耳羹的样子。她想想都觉得有趣。

银耳羹喝了大半，丛夏也没有什么不适感了，开考就很快进入了状态。

丛夏一直都是那种稳中求胜的选手，拿到卷子第一时间迅速浏览了题目，一道一道地写完整。

因为是高三的第一次月考，所以题目也不是很难。

上午考了语文和化学，丛夏坐在座位上整整一上午，收卷的时候，眼睛都有些花了，坐得久加上生理期再起身腰也很酸。

出教学楼的时候，孙橙瑶他们已经等在了门口。

"这化学出的什么鬼题啊？最后的实验题我有一半的空都没填上。"孙橙瑶的化学一向是最差的，每次考化学跟度劫一样。

林骁还在旁边煽风点火："这题也不难啊，孙橙瑶你再不好好学化学，还想不想考大学了？"

孙橙瑶瞪了林骁一眼，又狠狠地踩了他一脚："不张嘴没人把你当哑巴，我看你这次语文能考成什么鬼样子，小心我去告诉林叔叔。"

丛夏和周嘉誉早就习惯了两个人吵来吵去，跟在后面小声地讨论今天的题目。

"银耳羹都喝了？"

丛夏点点头："回去把杯子洗过了还给你。"

"不用洗了，给我吧。"周嘉誉看见挂在书包外面的杯子直接解下来。

四人的午饭是在食堂解决的，下午还有考试，趴着睡了一会儿，趁着还早又看了会儿书。

下午有丛夏最不擅长的数学。

说起来也是离谱，临川一中实验班的数学卷子居然考得和平行班不一样。美其名曰提高锻炼实验班的数学能力，以应对高考拉开分差的那些压轴难题。

没见到卷子前，丛夏多少还是有点紧张。

铃声一响，老师就迅速分发了卷子。前面的基础题也还好，只是做到后面她还是有些吃力。

选择题的最后两道，填空题的最后一道，包括后面的解析几何还有导数的最后一问她都不是很确定。手忙脚乱，考试结束的时候，丛夏才将将好涂好答题卡。

出考场的时候，大家都在讨论着刚刚结束的数学考试。

只言片语听了一耳朵，应该是很难，大家的兴致都不高。

"誉哥，最后一道选择题选什么？"林骁的数学水平也不差，但这次也有不少不能确定的。

"选 B。"周嘉誉写习惯了竞赛题，对这种难度的考试卷子倒是没什么太大的感觉。

"那太好了，我也选的 B。就是最后要收卷了，我没来得及再算一下。"林骁松了口气。

"选 B 吗？"丛夏清晰地记得自己选的是 A。

周嘉誉其实很确定那道题就是选 B，本来想脱口而出，但话到嘴边又咽了回去："我也不是很确定。明天不还有两科吗？先复习英语和生物吧。"

林骁还想着继续追问两句，怎么就不确定了呢？

孙橙瑶赶紧戳了他一下："对什么答案，赶紧回家！"

周堃晚上又在单位加班，明天还要考试，他就麻烦了孟葭夫妇俩做晚饭的时候捎上了周嘉誉的那一份。

回去的路上，丛夏的情绪不是很高，还在纠结着刚刚的数学考试，说实话她的物理发挥得也不是很好。

"哎！走过了！"周嘉誉看着丛夏走过了单元门，赶紧喊住她。

"不就是个数学考试吗？成绩都还没出来呢。"

丛夏若有所思地点点头，显然还是心不在焉。

"急什么啊，就算考不好，你这不还有我吗？"周嘉誉说着忽然伸手轻轻胡噜了一下丛夏的头。

丛夏下意识地往后缩了一下，但轻柔的触摸还是落在了她的发间。

"你……"丛夏像是一只受惊了的小鹿一样。

周嘉誉也没有想到自己忽然做出这样的举动，放下手就后悔了。

"你……你数学怎么学得那么好？"丛夏抿了抿嘴，把原本的话咽了回去，憋出了一句还算适宜的话。

"啊，就是多做题，多做题。"周嘉誉有些失语，根本不知道自己在说什么，简直是胡言乱语，转过身赶紧大步朝前走。

"快走，阿姨应该早就做好饭了。"他走了两步，又回过头喊了一声丛夏。

已经十月了，天暗沉得早了许多，五点多结束考试，这时霞光都已经散得差不多了。

　　唯余的几缕光透着有些厚重的云落下来，周嘉誉刚好逆着柔和的霞光回头看她，叫她快点吃晚饭。不知是不是因为霞光，丛夏觉得他的眸子好亮好温柔，像是把临川的秋天装进去了一样。

　　她忽然想到了一句歌词："少年回头望，笑我还不快跟上。"

　　那一刻，丛夏莫名走了神，目光追随着周嘉誉，许久都没挪开眼。

　　"来了。"丛夏暂时忘记了有些失败的数学考试，看着少年的方向，快步跟了上去。

　　"先吃饭！吃饭最大！"周嘉誉没心没肺地笑嘻嘻，对于明天他不擅长的英语没有一丝焦虑。

　　"数学学起来是需要点天赋的，不过我看你天资聪颖，也差不到哪儿去，别急早晚成大器。"

　　"是吗？"丛夏侧过头又看了一眼周嘉誉，"可我看你可是三天打鱼，两天晒网。单词昨晚是不是又没背？周同学，笨鸟先飞懂吗？"

　　"我知道啊，笨鸟先飞。"周嘉誉本来是想证明自己努力，"不是，谁是笨鸟啊？你满一中打听打听，小爷我是不是整个年级最聪明的？"

　　丛夏当然知道周嘉誉不笨，只是想气他一下，叫他好好地努力学英语。

　　"丛老师，我更喜欢鼓励式教学。"周嘉誉倒是摆起了架子。

　　"我是老师，怎么教育我说了算。"丛夏才不买账。

　　两人吵吵闹闹地进了单元门，丛夏暂时放下了数学考试，积极地想着明天的英语和生物。

　　孟葭已经做好了热气腾腾的饭菜，荤素搭配，还有热乎乎的排骨汤。

　　丛夏坐下喝到热汤的那一刻，觉得好幸福。

　　"嘉誉啊，多吃点。"孟葭本来就很喜欢周嘉誉，加上他是周埕的儿子，每次他来都是好吃好喝地招待，生活上也没少帮着照看他。

　　"好嘞，阿姨！"周嘉誉倒是一点也不客气，连喝了两碗汤，还吃了一大碗米饭，最后还不忘夸孟葭手艺真好。

　　"嘉誉啊，夏夏在学校表现得怎么样？你数学成绩那么好，稍微帮帮她。"孟葭一直担心丛夏转学过来会不适应影响成绩，加上这月考成绩还没出，她心里也没底。

"阿姨您放心，丛夏学得好着呢。老蒋，哦不是，蒋老师可喜欢她了。"

孟葭满意地点点头，笑着说："那就好，那就好。一会儿你们就在客厅复习，阿姨给你们准备了水果。"

"好嘞！"

交代完孟葭就出去锻炼了，留下丛夏和周嘉誉坐在客厅复习。

"明天英语的作文，你一定要按照模板来，不可以随便发挥。"丛夏可是见过周嘉誉那个作文的"神来之笔"。

他可真是毫不谦虚，真当自己是文曲星转世呢，洋洋洒洒地写了一篇，还有很多句型错误。

"那我写得也不比这个模板差吧。"

丛夏看了周嘉誉一眼："你是认真的吗？"

"咳咳……"周嘉誉"嘿嘿"了两声，"好吧，是比我写得好那么一点点。"

"赶紧背，英语水平再不提高，小心下次掉出第一考场。"

"掉就掉出来呗，怎么，进第一考场我能多得几百块钱咋的？"周嘉誉向来不在乎这些排名、位次，丛夏一直也很奇怪。

这实验班，大家恨不得每一秒都拿来学习，每次排名看得和生死一样重要。

"周嘉誉，你是真的不在乎吗？难道你不怕去不了好的大学，以后找不到好的工作吗？"丛夏放下笔，神情很严肃，不像是开玩笑地问了一句。

"为什么会这么想？"周嘉誉放下笔，想了片刻摇摇头，回答得很认真很肯定，"我不害怕。一定要考好大学吗？一定要做所有人眼里体面厉害的工作吗？"

丛夏被问得一时语塞，竟不知道该怎么回答。

世俗总是有各种各样的要求，问起来为什么，好像不知道该怎么回答。

"我也没有不努力，没有整日里无所事事，没有浪费时间和生命，为什么要焦虑？考得好与不好又不是焦虑可以决定的。"周嘉誉拿起一颗桌上的冬枣丢进嘴里，口气不算郑重。

丛夏捏着笔，陷入了沉思，余光偷偷地看向周嘉誉，忽然生出了一丝羡慕。

他好像真的活得很坦然、很自在，即使是在这疲于奔命让人无比厌倦的高三。

丛夏好喜欢看着他的眼睛，那样明亮不带一丝哀怨和惆怅，像是这世界的忧愁喜乐都不能影响他一样。

他打球，他翘早自习，但上数学课、做起练习题他从不含糊。他玩游戏，也喜欢偷懒，但备赛的时候可以几天只睡几个小时。他从不与那些人争排名，更确切地说，是他根本不屑争。

丛夏一向最讨厌浑水摸鱼的人，但周嘉誉偶尔在英语课上划划水，她竟没有鄙视，甚至觉得可爱之余还想管管他。

周嘉誉又拿起了英语单词唉声叹气，叫苦连天。丛夏坐在他旁边，无奈地笑了笑，心里暗自承认了自己些许的懦弱和不安。她是做不到的，所以看着周嘉誉轻松的笑容，挤压在胸口的压力也会莫名地消散几分。

侧过头看着周嘉誉那张脸，丛夏又打起精神看起了生物的知识点。

"冬枣挺甜，快吃一颗！"周嘉誉递过来一颗凑到丛夏嘴边，也没多想。

丛夏往后缩了缩，拿手接过冬枣。

甜丝丝的汁水在嘴里爆开，冲散了她复习了一个晚上的疲惫和倦意。展开的卷子、密密麻麻的单词，和这个快要过去的秋天混杂在一起，带着紧张、压力。

"周嘉誉，你以后一定会成为特别厉害的人。"送周嘉誉下楼的时候，丛夏这样说了一句。

"那是！"周嘉誉诧异了几秒之后，扬了扬头，不带一点犹疑和掩饰。

他当然要做厉害的人啊，要做自己觉得很酷很厉害的人。

第二天考试如期进行着，英语卷子是老蒋亲自命题，难度还是有的，尤其是完型填空题上出了一部分拓展词汇，叮得学生们满头包。

因为上午考试，所以下午的课就取消了。

"夏夏，英语好难。"出了考场，孙橙瑶就垂头丧气地吐槽了一句，默默想着她会不会又在实验班垫底。

林骁应该是发挥得不错，看起来喜气洋洋。周嘉誉这奋斗了一个月的英语自然是有进步的，加上他生物本身也不差，整个人也是神清气爽。

"大家应该都会觉得难，我也觉得有点不太好答，没事。"丛夏安慰着孙橙瑶。

晚自习还要回学校梳理卷子，中午大家一起吃了个饭之后就都回去休息。毕竟连考了两天试，精力也实在是要跟不上了。

高三课业压力大，孟葭也不敢懈怠，每天换着花样地给丛夏准备小零食和水果。

这不下午她刚睡醒起来，又给她准备了洗好的桃子。

"记得给嘉誉一盒。"

丛夏点点头，去洗手间洗了把脸，困意消散了不少，她背着书包拿着水果又回学校去上晚自习。

考试卷子还没批改出来，但答案已经陆续发了，丛夏安安静静地坐在座位上对着各科答案。

孙橙瑶在一边"哎呀哎呀"着，不出所料考得很不理想。丛夏倒是没想到，数学竟然没有自己想象的那么差，粗略地算下来130分是有的。

"哇，誉哥，这完型填空题你就错了六个？"林骁瞟了一眼周嘉誉的卷子。

这套英语卷子的难度是不小，照以往周嘉誉狗屁一样的英语水平，对六个还差不多。

丛夏听得很真切，没回头，但偷偷地笑了笑。

"怎么，不行啊？"周嘉誉像是意料之中，高高兴兴地抖落着卷子，拍了拍丛夏，"你看看，咱这成绩不赖吧？"

"满打满算这张卷子你也就得110分。"丛夏可得给这家伙泼点冷水，不然他的尾巴岂不是要翘到天上。

周嘉誉撇撇嘴，恶狠狠地啃了一口桌上孟蔻给他带的桃子："不夸拉倒。"

蒋珍霞很快也踩着上课铃声进来了。

"这次的英语卷子，还是稍微有一些难度的，但我觉得对于我们班同学来说，应该是可以达到120分以上的。"

"哪儿来的自信啊！"孙橙瑶发挥得很差，在底下小声地嘀咕了一句，"你把我踢出实验班得了。"

林骁听见孙橙瑶的抱怨，戳了戳她后背。

"干什么？"孙橙瑶这会儿脾气更差了。

"这么凶干什么？"林骁不满地哼了一声，想着她没考好也就不跟她计较，"一会儿要不要翘了第三节晚自习，我带你去天台，再请你喝冰可乐怎么样？"

"不去！"

"去呗，在这儿坐着闹心，你还能学得进去吗？"

孙橙瑶犹豫了一下，又压低声音问了问丛夏："要不咱们一起翘了？"

丛夏长这么大还没翘过课，本来想拒绝。

"翘吧，刚考了试也没什么精神，第三节晚自习也没有老师讲课了。"周嘉誉跟着附和了一句。

蒋珍霞连讲了两节课的英语卷子，终于心满意足地下班了。

四个人躲开了班长,悄悄地去超市买了冰可乐,裹着厚厚的校服外套,溜上了天台。

快要入冬了,夜晚只有几摄氏度,风吹得人瑟瑟发抖。

丛夏缩在围巾里,顺着天台望下去,能看到完整一中全貌。

塑胶跑道,宽阔的操场,高高耸立的国旗杆和角落里的食堂,图书馆。

孙橙瑶在抱怨着考试的不顺心,林骁开始还绷着面子也没多说什么,直到瞧着她眼泪出来了,才手忙脚乱地去哄。

"没事啊,不就是一次月考吗?到时候我去和孙叔叔说。"

丛夏也在一边轻声地安慰。

晚风吹过,很快风干了脸上的泪痕,孙橙瑶抽泣着止住了眼泪。

冰可乐开了口,大家凑在一起碰了碰杯,刚要喝进嘴里,被周嘉誉拦住。

"你不能喝冰的吧?"

丛夏才记起来自己生理期还没走,尴尬地点点头。

"给。"周嘉誉塞了一瓶热牛奶给她。

"你什么时候买的?"刚刚去超市,她都没发现周嘉誉还去保温柜拿了牛奶。

她喝了几口热乎乎的牛奶,然后将剩下的揣进怀里,很暖很暖。

"考得怎么样?"周嘉誉小声地问了一句。

"还好。你呢?"丛夏抱着牛奶,靠近了周嘉誉一步。

"和往常差不多吧,英语能比之前强点。"

"没事,这才第一次月考。"

孙橙瑶哭丧着脸:"你说这个狗屁高三什么时候能过去啊?"

是啊,见鬼了的高三什么时候能过去呀?丛夏也在心里默默地问着自己,又忽然侧过头看着周嘉誉。

少年站在天台边,目光望着远方,看不见犹疑看不见惶恐,似乎这些日夜累计的卷子难以消磨他骨子里的倔强和洒脱。

高三也还好吧。丛夏收回目光,淡淡地笑了笑,除了做不完的卷子,和昼夜不分的追逐,还有热乎乎的牛奶,珍贵的友情和正在孕育的希望。

这日子,应该也没有那么难过。

要是过个十年八年之后再来回味,应当也是很珍贵的吧。

十一月的寒气氤氲正浓,冬天似乎已经在酝酿准备着。高三的帷幕已经彻底拉开，天亮得越来越晚了，每早起来，从家走到教学楼的那条路不过五分钟，却像是永远走不到头。

月考成绩出来了，周嘉誉凭借着英语水平的提升和一骑绝尘的数学以及理综稳定在年级前二十名。林骁考得也不算差，化学年级第一，总成绩年级前五十。孙橙瑶的成绩和设想的也没什么落差，三百多名，虽然在实验班不是太好，但在平行班也算是不错的了。

最让人震惊的，是丛夏。

年级第三，班级第二，一下子就让实验班这些眼红嘴贱的人生了嫉妒的心。

年级很快就传开了实验班新来的姑娘人美话少，成绩还好，这可是妥妥顶尖学校的好苗子。

连蒋珍霞看着丛夏的目光都温柔起来，总是格外关照她的学习情况。

郭玥还是年级第一，但看着丛夏和自己微小的分差，笑容僵在了脸上。陈子安考了个班级第三，年级第五，鼻子都气歪了，自然背地里又开始嘀嘀咕咕没什么好话。

丛夏心细虽敏感，倒不至于受影响，只是心里难免硌硬，会有些压力。

周嘉誉瞧着她考得这么好还兴致不高，也猜到了几分。

"今天没晚自习，走啊，出去玩一会儿。"

周六的晚上是难得的休息时刻，丛夏收拾着书包摇摇头，她还想回家做做数学题，下一次月考的时间也定了，她可不想让大家看她成绩滑落的笑话。

"那去我家。"

丛夏正纠结，班级里的人都走光了，刚好赶上今天郭玥值日。

"让一下。"

明明一整个班级那么大地方，郭玥偏偏要扫丛夏脚底下这块。

丛夏往后退了一步让了一条路出来，郭玥得寸进尺，又进了一步："你让一下，看不见别人在值日吗？"

丛夏抿了抿嘴没有说话。

"这么大一块地你非要扫这里吗？不可以先扫别的地方啊？"周嘉誉的脾气可没那么好。

郭玥听到周嘉誉有点凶她的意思，心里更别扭了。平常她去问题，让周嘉誉讲几道他都从来不会凶的，今天居然因为她跟丛夏呛了几句，就跟她发脾气！

"要扫就扫，不扫拉倒。"周嘉誉也没给郭玥面子。

郭玥的脸色不是很好看，看着丛夏的目光恨不得飞出刀片来。

"算了，去你家吧。"丛夏不想和郭玥起冲突，拿起书包跟着周嘉誉走了。

回去的路上，丛夏一直很沉默，其实她也没有在乎别人的看法，只是觉得压力有点大。

"去买个里脊肉饼？"

"不吃了吧。"

"走吧！"

周嘉誉不由分说地拉着丛夏去买了两个里脊肉饼，又买了两杯热乎乎的奶茶才折回家。

"你干吗还哭丧着脸，这里脊肉饼不好吃啊？"周嘉誉本来是想着买点好吃的哄着丛夏高兴点，但现在看似乎是没什么效果。

周堃还是没在家，两人在客厅把作业摆了一桌子，一个字没动就先吃上了饼。

"好吃。"丛夏有点心不在焉，嘴里吃着饼，脑子里还在想着今天下午数学老师讲的题。

怎么想也没有想清楚，丛夏有点泄气地把饼放回桌子上。这一周她睡得很晚，现在头很晕，眼睛也花，瘫在沙发上。

"丛夏，你这样真的没必要。"周嘉誉难得这么正经，扳正了丛夏的身子，目光直视着她。

"为什么这么大压力？"

"怕下次考不好。"丛夏深吸了口气，垂着头。

这几天各科老师甚至是年级主任都私底下来找她谈话，无非就是对她寄予厚望想要重点培养她，毕竟哪个学校能不喜欢学习好的苗子。

可是越这样，丛夏越觉得焦虑。加上现在整个年级都在讨论，是哪里天降了这么个学习好的大神，班级前几名又都在虎视眈眈地盯着她不放，她是真的有点吃不消。

"那有什么，考不好是老蒋能吃了你，还是郭玥、陈子安他们能幸灾乐祸呀！"周嘉誉向来坦荡。

丛夏摇了摇头，她知道周嘉誉很难明白她这种纠结和焦虑，所以也没再说什么，只是默默地又拿起笔。

周嘉誉没想到丛夏是这个反应，有点不知所措，手僵在半空中，张了张嘴却不知道说什么。

"对……对不起。"周嘉誉忽然感觉很愧疚,看着丛夏有些沉着脸,心情低落,他觉得好难受。

"没事啊,干吗和我道歉?"丛夏吓了一跳。

"我刚刚口气不好。"周嘉誉虽然还是没能理解丛夏那份焦虑,但看着她情绪不佳,他莫名地也很不舒服。

"没有,是我自己的问题,是我不够坦荡,实力还不够强。"丛夏摇摇头,盯着卷子上一道道拔高的数学题心里在打鼓,对自己略微有些失望。

"不不不,不是这样的,你学得很好了。我帮你继续看看数学题,下次你肯定还可以进步!"

周嘉誉变得有点手足无措,他是不大会安慰人的。在他看来,那些不可以确定的结果、不重要的人、不值当的事统统都不值得他放在眼里。如果换作是林骁,他或许会觉得无话可说甚至有点烦。

但这个人,是丛夏。

他忽然就有点难受。

"好!"丛夏是有点压力的,毕竟高三每一次月考都在导向着高考的成败,她希望自己可以做好,可以让孟葭开心,让所有人满意。

但周嘉誉想的是,他希望丛夏开心。

"如果稳定的好成绩能让你觉得心安、快乐,那么就去努力。如果说是为了别人的期待,那么这些努力的意义和价值就大打折扣了。"周嘉誉耐着性子,很认真地讲了一句。

"没有谁可以一直满足这个世界对他所有的期待,你只需要为你自己负责。"

丛夏像是被击中了一样,心跳得很厉害。她扭过头去看周嘉誉,刚好撞上了他的目光,很真诚,真诚得有些滚烫。

她对自己负责了吗?

日复一日的勤学苦练,刷过的每一张卷子、背过的每一个知识点都足以匹配得上她的野心。她取得的好成绩是她应得的成果,眼红也好,嫉妒也罢,统统也不过只能看着她发光。

"对你有期望固然是好的,可如果这些束缚了你、限制了你,那么这就不叫期望,叫负担。"周嘉誉认真说话的时候,口气总是很硬,让人以为他在生气,其实没有。

他只是很真诚地觉得,只有很勇敢的人才配得上去过很酷的一生。

"我知道了。"丛夏轻轻地松了口气,短短地说了一句,疲惫感便将她包围。这一周,她真的太累了。

"我想睡会儿再学。"丛夏趴在桌上,抱着那一堆还带着油墨味道的卷子合上眼。

"睡吧。"

天已经彻底黑了,屋子里只亮着客厅那一盏灯。少女趴在桌上,长发铺满了她的脊背。少年悄悄地拿起笔,在一边写着一道又一道拔高题的解析。

明亮的灯光落在他们身上,柔和轻快,外面的晚风骤然刮起,吹得光秃秃的树枝"哗啦啦"作响。

十一月,就这样来了,在质疑的声音中,在期盼的目光中,在日夜的努力中来了。

高三学习进度越来越快,基本上一轮复习快要结束了,各科进度都在收尾。

孙橙瑶跟着林骁有空就问化学题,势必要在下一次月考一雪前耻。林骁自然高兴,自己也没松懈。

周嘉誉还是对英语偶尔抱怨,但单词越背越多,熟练度也越来越高。丛夏开始尝试着不太在意别人的眼光,专注当下。

很快十一月也过了大半。

还是蒋珍霞的课,正上着,班级里窃窃私语起来。

"下雪了哎!"

大家的注意力慢慢地都被吸引到窗外,透过干净的玻璃,能看见如碎纸屑一般的雪一片片地落了下来。

这是今年,临川的第一场雪吧。

"夏夏!你看下雪了!"孙橙瑶激动地拍着丛夏的胳膊。

其实,丛夏是没有见过雪的,江南小镇很少下雪,有也不过是零星几粒。

"安静!没看过下雪吗?都给我好好上课。"蒋珍霞不满地拍着桌子。

大家都噤了声,但目光还是忍不住往外飘。

灰蒙蒙的天,洁白晶莹的雪花一片片地滚落,风一吹,还会飘散出不一样的轨迹。

周嘉誉戳了戳丛夏:"你是不是没见过雪啊?"

丛夏点点头,忍不住朝着窗外看。

一下课，大家都冲出教室，去操场上看雪。

其实不过是一场雪，在高三的日子里，却显得格外浪漫。大家凑在一起三五成群地嘻嘻哈哈。

丛夏踩着雪，觉得感觉很奇妙，软绵绵的，又有点潮乎乎的。

只是没想到下了雪的台阶会这么滑，丛夏没什么经验，一不留神跟跄了一下，身体朝前倾去。

周嘉誉一直跟在她身后，眼疾手快，一把抓住了她的胳膊，她才没有摔倒。

"谢谢。"丛夏拽着周嘉誉的胳膊艰难地站稳。

"小心一点。"

雪一直下，看来今年的初雪就是一场大雪。

下了晚自习的时候，地面已经覆盖了厚厚的一层。

丛夏还是和往常一样收拾好书包等着周嘉誉一起回家。

快走到家门口的时候，周嘉誉塞了一个热乎乎的东西在她的怀里。

"这是什么？"

"打开看看！"周嘉誉还神秘兮兮地卖关子。

借着路灯光，丛夏看见了怀里的塑料袋里包着一个很大的烤红薯。

"尝尝！林骁说学校后门的烤红薯最甜了。"周嘉誉搓了搓手。

橙红色的红薯瓣掰开来还冒着热气，看起来就让人食欲大增。丛夏掰了好大一口塞进嘴里，又香又甜，就是吃得太急，烫嘴得很。

"别急，这一整个都是你的。"周嘉誉看着她护食有点哭笑不得。

怪不得最后一节晚自习上课的时候他迟到了，还被老蒋抓住在教室门口一顿思想教育，原来他是偷偷溜到后门去买烤红薯了。

丛夏说不上来心里的感受，摸着热乎乎的红薯，心里暖乎乎美滋滋，甜甜的味道直往心里钻。

"走吧，回家！"

天气真的很冷，雪花一片片地下着，就像是一个个白色飞舞着的小精灵。

因为离临川一中很近，小区住了很多陪读家庭，这么晚了，整个小区还是灯火通明。

丛夏抱着没有吃完的半块红薯，踮踮脚，忽然递到了周嘉誉的嘴边："尝尝吧，很好吃。"

周嘉誉愣了一下，随即又很开心地笑了，拉下围巾吃了一大口。

"好吃！"

高三紧张压抑的氛围包围着每一个人,入冬以后,天亮得越来越晚,早起去学校的路根本见不到一点日光,黑乎乎地摸索到教室,困意都还没消散。

"早,夏夏。"孙橙瑶难得来得早,困得眼睛都要睁不开。

"早啊!"

丛夏昨晚做模拟题睡得很晚,这会儿也不是很精神,拧开了一瓶咖啡,一口气灌了半瓶。

真的太疲惫了,即使是喝了咖啡也还是疲乏得很。

周嘉誉这家伙现在翘了早自习不打球了,改成在家睡大觉,直到第一节课上课前快要八点钟了,才出现在教室门口。

临川一中的所有人都在铆足劲儿学着,今年的冬天注定是一个难熬的冬天。

"这道题到底怎么做啊?"丛夏在一道数学题上反复计算浪费了很长时间,莫名烦躁,揉碎了一张演算纸。

"算了算了,咱们去外面透口气吧。"孙橙瑶看着丛夏也学不进去了,放下笔,拽着她一起去操场上散心。

入了冬,下了几场雪之后,操场上也有了积雪。

丛夏和孙橙瑶拉着手在操场上漫无目地地走。

"好烦,下次月考要进步到前两百名,不然我爸周六晚上也要给我报个补习班。"

前几天刚结束了第二次月考,孙橙瑶的成绩有所上升但也不多,丛夏还是老样子,她也算是松了口气。

"别太着急,进步都是一点点来的。"丛夏知道这时候说什么安慰的话作用都不大,只能尝试着稳定孙橙瑶的情绪,劝她的同时也在安慰自己。

临川的冬天是真的冷,那种凛冽的寒风像是刀子一样割在裸露在外的皮肤上。

"走吧,回去上课啦!"丛夏捏了捏孙橙瑶的脸。

回到班级第一节课已经上课了,周嘉誉还没来。

偶尔第一节课他也会睡过去,丛夏开始没太在意,直到第二节课都下课了,他的座位还是空着的,她才觉得奇怪。

整整一上午,周嘉誉都没有出现。

"夏夏，走吧，吃午饭去了。"

"今天我就不去了，我把下午要讲的数学卷子落在家里了，我回去拿一下。"丛夏随便瞎编了一个理由。

回家的时候，孟葭在准备午饭。

"你怎么回来了？今天不在学校食堂吃？"

"数学卷子落下了，我回来拿，就直接在家里吃。"丛夏象征性地回房间转了一圈，拿着手机给周嘉誉发了条消息。

可直到午饭吃完了，睡过了午觉，周嘉誉也没有回消息。

丛夏有些心急，又不好意思去问孟葭，趁着上学去了隔壁的单元楼。

敲了半天门，也没有人应。

"周嘉誉！周嘉誉！"丛夏急了，很大声地喊了两下。

又过了大概半分钟，门才打开。

"你……"丛夏一路跑上楼，又喊了半天，这会儿有点上气不接下气，看着门边站着的周嘉誉吓了一跳。

"你怎么了？"

"没怎么，就有点发烧了。这都要上课了，你怎么还在这儿？"

周嘉誉的面色很差，是那种灰白色，脸颊还带着不正常的红，整个人看起来有气无力。

"那你为什么不回我消息？"丛夏松了口气，自顾自地念叨一句。

"有点难受，睡着了。"

"你这样真的没事吗？"丛夏有些不太放心，眼前这个毫无生气的周嘉誉完全看不到以往的神气。

"没事，不就是发烧嘛！"周嘉誉嘴硬。

最近临川又降温了，一场大雪数九寒天病倒了不少人。周堃昨晚回来得晚，也没注意到周嘉誉着凉了，今早给他留了点早饭就又去上班了。

周嘉誉平常身体素质不错，很少生病，谁知道这次不知怎么，从昨晚下了晚自习回来就浑身疼流鼻涕，夜里直接就烧了起来。

早饭吃了点，也不多，现在他整个人脚底发飘，没什么力气。

"你吃药了没？"丛夏也不知道周嘉誉生病，没带药过来，"你等着我马上回来！"

"哎！"周嘉誉喊都没喊住。

丛夏飞一样地冲下楼去药店买了感冒药、退烧药，花花绿绿装了一袋子又重新奔上楼。

"给!"

"这是什么?"周嘉誉一股脑接过来一大袋子药。

"这个白色的是感冒药,饭前吃四片;这个蓝色的是退烧药,一会儿你就可以冲了喝掉。"丛夏一样样地把药掏出来,然后放在周嘉誉面前。

"好了好了,我知道了,我又不是小孩。"周嘉誉赶紧把地上的一堆药都收拾起来重新放回袋子,扫了一眼墙上的时钟。

"你快点,上课了!"

丛夏这才意识到已经过了上学的时间,现在跑着去也来不及了。

"没事,你照顾好自己,等我晚自习放学给你带吃的。"

丛夏一口气跑到学校,在原地喘息了几秒,一鼓作气地冲到班级。

"老师!不好意思,我来晚了。"

很不巧第一堂还是蒋珍霞的课。

"怎么回事?这都上课十五分钟了。"蒋珍霞的口气不太好,她最讨厌学生迟到。

"睡过头了。"丛夏也不打算多解释。

蒋珍霞念在她是第一次迟到也没多说什么,叫她赶紧回了座位。

"夏夏,你真的睡过头啦!"孙橙瑶不相信丛夏会睡过头。

丛夏随便扯了个谎:"就是不小心把闹钟掐断了,没注意睡过头了,哈哈。"

"好吧,讲到 B 阅读第三题了。"

"好!"

周嘉誉这会儿烧得昏昏沉沉,打开那一袋药,烧了水。等着水开的时候,他脑子又浮现出刚刚丛夏跑着上来的样子,满头大汗,还抱着药,叽里咕噜地说了一大堆。

手里攥着那袋退烧药,周嘉誉脸上浮现出模糊的笑意。

怎么还给他买了小朋友喝的退烧药,真的把他当小孩了?

因为是小孩子的,所以需要冲的剂量也更多一些,足足倒了三袋。周嘉誉一饮而尽,也不难喝,甚至还有点甜丝丝的,像是热乎乎的甜水。

收了碗,周嘉誉躺回床上,抱紧被子,这会儿才翻开了手机,看到了之前丛夏发的一条条消息。

丛夏：你今天怎么没来上学？

丛夏：是生病了吗？

丛夏：要不要我给你去送饭？

丛夏：你说话呀！

看着看着，周嘉誉躺在床上笑出了声。

他这一天没去学校，生了场病还赚到了！有人关心，还给买药，这样的感觉真的很不错。

以往他无论是发烧还是肠胃炎，都没有人怎么管他，他要么随便吃点药，要么就是去医院打点滴。

被这样关心还是头一次。

药开始起作用，困意袭来，周嘉誉合上眼，模模糊糊地睡过去了。

他很久很久，没有睡得这么香了。这一觉从下午睡到了晚上，再一睁开眼的时候屋子里一片黑沉沉，只能透过模糊的窗外灯光看见屋子里简单的陈设。

周嘉誉挣扎着坐了起来，下意识地摸了摸额头，应该是不烧了，就是还有点晕，浑身没什么力气。

他向来是白天黑夜都无所谓的，今晚朦胧中睡醒，恍然看着周围无人，屋子里寂静得让人心慌，他忽然觉得好压抑好难受，寂寞惶恐得让人害怕。

他摸索着开了灯，屋子里陈设依旧如常，熟悉的床，熟悉的书桌，没有什么生气。

走到厨房也没有热气腾腾的饭菜，他空空如也的胃下意识地反酸。

周嘉誉叹了一口气，拿起手机想要叫点外卖，却又在下单的那一刻觉得索然无味。

为什么会觉得心里空落落的，是因为生病了吗？

周嘉誉靠在沙发上，又随手裹了条毯子，闭着眼，任凭脑袋里的疼痛愈演愈烈。

"咚咚咚！"

门被敲响。

"周嘉誉你在吗？"

熟悉的声音在门外响起，周嘉誉猛地睁开眼，快步走到门前。打开门的那一刻，他看到了提着饭盒的丛夏。

"你烧退了没有？"

外面又开始飘雪，丛夏乌黑的发丝上还沾着洁白的雪花。

"退了，没事了。"周嘉誉笑着解释。

"这是我妈妈给你煮的南瓜粥，刚刚在外面我还给你买了一笼小包子，你吃清淡点。"丛夏把饭盒放进周嘉誉的怀里，然后又把另一只手上的小盒子也递给他，"还有柚子！"

"南瓜粥我最爱喝了！"周嘉誉没有开玩笑，也没有嬉皮笑脸，接着饭盒低着头，小声地说了一句。

"那我先走了，作业我回去发你，你吃了东西记得也要做。"丛夏才不想他病好了到学校来折磨她。

"我送你。"

"不用了，楼道里有灯。外面好冷，你快回去。"丛夏笑着挥挥手，然后掸掉了自己头上的雪花，蹦跳着往外走。她羽绒服外面的粉色兔子耳朵还随着她一上一下地晃动，样子有些可爱。

热气腾腾的南瓜粥、精致的配菜，和一笼还冒着香气的包子。

周嘉誉重新点亮了厨房的灯，将饭盒一一放好，还有那水果盒子里的柚子。粉红色的果肉在灯光的照射下显得格外可爱诱人，剥得很干净，一看就是被人细心处理过的。

酸甜的柚子一点也不腻，周嘉誉发了一天的烧，嘴里有些发苦，这会儿吃了多汁的水果，驱散了不少苦味。

桌上的粥还冒着热气，他舀了一勺放进嘴里，粥熬煮得很软了，根本不用嚼，热乎乎地喝进胃里别提有多舒服。

周嘉誉端起碗，把碗里的粥三两口飞快地吃掉，连旁边的配菜也不放过，统统吃了个干净，最后只剩下那盒粉红色的柚子。

这应该是丛夏剥的吧，细腻的果肉被处理得那么干净，几乎看不见白色的皮。

周嘉誉搓了搓手，看了半天又接连吃了两块，本打算再吃一块，又犹豫着有些不舍地放回去，眼睛盯着柚子看。

正出神，电话响了起来。

"喂。"周嘉誉一看手机屏幕上的备注，美滋滋地接起来。

"你怎么样了？粥喝了没？我妈妈煮南瓜粥最拿手了。"丛夏躲在房间里偷偷地给周嘉誉打电话。

"喝了，好喝！"

丛夏自顾自地点点头，压根没有提柚子的事，赶紧衔接上了今天在学校的学习进度。

"哎哎哎，我这还生着病呢，你怎么这么快就变脸了？"

"你这不是挺精神的吗？今天都休息一天了。"丛夏才不管。

高三，一切以学习为重。

周嘉誉无言以对，只好乖乖地听着丛夏把今天的作业从头到尾说了一遍。

"还有今天的二十个单词，一会儿我发你，你记得背完。"

"能不能请个病假？"

"不能。"

周嘉誉就知道她这个小没良心的，只知道和蒋珍霞一样逼迫他学英语。

"那我挂了。"

"等等……等一下。"

"还有什么事吗？"

"那个柚子，挺好吃的。"

对面沉默了一小会儿。

"那你多吃点，很难剥，别浪费掉。"

"一定。"

挂了电话，周嘉誉的心情好了许多，刚刚起来面对空荡荡的屋子那种孤单、惶恐已然消散了许多，取而代之填充在他心里的是，一种莫名的踏实、温暖和安心。

周堃今晚又不打算回来了，周嘉誉习以为常。

刚刚吃饭的工夫，周嘉誉给林骁发了个消息叫林骁过来住，这会儿他补习完化学，估计已经在路上了。

外面下着小雪，站在窗边能感受到些许寒意，小区里安静得能听到雪花飘落的声音。

林骁来的时候，身上带了不少雪花。

"这鬼天气。"林骁边抖落身上的雪花，边抱怨了一句，"你今天怎么想着喊我来你家住，叔叔今晚不回来了？"

"嗯，今天是数学晚自习吧？"

"对啊，怎么了？"林骁一进屋里就找吃的，"有没有吃的快给我找点。"

林骁一眼就看到了桌上还没有吃完的柚子，眼疾手快地拿起一块就往嘴里放。

　　"哎！放下！不许吃！"周嘉誉大喊了一声，吓了林骁一跳。

　　"你不是吧，周嘉誉，现在这么小气？一块柚子而已。"林骁瞪了他一眼，在他的眼神威胁下又把到嘴边的柚子放了回去。

　　"吃什么，点外卖，随便点。"周嘉誉心情大好，只要不动那盒柚子，其他什么都好说。

　　"真的？"林骁拿着周嘉誉的手机一顿操作，最终心满意足地等着外卖上门。

　　两人嘻嘻哈哈一阵，外卖小哥送来外卖。

　　周嘉誉："今晚做的数学卷子给我。"

　　林骁吃外卖吃得正欢，随手把书包里那几张老师发的新一轮拔高题试卷递给周嘉誉。

　　林骁："这题对你来说，都是小意思吧，你看它干什么？"

　　"吃你的吧。"周嘉誉说完拿着卷子回了卧室。

　　实验班的数学一直是作为提高学生成绩的重点抓手，每次各地一有新的题目肯定是少不了他们的，第一时间就要发出来做。

　　题目难度对普高生来说还是不小，周嘉誉打开了台灯，扫了一眼题目，展开白色干净的演算纸开始一道道地写起来。

　　为了看起来易懂，他尽可能地把每一个步骤都写得很清楚，等把这几道拔高题全做完，已经快要十二点钟了。

　　周嘉誉松了口气，看着眼前一排排详尽得不能再详尽的步骤，挑了挑嘴角，他满意地来回看了看，最后拍好照片一起发给了丛夏：药钱+粥钱。

　　丛夏已经把其他作业搞定了，就差那几道数学拔高题，她正绞尽脑汁挑灯夜战，手机响了也没来得及看。

　　许久后瞥见那一张张照片和信息，她轻笑出声。

　　丛夏：那，柚子钱呢？就这么三样你还给昧下一样，瞧把你给聪明得。

　　周嘉誉：柚子无价。

　　可不是，无价嘛。

　　周嘉誉合上手机，又和那二十个英语单词斗争了半个小时，终于可以放下笔。

再回到客厅的时候,林骁已经躺在沙发上睡着了,桌子上是外卖垃圾。

周嘉誉骂了他一句,一脚把他踹醒:"赶紧起来,收拾好了,睡觉了!"

"啊?"林骁被踹醒一脸迷糊,还有点不满,胡乱地把桌上的垃圾都丢进垃圾桶,然后洗漱了下,栽倒在周嘉誉的床上又一次睡过去了。

午夜。

林骁的呼噜声吵得人睡不着,周嘉誉嫌弃地扒拉掉他搭在自己身上的胳膊,脑子里又想起今晚开门就看见丛夏提着饭盒的画面。

屋子里的光落在她身上,她带着零星的雪花和些许寒意站在门外朝着他温温柔柔地笑。

那一刻,疾病的痛苦,醒过来身边空无一人的落寞消散得很远。世界好安静,只有眼前美好的这一帧画面。

又休息了一天,周嘉誉恢复如初,重新回到班级,还是不间断地和蒋珍霞斗智斗勇。

第三次月考也在准备中了,大家都铆足了劲。

高三进度条过了三分之一,不仅是学生,连各科老师都分外紧张,校领导更是三天一小会五天一大会,说着学习任务,说着如何续写临川一中的辉煌。

日子安稳无恙,偶尔杂乱无章。

直到某天上课,蒋珍霞讲了一件事,关于某些学校特殊专业的提前招生。

丛夏是一心想要冲击最好的学校,所以根本没仔细听。

孙橙瑶:"夏夏,这单词什么意思?"

"应该是探索的意思。"丛夏扫了一眼很快就给出了答案。

丛夏对英语是不怎么需要费心的,主要是数学和部分理综难题,所以她也会偷偷地在蒋珍霞的课上划水。

周嘉誉自从康复了之后,也不翘早自习了,这让蒋珍霞又惊又喜,加上他英语成绩的进步,成绩越来越好,眼看着凭借竞赛加分,冲击清北也是大有希望,现在课上课下盯他盯得更紧了。

"周嘉誉,你来下我办公室。"

"来了!"今天,周嘉誉倒是格外积极。

办公室没有其他老师在,蒋珍霞又把自己出的一套卷子递给他:"做完,明天给我。"

卷子周嘉誉是接了,但接了卷子他也不肯走。

"你还有事？"

"老师，您刚刚说的那个北州航空航天大学飞行学院招飞的事，我想再问问。"

蒋珍霞瞪了他一眼："你是不是脑子不好，你这个成绩再努努力凭着数学竞赛加分，妥妥的顶尖学校，好好给我回去学习，作什么妖？"

周嘉誉撇了撇嘴，小声嘀咕："我又不想去。"

"你说什么？"

"您就给我看看那个宣传嘛，您就当我好奇。"周嘉誉锲而不舍，趁着蒋珍霞不注意，抽了一张最下面的宣传单。

"谢谢老师！"

蒋珍霞真是拿他一点办法都没有，无奈地叹了口气："抓紧回去把英语卷子做了。"

"知道知道，老师再见！"

回了教室，周嘉誉这一脸喜滋滋的美样谁看不出来？

"今天老蒋这是给你吃蜂蜜了？"林骁怀疑地问道，"还是苍蝇屎？你瞧瞧你美成什么样子了。"

"滚蛋！"

丛夏也注意到了周嘉誉的表情变化，想扭过头问问，犹豫了下还是算了。

倒是周嘉誉怪积极的，赶紧戳了戳丛夏。

"今晚没晚自习，咱们去外面玩会儿吧，都快两个月没出去散散心了。"

算下来从国庆假期到现在，是有整整两个多月了。

丛夏下意识地去看孙橙瑶。

"去呗，每天学来学去真的快要累死了，今晚我说什么回家也不刷题了。"孙橙瑶本来就有这个心思。

林骁也积极配合。

几个人一合计，甚至连最后两节课的周考都有点心不在焉。

下课铃一打，四人把卷子往前一交，背着书包飞快地冲出了班级。

校园已经被积雪覆盖，前几天课间操跑步都停了。

裹着厚重冬日校服外套，在呼吸都能被氤氲成白色冷气的天气里，趁着太阳还没有下山，四人一边跑一边闹，两个女孩子的发丝都在飞舞着。

寒冷的天，最适合吃热气腾腾的东西了。

找了一家打边炉，大家拿着汤勺，捧着碗干了一大碗花胶鸡汤，身上胃里都暖和起来。

"今年过年可早了！"孙橙瑶往嘴里丢了块鸡肉含混不清地说道。

虽然无论过年早晚，寒假也都是被压缩成两周，但想着离放假更近一点，总归是开心的。

丛夏在埋着头认真喝汤，她好喜欢这种暖乎乎，又清淡有味道的菜。

周嘉誉瞧着汤太烫，又拿了一只小碗单独盛了一碗出来给丛夏。

丛夏没有拒绝，接过那碗汤，又"咕噜咕噜"地喝了，喝完还下意识地看向周嘉誉，舔了舔嘴边。

四人很久没有出来散心了，围在一起吃饱喝足，开始聊起学校的事。

周嘉誉今天的话格外少，听着林骁和孙橙瑶斗嘴，又用余光看看丛夏。

高三已经过去几个月了，大家基本有了目标院校，或者想去的城市。

"你们都想去哪儿啊？"孙橙瑶把碗里最后一块肉丢进嘴里，有点含混不清地说道。

丛夏沉默着没有接话茬，其实她也没有太想好，现在的成绩应该还算稳定，冲击一下顶级学校也不是不可以。

"想那么早干什么！"

林骁是个没心没肺的主儿，他老早就想好以后要学基础化学专业，只是化学的就业前景又不那么乐观，所以家里不太支持，一提起这事，他就闹心。

周嘉誉的目光不自觉地飘向了丛夏，想着她应该也是要去北州的吧。

"我还挺想去南林的。"孙橙瑶托着下巴。

说完了想要去哪儿，又该回归当下这狗屎一般的高三生活了。第三次月考在即，大家在紧张和高压下已经打磨了三个多月，实属是有点心力不足了。

难得出来，权当放松，大家一起吃过饭又看了个电影，才散场回家。

回去的路上，周嘉誉走在丛夏的旁边，微微侧过头就能看到她轮廓柔和的面孔。

路灯已经亮起，街上的人行色匆匆。

"丛夏，你想去哪儿？"

丛夏稍微思考了几秒："北州吧。"

听到和心里所想的答案一致的回答，周嘉誉暗暗窃喜又不太敢表露出来。

"今天老蒋说的北州航空航天大学飞行学院招飞的事你听到了吗？"

"招飞？"丛夏听了一耳朵但没听仔细，摇摇头。

"我想去试试。"

去试试?

丛夏顿住脚,转过头,一脸诧异地看着周嘉誉,几秒之后才稍微冷静下来。

"为什么要去招飞?我听说做飞行员很辛苦的,而且以你的成绩一直努力到高考完全可以冲刺更好的学校。"

丛夏第一次和周嘉誉对视,目光里带着一点疑惑,清澈温柔的眼睛看向他,有许多说不清的情绪。

周嘉誉怔了一下,也跟着停下脚步。借着路灯光,他微微低下头看着她,温柔地笑了笑。

"因为喜欢啊,当飞行员不酷吗?"

飞行员是很酷,可就是可惜了他的数学天赋和成绩。丛夏低下头像是有点不愿意接受这个事实。

而且做飞行员得吃很多苦吧,还要经过严格的选拔、体检,志愿也是要填提前批的。

"你怎么不说话?"

"你一定要去招飞吗?"丛夏重新抬起头看着周嘉誉,口气很轻柔。

周嘉誉想了想,又抬头看了看暗色的天空,大概思索了好几分钟。

这几分钟里,他想了很多。清澈如洗的蓝天,千丝万缕的白云,耳边簌簌吹过的长风,耀眼夺目的阳光,还有昼夜难分的飞行,与星辰和月亮为伴,做了飞行员,这一切将和他的生活息息相关。

不止这些风花雪月的浪漫瞬间,作为飞行员还有艰苦的训练、听不完的安全知识,且还需要过硬的身体素质……

以往他从来没有想过要去做什么,学数学搞竞赛是因为自己确实擅长做这些,大多时候也费不了多少力气,算得上是喜欢做,但如果问他愿不愿意把数学当作终身事业去奋斗,他的回答是不愿意。

或许有人愿意与这些数字符号打交道一辈子,可他知道这不是他想要的。

一生这么短,总是要做些到老了回忆起来热血沸腾的事,这件事在今天蒋珍霞说到招飞的时候,他心里忽然就有了答案。

从小在机场看着穿着制服的工作人员进进出出,他就好奇和向往,尤其是当他们凑在一起念着加油又小声地说着起落平安的时候,那种激动至今他都印象深刻。

之前丛夏问他有没有想过去哪儿、做什么,他没有回答是因为还没确切地想好。直到今天他看到宣传册上精彩的训练图片、酷炫的制服、庞大帅气的飞机，他能感受到自己心跳得很快，像是快要蹦出胸膛，血液在沸腾，他闭上眼便能幻想出自己靠近蓝天的那一天。

那一天，一定是万里无云。

那一天，一定可以用来铭记一辈子。

想到这儿，他心里的疑惑慢慢地退去，答案逐渐浮现。

"一定要去。

"要一直滚烫热烈地活着。"

周嘉誉站在原地，思考了很久很久，说得很平静，但口气坚定、目光如炬。他笔直地站在路灯下，橘黄色光芒顺着他的头顶晕染铺散开来，勾画着他硬挺的鼻梁、俊朗的轮廓。

丛夏望着他，心跳漏了一拍，脑子里忽然闪过一句话："不是逢人苦誉君，亦狂亦侠亦温文。"

这句话就像是为周嘉誉量身打造的一样。

临川一中，哦不，是整个临川那么多人，周嘉誉偏偏是那个让她觉得最美好、最温暖的存在。

他自立、自强，他阳光、温柔，他热烈、向上。不知道从什么时候开始，丛夏给他加了许许多多的滤镜，往他的身上堆砌了许许多多的美好特质，变得足够闪耀。

怎么需要逢人就夸他呢？他洒脱恣意，他淡然一笑，他自己本身就是最好的答案。

丛夏也笑了笑，看着周嘉誉，踮踮脚，去拍了拍他的肩膀。

"那就去！好好地努力！"

像是得到了极大的认可，周嘉誉的眼睛明亮到极点，他的飞行梦从今夜萌芽，也在今夜发了疯似的长起来。

发疯了长起来的也不止飞行梦，还有那些晦暗不明的情绪，被书本短暂地压抑着。

"那说好了，我们一起去北州。"

"说好了，一起去北州。"

鬼使神差地，丛夏回答得很肯定。这是他们共同的约定，是这个暗无天日的高三，这个寒冷的冬天里最美好的约定。

周嘉誉要去招飞的消息，从他去办公室找蒋珍霞填表的那天起，传遍了整个年级。大家私下里都在讨论数学天才要转行，甚至流传起这么一个帅气骄傲的人当了飞行员穿上制服那还了得。

首先不满的肯定是数学老师，第一时间就找到了周嘉誉谈话，见他不为所动，甚至还给周堃打了电话。

但打了也没用。

办公室里，周嘉誉一言不发地站在周堃旁边，听着各科老师磨破嘴皮子依旧油盐不进。

他的人生只需要为自己负责，而不是为了虚头巴脑的升学率，为了家长吹嘘夸耀的虚伪荣光，为了那些若干年后毫无作用的夸赞。

周堃太了解自己这个儿子，强硬倔强，决定了才不会轻易回头，于是也就是象征性地劝了两句，没再多说。

所以学校折腾了好几天见没什么效果慢慢就放弃了，那张表格终于递交到了北航飞行学院的招生邮箱里，接下来就是等着去体测了。

操场上的雪清理干净了不少，大课间的跑操又恢复了正常，实验班的队伍每次都是最惨淡的，一个个不是脑袋疼就是屁股疼。

天气越来越冷，现在连体委也撂挑子不干了，随便找了个理由往班级里一缩，原本稀疏的队伍更是跑得乱七八糟。

周嘉誉身体素质不错，对跑步本来并不抗拒，加上招飞也要体测，跑操的事他也更积极了。

队伍散乱到根本就看不下去，周嘉誉跑着跑着差点踩到了前面的丛夏，骂了句脏话后快跑到最前面，拿过了实验班的旗子。

周嘉誉稍微放慢了速度适应集体，回头又稍微规整了一下队伍的秩序。

还能出来锻炼的基本是实验班里还算是劳逸结合的同学，周嘉誉平常也没少给他们讲题，所以他的管束管用得很，很快，散乱的队伍有了些秩序。

周嘉誉跑在最前面，带领着这支只有不到二十个人的班级队伍整齐地奔跑在塑胶跑道上。

"誉哥可以啊！真是够帅！"孙橙瑶一向最不满实验班这帮人除了学习其他能逃则逃的态度，搞得班级氛围极差。

丛夏听到了孙橙瑶的话没搭茬，只是又忍不住往围巾里缩了缩，藏住了自己嘴角骄傲的笑。

就好像在夸她一样。

今天是个冬日里难得的好天气，刺目的阳光落在跑道上，脚踩着细碎的影子，往前看是举得高高的、飘扬着的旗帜，旗帜下是奔跑在最前面的少年。

雪尚未融化，滴水成冰的寒气也没有减退，跑的每一步，都在活跃着身体里每一滴血液。

奇怪得很，这漫长死寂的冬日里，丛夏却觉得有如夏天般晴朗明媚的生机，看不到摸不着，却可以在少年回头朝她笑的瞬间清晰明了。

细碎闪亮的日光被掰开揉碎掉进高三这个再平常不过的早上。

寒风在吹，从耳边掠过。某一刻，丛夏忽然听到了风里有心脏欣喜、剧烈跳动着的声音。

第三章·
逐梦蓝天

决定招飞报名之后，周嘉誉很快就收到了体检通知。

飞行员的选拔有严格的标准，哪个学校都不例外，所以在结果出来前，谁也不知道他能不能通过。

临行的前一晚，周嘉誉请了晚自习的假，在家收拾行李。

临川离北州不是特别远，飞机不到两个小时就到了。

周堃本来是想要请假和周嘉誉一起去，奈何周嘉誉说不用，自己可以，最后周堃也就作罢，给他转了钱，又塞了一张银行卡，帮他买了机票。

丛夏下了晚自习，收拾好书包一个人往家走还有点不太习惯，站在楼下单元门的门口，她看见熟悉的小窗口亮着灯。

明天他就要出发了，今晚周堃应该是会在家吧，现在上去敲门也不太方便。

丛夏掏出手机给周嘉誉发了消息，没多会儿，窗口探出了熟悉的身影，然后飞快地奔下楼。

"晚自习结束了？"周嘉誉跑得很快，说话的尾音都在颤抖。

丛夏点点头，从书包里掏出一个小小的挂件。

是一个橙黄色柿子形状的祈福挂坠。

"我妈妈上周末去庙里祈福，给我求了这个挂坠。"丛夏手里拿着那个小小的柿子挂坠，专注地看了半天，然后塞在了周嘉誉的手里。

好"柿"发生。

"祝你有好事发生。"

手里的挂坠还残存着一丝余温，周嘉誉合上掌心将它收起。

"知道了，一定是好事发生。好好考试。"说完，周嘉誉又顿了几秒，忽然抬起手摸了摸丛夏的头。

丛夏没有料想到，下意识地轻轻往后缩了一下，直到他的手掌轻抚过她的

071

发丝,她抬起头撞上了那双温柔的明亮眼眸,心像是被人戳了一下,跳动的频率也快了几拍。

"回去吧。"

丛夏看着周嘉誉拿着挂坠、裹紧衣服往回走,直到人影消失在单元门门口,她才收回目光。

临川的冬天真冷啊,风一吹,脸上干冷得像是要开裂了一般。所有的希望,所有的力量都在这个寒冷的季节积蓄着。

月光与晚风缠绕在一起,格外温柔。今夜有星,一闪一闪挂满了整个夜空。

周嘉誉走的第二天,第三次月考如期进行。丛夏已经完全适应了临川一中的考卷,适应了实验班的模式,这次考试也没有身体不舒服的困扰,心情良好,稳定发挥,一举拿下年级第一。

年级榜单放出来的时候,真是几家欢喜几家愁。

蒋珍霞看着近乎满分的英语试卷笑得合不拢嘴,校长看着过了七百的总成绩已经开始在盘算明年临川一中是不是能拿下省状元,孙橙瑶更是比丛夏本人还要激动,在座位上就按捺不住喜悦兴奋地叫起来。

丛夏看着大有进步的数学卷子,和密密麻麻的理综答题纸,嘴角的笑意渐深,合上了书本,可以稍微休息下了。

郭玥和陈子安的脸色别提有多精彩了,气急败坏里还带着几分滑稽可笑。郭玥甚至还跑到了丛夏面前宣战——

"丛夏,我们来比比吧,期末考试看看我们谁考得更好!"

丛夏笑了笑,直接无视了,并没有当回事。偏郭玥不饶人,一副等不到回答就不肯走的样子。

"郭玥你幼不幼稚?没看见我们夏夏根本就不想理你吗?"孙橙瑶瞪了郭玥一眼。

"哟,你还说我呢?你在咱们班都垫底了,多操心操心自己吧。"

丛夏原本是不想搭理郭玥的,嫉妒心重的人自然是要平等地恨这个世界每一个比她强的人,郭玥偏偏还是最让人无语的那种,只恨同性。

"你这么想和我比?"丛夏抬起头,坐在椅子上,按住了身边想要反驳的孙橙瑶。她微微抬高了下巴,目光里带了一丝少见的蔑视。

"比啊,无所谓。"丛夏平静地又接了一句话,"反正你也比不过我,想自取其辱，随便你。"

话音刚落，上课铃声响了，郭玥的脸都气白了，被堵得只憋出来一句："你别太得意。"

瞧着郭玥铩羽而归的挫败样子，孙橙瑶在一边看得那叫一个解气。

"可以啊夏夏，小白兔也咬人了喽！"

丛夏收起吃人的冷酷目光，用手点了点孙橙瑶的额头："还不是要护着你，赶紧学习！"

孙橙瑶"嘻嘻"地笑了两声，又开始叫苦连天地与眼前的各种题目缠斗不休。

晚自习下课的时候，丛夏偷偷溜上天台透了许久的气。

期间，周嘉誉发来消息：可以啊，丛老师，年级第一名，未来的准省状元。

丛夏轻笑出声，看着手机里闪烁着的表情包，也回了条消息：体检和面试弄得怎么样了？

周嘉誉：明天还有最后一项，过了的话，咱这第一轮就成功过关了。

丛夏：加油！

想了想，在加油的后面，丛夏又跟了一个可爱的小兔子表情。

回到家的时候，又做了一套理综卷子，已经快深夜一点钟了。孟葭中途起夜看着丛夏屋子里的灯还亮着便催她赶紧去睡。

高三还有一半的艰苦奋斗战役要打，现在身体可不能垮掉。

喝了孟葭早就热好放在保温板上的牛奶，丛夏洗了澡，钻进被子里。

想来，到临川已经半年了，这座陌生的城市慢慢变得熟悉。丛夏又恍然想起自己刚到一中的那一天，像是个小贼，在班级门口探头探脑。

凶凶的蒋珍霞、严肃的班级氛围，还有那个站在门口拿着篮球质问她是谁的周嘉誉，一切像是发生在昨天。

周嘉誉是上午从北州回来的，中午回家洗了澡，吃了午饭睡了一会儿，下午他就回学校上课了。

这一趟北州之行，他远远地看了一眼北航的校园，两个校区隔得很远，但每一个都方方正正，大气雄伟，是工科学校独有的庄严规整的美。

体检完，他也没着急回去，在北州的大小胡同里吃了不少小吃，瞧了不少热闹。这暂时性摆脱老蒋的大好机会，谁错过谁是傻子。吃喝玩乐了一圈，他把图片发在四个人的群里，惹得林骁和孙橙瑶嫉妒得哇哇叫。

逛游了整整两天他才高高兴兴地回来。

丛夏吃过午饭，刚到班级就看见了座位后面熟悉的人影。她来得一向很早，习惯在下午第一节课前刷一套语文文言文的题。

班级里还没有其他人。

"你回来了。"

周嘉誉看起来精神抖擞，一点也不像上午才坐了飞机出过远门，看见丛夏进来，他朝着她积极地挥手。

"回来了！"

"怎么样过了没？"丛夏最关心的还是他这次体检的结果。

"当然，这不是意料之中的事吗？"周嘉誉笑得别提有多灿烂。

第一轮体检还是很严格的，淘汰了得有一大半的人，周嘉誉倒是一路绿灯，顺利得很，开始准备自己心仪航司的面试。

"那就好。"丛夏点点头，转过头打算做题了。

周嘉誉对此有些小小的不满，怎么他回来，她除了招飞体检的事就没有别的想问想说的了。

瞧她的样子是又在写题了，他伸出去的手又缩了回来，按了按口袋，想着也不急就把到嘴边的话又吞了回去。

午后的阳光又温柔又惬意，从窗子外洒进来，落在她的身上，连一根根细小的发丝都在发着光，蓝色的校服被打上了好看的光晕，瘦削的脊背很直，伏在桌前正专注着。

光线问题，距离有了偏差，明明没有碰到，但地板上两个伏在书桌上的影子还是紧紧地挨在一起，连同着一排排书桌和书桌上一摞摞练习题构成了一幅画。

周嘉誉抬起手，小心地摸了摸地上那个正在专注写题的影子。

走廊里缓缓有阵脚步声，穿堂风从里到外调皮地奔跑着，掀起桌上大大小小的卷子，一页页哗啦啦作响。

大概几秒，周嘉誉猛地缩回手，目光却始终没有离开地上的倒影。

高三还是紧张慌乱地进行着，丛夏稳坐年级第一的位置，一时风头无两。

周嘉誉开始早起晚归地锻炼身体，当然也没有忘记丛夏的夺命单词，上课背下课写，丝毫不敢松懈。蒋珍霞还是每天耳提面命地操心着所有人的学习成绩，生活按部就班，直到元旦的前夕。

在学生们的再三抵抗下,学校终于取消了跨年夜的晚自习。老师们布置完小山一样的作业之后,大家踩着下课铃声冲出了教室。

孙橙瑶回家去放书包,顺便把她早就买好的零食、水果都带出来,东西太多林骁也跟着她去了。

丛夏和周嘉誉先到超市去买今晚要用的食材。

四个人老早就说好,跨年这一天谁也不谈学习,一起去周嘉誉家,好好地准备迎接新的一年。

大街上人头攒动,到处都洋溢着喜气洋洋的氛围。路灯一盏盏地亮起,每一辆车都承载欢喜跨年的人们。

丛夏从小跟着孟葭学做菜,厨艺是不错的,选食材也熟练得很。周嘉誉自己一个人生活惯了,自理能力自然也没话说。两人推了辆购物车,一样样地挑选着食材,以最快的速度冲回家进行处理和烹饪。

长这么大,这样自己做饭菜,和朋友凑在一起嘻嘻哈哈谈天论地地跨年,丛夏还是头一次。

孙橙瑶回家换了校服,特意穿上了妈妈给她买的新衣服,兴冲冲地敲响了门,身后还跟着提了两大袋零食、饮料和水果的林骁。

丛夏烧了两道她最拿手的江南菜,又帮着周嘉誉把已经弄好的毛血旺、红烧鱼端上桌。

打开电视,几人围坐在茶几边上,色香味俱全的饭菜旁边还放了满满一桌子零食瓜果。

好朋友凑在一起,总是有说不完的话,从学校的不合理规矩到班级里的是是非非,还有女生们最喜欢的八卦,谁谁看起来苗头不对,谁谁又好像背着老蒋上课睡觉。

上了高三,大家也都习惯性熬夜了,期待新年的钟声敲响,谁都没有困意。

孙橙瑶干了一杯又一杯饮品,脸颊已经变得有些微红,半靠在沙发上,等着墙上的时钟指向零点,耳边是电视里跨年晚会吵吵嚷嚷的节目声。

她踹了踹旁边的林骁。

"干什么?"林骁有些不满地轻哼了一声,回过头看向孙橙瑶。

"你要考哪儿?"

"你管我考哪儿。"

"你也考南林吧,行不行?"孙橙瑶这次没有笑,她看着林骁,眼睛都没有眨一下。

他们从小一起长大，一起上学，这么多年风风雨雨，似乎每天相见已经和吃饭睡觉一样平常了。

林骁捏住手边冒着凉气的杯子，沉默在蔓延，许久之后他点点头。

市区是不允许放烟花的，所以即使是跨年也是安安静静，厚重的白雪，暗黄的灯光，融在了整个美好的夜晚里。

丛夏伏在桌前，吃饱了撂下筷子，本来想剥一些柚子解解腻，周嘉誉直接拿过了一整个柚子，开始飞快地剥了起来。

"给。"

很快剥好了一瓣，周嘉誉将柚子递到丛夏面前，看着她有些略微诧异的表情又说了一句："拿着呀，我这是在还你人情呢。"

丛夏忍不住笑了笑，接过柚子掰了一块放进嘴里，酸甜可口。

电视里还放着各大卫视的跨年晚会，很快零点的倒计时开始。

"十，九，八，七……"

快要数到一的时候，丛夏用余光看向周嘉誉，心里有莫名的雀跃。

这是他们认识的第一年，一起跨的第一年。

零点的钟声敲响，新的一年就这样到来。

而这一年，也终将是会被铭记的一年。这一年有高考，有毕业，有分别，也有盛大的再相遇。

孙橙瑶躺在沙发上睡着了，林骁拿了条毯子趴在一边也有了困意。

丛夏一时兴起想要下楼散步。

街上人很多，但小区里人很少。丛夏抬抬头，整个小区都是灯火通明，每一个小窗口都有着奋斗的身影。

路过小超市，周嘉誉还买了几根仙女棒。

没有烟花，没有鞭炮，没有声势宏大的庆祝，新的一年从点燃的小小一簇的火花里开始。

细小的火光照亮了两人之间小小的一隅，丛夏顺着光看向周嘉誉，露出笑意。

这是她度过的最快乐的一个跨年夜了。

这半年，也是她度过的最开心、最舍不得的高中时光。

因为，很奇妙，她遇见了一个叫周嘉誉的少年。

"周嘉誉。"

"嗯?"

他拿着几根新的仙女棒朝前走了两步,闻声回过头的时候,微弱的火光照亮了他的脸庞,明亮的眼睛里有仙女棒的微光。

"新年快乐。"

"丛老师,新年快乐!"

不过是几根便宜的仙女棒,不过是许许多多个新年里的其中一个,却温暖了往后那么多异国他乡的孤独岁月,以至于每一次丛夏看见烟花,看见仙女棒,甚至只是在某一个安静的夜,她都会想起那个少年,那个如阳光般照亮她的少年。

回去的路上,两人并排走在一起。

周嘉誉下意识地去摸了摸自己的口袋,那条从北州雍和宫求来的手链还一直安静地躺在里面。

其实,他是不信这些的。

但好"柿"发生带给了他很大的信念感,而他不希望自己夺走属于丛夏的好运,他希望她也能够一世顺遂,能过得喜乐安康。

所以,他也去求了。

"丛夏。"

周嘉誉很少直接叫丛夏的名字,叫出口的那一刻,他莫名地紧张,像是心尖上的那点血在打战,搞得他掏出手链的时候,手也有些微抖。

"新年礼物,送你。"

准备好的话全部作废,周嘉誉轻叹了口气,眼神有些涣散,看丛夏半天不接,他停在半空中的手不知该如何是好。

丛夏一时没有反应过来,很久才小心地接过来,在手上比画了一下,自己一个人很难系在手上。

"我帮你。"周嘉誉把冰冷的手放在嘴边吹了吹,小心地挑起那根穿着粉色小珠子的红绳,围在了丛夏的手腕上。

"好了。"

"谢谢。"

不过就是一个小小的举动,系手链的过程都不超过五秒钟,但丛夏还是在那短暂的五秒里经历了内心的剧烈起伏。

他的手指很好看,过程中难免会蹭到她手腕上的皮肤,痒痒的,有些凉。

红色的手链戴在她白皙的手腕上格外醒目好看,周嘉誉收回目光,看向脚下的路，没有压低声音，很郑重地问了一句："喜欢吗？"

大概过了三两秒，寂静的雪夜里响起了回答——

"很喜欢。"

周嘉誉偷偷地在心里想了许许多多遍，祝愿丛夏一世顺遂。

过了元旦，离期末考试也没有几天了，距离农历新年越来越近。

这次的期末考试也是高三的第一次模拟考试，据说省内包括临川一中的五所高校联合出题，一起组织了这场考试。

周嘉誉也接到了第二轮体检还有面试的通知，在期末考试结束第二天就要再去北州。这次体检再顺利通过的话，基本就没什么问题了。

因为是五校联考，所以题目的难度不会太大，但各校老师出题思路不一样，还是有一定挑战的，大家都铆足劲疯狂地冲刺着。

丛夏也不例外，英语是她的长项，数学是她的短板，她非常清楚所有该复习的侧重点，只是嫌时间不够用。

孟葭照顾得很好，每天牛奶、水果从不缺席，丛夏的身体也没有出现过什么意外。

以至于那天意外发生的时候，丛夏慌了手脚。

还是一如往常，蒋珍霞的英语课，大家的注意力都很集中，谁也没有注意到教室最后面的那扇窗子上发出微弱声响的窗帘滑轨。

也就是蒋珍霞回头写个七选五答案的工夫，一直"吱呀"作响的窗帘滑轨年久失修，忽然顺着窗子掉了下来。

这一掉下来不要紧，还连带着窗台上放着的花盆一起滚落下来。

丛夏和周嘉誉所在的最后两张课桌刚好紧挨着那扇窗子。

事情发生得太突然了，丛夏对过答案听到滑轨脱落声音的时候已经来不及了，甚至连头都没有回，那根窗帘滑轨就朝着她的后背落去。

"夏夏！"孙橙瑶大喊了一声。

滑轨本身是没什么重量的，但从高高的房顶脱落带着自重和加速度，这要是被砸一下可是得躺个十天半个月。

就在它快要掉落下来的那一刻，丛夏甚至都来不及反应，就感觉到背后一暖，有重量覆在了她身上，紧接着是东西掉下来砸中滚落的声音，再然后是陶瓷花盆粉身碎骨的声音。

丛夏听到了覆在她身上的人闷哼了一声，停了大概有几秒钟才缓缓地从她背上移开。

"誉哥,你没事吧?"

林骁刚才也在看英语卷子,听到滑轨脱落就赶紧回头,只看见周嘉誉猛地站起,隔着不算很宽的课桌,把丛夏压在身子下面,结结实实地挨了滑轨砸了一下。

动作之迅速,他甚至都没有太看清,没有反应过来,周嘉誉人已经扑了过去。

蒋珍霞吓了一跳,慌乱地从讲卷子的思路里抽离出来,快步走下讲台到窗子边,看着周嘉誉脸色发白半天都没说出一句话。

丛夏整个人都是蒙的,她没有看到滑轨脱落的过程,她甚至都不知道刚刚有多危险。直到她回头,看到一地狼藉和身后喘着粗气、脸色微白的周嘉誉时,她才回味过来刚刚发生的一切。

"快点快点,快去医务室。"蒋珍霞指着林骁,"你陪着他去。"

周嘉誉看到丛夏回头一脸惊恐的神色,瞧着应该只是受了惊吓,松了一口气,才觉得背上火辣辣地疼,胳膊有点抬不起来,其他倒也没什么。他摆摆手:"老师,没事,我下课去。"

"还上什么课,快点去!"

林骁拉着周嘉誉走出了教室。

丛夏的目光始终没有离开周嘉誉,看着他消失在视线里,她才慢慢恢复思考,后知后觉开始担心害怕起来。

"你没事吧?"

丛夏机械地摇摇头,眼神涣散呆滞,显然是吓到了。

教学几十年蒋珍霞什么没见过,只是其他的都好说,学生安全这一块实在是开不得玩笑。

后面半节英语课蒋珍霞布置了题目,然后匆匆离开了教室,给周堃打了电话,去了医务室查看情况。

整整半节课,丛夏只做了五道选择题,错了四个,满脑子都是周嘉誉刚刚面色惨白,用一种难以形容的目光看着她的画面。

一不小心,练习册被她用黑笔戳破了。

她感受到了那颗心不听话地狂跳不止,她忽然感到害怕,感到担忧,像是被人束缚住了全身,听不得使唤。

砸到了,会不会把内脏砸坏?

会不会把肋骨砸骨折?

她根本就不能理智思考，脑子里都是夸张和糟糕的想法。

直到，熬到了下课……

她还是没有看到周嘉誉回来。

医务室里，宋南检查一下周嘉誉背后的伤，这会儿已经有些轻微的红肿。校医务室条件有限，出于对周嘉誉的健康考虑，宋南还是建议赶过来的周堃带着他去医院照 X 光和查验 B 超。

身体大事可不敢耽误，到医院直接挂了急诊。

周嘉誉虽然觉得有些疼，但自我感觉还挺良好，白着脸居然还嬉皮笑脸地说没事，就是砸了一下。

林骁送周嘉誉到了校门口就先回了教室。

看他独自一个人回来，丛夏的心又顺着谷底往下掉了几米。

"他怎么样了？"

"还不知道，宋医生检查说有点严重，周叔叔带他去六院了。"

听完林骁的话，丛夏糟糕的心情雪上加霜，目光低垂着落在身后周嘉誉的课桌上，上面还有滑轨掉落擦出的脏兮兮的痕迹。

"没事的，夏夏，誉哥肯定就是背受了点小伤，需要好好养养，去医院检查下也是为了放心。"孙橙瑶看得出丛夏的愧疚和担心，拍了拍她的肩膀。

丛夏已经听不清孙橙瑶在说什么了，只是机械地点点头，沉默了大概有半分钟，从座位上站起来，冲出了教室。

"夏夏，要上数学课了，你去干什么呀？"

数学课啊，这可是丛夏最在意、从不缺席打盹的课，这是要逃了？

孙橙瑶的呼喊被抛在脑后，丛夏跑去办公室找到蒋珍霞胡乱地说了一通理由，然后跑出了校园。

她打了辆车："师傅，去六院。"

跑得太快，大脑有点缺氧，刚一上车丛夏就头昏脑涨。

意外发生得太突然，比意外更突然的是周嘉誉的反应。

还好一路没有怎么拥堵，只用了十几分钟就赶到了医院，打听到周嘉誉的病房。

冲进门的那一刻，她看到了熟悉的人，半躺在病床上安然无恙。

"你怎么来了？这会儿还没放学吧。"周嘉誉没有料到丛夏的忽然出现，看向她的目光带着惊讶和一丝丝窃喜。

"你、你没事吧?"丛夏扭捏着,最终走到了他的病床前,说话的声音还有些颤抖。

"没有,我能有什么事啊!我好着呢,就是擦两天药在医院观察一晚就可以回家了!"周嘉誉依旧是那副嬉皮笑脸的模样,摸了摸自己的后脑勺,歪着嘴角看着丛夏,一如既往,笑得灿烂阳光。

只是微白的脸色藏不住。

丛夏忽然觉得好难过,哪怕周嘉誉这会儿喊一声疼,或者不笑,她都能接受,只是他这样笑嘻嘻的,心有余悸的同时她真的好难受。

要是这个意外,真的砸伤了他,要是因此耽误了他第二轮体检,让他错失了自己的飞行梦怎么办?

她不敢想,根本不敢想。

丛夏像是被抽掉了浑身的力气,蹲在原地,颤抖着哭了起来。

周嘉誉吓了一跳,他掀开被子走下床,跟着她的动作艰难地蹲下来。

背上随着动作的牵引还在痛,周嘉誉也顾不得那么多了,他认识丛夏半年,还从来没有见过她哭。

"怎么了呀?你哭什么,我这不是好好的吗?"

丛夏哭得更大声了,没有原因,也不知道是该怪自己还是怪那根脱落的滑轨。

周堃回家给周嘉誉拿换洗的衣服,病房里只有两人,安静的医院,丛夏小小的啜泣声显得清晰。

"别哭了,别哭了。"周嘉誉抽了纸巾往丛夏手里塞,慌乱地去哄。

明明受伤的是他,现在哭鼻子的竟然是她。

周嘉誉哭笑不得,直到看到丛夏带着晶莹的泪珠抬起头看向他。

"对不起,真的对不起。"丛夏哭得上气不接下气。

她真的吓坏了,如果可以,她宁愿被砸的是自己,也不想周嘉誉不顾一切冲过来保护她。

"你对不起什么啊?"周嘉誉摇摇头,紧张得话都说不利索,看着丛夏眼睛里都是泪水,他莫名地烦乱。

"这个不会影响你去招飞吧?"

"当然不会,都不会耽误我期末考试。"

"那就好,那就好。"丛夏念念有词着,在心里默默地安慰自己,扶着一边的柜子跟跄着站起来。

"你要不要吃什么？我带给你？"

刚哭过，丛夏的眼睛还是红的，一眨一眨睫毛上还带着晶莹的泪珠，像是扇动着蝴蝶翅膀，脸颊微红，如喝醉了一般。

"都可以。"

周嘉誉默默松了一口气，她总算是不哭了。这小姑娘，情绪来得够快，去得也够快。

医院里是刺鼻的消毒水味道，这里到处弥漫着新生与死亡的斗争。

丛夏把周嘉誉扶回床上，坐在一边安静地削了一个苹果，只是她太不专心了，被小刀划破了手。

她只知道周嘉誉没什么大碍了，她也算是安心了。

但周嘉誉选择不说，所以她不知道的是，医生说，要是滑轨的下落速度再快一点的话，有可能会砸坏脾脏，会有生命危险，更别说以后去做飞行员了。

周嘉誉在医院又观察了一天，应该是没什么大碍，B超结果和X光的结果都已经出来了，医生看过之后就批准出院了。

周嘉誉没事，这事周堃也没有和学校追究，但为了让他养好身体，就又给他请了两天假，毕竟被砸得不轻。

丛夏心里始终过意不去，心有余悸了好几天，每天一放学就往小区跑，带着当天所有的卷子和复习资料，还有买的各种水果零食。

"你怎么又买了这么多东西？"周嘉誉一推开门看着丛夏提着大包小包地站在门口。

"给你补补。"丛夏今天特意叫孟葭买了猪脊骨熬了汤，之前不是他说的吗，吃什么补什么。

"也不用这么补啊，再这么吃，我都要胖成猪了，还飞什么飞。"

"没事，吃了你再减掉。"丛夏把东西放在桌子上，又稀里哗啦地掏出了一堆卷子，"今天英语晚自习，老师讲了很多知识点，我和周叔叔打过招呼了，给你补课！"

"什么？"

周嘉誉原本想着在家休息两天可以轻松一阵，没想到丛夏真是一天都不曾缺席地给他送卷子，每天布置的单词作业更是只增不减，今晚难道还有补课？

"丛老师，我觉得你可以回家自己学习早点休息。"

丛夏摇摇头，一本正经地看着周嘉誉："你是因保护帮我受伤的，所以我得对你负责。"

周嘉誉愣住，嘴巴半张着想要说些话解释和回答，却又不知道该说什么。

对他……对他负责吗？

丛夏的目光和口气都正经得很，眨着像小鹿一样的眼睛，朝着周嘉誉又走了一步。明明比他要矮，可她仰着头看他却莫名有种训学生的感觉。

周嘉誉忽然起了坏心眼，猛地弯下腰，凑得离丛夏又近了几分。

"你想怎么对我负责？"

空气沉静了几秒，丛夏站在原地，目光笔直地和周嘉誉撞了个正着，彼此视线交汇的那一瞬间，鼻息都打在脸上，心像是要蹦出胸腔一样慌乱。

丛夏赶紧收回目光，向后撤了一步，低下头也不敢再去看周嘉誉，随手扯出一本书："给你讲这个。"

周嘉誉低头扫了一眼那本书，挑了挑嘴角，又往前了一步，把一只手搭在了丛夏旁边的椅子上，笑得有些戏谑。

"丛老师，书你都拿反了。"

丛夏从没有见过周嘉誉这副样子，灰白色的家居服套在身上，显得整个人软塌塌的，却一点都不邋遢没精神，反倒是有种慵懒的闲适感，应该是刚洗过澡，头发还潮乎乎的，凑得近，可以闻得到沐浴露的香气，他眸子低垂着，目光飘忽像是有些醉了酒。

"不……不小心。"丛夏一把推开了周嘉誉，把手里的书塞进了他怀里，"我去上个洗手间。"

直到跑进了洗手间，丛夏都不知道自己为什么会那么紧张。

她自诩是个"处变不惊"的人，但周嘉誉挑起她敏感的神经，似乎只需要那么一个眼神，她就心慌意乱，甚至手足无措。

洗手间传来了"哗哗"的流水声，估计她是在洗脸。

周嘉誉心情大好，重新坐回餐桌边上，倒了整整一大碗脊骨汤，然后一饮而尽。

等到丛夏洗过脸从洗手间出来的时候，周嘉誉已经将桌子收拾干净，把教辅资料摆好了。

期末考试在即，周嘉誉不想影响丛夏复习的情绪，刚刚是她先挑起话题的，他一时没忍住，就逗逗她。

"学习吧，我好多不会的。"

丛夏走过去坐在他对面，展开书，然后强迫自己快速投入到学习的状态中。

她脑子虽然运转起来了,但心里还是犯嘀咕。

这家伙是学过川剧变脸吗?前一秒还是那副鬼样子,后一秒又一丝不苟地把单词读得通顺。

"走吧,送你回去,不早了。"

大概说了有一个小时,周嘉誉提出结束,送丛夏到门口换鞋的时候,他看见了厚重的衣服下面伸出来的手戴着醒目的红绳。

是他送的那根。

周嘉誉笑了笑,站在一边看着丛夏完成穿鞋、穿外套的一系列动作,没有丝毫不耐烦。

"回家吧,明天我就回去上学了。"

丛夏无声地点点头,抬眼又偷偷看了看他,很快又收回目光,生怕露了怯,走了几步她又回过头喊了一声。

"猪脊骨汤你记得都喝掉。"

寒风里,"脊骨汤"三个字她说得很大声,周嘉誉站在风里听得格外真切。

周嘉誉康复之后很快就回到了学校,因为这次意外,学校在最短的时间里,把所有的窗帘滑轨都检查了一遍。

"校长终于舍得花这个钱了!"周嘉誉看着头顶崭新的窗帘和滑轨笑嘻嘻地说了一句,"这下也没白挨。"

"大伤"初愈的,就连蒋珍霞对他的态度都变得温和许多了,上课没有再为难他,甚至下课还给他送了不少吃的喝的。

塞了满嘴的蛋黄派,周嘉誉说话含混不清,自我感觉良好得很,果真是塞翁失马,焉知非福。

期末考试越来越近,大家忙碌着,很快也将这个意外慢慢淡忘了。

正式期末考试的前一天,丛夏早早地收拾好考试的文具便躺到床上,脑子里又过了一遍应该背诵的古诗文。

正要睡的时候,手机响了一下。

周嘉誉:*明天好好考,我还等着继续抱年级第一的大腿呢。*

周嘉誉洗过澡,拿着手机发了一条。

丛夏:*好好体检,我还等着抱未来飞行员的大腿呢。*

航司面试的时间和期末考试就差了一天,所以考完试周嘉誉就得马不停蹄地冲去机场，估计到时候也赶不上见面了。

其实这些日子，周嘉誉还是做了很多准备的，毕竟招飞最后也是要考核体能的。选择从事这个行业，相关资料自然是少不了查找。也是越了解，他才发现自己越喜欢。

从前不觉得蓝天有多浪漫，如今想到能有机会驾驶飞机拥抱蓝天，他浑身的热血都在沸腾。

周嘉誉：我好想做飞行员。

收到这条消息的时候，丛夏有些诧异，想了三两秒，她斟酌着打了一行字：那就祝你早日成为闪闪发光的飞行员，做这个世界上最酷的人。

很朴实、很认真的祝福，没有花里胡哨的语言，没有复杂的句式，只是简单纯粹的期望。

你的愿望，可以被实现。

丛夏悄悄地想了想，如果有一天周嘉誉真的闪闪发光，走在人声鼎沸、鲜花铺满的路上，她应该会由衷地开心。

合上手机，周嘉誉闭上眼，眼前闪过过往在机场看到的种种飞行画面。

空旷的候机楼，窗明几净，阳光落进来，美好得不像话。

期末考试结束的那天，临川又下了雪，丛夏知道周嘉誉是晚上七点的飞机，估计四点半就会终止考试赶去机场。

最后一门考试是英语，丛夏飞快地答完，按照以往的习惯，她该仔细检查了。但今天不同，她早就打算好不检查，所以做的时候格外认真仔细。

"老师，我答好了，我要交卷。"丛夏走到讲台前放下卷子，小声地说了一句。

扫了一眼墙上的时钟，刚刚好。

以最快的速度跑回家，甚至在路上还不小心摔了一跤，顾不得膝盖的疼，她坚持跑到了小区门口。

她知道的，周嘉誉要出发了。

果然，不到两分钟，熟悉的身影在微暗的暮色里出现。看见她的那一刻，他满脸写着诧异。

"你怎么没去考试？"

"提前交卷了。"丛夏老老实实地回答，然后从书包里掏出了早就准备好的一个小盒子，朝着周嘉誉温柔地笑着，"加油！"

盒子里装着一把话梅糖。

周嘉誉记得丛夏提过一次,她最喜欢话梅糖,那是小时候考试或者生病,抑或遇到任何困难和挑战,爸爸都会买给她鼓励她的糖果。

而今,丛夏也想送给他,这一盒子话梅糖。

不,准确来说,这是一盒好运,一盒努力,一盒万事胜意。

周嘉誉看着盒子里包裹着好看糖纸的话梅糖,看着脸颊发红的丛夏,一时间好多情绪涌上来。

暮色总是有千百种浪漫的方式,而最让人欲罢不能的一种是一切尽在不言之中,只是看霞光搅乱天空,像是打翻了的油画调色盘,千丝万缕,在天空的尽头缠绵不休。

"丛夏,谢谢你。"

周嘉誉没有什么表情,垂着眼睛接过话梅糖,剥了一颗放在嘴里,然后又剥了一颗递到丛夏的嘴边,用一种极为温柔和诚恳的眼光看着她。

丛夏没说话,张了张嘴,将糖含进了嘴里,整个口腔都是甜丝丝的味道。

雪下大了,糖还没有完全化在嘴里,高大的人影拖着行李上了出租车,留下了留恋和温热的眼神。

丛夏安安静静地站在雪地里,看着车子越来越远,直到糖果在口腔里消耗掉,留着一种除了甜蜜还有些略微酸涩的味道。

话梅糖的甜蜜太短了,在这样的青春里只够持续短短的五分钟。

但没关系,总有一天,少年会开着飞机,在蓝天上一展宏图。他会把话梅糖磨碎放进他们生活里的点点滴滴。

丛夏这样想,这样期待。

对周嘉誉充满期待。

周嘉誉到北州后马不停蹄地就要赶到体检中心,二轮体检过后基本招飞就是板上钉钉的事了。

丛夏这边忙完了期末考试,累得很,也不知是不是那晚风太大着了凉,回家后就生了场病,烧了整整两天,都没有出房间,迷迷糊糊地躺在床上睡了一觉又一觉。

孟葭瞧着她发白的小脸也不敢多打扰她,一日三餐也都精心准备给她补身体,还特意要来了中药方子疗养。

躲在房间里的这两天丛夏也没有看书,浑身酸痛,头脑昏昏沉沉,除了睡觉常常裹着厚重的衣服坐在窗子边发呆。人闲下来又病着,总是会有许多许多思绪控制不住地飘忽不定。

周嘉誉这会儿应该已经到北州了吧，招飞顺利吗？体测顺利吗？一切顺利吗？

已经到了最冷的时候，天黑得早，亮得晚，看着一片片皑皑的白雪，丛夏又想起了那一晚周嘉誉离开的场景。

好多模糊的情感慢慢地在闲适的日子里清晰起来。

她喜欢看着周嘉誉阳光开朗的笑，喜欢看着他玩转数学题时候的几分骄傲和自豪，喜欢他亲手剥的柚子、批注的答案和热乎乎的烤红薯，喜欢下雪天里走在他旁边，喜欢与他一起逃离晚自习一起回家。

丛夏微微闭上眼，脑子里是有关于熟悉的少年的一切。

她心里有点乱，有点慌张，甚至是害怕。

她是第一次有这样的感觉，想到关于他的一切，就莫名心跳加快。

目光会被他不自觉吸引，心情会跟着他跌宕起伏，活了快十八年，丛夏忽然体会到了什么叫诚惶诚恐，什么叫惴惴不安。

他猛扑过来将她盖在身下的那一刻，她仿佛听到了心脏爆裂的声音。

没来由地，丛夏笑了，大概笑了十几秒又有些惆怅地低着头。

周嘉誉，他这样骄傲到不可一世的人，会喜欢她吗？

头又疼了几分，丛夏躺回床上，裹紧被子，闭上眼觉得好累好累。

夜幕降临，房间里总是静悄悄的，手机的来电铃声显得格外刺耳，丛夏正睡得昏沉，下意识地去摸手机凑在耳边接了起来。

"喂？"

周嘉誉叫了一声，对面半天没有回应。

丛夏恍惚间听到了周嘉誉的声音，挣扎着爬了起来，裹紧被子。

"你生病了吗？"

"有点发烧，没事。"

第二轮体检，上午刚刚结束了最后一项，周嘉誉拿到了结果，第一时间就想要给丛夏打电话。

"赶紧吃药。"

"吃过了。"莫名地，丛夏的声音里沾染了一点委屈，像是撒娇，也像是抱怨。

"很难受吗？"周嘉誉微微皱着眉，问了一句。

"有点，不过还好。"丛夏没多说什么，她的病不重要，重要的是周嘉誉的招飞结果，"怎么样，体检结果过了没？"

周嘉誉的声音里多了几分骄傲，他看了一眼手里的合格单，又抬头望了望北州的夜空，畅快得很。

听到了肯定的答复，丛夏悬着的心落下来，长长地舒了口气。

他怎么会让人失望呢？他可是周嘉誉啊。

丛夏抿着嘴角笑了，抬头也看了看外面的天。

周嘉誉就像是雄鹰，而雄鹰注定是属于蓝天的。在他没有翱翔之前，他们看的是同一片天空。

"丛夏，等我回去，我有话和你说。"

临川一中老师们的阅卷速度也是真的快，期末考试刚过去五天，联合省内其他几所学校的排名都已经放出来了。

毫无意外，丛夏又是临川一中的第一名，且是整个联考的第一名。

看着电脑屏幕上自己的成绩，丛夏松了口气，这几天她病也养得差不多了，烧退了身体也舒服了不少。

双第一的"传说"很快传遍了整个临川一中，就连校领导都给孟葭打来了电话，说着后续想要如何培养丛夏。

听着夸赞和祝贺，丛夏也没有什么太大的反应，倒显得格外从容平静，毕竟又不是高考，不过是一次期末考试而已。

周嘉誉的成绩也有很明显的提高，虽然英语考试他也提前交卷了，但也突破了 125 分，加上接近满分的数学和理综，联考排在前十五。丛夏看着他大幅度上升的英语成绩满意地笑了笑。

二轮体检过后，招飞中心已经发了合格证，他也如愿面试到了自己最心仪的盛京航空，只等着高考成绩出来。而按照往年的录取分数与他的成绩估算和数学竞赛的加分，周嘉誉是绝对可以考得上的，也就是说，现在才刚刚一月，他就已经可以先所有人一步体会到了高三结束的快乐了。

一下飞机，呼吸到临川的空气，那种寒冷里还伴着潮湿，是熟悉的家乡的味道。周嘉誉提着行李往市区赶。

登机前他就看到了班级群里发布的消息，年级第一那栏丛夏的名字赫然在列。他没来得及给她发消息就要准备登机了，现在一下飞机就奔家里去。

回来的路上，周嘉誉也没有给丛夏发消息，丛夏也不知道他的航班信息，只知道他这两天回来，所以只是照常去参加补习班，直到下午三点多才回来，她刚刚走到小区门口就看到了熟悉的身影。

周嘉誉穿着灰色的短款羽绒服，运动裤，提着行李，看起来应该是等了有一会儿了。

"周嘉誉！"丛夏迫不及待地，很大声地叫了他的名字。

站着的人闻声回过头，快步走来。

"可以啊！年级第一的气色不错，看来病好了。"

"确实，未来飞行员看起来也不赖。"

如他们期待的那样，愿望都实现了，为这终将被铭记的一年开了个好头。

"给。"周嘉誉从身后拿出了一把糖葫芦，"年级第一应该是有奖励的。"

"你怎么知道我想吃这个？"丛夏看着眼前的一把糖葫芦，惊喜地笑着接过来。

前几天她确实是在朋友圈发了一个想要吃糖葫芦的文案，但因为是在凌晨发的，又没到一个小时就给删掉了，所以她估计是没人看到。

周嘉誉骄傲地扬了扬头，装作毫不在意的样子，余光看着丛夏拆开包装纸将糖葫芦含进嘴里，心里别提多美了。

"这几天单词背了吗？"丛夏吃着糖葫芦，忽然话锋一转，盯着周嘉誉严厉地问道。

"哎，怎么糖葫芦吃到嘴里，你就翻脸不认人！"

"回去赶紧背！"

丛夏虽然面上是凶着的，心里却是暖的。

周嘉誉离开的这些天，她总是焦虑不安，情感变得透明可视之后，人就总是不能够坦然了，患得患失之余，又在拼命掩饰。

但看到他回来，看到他笑着递上糖葫芦的那一刻，丛夏忽然觉得很心安。他身上还带着风尘，身后有风雪，这样匆匆赶来就站在自己面前，笑得灿烂温柔。

这么寒冷的一个冬天，这么一段漫长煎熬的时光，她还奢求什么呢？

除了"幸运"二字，她想不到其他形容的词汇。

"回去洗个澡休息吧。"丛夏想着周嘉誉一路回来大概也累了。

"好。"

刚走到楼梯口，丛夏又叫住了他。

"你不是说回来有话和我说吗？"

周嘉誉顿住脚，片刻之后回过头看向丛夏，又挥了挥手："我想不起来了，想起来再说。"

"哦，好吧。"丛夏点点头，目送着周嘉誉回了家，手里捧着那一把糖葫芦兴冲冲地上了楼。

补习班也很苦的，每天和赶场一样跑来跑去，为了更好的成绩，为了更充实的未来。所以这样苦的日子，显得糖葫芦格外甜。

因为买得实在太多了，一口气根本吃不完，丛夏小心地将所有糖葫芦围在一起拍了张照片，将吃不掉的暂时放进了冰箱里，又看着照片傻笑了好一会儿才定下心来学习。

周嘉誉提着行李刚回到家，他是有话想说，这一路他都在想着怎么说，可看到丛夏的那一刻，到嘴边的话还是被他咽了回去。

——她手里提着练习题，眼底是淡淡的灰青色，想来肯定又是熬夜做题没有睡好。

距离高考不足五个月，高考就像是悬在头顶的一把剑，那种惶惶不可终日的痛苦与煎熬已经占据了生活的绝大部分。

周嘉誉不想也不能在这个时候做出任何冲动的行为，造成任何不能够预测的后果。

他洗过澡，躺在床上，又看到了挂在床边那个小小的柿子挂件，床头放着的是那张体检的合格证。

还有五个月，也就只有五个月了。

那时候夏天就会到来，所有的一切都会尘埃落定，只是想想就让人激动。

小年过后，农历新年越来越近，因为期末考试孙橙瑶和林骁的成绩也都不错，所以四个人聚在一起玩的机会也多了一些。

往年，周堃会带着周嘉誉回老家那边，在奶奶那儿过大年。孙橙瑶和林骁两家就是平常地吃个年夜饭走个亲戚，也没多大意思。

而丛夏是第一年在临川过除夕春节，应该也不会跟着孟葭去郑言鑫那边走亲戚。

"要不要，跟我一起去老家那边过年？"周嘉誉犹豫再三，还是打算邀请丛夏和孙橙瑶他们一起。

丛夏愣了一下，诧异地看着周嘉誉。

林骁其实前年曾跟着周嘉誉去过他老家那边玩过一次，山清水秀的小城倒是很不错，那里过年还不禁烟火，热闹非凡。

"我……我想想。"丛夏虽嘴上说着想想，但心里是想去的。

但毕竟没有问过孟葭，并且男女有别，她还是犯了犹豫，求助的目光落在了孙橙瑶身上。

孙橙瑶想得倒是没有丛夏多,她是爱吃爱玩的性子,而且基本有林骁在,她都不需要担心什么安全问题。

"那边好不好玩?"

"没有临川大,但是年味十足,是挺有趣的。"周嘉誉耐心地解释了一下,不太敢直视丛夏,怕给她压力。

"去去去!夏夏,你也去呗!这样我们四个还可以一起过年,多有仪式感!"

林骁在一边吐槽了一句"就知道玩",但也默默同意帮着孙橙瑶去和孙叔叔商量。

"那我回去和家长商量一下。"丛夏想着这么多同学都在,孟荁应该是会同意的。

说好了过年的计划,大家开开心心地吃着饭,期间丛夏余光偷偷看了一眼周嘉誉,很不巧,周嘉誉也在看着她。

眼神交错的那一瞬间,丛夏心慌意乱,像是做贼一般,还不小心打翻了手边的可乐。

看着白色的毛衣上褐色的污渍,丛夏懊恼地摇摇头,轻轻叹了口气,在心里埋怨着自己不够从容不够坦荡。

可是,能怎么办呢?他是周嘉誉啊,她怎么能够坦坦荡荡呢?

回家之后,丛夏第一时间就和孟荁说了想要和同学一起过年的事。

"夏夏,你也知道,郑叔叔家里很多亲戚,过年我们都要好好去拜访一下。"孟荁话一出口,丛夏心凉了半截。

"你应该知道尊重长辈,懂事点,第一次在临川过年,咱们总不能连面儿都不露吧。"

丛夏微微皱了皱眉,有些不悦,但勉强压了下去。

"可是我不想去。"

郑言鑫对她还算不错,所以在家她从来都是礼貌恭敬,从没有顶撞和忤逆过,以后她赚钱了也会好好孝顺郑言鑫。但也就仅限于郑言鑫一个人,其他的亲戚朋友,她真的一点应对的心力都没有。

高三一年到头就这么点假期,她还想着好好过个年回去冲刺。

"为什么?"

为什么?丛夏觉得孟荁这话问得奇怪,难道面对一屋子没有丝毫血缘关系的陌生人，一家家地说着虚伪的漂亮话是一件美差吗？

"夏夏，你怎么会这么不懂事呢？"

丛夏猛地抬头，目光带着惶然失措和震惊，她的妈妈，从来都慈眉善目的妈妈是在指责她吗？

难道真的是她的问题？

可她仅仅是不想去面对这些无聊烦琐的人际关系，也不想给对面的人添堵啊。

丛夏深吸了口气，没再说话，像是沉默地反抗一样，孟葭再说什么郑言鑫家里都有哪些亲戚，她都已经心不在焉。

丛夏一向听话，所以孟葭带着她改嫁的时候她也从没说过什么，毕竟追求后半生的幸福是妈妈的权利。

她可以让步，可以独立，但不代表她有必须帮助的义务。

"妈妈，即使您不同意我和同学一起过年，我也不想去跟您一起走亲戚。我只是单纯地不愿意面对陌生人的询问，不喜欢人际交往的场面。如果您不允许我出去过年，那我就在家里好好学习。"

丛夏一向是最听话的，只是这次异常坚决。

其实别说是孟葭了，就连丛夏自己都不太了解为什么会这么抗拒。可能是因为这样一段美好的过年时光可以跟着周嘉誉他们在一起过，却被告知要去应酬扯场面话，落差实在太大，让她有点接受不了吧。

执拗了两天，孟葭最终选择了松口。毕竟距离高考还有半年，因为这样的事影响心情也没什么必要，现在不想见，就等着高考之后再说吧。

年关越来越近，整座城市都沉浸在红色的喜气洋洋里。

周堃那边要到了除夕才能放假，四个人也等不及了，补习班结束的最后一天直奔超市买了几大包零食就去了火车站。

赶上春运，车上的人真不少，还有没有座位的，拥挤地占满了整个车厢。他们票倒是抢到了，但是座次两两连续，却隔了两节车厢。

周嘉誉看了一眼丛夏，犹豫了一下，还是拦住了孙橙瑶。

"我昨晚单词没背好，丛夏说今天得考我，我在火车上就给她背完。"周嘉誉的意思再明显不过了，目光偷偷地望向丛夏的方向，像是在期待着一个肯定的答复。

孙橙瑶也疑惑地看着丛夏，在看到丛夏点头之后，只好嫌弃地盯着林骁跟着他去了另一节车厢。

看着孙橙瑶走远，丛夏扭过头问了一句："我什么时候说今天要考你单词？"

周嘉誉挑了挑嘴角，眼睛里染了几分笑意，语气很轻，像是挑逗一般，微微弯下腰，看着丛夏："你没说那你点什么头？"

一句话让丛夏当场语塞。

是啊，她为什么点头承认呢？

丛夏心慌意乱，闪躲了周嘉誉的眼神，赶紧到座位上坐好。

临川到周嘉誉老家那边火车要坐五个小时，不算太长但也不短了。坐在座位上两个人难免会交谈。

周嘉誉讲起了他小时候的事。他基本是刚出生没多久就被父母送到了奶奶身边养着。

老家那边地方不大，不同于临川的车水马龙、灯红酒绿，不怎么发达便利的交通甚至连地铁都没有，几乎是过了十点钟路上连出租车都不跑了。

但就是这样一个普通的小城市承载了周嘉誉童年所有的快乐，奶奶烧的菜最对他的胃口，每晚吃了饭就会去小区里肆意地耍到天黑。周末奶奶还会带着他去逛早市、去熟悉的邻居家果园摘果子。

奶奶还是个很时髦的小老太太，周嘉誉说起这些的时候，脸上有飞入鬓角的笑，很骄傲的样子。

他说奶奶现在年过七十还是喜欢穿漂亮的裙子，还是会听一些很流行的歌曲，扛着蓝牙音箱去争做广场舞一姐，还是会烧很多很多好吃的饭菜。每次迎着他来，目送着他离开，她只说一句臭小子好好学习。

所以在他的心里，临川再好也替代不了老家的位置，父母之间再血浓于水也亲不过从小的陪伴和照顾。

况且他自从回到临川，再也没有享受到什么照顾。

丛夏朝周嘉誉看去，她极少能在他脸上看到这样的神情，是一种敛了傲气和张扬，很真挚的从容与开心。他眼里的光比往日更亮，笑着看向窗外，感受着这趟飞驰的列车离他想去的地方越来越近。

"那你真是一个幸福的小孩。"

"那当然。"

周嘉誉自说自话了半天，转头看向丛夏问道："那你呢？你的家呢？"

时隔半年之久，她再回忆起那个江南小镇还是熟悉非凡。

只是，丛夏的思念和眷恋被冲淡了很多。

"我爷爷奶奶去世得都很早，我妈妈是临川人，远嫁到我爸爸那里。我小时候他们的感情也还算不错，我是会被所有小朋友羡慕的那个，每次他们接我从不迟到，还会给我准备各种各样的精致美食。周末我们一家人还会一起去野餐、逛超市、去游乐园。"

丛夏说这些的时候，口气很平静，像是在回味着某些温柔的往事，沉醉其中，不自觉地垂下眼眸。

周嘉誉察觉到了丛夏细微的情感起伏，看了她几眼，小心翼翼地又问了一句："后来呢？"

"后来？"丛夏黯然地想了好一会儿，忽然抬起头看着周嘉誉，"你知道什么叫作'靡不有初，鲜克有终'吗？"

突如其来的一句话让周嘉誉一时不知道该如何回答。

"他们俩都是。生活久了，我妈发现江南那边哪儿都不如临川顺眼，当初被我爸的文人情怀所吸引，到最后争吵的时候却变成了一股子没用的穷酸气。"丛夏叙述得格外平常。有时候她也会怪自己，为什么记忆力会那么好？明明是十一二岁的年纪，怎么能把他们说的每一句争吵，每一句怨恨，甚至是所有面目狰狞的表情都记得一清二楚。

以至于到如今说来，还是有几分讽刺的意味在。

"我爸也是，当年夸我妈漂亮又贤惠，最后生活开销越来越大的时候，又嫌弃起我妈的精打细算，家里的日子过得一塌糊涂。"

听起来是很现实的一个故事。

老话怎么说来着？

贫贱夫妻百事哀，瞧着可真是说得一点不错。

孟葭年轻时吃过了生活的苦，找到了年薪尚且不错的郑言鑫，美滋滋地做着全职太太。丛文兴受够了鸡毛蒜皮的纠结，最后竟也经人介绍找了个娘家家底殷实的小学老师，两人情投意合，在文学上倒是惺惺相惜。

但即使是这样，即使他们都再婚了，丛夏也依然好爱好爱他们，看着他们都过得还算是幸福，她咬咬牙觉得自己这点苦简直是不值一提。

她只是盼望着，盼望着有一天她可以遇到自己真心喜欢的人，两个人努力，一起安一个稳定能够遮风避雨的家。

爱了，就要好好坚持，好好地去写完故事的结尾。

周嘉誉完全没有想到丛夏会一下子说这么多，就仿佛是忽然赤裸地把自己过往的伤口袒露出来，动作过于果断干脆，让他有些意想不到。

到底什么是"靡不有初，鲜克有终"？

这车马喧嚣又叫人时常厌倦至极的人间，真的能有人把爱意熬过日日夜夜，岁岁年年吗？

"丛夏，任何环境、任何过去都不是绑架和限制你自由的枷锁，因为你知道吗？"

周嘉誉略微顿了顿，很清晰地说了一句话，字字清晰，铿锵有力。

"你、我，我们本来就应该是拥有幸福灿烂人生的人，只要你愿意，你一定看得到那个会陪你始终的人。"

飞驰而过的火车已经行驶了三个小时，此刻时近黄昏，金黄色的阳光跃过明亮的车窗玻璃，跳进了车厢里。

一瞬间，夕阳氤氲着的光圈落在了少年轮廓硬挺的脸上，是那样温柔，又是那样坚定。

隔着玻璃，感受不到风，但光秃秃的树叶在颤抖，看得见风。

我们本来就应该是拥有幸福灿烂人生的人吗？

丛夏略带犹疑的眼光刚巧撞上了周嘉誉炙热滚烫的眸子，莫名地受到了鼓舞，答案变得肯定确切。

承诺好像不是对谁说的，又好像只对一个人说。

会找到伴你始终的人。

夕阳尽了，转而被浓重的暮色取代，晃动的车厢让人有了睡意。

丛夏合上眼，享受着最后一个小时的车程，不知不觉睡了过去。迷迷糊糊中她感觉有人轻轻摸了一下她的头，将她扶到肩膀上。

只是睡意正浓，她没有睁开眼，只是放任了自己靠在了旁边人的肩上。

很暖，很舒服。

到了老家那边已经快要晚上七点钟了，天黑，气温又低，老人家出来也不方便，所以周嘉誉就没告诉奶奶，反正轻车熟路也不需要人接。

老家这边的天气要比临川更冷，积雪也更厚重。

丛夏一下车就冷得直打战，缩在围巾里。

行李被两个男生搬上了出租车，小城市的路没有多复杂，也没有拥挤的晚高峰，大概行进了有半个小时就到了周嘉誉奶奶家。

奶奶家倒是很大，还带了一个小院子，这会儿赶上冬天也就没有了蔬菜瓜果。

林骁和周嘉誉一间，孙橙瑶和丛夏一间，还有奶奶自己睡一间，等着周堃来将沙发上扯出来也还能再睡一个人刚刚好。

坐了一天车，大家都疲惫得很，陆陆续续洗过澡之后，吃上了奶奶亲手煮的美味佳肴。

"快快快，都是这臭小子的朋友，你们就把这里当家一样，尝尝奶奶做的锅包肉好不好吃？"

奶奶很热情，一头银发是岁月的积淀，但不难看出年轻时候的美人风采，她端着菜从厨房走出来，步伐轻快，应该是身子很硬朗，语调也很欢快，积极地招待着他们。

周嘉誉狼吞虎咽了一个鸡翅，含混不清地夸赞着奶奶的厨艺又有所长进。

丛夏安静地坐在一边，接过了奶奶夹给每一个人的锅包肉，觉得心里暖洋洋的，一点也感受不到外面冰天雪地的寒冷。

饭桌上的热菜热饭，一室馨香。

周嘉誉的老家是一座北方的小城，那里人流量虽不大，但生活格外热闹。
四个人起了个大早，去赶早市。

冰天雪地，连呼吸打在空气里都会变成白雾，琳琅满目的小摊摆满了道路两边，丛夏实在是没有来过这么冷的地方，只敢露出两只眼睛。

"要不要吃什么？"周嘉誉瞧着丛夏一副冻傻了的样子回过头问了一句。

丛夏扫了一圈，油炸糕、豆腐脑、香喷喷的牛肉饼……什么她都想吃。

"要不，你随便买吧。"

周嘉誉"哦"了一声，转身把早餐摊上能看到的种类都买了一份，端上来的时候满满铺了一桌。

孙橙瑶和林骁想去看看早市的其他东西，所以没在早餐摊附近，眼下只有周嘉誉和丛夏两个人，面对面，中间是一桌子的早餐。

"你……"丛夏刚想开口，想了想这是周嘉誉的一贯作风，于是埋着头一口气喝了小半碗豆腐脑，然后苦着脸，"怎么是咸的？"

"豆腐脑不是咸的，还能是什么味道？"周嘉誉不以为然，直接接过了丛夏没有喝完的那一碗，拎了个勺子继续喝了起来。

大概是南北方的差异吧，丛夏喝惯了江南的甜豆花，是有点吃不惯的。但豆浆、牛肉饼还有烧卖是真的味道不错，只是这里的烧卖包的是肉不是糯米。

实在是点得太多了，丛夏吃了半天，桌上还有没吃掉的小笼包、油条。

"老板，打包。"

周嘉誉拎着几袋子早餐又带着丛夏继续在早市里面逛，因为赶上了过年，所以到处都是卖年货的摊位还有人群。

菜肉都新鲜得很，大家凑在一起，叽叽喳喳讨论着这即将来到的新的一年有着怎样的愿景。

奶奶把钱给了周嘉誉，所以办年货的重任也落在了他身上。看不出来，平常这么吊儿郎当看起来骄傲到不行的人，竟然也会选年货，挑蔬菜瓜果，甚至还会和老板杀价，那样子竟然还有几分可爱。

刚好这时周嘉誉起身转头朝她炫耀自己刚买好的橘子，她连忙闪躲开了眼神，随口应付了一句不错。

在早市逛了整整一上午，直到几乎所有摊位都陆续收摊了，四个人才满载而归。

奶奶的厨艺是相当不错的，吸引着孙橙瑶和丛夏两个女生钻进厨房，一待就是一下午。

周嘉誉和林骁闲着也没什么事做，就把家里里里外外地收拾了一番。到天色暗沉下来，路灯都开始陆陆续续亮起来的时候，热菜热汤端上了饭桌，算上奶奶五个人围坐在桌前，其乐融融地开始享用晚饭。

日出而作，日落而息。

简简单单的八个字，在如今这个充满竞争和消耗的时代里变得越来越难。丛夏看着饭桌上每一个人都喜笑颜开，觉得从心底温暖起来。

旁边坐着的就是周嘉誉，只要稍微侧过头就可以看到他正满足地吃着饭菜，一脸喜气洋洋的表情。

丛夏悄悄地收回目光，夹了一块拔丝地瓜放进嘴里，好甜。这短暂的假期好甜，这日子，好甜。

吃过饭，丛夏主动要求去洗碗，做客嘛，总是要懂事一点。周嘉誉没说什么只是也跟着进了厨房。孙橙瑶和林骁陪着奶奶去了客厅看电视，你一句我一句像是两个活宝逗得奶奶"哈哈"大笑。

"你去剥几个橘子吧，碗我来洗。"周嘉誉拿起了用脏的碗，很自然地戴了围裙收拾，打开水龙头。

"剥橘子干什么？"

"剥就是了，剥完给奶奶他们送过去，在客厅和他们一起看电视吧。"周嘉誉摆摆手，把上午买的橘子丢在丛夏面前。

丛夏迷迷糊糊地点点头，想着应该是奶奶喜欢吃橘子，她剥好了也方便吃一些，于是就照着周嘉誉说的做，然后送去了客厅。

"奶奶，吃橘子。"

"哎！谢谢丫头。"奶奶正看得起劲，拉着丛夏，还有孙橙瑶、林骁正兴奋地讲着电视上放映的节目。

周嘉誉站在厨房，洗着碗都能听得到他们的欢笑声。

老年人的作息都很健康，早睡早起，所以晚上九点多的时候，奶奶就准备洗漱回房间了。孙橙瑶今天起得早，竟也开始犯困，先回了房间，林骁也跟着上楼去等周嘉誉打游戏了。

丛夏简单收拾了一下客厅，刚要起身去厨房看看周嘉誉怎么这么久都没忙活完，他就出来了，手里还端着保温壶。

"给你，带回房间多喝几杯。"

"这是什么？"丛夏看着玻璃壶里装着的褐色的水，里面还漂浮着几块橘子皮和玫瑰花。

"橘子水啊，你天天老咳，开学了可怎么办？"周嘉誉把壶塞进了丛夏的手里，关了厨房的灯。

自从期末考试结束那会儿生了病，虽然烧退了也没什么其他症状了，但咳嗽一直都没有好，丛夏也没当回事。

倒没想到周嘉誉会记得……

手里的橘子水还是温热的，应该是炖煮了很久，颜色都变成了浅淡的褐色。丛夏愣在原地，目光看向周嘉誉，沉默了许久，却只说出一句"谢谢"。

"谢什么，又不费事。"

周嘉誉又塞给丛夏一个小小的杯子，叮嘱了一句："晚上睡前多喝几杯，北方干，不然会咳得更厉害。"

回到房间，丛夏倒了一杯，啜了一小口在嘴里。应该是加了一点冰糖和橘子瓣，酸酸甜甜的，喝着让人感觉喉咙特别舒服，一下把一整杯都喝光了。

丛夏看着那一小壶橘子水，出了好久的神。

他这样不拘小节的人，也会这样细心地对待周围的人吗？

直到孙橙瑶洗过澡出来，喊了她半天，她才回过神。

"这是什么？"孙橙瑶看见了桌上的陈皮橘子水，好奇地倒了一点。

"没什么,早市买的橘子,煮了水你尝尝。"丛夏承认自己有点小气了,看见孙橙瑶连喝了好几杯,又不敢说出原因,只能默默地看着剩下的半壶。

每晚周嘉誉都会在厨房煮橘子水给丛夏喝,丛夏连着喝了几天,咳嗽确实是好了不少。

眼看着就要过年了,除夕的前一天,四个人陪着奶奶又去了一趟超市,把要买的都买齐全,未来几天就要一起宅在家里过大年了。

赶上快要过年,外面的人真不少,奶奶挑年货自然是最有经验的,家里的储备都差不多了,又买了些新鲜的水果、过年吃的糖,还有对联和小彩灯一类的装饰就可以了。

回家之后,周嘉誉踩着桌子,把小彩灯挂在阳台上,又在门口放了一个红灯笼,过年的氛围一下子就浓厚起来,只等着明天一早贴上对联。

家里已经大扫除过了,地板,桌面每一个地方都明亮洁净,冰箱里全是储备食材,柜子里都是零食,看着就让人舒心。

晚上周堃也到了,奶奶特意烧了一桌家常菜,一家人围坐在一起,热热闹闹地吃了个饭。

丛夏坐在饭桌前,看着周围吵嚷的朋友、热情的长辈、升腾的饭菜热气,一切都是温暖幸福的样子。

吃过饭,周堃陪着奶奶去楼上聊天,几个晚辈在楼下收拾碗筷。周嘉誉照例给丛夏煮了橘子水,林骁和孙橙瑶也跟着分了一杯喝。

今晚的饭菜格外可口,丛夏吃了不少,又喝了一杯陈皮橘子水,看了一眼墙上的时钟,见时间还早,就想出去散散心。

周嘉誉本来已经换了家居服,但看了一眼外面已经黑透了的天,又默默地拿起了外套、围巾。

"我也想出去转转,走吧。"

孙橙瑶最近喜欢上了打游戏,好不容易短暂的假期可以休息休息,自然是缠着林骁不放过,于是两个人躲在房间里打游戏,丛夏和周嘉誉出门去散步。

到了一年里最冷的日子了,零下快要二十摄氏度的天,滴水成冰。

丛夏把脸缩进围巾里,只露出一双眼睛,黑暗里只有路边微黄的灯光可以照得见铺满了雪的小路。

周嘉誉稍微离得和丛夏近了一些,雪天路滑,万一她要是摔了,自己可以及时地拉她起来。

夜晚的风很大，在冬日里散步，实在是不像电视剧里那样浪漫。

刺骨的寒风钻进袖口、领口，冷得人直打战，但丛夏却觉得一分一秒都很宝贵。

这个无人知晓的小城里，暂时没有考试的压力驱赶，到处都是热闹非凡的过年气氛。周嘉誉走在她旁边，她能感受到他偶尔投过来的目光。

月光清冷，两个人的影子离得很近，近得让丛夏有些心慌。

"单词背了没？"

周嘉誉愣了一下，顿住脚，扭过头看向丛夏。其实刚刚他察觉到她有些紧张了，想说些话来缓解下她的紧张，没想到她倒是先开口了。

只是，她每次紧张，似乎都只会说"单词背了没"这一句，傻傻的样子格外可爱。

周嘉誉笑了一下，看着丛夏半天没回应。

"你……你看什么？"丛夏闪躲开周嘉誉的目光，有些心虚，就好像下一秒他就能看穿她所有心思，她就成了那个不折不扣的透明人。

"没什么。背过了，我要是没记错，今天晚饭前你刚考过我。"周嘉誉收回目光，尽可能把口气里的调侃意味降到最低，抿着嘴偷笑着解释。

丛夏咽了一下口水，揪着自己的大衣口袋，强硬地狡辩了一句："你记错了。"

"哦，记错了。"周嘉誉没反驳，顺着丛夏的话说了下去，"马上就过年了。"

"嗯，过了年离高考就剩下三个多月了。"

"啧，你这人怎么这么煞风景，说过年呢。"

丛夏反应了一下，"哦"了一声。

是要过年了，而且是要过一个终将被铭记的年。等这场艰苦卓绝的"战役"要结束了，夏天是不是应该有一个新的开始。

想到这儿，丛夏的目光不自觉地看向正兴奋诉说着过年种种的周嘉誉，心莫名地软。路灯光从他头顶落下来，给他镀上了一层好看的光晕，勾画着他优越的轮廓。

一定是因为太冷了，丛夏有想要抱住他的冲动。要是可以的话，夏天的时候她真的想抱抱他。

除夕当天，奶奶从中午开始就进了厨房忙活年夜饭。

丛夏本来也很喜欢烧饭，所以也早早跑进去帮忙。

因为北方是有守岁吃饺子的习惯的，所以年夜饭吃得格外早，才下午四点多钟，菜就陆陆续续地上了桌。

客厅里，孙橙瑶和周嘉誉、林骁三个正在打游戏，周堃一年里难得清闲靠在沙发上正看电视。奶奶和丛夏在厨房里说说笑笑，忙得热火朝天。

所谓烟火气，大抵就是如此吧。有趣有盼，缓慢地生活。

丛夏将菜都端上桌，所有人举起杯子凑在一起，欢欢喜喜地享用年夜饭。

席间，林骁和孙橙瑶的父母都打了电话过来，表达了感谢之情。倒是孟葭今天没有动静，估计第一年在郑言鑫家里也不是很好过吧，丛夏偷偷发了几条消息询问。

发过消息，丛夏沉思了几秒，也没再继续纠结。

年夜饭烧得格外丰盛，大家吃得心满意足，凑在一起等着春晚开始。

"孩子，大年夜和年初一不干活，放着吧，后天让那臭小子刷碗。"奶奶拦着丛夏，塞给她一个很大的苹果，"去客厅看电视吧。"

丛夏点点头，来到客厅的时候扫视了一圈，犹豫了一下，不动声色地坐在了离周嘉誉稍微远一点的位置。

沙发很大，但因为人多，所以坐在一起也稍显拥挤。

周嘉誉注意到丛夏的动作，看了一眼爸爸和奶奶，挪了下位置，坐在了丛夏的旁边，动作很稳，看不出一点慌乱，就像是在做一件很正常的事。

丛夏偷偷瞄了一眼周嘉誉，实话实说，除了紧张，还有一丝窃喜。

因为周嘉誉，做了她想做，但又不敢做的事。

春晚开始了，熟悉的声音又是一年国泰民安，大家的目光都集中在电视上，丛夏趁着无人注意，微微往后靠了一些，目光落在周嘉誉身上。

春晚的欢笑声和外面的烟花声交杂在一起，屋子里温暖舒服。

像是一场温馨的梦，梦里周嘉誉就在她左右。

似乎是察觉到了丛夏的目光，他忽然回头，与丛夏的目光撞在了一起，既没有闪躲也没有慌乱，只是很温柔地笑了，笑给他好看的桃花眼带去了更明亮的色彩。他就这样望着她，在众人都在场的今晚，在此时此刻。

偷瞄被现场抓包，像是被洞穿了心思，丛夏有些羞愧，却第一次没有躲闪，望着周嘉誉那双眼睛，心跳的声音仿佛都在耳边。

手里的手机振动了一下，丛夏下意识地去看。

周嘉誉：一会儿要不要去楼上，学习会儿？

丛夏有些蒙,大过年要学习了吗?虽然她有些疑惑,但还是乖乖地回了个"好"。

春晚到了一半的时候,奶奶就去准备饺子了。孙橙瑶难得有会做的,所以赶紧拉上了林骁去帮忙。

林骁嘴上不情不愿,但行动倒是诚实,擀面皮的速度那叫一个快。

奶奶指导着一群小孩,还在饺子里加了糖果。

周嘉誉包饺子是从小跟着奶奶学的,能包住好多馅儿都不漏出来,所以糖果都是他包的。

有糖果的饺子倒是不怎么好吃,可是这个未来一年甜甜蜜蜜的寓意谁都喜欢。但也不知道自己是不是中奖绝缘体,丛夏从小到大都没吃到过。

今年也不例外,当孙橙瑶兴奋地咬住了饺子里的糖果开心得蹦起来的时候,丛夏眼里有羡慕的目光。

周堃平常工作忙,一年到头难得休息,第一锅饺子煮熟就先吃了,没守岁就躺在沙发床上休息了。

奶奶收拾了碗筷,也上了楼。

孙橙瑶吃到了糖果,心情好得不得了,拉着林骁去院子里放烟花。

丛夏的目光一直都没有离开周嘉誉,心里惦记着他刚刚说要学习的事情,甚至已经在心里想好了今天要背什么新的单词。

"你先去房间等我。"周嘉誉倒了两杯陈皮橘子水给丛夏。

去的是周嘉誉的房间,是他从小生活的地方。

因为是老房子,所以装修很规矩,谈不上有什么花样,实木家具、衣柜书桌每一样都陈设得很整齐。

倒是桌子上摆了很多周嘉誉小时候玩的小玩意,有那种童年时期很流行的玻璃珠,吃干脆面集齐的很多小卡片,男孩子喜欢的手办,一个个看下来也是有趣得很。

正看得入神,周嘉誉进来了,手里又拿了一个碗,碗里是两个饺子。

"吃了。"周嘉誉把碗放在丛夏面前。

"不是才吃过吗?"丛夏愣了一下,但还是乖乖地坐在桌前,端起了碗筷。

"落下了两个没煮,吃掉吧。"周嘉誉一向聪明,但今天找了个蹩脚的借口。

倒是不打紧,因为这个蹩脚的借口,丛夏信。

饺子很好吃,多吃两个也没什么,丛夏想着要是一会儿学习用脑子也会饿,就把剩下的饺子也给吃了。

只是饺子刚入口，她感觉味道有些不对。

她反应了一会儿才带着有些兴奋的表情看向周嘉誉："有糖！"

周嘉誉当然知道饺子里有糖，他自己包的心里自然是有数，只是面子上简单应了一声。

"刚才包好落下了，这会儿正好被你吃到了。"

丛夏傻乎乎地信以为真，还在心里默默地高兴，自己今年也是那个幸运儿了。

新的一年，是要甜甜蜜蜜地度过了。丛夏这样想着，目光不自觉地看向了周嘉誉。

看着丛夏一脸满足地把整个糖饺子都吃掉，周嘉誉笑而不语，打开阳台的门，俯下身，去看外面一片热闹的景象。

丛夏吃过了饺子，放下碗筷，有些疑惑地合上了书，披了件外套跟着走到阳台边。

不是说学习吗，怎么不看书跑到阳台边来？

本来是想要把糖饺子单独给她顺便学习的，只是真坐在那儿，心思早就被外面的热闹勾走。

新年，北方是有守岁的习惯的，烟花一朵又一朵在天空炸开，欢笑声不绝于耳，无数根炸裂的仙女棒闪烁着，映照着厚重的白雪，又是一个新的开始。

小城外是更广阔无垠的天地，小城里是温暖平静的家，家家户户张灯结彩，楼下的雪堆里有一群群嬉闹的孩子。

丛夏忽然想起语文课上老师给他们做素材积累说的一句话——

"辞暮尔尔，烟火年年。"

周嘉誉没太听清，扭过头去问，又跟着往丛夏这边凑近了一步。

这次丛夏竟没有躲，站定在原地，接住了周嘉誉的目光，把这八个字展开，把她认为的最好的祝福说给了他听。

"我说，周嘉誉祝你日日年年，朝朝暮暮，不管是白天还是黑夜，都年年安康，富贵有余。"丛夏抬起头，眼神坦荡地望向了身边的少年，眸子里有被烟花点亮的光。

冬日里，总是黑夜要比白昼更长，只是这人间总有比白昼更浪漫一百倍的事情。

肆意喧闹的夜里，那句祝福却格外清晰。

周嘉誉回头望，眼里是少女微红的脸颊，和被烟花映照得温柔的目光。此时此刻,仿佛是冬日里忽然讲起的童话,才刚刚开口,就骤然心动。

年年安康,富贵有余。

仅此而已吗?

丛夏把没说完的话藏进了心里,祝你年年安康,富贵有余;祝你乘风破浪,好在未来的这个夏天得偿所愿。

丛夏这样想着,喜欢难免会从眼睛里跑出来,藏不住,也装不了,就好像是把星星装进了眼睛里,细碎闪亮。

"丛夏。"

"嗯?"

周嘉誉把那句祝福听到了心里,然后他又听到了心里最炙热的回声,叫嚣着,在这个寒冷的冬天里,像是燃烧着了火焰,不过片刻之息,就烧上了漆黑的天。

"我喜欢你。"

什么铺垫都没有,什么暗示都没有,只有最简单,也最真挚的心意,缓缓地说出口,却没有半点犹豫和惶恐。

那是只属于他们这个年纪,干净纯洁不掺杂半点杂质的喜欢,是那种既饱含着同学情谊又想要更靠近的喜欢。

一个字一个字,掷地有声,回荡在下着雪的除夕夜里。

肯定、确定、坚定。

烟花肆意地炸开,就在夜空里绽放着、绚烂着,然后陨落在无尽的黑色里。这应该是今晚最美的一朵烟花。

丛夏愣在原地,耳边掠过寒风,裹挟着那句喜欢你钻进耳朵,格外动听。

喜……喜欢吗?

一时之间,她分不清是震惊,还是喜悦,她只是觉得心跳得那样快,像是下一秒就要蹦出胸膛。她感受到了火烧一般的脸颊,感受到了贲张的血脉,一股脑地冲上了头顶。

周嘉誉迟迟等不到回应,没有着急,也没有打算追问。他的目光依旧停留在她身上,缓缓地把未说完的心声讲完。

"喜欢你不停地考我单词,喜欢塞给你柚子和烤红薯时的笑,喜欢碎碎糟糟的生活里,只要我一抬头,座位前面永远是你。"

"谢谢你出现,点亮了我的高三,点亮了我的生活。"

顿了顿,周嘉誉把所有的话说完了,回应与否其实并不太重要。

重要的是，在十八岁，在这个漫长而又寒冷的冬天里，少年把自己所有的喜欢和情怀都说给了他最在意的少女听。

是她点亮了他的生活吗？

不，他的生活，从来不需要别人点亮。他是周嘉誉，是这个世界上最酷最勇敢的人。

丛夏这样想着，嘴角带着笑，从惊喜中清醒过来。

该是她谢谢周嘉誉。

临川一夏，恍然间像是昨天，她遇见了她这辈子都不会忘怀的少年。那些细心隐藏的爱意，其实早在她不知晓的日日夜夜就悄悄与别人心灵相通。

控制不了，这样昭然若揭的爱意，本就应该在阳光下。

"周嘉誉，你想把我的祝福听完吗？"

空气里的分子在跳跃，在飞舞，沉默是最好的肯定。暧昧的气氛一旦升腾起来就很难再消逝。

周嘉誉的心悬在嗓子眼，紧张地等待着未说完的祝福。

"祝你好在今夏。

"祝你今夏有我。"

今夏有我，岁岁年年的夏天里，希望你都可以有我。

混杂着人潮熙攘，祝福声浅浅地在耳边回荡。

周嘉誉紧张到眼睛泛起水光，瞬间释然，他知道的，丛夏和他都在等那个六月。

等临川的潮汐，等临川的盛夏。

丛夏是中奖绝缘体，十七年来吃不到糖饺子，可十八岁往后她可以永远吃得到糖饺子。

因为周嘉誉会把生活里所有甜都攒起来、藏起来，给她，全都给她。

"我们都会，好在六月。"周嘉誉长长地舒了口气，平复了心里的波澜，重新望向楼下。

雪夜漫漫，新年伊始。

周嘉誉收回了想要拉住丛夏的手，攥紧又松开，手心全都是薄薄的汗。

再等等，六月就要来了，夏天就要来了。

"我们——"

也要来了。

年过完了，丛夏、孙橙瑶和林骁又在奶奶这边待了两天，就要准备回临川开学了。

临行前，奶奶准备了火锅，大家都坐在一起团团圆圆地吃完了最后一顿饭。桌上的糖还没有吃完，这个年却在欢笑里远去。

周堃开了车，刚好带着四个人一起回临川。临走前，奶奶还塞了很多自己做的小零食给他们，每个人的还不太一样，包好在一个个手提袋里送给他们。

"谢谢奶奶！"孙橙瑶一向嘴甜，笑着凑过来抱住奶奶，"等我们高考结束了，就回来！"

"好好好，都好好考试，奶奶在这儿等你们！"

回去的路要开高速，白天出发，也要晚上才能到。

丛夏其实有点晕车，在服务站的时候就觉得头晕，午饭也没吃，在车里睡了一会儿。

"还难受吗？"

迷迷糊糊的睡梦里，丛夏听到有人在问她，她勉强睁开眼，看到了坐在副驾驶的周嘉誉。

丛夏摇摇头，挥散了睡意。

刚刚醒过来，她脸上还带着慵懒的倦意，毛茸茸的围巾里，露出一双眼睛带着无辜的神情看着他。

周嘉誉笑了，把车里的空调又调高了一些，从口袋里摸出两颗糖给她。

丛夏伸手去接，他的指尖扫过她的手心，痒痒的。

是话梅糖，她最喜欢的话梅糖。含在嘴里，酸酸甜甜，驱散了晕车带来的恶心。

"再忍忍，下午就到家了。"

丛夏沉默着点头，又泛起了瞌睡，闭着眼倚靠着车窗，含着话梅糖睡着了。

透过后视镜，周嘉誉能看到小姑娘憨憨傻傻地靠着车窗，正睡得香甜，他心里很软，想把全世界的话梅糖都塞给她。

车开下高速到临川的时候，天已经黑了，大年初四还是有些热闹的气氛在。先把孙橙瑶和林骁都送了回去，最后周堃带着周嘉誉和丛夏回了一中那边。

回到家，屋子里是黑漆漆的一片。孟葭很早就给丛夏发消息说过了，他们还在走亲戚，家里这几天没人。

丛夏洗了个澡，换了身干净的睡衣，去冰箱里拿了鸡蛋和面随便对付了一下晚饭。

再回到书桌前,她拿起笔时已经快要晚上八点钟了。

展开一套数学模拟卷子,丛夏很快进入状态。挑灯夜战是她最擅长,也是最安心的事,看着题目被一个个解出来,莫名地踏实。

直到快要十二点,数学、英语各一套卷子完满完成,她才肯停下笔。

口袋里还有白天没吃完的话梅糖。丛夏剥了一颗放进嘴里,驱散了这一晚上的疲惫,又捏了捏酸痛的脖子,看着桌面上厚厚的一摞复习资料,默默在心里盘算。

这次期末联考第一名,总归也是名扬一中,名扬省内了。

假期里蒋珍霞也格外关怀她,各种最新的模拟题全都拿来供她练习,只是每每问及她的水平,她都总是笑而不语。

胸有惊雷而面如平湖者,可拜上将军。

很小的时候,丛夏看到这句话还不明白是什么意思,如今倒是越来越希望自己成为这样的人。

周嘉誉有理想,她也有。

虽然她藏得很好,但周嘉誉知道。

她捏着那张糖纸,熄了灯,轻轻地叹了口气,眼前都是除夕夜漫天烟花,直至今日再回想起来都和梦一般。

"周嘉誉。"

丛夏总是很喜欢重复他的名字,短短的三个字读出来却像隐晦的情书一般。

"我们都要好在今夏。"

第四章
少年风华

除夕之后才过了一周，临川一中已经要开学了。

丛夏收拾好了上学要用的文具、书本，还有复习资料，开学的前一晚她早早地洗过澡躺在床上，却迟迟没有睡着。

开学意味着，高中三年最后一个学期就要开始了，高考这把悬在所有人头顶的剑越来越近。

周嘉誉的飞行梦已经算得上是尘埃落定，心态上确实轻松了许多。况且上学对他来说本来也不是什么痛苦的事，收拾妥当后，他悄悄给丛夏打了个电话。

"喂。"丛夏压低声音接了起来。

"睡了没？"

"准备睡了，开学焦虑我有点睡不着。"

周嘉誉坐起身，清了清嗓子："焦虑什么？"

"毕竟是要高考了啊。"

自从除夕夜两人坦白了心事，再交谈话语里总是带着几分柔和与平静。

"不紧张，有我呢。"周嘉誉一向不会安慰人，他只会想到什么说什么。

丛夏听到周嘉誉的话笑了，低着头摆弄着头发，想着明天又要回到面对如海的习题，又要听到蒋珍霞的唠叨，还有，又要回过头就可以看见他了的日子了。

假期总是要找到各种各样的理由才能见到，而开学之后，习以为常。

她有周嘉誉，所以不怕。

"早点睡吧，最后三个月了。"

"好。"

"晚安。"

"晚安。"

临川一中高三年级开学后对于作息时间上有了新的调整，最新的时间表里晚自习延后了一个小时，竟然到了十一点半。

大家怨声载道，但又不敢说什么，毕竟要高考了，每个人多多少少都紧张得很。

周嘉誉倒是闲散得跟个神仙一样，蒋珍霞也知道他招飞通过了，高考会有降分，且以他的数学和理综水平，基本是万无一失，便也懒得揪着他去和英语作对。

孙橙瑶的化学成绩虽然有所提高，但总体来说成绩还是差了一些，想去到211还需要再多努力。林骁倒是如鱼得水，几次小测成绩都非常不错，就等着第二次模拟考试大展拳脚了。

丛夏按部就班，跟着自己的节奏复习，冲刺。她依然享受着各科老师的优待，还有……周嘉誉的照顾。

比如午休过后，桌边总是有一瓶热乎乎的牛奶；比如每个月的那几天，书本下面总是会压着几个暖宝宝；比如许多拔高的数学习题一发下来她就会收到详细的解题思路和答案……

日子看起来过得波澜不惊，却熠熠生辉，马上要看到意义所在。

三月过了大半，第二次模拟考将近。为了迎接考试，临川一中提前休了晚自习，丛夏高高兴兴地跟着周嘉誉吃了里脊肉饼才回了家，一路上她心情美滋滋的，像是喝了蜜一般。

直到推开门，她才发现孟葭和郑言鑫都坐在沙发上。

丛夏照常打招呼，然后想回去继续复习，才察觉出不太对劲，顿住脚，疑惑地开口问了句："怎么了？是不是有什么事要说？"

孟葭看了一眼郑言鑫，一副欲言又止的样子，半晌才拿出报告单递给了一脸疑惑的丛夏。

"夏夏，妈妈怀孕了。"

丛夏刚从外面回来，身上还带着早春的寒气，刚刚放下书包，孟葭的一句话仿佛是晴天霹雳般让她彻底傻了。

"您……您说什么？"丛夏生怕自己是听错了，又追问了一句。

孟葭似乎是没了底气，看着丛夏的目光变得有几分慌乱。

郑言鑫看了看孟葭，安抚似的拍了拍她的肩膀，然后站起身和丛夏解释："夏夏，你妈妈怀孕了。"

这次，丛夏支起耳朵，全神贯注，她听得非常非常清楚——孟葭怀孕了。

丛夏处在震惊中一时没有反应过来。孟葭今年也四十多了，这个年纪怀孕，她又要多一个弟弟，这是她从来没想到过的。

"夏夏，你听妈妈说，这是个意外，但妈妈舍不得打掉。"孟葭也跟着站起身去解释，伸出去的手已经握住丛夏的胳膊，只是丛夏往后撤了一步躲开了。

"我……我知道了。"丛夏思索了半天，头脑里还是只想到这一句回答，除了"知道了"，她什么也说不出来。

孟葭看得出丛夏脸色霎时变了，正在艰难地接受这个事实，她和郑言鑫对望了一眼想要再解释一下，被丛夏打断了。

"妈妈，叔叔，我明天还有考试，我先去睡了。"丛夏重新拿起书包，默默地转身回了自己的房间。

门关上的那一刻，丛夏清晰地听到了孟葭的叹息声，但她一句安慰的话都说不出来。

倚靠着门，丛夏缓缓地滑落坐在地上，明明外套还没有来得急脱掉，明明是在屋子里，却冷得让人发抖，一种莫名的不安感悄然席卷了全身。

他们要有新的孩子了……

其实，她也有个妹妹，是爸爸再婚之后生的。但她没有和爸爸生活在一起，所以见都没有见过一次，她也从来没有想过孟葭还会再生育。

头脑混乱，丛夏深呼吸了许久才勉强压制住混乱的思绪，拾起书包把复习资料一本本地掏出来，强迫自己专注地复习。

但今晚的灯光真的好晃眼，丛夏觉得难受极了，只是轻轻眨眨眼，便有晶莹的液体掉落出来落在试卷上，洇开了一片模糊的水印。

这一晚，她无心睡眠，什么也没看进去。

当开考铃声响起拿起笔的时候，大脑里是一片混沌，丛夏勉强着自己投入考试中，强撑着答完了这一天大容量的考试题。

回家的路上，周嘉誉一直在说着今天的考试。

已经开春了，冰雪都融化掉了，临川一中门前栽种的杨柳树甚至都抽了新芽，空气里已经开始有了春天的气息。

说了半天，也不见丛夏回应，周嘉誉停住脚看向她。

"你怎么了？"

眼看着快要到家了，丛夏紧张得厉害，根本没有听到周嘉誉说了什么，脑子里还在想，一会儿回家看到孟葭和郑言鑫，她应该说些什么，她要有什么样的反应。

"丛夏，丛夏。"周嘉誉又接连叫了几声。

"啊？"

"你想什么呢？你看起来脸色不太好，生病了吗？"周嘉誉有点担心。

丛夏张了张嘴，又把到嘴边的话给憋了回去，她不知道要怎么和周嘉誉解释，只是摇了摇头："我太累了，考试考得眼睛都花了，我先回去了。"

周嘉誉半信半疑地点点头，目送着丛夏上了楼。

他倒是乐得轻松自在，反正这次二模的题目不难，除了英语，其他也都难不倒他，招飞成功之后，校园生活轻松了不少。

二模考试是本市三所高中共同参考和阅卷，蒋珍霞以及学校都对丛夏寄予厚望。毕竟上次全省五校联考的第一名都是她，这次全市考试肯定也是十拿九稳的事。

可直到一周之后，二模的成绩出来的那天，所有人都大跌眼镜。

别说全市了，甚至是全校，全班……

丛夏连前三名都没进。

蒋珍霞当即就扣下她到办公室谈话，从全省第一跌落到校排名十几，这落差真不是一点半点。

"丛夏，你这是怎么了？是最近有什么事情耽误了学习吗？"蒋珍霞看着她各个科目的答题卡，愁容满面。

"连你最拿手的英语，你都没有考好。"

丛夏沉默地站在原地，神情有些呆滞。二模考试的成绩对她来说又是迎头一击，此时此刻，鲜红的榜单摆在她面前，她都是蒙的。

"这可都已经三月中旬，眼看就要四月，离高考不到三个月了，你这样的状态是不行的。"蒋珍霞私下去问过了监考老师，监考老师反映丛夏答题的时候不太专注，有好几次直视一道题一动不动十几分钟。

心情差到了极点，蒋珍霞后面说了什么，丛夏已经根本没在听了，又烦又乱，站在办公室里一分一秒都是煎熬，偏偏蒋珍霞嘴停不下来。

"老师，我想回去了。"丛夏打断了蒋珍霞的碎碎念，抬起头，神色里掺杂着几分不耐烦。

蒋珍霞愣了一下，应该是没有料到，一向听话乖巧的丛夏会忽然打断自己说话。

高考在即，任何一件小事都有可能对最终成绩造成影响，蒋珍霞瞧着丛夏像是有事，眼下也没敢多问，只是摆了摆手叫她先回去了。

回去的路上，丛夏好巧不巧又遇见了郭玥，这次她是全市第一名。

"哟，这不是咱们的省状元吗？哦不对，现在不是了。"郭玥好不容易踩了丛夏一把，自然是要狠狠地拉踩一下。

"让开！"

丛夏当作没听见，往后退了一步想要绕道回班级赶紧去看看卷子，却还是被她拦住，借题发挥地甩脸色耍威风。

"你下次再考个全省第一给我看呗。"

本来就已经很烦乱了，郭玥这句话像彻底激怒了丛夏，她猛地抬起头，死死地盯住郭玥，从前一向柔和的目光变得凶狠起来，好像下一秒就能飞出刀来。

"我考第几关你什么事？和你有什么关系吗？你这么闲吗？"丛夏的音调很高，本身人又生得高挑纤瘦，直挺挺地站在走廊的正中心，直视着郭玥，神色冰冷得吓人。

"我再说一遍，给我，让开！"丛夏强压着怒火，最后重复了一遍，尤其是最后两个字，像是命令也像是最后的警告。

来往的人都回头看着她们，全省第一和全市第一的八卦谁不好奇？

这一声，也被刚刚从教室里出来的周嘉誉听到，他能看得出来丛夏已经要生气了。

周嘉誉微微皱了皱眉，只觉得紧张，什么也没想，快步朝着那边走了过去，站在丛夏的身后，生怕她被欺负了。

"安分一点，管好自己吧。"周嘉誉轻轻拍了拍丛夏的肩膀，转头盯着郭玥，眼神不比丛夏柔和几分，像是被觊觎猎物的狮子一样，狭长的眼睛里闪着凌厉的光，甚至可以说有几分警告和威胁意味在。

嘈杂的走廊变得特别安静，静得让人有些心慌。

少年站在两人中间，脊背笔挺，字句清晰。

周嘉誉骄傲归骄傲，但也是个和善的主儿，在一中这三年几乎没有和谁红过脸，眼下看着倒是有点要发怒的意思。

郭玥原本只是想炫耀一下，扳回一局，还想着反驳丛夏两句，周嘉誉这么一来，那种压迫感瞬间叫她说不出话来。

"还有事吗？"周嘉誉又压低声音问了一句。

与其说是询问，不如说是通知和驱赶，站得稍微近一点的同学都能感受到他身上有些暴烈的气场，语气硬得吓人。

"回去吧,先上课。"周嘉誉低头小声地说了一句,看了一眼有些恍惚的丛夏,带着她先回了班级。

围观的同学不少,上午才发生过的事,不到一天,就传遍了整个临川一中,包括任课教师在内都听到了不少议论。

整个一中谁能不认识一班的周嘉誉。

省赛金牌的表彰会上,他拿着金牌笑得灿烂,校长问他有没有什么对一中的展望与建议时,他大手一挥说想要一周给全年级上一节体活课,这样放松好才能学得更好。

骄傲,阳光,热烈,长得不赖,是大家给周嘉誉的标签,这三年来,他的好人缘,即使是在实验班也是大家公认的。

看到他发脾气,还是因为一个女生,谁也没想到。

所以揣测的意味远远超过了事件本身。不知从谁那儿提起了去年周嘉誉护着丛夏被滑轨砸伤的事,又不知是谁说每天都看得见他们放学一起回去,总之传得有鼻子有眼,越来越具体,越来越细节,最后演变成校草和女学霸可能在谈恋爱。

"丛夏,你是不是有什么事?"晚自习休息的时候,周嘉誉悄悄写了小字条给丛夏,递出去的时候有风吹过来,字条飘起来落在了地上,又骨碌滚了几米,最终被捡起来。

只可惜,捡起来的人,是蒋珍霞。

"你跟我出来一下。"蒋珍霞敲了敲周嘉誉的桌子,声音压得很低,可是周围一小圈人还是听得到。

丛夏也听到了,强忍着没有回头,看着周嘉誉从身边经过,心情的崩溃点越逼越近。

"是因为下午的事吗?"孙橙瑶想到什么就说什么了。

林骁赶紧戳了她一下:"快写你的吧。"

是因为下午的事吧,丛夏攥紧了手里的笔。

站在蒋珍霞的办公室,周嘉誉微微昂着头,并没有觉得有什么不妥。

蒋珍霞捏着那张小字条,目光如炬,盯着周嘉誉,又想到了去年他来办公室要红糖,滑轨落下来,他毫不犹豫扑上去护着丛夏,一件件都在证实着心里的猜想,她盘算着要怎么开口。

"老师,您有什么事吗?"见蒋珍霞迟迟不开口,周嘉誉倒是急了,他还在想着丛夏的事情。

"为什么传小字条？"蒋珍霞差点都被周嘉誉问蒙了，干咳了一下，调整了一下自己的语气，严肃认真地扫视着他。

"下课时间，传小字条怎么了？我又没有传手榴弹。"周嘉誉觉得奇怪极了，他休息时间给同学写个小字条怎么了？上面又没写老蒋的坏话，就因为这个叫他来办公室？

蒋珍霞猛地拍了一下桌子："你给我严肃点。"

"你怎么对丛夏的事情这么上心？"

已经是晚自习了，办公室的老师都下班了，偌大的空间只有周嘉誉和蒋珍霞两个人。

周嘉誉微微皱了皱眉，什么叫作这么上心？

"这有什么问题吗？她没考好，我关心一下，很正常吧？"

周嘉誉这话回答得一点问题都没有，蒋珍霞都怀疑他是不是在跟自己玩文字游戏，把小字条捏在手里，神色又阴沉了几分："下午你在走廊，为什么和同学起冲突？"

"因为有人没事找事。"

"那你为什么要帮着丛夏？"

"因为没事找事的人不是丛夏。"

周嘉誉的耐心要被磨得消耗殆尽了，平常他或许还会跟蒋珍霞周旋一阵，但今天他本身就心不在焉，基本是想到什么就说出口了，口气里还带着一丝不耐烦。

"你们俩，到底什么关系？是不是在早恋？"蒋珍霞当了这么多年班主任，什么大风大浪没见过，她棒子底下散了的鸳鸯也不止一对两对了。

她还在奇怪为什么丛夏的成绩断崖式下滑，干这么不靠谱的事，成绩怎么会不下滑。

"早恋？"周嘉誉心"咯噔"一下，被这两个字吓了一跳，半天没说出话来，愣在原地在消化着这个消息。

见周嘉誉沉默，蒋珍霞更觉得自己的猜想是正确的了。

"知不知道现在是什么时候了？现在是三月了，还有两个多月你们就要高考了。你是招飞成功高枕无忧了，丛夏呢？"

早恋，没有的事啊，可是丛夏的成绩为什么会忽然下滑这么多？难道是因为除夕夜他说的话吗？

周嘉誉的心思根本不在蒋珍霞的陈词滥调上了,他只是在担心,丛夏的心情和成绩。

"叫家长吧,我已经给丛夏的妈妈打过电话了,一会儿晚上回家叫你爸爸也给我打个电话。"蒋珍霞最著名的三板斧:罚写、约谈、叫家长。

"您和孟阿姨说什么了?"周嘉誉一听到打电话,当场就急了,甚至连尊称都忘记了,"我们什么时候早恋了?你看见了还是监控摄像头拍下来了?"

一连串的发问将蒋珍霞堵得哑口无言,足足语塞了半分钟。

"你都这样护着她,每天给她讲题,还因此和其他同学起了冲突,这不是早恋是什么?"

"这难道不是同学之间的关心吗?"周嘉誉不明白,他一直都很克制心里一些不是这个年纪该做的非分之想,一直小心翼翼地维护着他们现在稳定美好的同学关系,可即使是这样,也会给她惹麻烦吗?

"我确实觉得丛夏同学挺好的,学习成绩好,对同学也很不错。"周嘉誉舒展开了微蹙着的眉,眼神清澈明朗,像是在讲述一个分外美好的故事,有些微微动容。

"但,那又怎么了?我做的每一件事都是在同学关系允许的范围内,无论是讲题,还是日常关心,我不明白为什么您要把这叫作早恋。"

蒋珍霞教了十几年书,从来没有遇见过周嘉誉这样坦白的学生。

在这个连心动都会被过分解读和歪曲的高三,在疯狂压抑着却时刻想要冲出牢笼的十八岁,他站在班主任的面前,他说,他喜欢,就是喜欢这么简单。

"可是,丛夏的成绩下滑是事实,你们走得越来越近也是事实,想要不被别人挑出毛病,就请拿出真金白银的结果。"

说不震惊是假的,蒋珍霞用审视的目光望向周嘉誉,将揉捏的小字条又重新展开,是一种宣判,一种质疑,也是一种期待。

无能者才会狂怒。

而他周嘉誉并非无能者,丛夏亦不是。

"那我们就下次模拟考试见。"周嘉誉一字一句,掷地有声,长身而立在办公桌前,背挺得笔直。

他欣然接受这个挑战。

"十八岁,你们应该为自己的人生负责,在下次模拟考试成绩出来前,你和丛夏不能再继续坐前后桌。"

蒋珍霞早该料到,周嘉誉生来就是有反骨的人,绝非逆来顺受者。只是她为人师表，也应当有自己的坚守。

"知道了。"周嘉誉微微俯下身，然后离开了办公室。

快走到门口的时候他又停下脚步，缓缓说道："我喜欢丛夏，我希望尽人皆知，但不是现在，希望您可以帮我保守这个秘密。"

蒋珍霞的脸上有一种难以形容的表情，她看着眼前的周嘉誉，心里感慨万千，沉默了一会儿点点头。

"谢谢您。"

高三苦行僧一样的日子，她带了一届又一届学生，却鲜有人能在这规矩众多的方寸之地强硬地生出一双往外的翅膀。

蒋珍霞承认自己古板、固执，甚至是严肃无趣，这么多年，她也早已经习惯了这样的教学模式。

应试教育下驯化出来的一批又一批的学生，也完全在她预料与掌控下参加高考，然后去选择逢迎这个时代需求的专业，适者生存。

蒋珍霞微微叹了口气，将桌上的小字条展平，压在了书本里。

但愿，周嘉誉的反骨，能撑得住这风雨吧。

回到班级，最后一节晚自习已经开始了，班级鸦雀无声，同学们都在做作业。周嘉誉从后门进来，就开始按照蒋珍霞的要求收拾书包和书本。

声音不大，但在安静的教室里格外突出。

丛夏听得最为清楚，她坐在座位上，始终没有回头看一眼，只是沉默着将手里的试卷用笔戳破。

"誉哥，你要去哪儿？"林骁自高中以来就一直和周嘉誉是同桌。

"坐到讲台边上那张单独的桌子。"周嘉誉理好了东西，把书包单肩背在身上，"放心，下次月考结束我就回来了。"

每个字都传进了丛夏的耳朵，只是眼下，她问不出来，只恨时间过得太慢，晚自习为什么还不结束。

孟葭怀孕的事，她暂时抛到了脑后。周嘉誉从她身边经过的时候，她明显感觉到了周嘉誉的目光，她猛地抬头，撞上了他温柔的眼神。

周嘉誉的动静还是引起了大家的注意，所有人都看在眼里。

老蒋的雷霆手段谁都知道，这么做的意图已经是很明显了，谣言的真实性更添了几分，窃窃私语声在班级充斥着。

"安静！"蒋珍霞回班级巡视，顺便维持了一下纪律，但破天荒地没有说今天的事，也没有借题发挥谈及早恋的问题，只是又多强调了一遍下次模拟考的重要性便离开了。

直到下课铃声打响，看着同学们陆续离开，丛夏走到周嘉誉的面前，无声地用眼神询问着。

"走吧，回家了。"周嘉誉没有表现得很在意，和往常一样，拿好书包，还塞给了丛夏两颗话梅糖。

"为什么没有考好？"

"为什么换座位？"

走出教学楼，两个人同时发问。

丛夏还在纠结怎么和周嘉誉讲孟葭的事，倒是周嘉誉先开口。

"是因为除夕夜的事吗？你觉得有压力，会分心？"

丛夏停住脚步，反应了几秒钟才赶紧摇摇头。

怎么会是压力呢？周嘉誉的喜欢，应该是她这暗无天日的日子里，窥探得到的唯一光亮，欢喜都来不及，雀跃都来不及，怎么会是压力。

周嘉誉松了一口气，不是压力就好。

刚刚在蒋珍霞的面前他虽然自信满满，但心里也在打鼓。女孩子总是要在这样的是非面前受到更多的伤害，他实在是不能确定，丛夏是不是足够坚定，也和他一样，一样期待这个夏天。

"没什么，老蒋这人你还不知道吗？草木皆兵。等下个月你的成绩恢复了，我就搬回去。"

其实，即使周嘉誉不说，丛夏也能猜得到七八分。

"丛夏，你会怕吗？"周嘉誉有些拿不准，忽然没头没脑地问出这么一句话。

但丛夏就是知道，知道周嘉誉在问什么。

"没什么好怕的。"

早春的夜晚也冷得厉害，寒风里，少女的声音很小，口气却坚定异常。

怕什么，这如风一般的年纪，所有的困难都该畏惧他们才是。

"你坚持，我就坚持；你要是放弃，那我也顾得好自己。"

丛夏的话听到周嘉誉耳朵里格外动听，夹杂着风声，像是晚风里动人的一首歌。

"那我们都不要让对方失望。"周嘉誉口气平静，望着丛夏，眼里流出的光温柔似水。

夜晚，周遭吵嚷着，有散学的烟火气，丛夏看着身边的少年温柔的样子，淡淡地笑了笑，点点头，捏紧了校服的衣角。

周嘉誉纠结再三，还是暂时把有关模拟考的事咽回了肚子。难得看到她心情好转，今天发生的不快乐的事情已经够多了，所有未完待续都留到明天去解决吧。

"丛夏，不要怕，所有的事情都可以解决，有我在。"周嘉誉的兜里随时都带着话梅糖，他剥好了一颗放在了她的手掌心。

话梅糖酸甜可口，永远是这浮躁的生活里最好的止痛药。

无论是高考的压力、蒋珍霞的逼迫，还是周遭的流言蜚语，他都会一直站在丛夏的身边。

既然喜欢了，既然选择了，那么就要负责到底。

"我不怕，如果你还在往前走，那么回头，你永远可以看到我。"

星星很闪，月色很暖，他们在讲故事，讲一个要去往夏天的故事。

回到家，孟葭已经早早地等在了客厅。下午蒋珍霞的电话把问题的严重性已经讲得很清楚，这个时候大幅度的成绩下降意味着什么大家心里都清楚，更何况老师已经提出有早恋的苗头。

"夏夏，你这次模拟考到底是怎么回事？是最近压力太大了吗？"

丛夏沉默了半晌，她应该说什么，应该解释什么？为了即将要出世的孩子，为了生活可能翻云覆雨今时不同往日？

"没什么，考试头一天晚上我没有睡好而已。"想了想，丛夏垂着头，还是把话咽了回去。

生育本身就是孟葭的自由，她的身份又不只是自己的妈妈，她与谁恋爱，与谁生子，选择过怎么样的生活，那都是她的自由，自己可以焦虑可以痛苦，但无权干涉。

"最近，你是不是和嘉誉走得太近了？"孟葭试探着开口。

丛夏放下书包的动作顿了一下，忽然站直背过身去，沉寂了大概半分钟，口气有点硬。

"我不觉得。"

一句话叫孟葭不知道该怎么应答。她走到丛夏的面前，开始语重心长地劝说："夏夏，嘉誉那孩子是很好，但你们要清楚自己现在是什么年纪，要做什么事，不要冲动。高考只有一次，不要给自己留下遗憾。"

丛夏对于这些老掉牙的道理没什么特别的感触。

家长的良苦用心无可厚非，可是他们总是凭借着自己的想法去判断去臆想，从来没有真正地去相信和理解。

解释总是无用，结果才是最有说服力的反击，所以她也根本不打算解释，只想着用沉默的结果证明自己的选择并没有错。

"不会的，妈妈，我还想要学习，您早点和郑叔叔休息吧。"丛夏没再多说，也没想好要怎么去说，背着书包进了自己的房间。

打开灯，房间里的一切清晰可见，平整的课桌、板正的床铺，还有床头可爱的熊娃娃。

丛夏只觉得心里堵得慌，找不到一个发泄口，涌动的血液像是流通不畅，卡在原处难受得厉害。

从书包里把模考卷子掏出来铺在桌面上，丛夏轻叹了一口气，喝了半杯咖啡强制自己投入学习当中。

输可以，但不能是这样灰头土脸，毫无斗志；难过也可以，该做的事总是要做好。

失败的二次模拟卷子，丛夏微微皱眉，整整看了五分钟，最后掏出笔，全神贯注地投入进去。

她再抬起头已经是零点，新的一天，永远在学习中度过。

手机里静静躺着几张图片，是周嘉誉发过来的，里面是模考数学、物理卷子的解析，一步一步写得清楚极了，工整排列。

周嘉誉：改完卷子，赶紧休息。

丛夏笑了笑，对照图片又仔细订正了一会儿，才拿起手机回了消息：改好了，晚安。

周嘉誉：晚安。

周嘉誉搬到教室最前排，上课时老师总是免不了耳提面命，他也照常我行我素。

学校里风言风语倒是也不少，传说的版本升级了再升级，除了孙橙瑶和林骁，大家对周嘉誉和丛夏的关系都越来越看不透了。

郭玥被周嘉誉怼了之后，明面上是消停了不少，但是私下里也没少说闲话。大家也都默认，临川一中骄傲到不可一世的周嘉誉可以为了护着丛夏闹红了脸，甚至可以正面对线蒋珍霞，他俩的关系谁还不明白。

丛夏倒是一点没有受到这些流言蜚语的影响，数学题目不会的还是会跨越一整个班级去问周嘉誉。两人一起回家，一起上学，即使她知道每天孟荽都会在楼上的窗口看着他们，蒋珍霞时刻在耳提面命地劝导着，同学们也抱着看好戏的态度在观察着。

但，一点也不重要，他们要做的是一起去更好的未来，这些无关紧要的事，就随他们吧。

这是他们不用说的默契。

周六没有晚自习，下午质量检测考了一张化学卷子，早早地放学之后，丛夏主动提出想出去散散心。

校服也没有来得及换下来，随便扫了一辆共享单车，他们又去了最熟悉的栾树大道。

风过林梢，从耳边掠过。春的气息再也藏不住了，四月伊始，临川进入了它新生命的一年。

出了校门，丛夏散开了头发，骑着单车，飞扬的发丝像是一幅水墨画般，融合进了这条长长的路里。

栾树花总是秋天才会绽放，这会儿只是刚刚抽了芽。

丛夏停下车，站在树下的长椅边上，看着来来往往的车辆，深深地吸了一口气。

"周嘉誉，我妈妈怀孕了，我也不知道为什么，我好焦虑，焦虑到会影响我考试。"

周嘉誉其实也恰巧在今天想询问原因。

"为什么？在焦虑什么？"

"不知道，怕不知道怎么和他们生的孩子相处，怕不知道以后怎么面对我妈妈，怕我从此孤苦，就没人管了？我也不知道。"丛夏轻声叹了口气，微微合上眼，感受着风从皮肤滑过，片刻喘息。

"可你早晚，是要有自己的人生。"周嘉誉想了想，说得很直白，"孟阿姨的人生她有自己选择的权利，她可以选择孕育新的生命。你也是，你也可以选择不去喜欢和接受这个生命。

"手足亲情固然是人伦道理，但只要在不违背道德的前提下，一切要以你自己的感受为先。我们先是独立的个体，然后才是女儿、妈妈，甚至以后你要充当的各种各样的身份。"

是这样吗？

丛夏抬头看着蔚蓝如洗的天空，陷入了沉思。春日的气息已经越来越浓，焦虑的情绪稍显格格不入。

"我们不能去左右别人的人生，即使是亲人，即使是朋友，甚至是爱人。每个人都有自己和自己和解的方式，要承担的责任，和想要追求的生活，我们除了尊重祝福无能为力。"

许是从小独自生活的缘故，那些漫长的孤独岁月里，周嘉誉看透了一个又一个空洞的道理，揣摩了一遍又一遍惶恐不安的内心。

大多数人会觉得他坦然，觉得他无畏。

而无畏无非分两种，无知者无畏，和看透了，所以无畏。

远远超于这个年纪的心理水平，周嘉誉自然属于后者。

在那些没有母亲关怀，父亲照顾的日子里，他参透了一遍又一遍，人生应该是怎样孤寂的旅程。

翻不完的山后面还是山。

"丛夏，但我们可以决定自己的人生，我们想要成为什么样的人，你接受也好，不接受也好，其实都由你决定。亲人的指摘，旁人的眼光，说到底与你无关。这些都无法从生活里完全剔除，那么就请你专注自己可以改变的事情，你明白吗？"

周嘉誉说这话的时候，有一种丛夏从来没有见过的神情。

那是一种平静与笃定，很深刻，很从容，写满在他深邃明亮的眼眸里。

今天之前，他是如风无畏的少年；今天之后，他不仅是少年，还是生活的冲锋者，是丛夏心里更想要靠近和选择的人。

除了震惊、感叹，喜欢也在越积越多。

"你知道，栾树的花语是什么吗？"周嘉誉舒展了眉毛，声音里染了笑意，和在风声里，像是一首美妙悠扬的曲子，"是奇妙、绚烂、震撼的一生。"

人活一生，总是要去找些有意义的事情，去实现，去把自己满腔的热情和漫长的岁月支付。如此，才总不至于蝇营狗苟，枉活一世。

"专注你自己要做的事，去热爱，去努力，去对抗生活的遗忘。"

现在这个季节，没有栾树花了。

可每个人，每个坦然努力的人，一直都拥有着奇妙、绚烂、震撼的一生。

丛夏回头望，正巧撞上了周嘉誉的眸子，她看见了温柔，看见了坚定，看见了许许多多的情绪，远远超过这俗世人情往来，循规蹈矩的所有。

栾树高高大大，茁壮地生长在这个春天里。

她第一次觉得，生命的意义在重新书写，在她如诗的十八岁，挥斥方遒。

他的掌心很暖，轻轻盖在她双眼上，有温热的触感。风从耳边簌簌地掠过，叫嚣着这个即将要到来的春天。

丛夏老老实实地站在原地，感受着眼睛上的温热触感，心一点点地平静下来。

她想起孟葭和郑言鑫在一起的一幕又一幕，想起自从来临川，在学校、在家里度过的每一天，日日夜夜，忙碌，疲惫。每一次雀跃，每一次沮丧，都是那么真实。

或许人的这一生，本身就是充满挑战的吧。

丛夏转过身，扬起头看着周嘉誉。

她回味着他说的话，又静下来整整思考了两分钟。

她想：或许有一天，我可以接受弟弟或者妹妹的存在吧，但不是现在。正如周嘉誉所说的，如果接受不了，那就算了，她要有自己的人生，努力做自己想要做的事。

"丛夏，就要第三次模拟了。"

"我知道。"丛夏是掐算着日子的，受了挫，总归是要一雪前耻的。

"下次模拟考试，一定会让你坐回来的。"丛夏扬了扬眉毛，笑着望向周嘉誉，眼睛里写满了肯定。

坚定地选择从来都不只是说说而已，要付出行动，要做出努力，要在一个个孤独的日夜里保持沉默，才能去往真正的夏天。

周嘉誉帮着丛夏拉上了敞开的校服拉链。

"回家吧，不要着凉。"

说也说过了，道理就这么多，路却始终在脚下。

丛夏忽然想起自己印象很深刻的一句话——

命运对勇士低语，你无法抵御风暴，勇士低声回应，我，就是风暴。

丛夏也好，周嘉誉也好，他们都是这个平常的世界里，独一无二的勇士。

回到家的时候，孟葭早早地就等在了客厅，看着丛夏进来，她应该是想把昨天还没说完的话说完。

"夏夏，你和嘉誉都是好孩子，但现在是你们人生最关键的时刻，容不得一点差错和马虎。"

客厅的空气似乎都停止了流动，安静得吓人。丛夏微微低着头，不是在犹豫，而是在想着怎么把想说的都说出口。

"妈妈，我很清楚自己现在应该做什么，我也并没有做出有违高中生身份的事情，所以我也不接受您和蒋老师没有根据和理由就这样判定。"丛夏深吸了口气，逻辑很清晰地解释着。

"我和周嘉誉，我们两个，坦坦荡荡，是很要好的朋友，至少现在就是这样。"

"夏夏，你误会妈妈的意思了……"孟葭一时词穷。

丛夏很少打断长辈说话，这是十八岁以来为数不多的几次。

"妈妈，不管您是什么意思，但请您相信我，我会对自己的未来负责。我和他都有各自的梦想。"

丛夏的口气很坚决，目光笃定，不像是狡辩。

她说的都是心里话。她承认周嘉誉是个很好很优秀的人，但也正是因为如此，她才更要努力，一起实现他们共同的约定——去北州！

孟葭坐在丛夏的对面，听着她说出那些真心话，忽然有那么一瞬间，惊觉自己的女儿，自己身上掉下来的这块肉，如今已经长这么大了。

坐在眼前，和她当面锣，对面鼓，一字一句地把想法都说出口，坚定不移地说着自己的人生要自己负责。

"夏夏，妈妈只是希望你可以慎重考虑，做好自己该做的。"孟葭轻声叹了口气，把所有的话又咽了回去。

"我知道的，妈妈。该做的我都会努力，但除去该做的，我还有很多很多想要做的。我想，丛夏之所以和其他人不一样，之所以每个人都不一样，也就是因为这一点点想要做的吧。"丛夏只是觉得平静，觉得坦然，她看着孟葭。

过了前三个月，孕期反应已经减弱，能看得到孟葭轻微隆起的小腹。丛夏看了很久，扯了扯嘴角："就像您选择生下这个新的生命一样，我没有否定的权利，但我有保持沉默的权利。"

"夏夏……"

"妈妈，我不是在和您作对，我只是希望，我们都能在对得起别人的前提下，都活得更爱自己一点。"说完，丛夏拿起了书包，转身回到了自己的卧室。在门没有关上的那一刻，她回头小声地又补了一句，"妈妈，放心吧。"

回到房间，丛夏重新展开复习资料，看着面前的题目，扫了一眼日历，开始计划着要怎样冲刺第三次模拟考试。

学校里的风言风语慢慢沉寂下来，繁重的高三课业，大家的精力也都消耗在了如山如海的卷子堆里。

孙橙瑶和林骁每天吵吵闹闹，互相督促着努力。

丛夏和周嘉誉依旧每天结伴上学，互相带着早餐，在蒋珍霞审视的目光下按部就班地学习。

大家都铆足了劲儿，进行着最后的冲刺。

没有娱乐活动，没有课外时间，没有快乐，只是无尽的黑夜和写不完的习题。

丛夏比往日更拼命、更刻苦，刷起题目来连眼睛都不眨一下。中午的睡觉时间也都压缩掉了，除了吃过午饭会趴在桌上睡二十分钟，在学校几乎做到了不眠不休。

周嘉誉的未来虽然基本已经尘埃落定，但陪着丛夏，这条再艰辛的路也格外有意义。

他会在晚自习休息的时候去买鸡蛋、汉堡和里脊肉饼给她当夜宵，会把拔高的数学题一道道整理好，在她难得的午休时间放在桌边，会把难剥的水果都帮她处理好，放在她的书包里……

日子渺小重复，但总有一天可以看得见意义。

第三次模拟考试，又是全市的大型联考。这次各所学校联合请了专门的出题机构命题，难度是有，旨在让学生们认清形势。

高考这场仗，还没有结束，最后的冲刺阶段谁也不敢懈怠。

模拟考前一晚，学校还是提前下了晚自习，丛夏收拾着书包，抬头看着等在门口的周嘉誉。

春天的气息越来越浓，临川又到了万物丰盈的新一年。今夜的星辰格外亮，丛夏走在周嘉誉身旁，心跳得很快。

"紧张吗？"周嘉誉停下脚步，帮着丛夏拿起练习本。

"有一点。"

"不要紧张，丛老师，我还等着，回到你后面坐呢。"周嘉誉的声音里满是笑意，像是等待已久，就要迎来阶段性的胜利。

"万一我要是考不好呢？"丛夏微微叹了口气，其实还是有点担心。

"没关系的，我知道你可以。"周嘉誉没多说什么，纠结了几秒，抬起手，摸了摸丛夏的头。

那样暧昧的灯光，从她头顶落下来，氤氲开小小的光圈。

她的脸有些微红，光滑得像是剥壳的鸡蛋，穿着宽大的校服，看起来人畜无害，想让人揽在怀里，好好地保护起来。

第三次模拟考试如期进行，丛夏坐在考场，来得稍微早了些，同学还没有到齐，尚未开始考试。

已经是春天了，教室里的窗子也都敞开了，不时有穿堂风吹进来，划过皮肤凉丝丝又惬意得很。

丛夏坦然地坐在座位上，看着同学们进进出出，可能昨晚还有些许紧张，今天却格外平静。

门口有熟悉的身影，周嘉誉依旧是单肩背着书包走进考场，手里拿了一瓶热牛奶。

他在众人注视的目光下，径直走向丛夏，把手里的热牛奶放在她桌上。

丛夏说今天自己想早点去考场，周嘉誉也没跟着，去买了热牛奶给她。

"放轻松。"周嘉誉轻声嘱咐了一句。

丛夏点点头，打开牛奶喝了小半瓶。

开考的铃声一响，所有人都专注于眼前的卷子上，开始答题。这一次，题目的难度明显有所上升，大家答起来也格外费力。

考场安静得很，落一根针似乎都能听到。

上午的语文结束了，丛夏觉得也还好，跟着孙橙瑶和周嘉誉他们一起吃了个午饭。因为恰逢考试，食堂今日还供应了烤香橙。

香橙，心想事成。

丛夏看着桌上的香橙，表面还有着冰糖脆壳，看起来就让人垂涎欲滴。吃过了油腻的午饭，香甜可口的橙子被烤得热乎乎的，吃在嘴里，汁水四溢。

"这个也给你。"

食堂的橙子不多，每个人限领半个切好烤制完成的。周嘉誉瞧着丛夏吃得开心，就没有动自己的，看着她吃完，又把自己的往她面前推了推。

丛夏纠结了几秒，笑嘻嘻地接过了他剩下的半个橙子，塞进嘴里，汁水在口腔里爆开，甜丝丝的，直往心里钻。

看着丛夏满足地吃着橙子，眉眼都笑得眯了起来，周嘉誉心满意足，扭头看了看窗外。

临川一中也有七十年的建校史了，食堂就在大礼堂的西北方，顺着食堂的窗外刚好可以看到大礼堂门前栽种的一棵棵桃花树。四月快要燃尽，桃花也快谢了，风扫过，一树的花瓣掉落，铺满了礼堂前的那条路。

夏天很好。

但春天也好。

周嘉誉从来没有对临川一中有过如此特别的情感，像是特殊感情的载体一样，这里是他遇见丛夏的地方。

"丛夏？"

"嗯？"刚刚把最后一口香橙吃完，丛夏满足地擦擦嘴。

"夏天要来了。"

丛夏愣了一下，眼睛里闪过明亮温柔的光，直视着周嘉誉，笑得很明朗。

"是，我们的夏天要来了。"

如今满树桃花，岁月缱绻。即使是高三，即使是这样白天和黑夜都分不开的日子，都可以有无数种浪漫的解释。

第三次模拟考结束，丛夏再一次以年级最高分，全市最高分称霸了整个临川。

蒋珍霞课上没说什么，大家虽然心有疑惑，但都不敢明面讲出来。

"老师，我可以搬回原来的座位了吧？"上晚自习前，周嘉誉就敲了蒋珍霞办公室的门。

蒋珍霞像是料到了周嘉誉会来一样。

"坐吧。"

"老师，这次的模拟考试成绩，您看到了吗？"周嘉誉时刻记得自己来的目的，追问着蒋珍霞。

蒋珍霞点点头，她当然看到了模拟考试的成绩。校长已经找过了她，对于丛夏，学校是要以省状元的态度来培养的。

"那就好，那一会儿回教室我就搬回原来的座位了。"

蒋珍霞张了张嘴，话到嘴边又说不出口，她是不想两个人在高考前再重新坐在一起，但之前答应得好好的，这会儿反悔说不过去。

沉默了一会儿，蒋珍霞点点头，目光沉重又带着犹豫地看了周嘉誉很久。她想要交代几句，又觉得临近高考，再说什么也都是徒劳，周嘉誉和丛夏，他们俩似乎和她往年带的每一届学生都不一样。

他们的眼睛里，都有那种坚定、不容置喙的目光，裹挟着自己的小小的骄傲，格外惹人瞩目。

信不信，有些人生来就是为了赢的。

"谢谢老师！"周嘉誉站起身来。

蒋珍霞的目光没有从他的身上移开，看着他走到门口，又喊住他："好好努力！"

"一定！"

周嘉誉从来也没有想着避讳什么,他与丛夏之间坦坦荡荡,所有的情感都是可以放在阳光下,经得起反复推敲的。

周嘉誉收拾好了所有的东西,在班级同学的注视下坐回了丛夏的后面。

"回来了,誉哥。"林骁瞧着很高兴,笑嘻嘻的,跟从前一样。

"以后问数学题再也不用跑那么远了。"孙橙瑶一向是最佩服周嘉誉的。

丛夏没有回头,但她听得到,听得到周嘉誉坐在她的后面,把东西整理得整齐;听得到自己飞快喜悦的心跳,像是快要从胸腔里蹦出来一样。

"丛夏,你昨晚找我要的练习题。"周嘉誉整理好所有书本,然后把准备好的各省市数学模拟卷子塞给了她。

"谢谢!"丛夏笑得很开心。

百日誓师已过,高考的警钟越来越近,大家的耐心、精力都已经被消耗殆尽,早自习越来越多的人缺席。

实在是太困太累了,对这场"战役"大家渐渐变得疲于应对,接连举行的模拟考试,也已经完全消磨掉了大家的紧张。

丛夏睡得也很晚,每天靠着咖啡度日。

五月的光景就在夜以继日的复习中匆匆而过。大家的成绩和水平也都基本固定了,接下来无非就是看发挥。

孟葭过了孕初期,嗜睡得很,慢慢开始显怀,但对丛夏的饮食也不敢松懈。

周堃也推掉了不少工作,回家的时间早了很多,不敢再让周嘉誉吃外卖,怕吃坏了肚子影响考试。

临川的五月,还没有多热,林荫、绿树,还有盛大的海域,海风慢慢吹过整座城市,叫嚣着最浪漫的时节。

丛夏和周嘉誉习惯性地聚在一起上学放学时互相考着单词,喜欢吃过午饭,路过大礼堂美美地畅想着未来,打着盹,梦里全是高考的盛夏光景,就像是一起偷偷地许下了未来,心照不宣,却格外笃定。

六月之后,临川一中开始带着所有人调整作息。

午休延长半个小时,第四节、第五节晚自习取消。为了让学生更好地休息,和适应高考的节奏,早自习也取消掉了。

丛夏也慢慢开始不熬夜刷题,早睡早起,她开始复习起了所有基础知识。每天和周嘉誉一起走到学校的路程途中,从背单词变成了背必背古诗文。

蒋珍霞也变得和蔼多了,对于请假、旷课、睡觉,甚至是不完成作业,都睁一只眼闭一只眼了。毕竟都到六月了，现在最重要的是保持良好心情。

孙橙瑶的成绩基本浮动不大，如果好好发挥去一个 211 应该还可以。林骁这几次模拟考试倒是突飞猛进，数学、物理成绩直线上升，语文水平也有所提高，加上本身就拔尖的化学，也被蒋珍霞寄予厚望。

四个人说好，周六的课结束之后，去一次海边，算是大考之前，互相鼓励打打气。

天气刚刚好，湛蓝的天空飘着千丝万缕的白云，远处的天际和翻涌着的海水相接，一望无尽。

站在栈桥上，风吹过面颊，像是扫清了往日的疲惫。

"你们想好要去哪儿了吗？"孙橙瑶兴奋地扶着桥，目光向远方望去。

周嘉誉自不必说，肯定是走北航的提前批。以丛夏的成绩，冲刺北州的顶尖学校自然也是不必问的。

孙橙瑶这话其实更像是在问林骁。

"你不是说想去南林吗？"林骁心里很清楚。

"你呢？"

"巧了，小爷我想考南林大学。"林骁藏了嘴角的笑意没多说什么。

孙橙瑶像是意料之外又像是意料之中，微微侧过头看了看林骁，抿了抿嘴，难得没说怼他的话。

盛夏和蝉鸣，海浪或潮汐。

到了今天，紧张的情绪自是不必说，但除了紧张，还有说不尽的喜悦，快要燃尽的黑夜，快要走到头的奔忙。

"丛夏。"

"嗯？"

"夏天要来了。"

"我知道。"

丛夏笑了，笑声融化在这个海浪声迭起的下午，眉眼温柔，目光清澈。

纵是往后过了许多年再回忆，依旧那么美，那么温暖。

"我是说，我们的夏天要来了。"

听到了吗？海鸥在不远处开始盘旋，海浪已经开始迫不及待地宣告夏日的奔腾。看见了吗？海平线的平缓蜿蜒，海水蓝得透彻，万物开始热烈肆意。感受到了吗？就在身边，不需要任何亲密的举动，仅仅是侧过头的目光里永远都是熟悉的面孔，全身上下每一个细胞，每一寸皮肤，甚至是每一滴涌动的血液里，都承载着青春的欢喜，连同这漫无边际的海域一起涌向天边。

"希望我们一切顺利！"孙橙瑶举起手里的可乐。

"一切顺利！"

"高考大捷！"

阳光正好，微风不燥，彼时十八岁天高海阔，少年的白衬衫，少女的蝴蝶结，明媚惹人眼，无论如何，他们都有美好的未来。

高考的前两天一直都在下雨，那种细细密密的雨丝交织成密不透风的网，压抑、晦暗不明。

全市考场附近禁止鸣笛，交警们全体出动，在各个十字路口站岗，疏通交通，运送考生。

各个考点门前都有支起来的小帐篷，还有给考生们准备的免费的矿泉水。

孙橙瑶和林骁一起分到了十四中的考场，周嘉誉去了三中考场，丛夏独自一个人到了最偏远的实验中学考场。

雨丝微凉，难免落在脸上，伞是不允许带进考场的。

因为实验中学的考场实在偏僻，所以没有任何老师到场，大多数老师集中在十四中和三中那边。

"夏夏，好好考，妈妈在门口等你。"孟葭的身子已不太方便了，她举着伞，目光关切地看着丛夏，倒是自己站在雨里容易受凉。

"不用了妈妈，您回去吧。"丛夏倒是很平静，把伞递给了孟葭，自己穿上雨衣，拿着准考证、身份证，还有所有文具走进考场，没有回头。

语文，数学。

第一天结束的时候，丛夏的心情没有什么起伏，回家乖乖地吃了饭，然后回到房间继续看化学的基础公式和知识点。

窗外的雨还是没有停，滴滴答答的，顺着玻璃划出一道道纹路。

手机"叮咚"响了一声，丛夏不用看也知道，是周嘉誉。

周嘉誉：还有一天，放平心态。

丛夏：你也是。

大考之前不宜分心，周嘉誉清楚得很，两人只是简单地交流了一下，便都又重新拿起书。

应该是最后一个心理意义上的黑夜了。最后扫了一眼书面的知识后，丛夏合上了书本，长长地舒了口气，关了台灯。

理综合，英语。

时间是最公平的东西，不会因为今天是高考就格外优待，一切按部就班。

所有人屏息而视，眼前的纸张就是未来的分水岭，寒窗苦读十二载，终于是到了这一天。

英语是丛夏最擅长的科目，今年考得虽然有些难度，但也丝毫没有影响她答题。

检查过两遍之后，丛夏放下笔，将试卷扣过去了。

还有十五分钟，这场奋进了整整一年的高考，哦不，是奋进了整整十二年的考试就要圆满地画上了句号了。

天已经晴了，被雨水洗透了的天空，那样洁净，那样澄澈。

丛夏平静地合上笔，已然没有什么想要再看下去的欲望。风从走廊吹进了教室，她不自觉地回想起在临川的这整整一年。

周而复始，时光不辍。

她想起了所有熬过的日日夜夜，想起了所有层层叠叠的习题，想起了无数委屈和疲惫的心酸。

而此时此刻，她坐在考场上，这一切终将结束。

这贫瘠到不知道该用什么言语去形容的岁月，却盛放了无数朵娇艳欲滴的玫瑰。

十七岁，十八岁。

那个少年，从头贯穿始终。

有彩虹在如洗的天空上，丛夏抬起头，最后一丝紧张烟消云散。

起风了，是盛夏心动的信号；起风了，落日余晖快要临近；起风了……

这时候，考试结束的铃声响了……

青春，暂告一段落。

青春，未完待续。

第五章·
我的"国王"

短短十几分钟,丛夏回顾了这整整一年。

走出考场,有清风拂面,往远处看能隐约看得到那抹浅淡的彩虹。像是坚持了很久很久,一瞬间被告知可以放弃抵抗,就此得到了解放。

没有想象中的雀跃和欢喜,丛夏只是觉得很平静,她抬头看了看天空,在原地站了一会儿,她收拾好心情,走出了考点的大门。

门外挤满了等着孩子考试归来的家长,手里捧着花,等在原地。

人群里,不知道为什么,丛夏一眼就看到了孟葭。

瘦弱的女人裹挟在人群里,捧着一束花,样子有些局促。如今她身子已不是很方便,略微显得有些笨拙,神色紧张,在出入口的位置不停地张望着。

丛夏忽然觉得很心酸,莫名有些难受。这么多年,孟葭带着她,从江南到临川,其间的辛苦,自然是不必说的。

现在日子终于是过得好了,郑言鑫对她很不错,组建了新的家庭,她应该也觉得很幸福。

如果生下这个新的生命,能让妈妈觉得更幸福,丛夏忽然释怀,她接受,接受能让妈妈快乐的一切。

爱不是剥夺自由,不是自以为是的固执,是包容,是在意。

丛夏挥了挥手,朝着孟葭的方向走去,目光里满是喜悦和期待。

"妈妈!"

"夏夏!恭喜你!结束高考啦!"孟葭递上了早就准备好的花,眼睛里都是关爱。

是的,这场艰苦卓绝的战斗,在她合上笔选择把卷子扣过去的那一刻就已经结束了。

丛夏接过花,垂着眼睛看了许久,抬起头主动握住了孟葭的手。

"妈妈，谢谢您。"

很久，丛夏都没有这样主动去握住孟葭的手了。

手掌和手掌接触的一瞬间，又热又暖。考场外人声嘈杂，大家都激动着、雀跃着，在这个初始的夏天里期待着一场狂欢。

回去的路上，风很轻，慢慢有白云飘荡着，彩虹很短暂，很快就消逝在了天边。

回到熟悉的小区，丛夏一眼就看见了站在楼下熟悉的身影。

因为逆光，所以看不太清少年的轮廓，只是光把他的周围染上了金边，他就站在那儿，像是背后带着全世界。

孟葭也看见了周嘉誉。如今高考结束了，顾虑、紧张、犹疑也都顷刻消散了。她只是默默地与丛夏对视了一眼，转身上楼去了。

等不了脚步声远去，丛夏高喊了一声周嘉誉的名字。

犹如这雨后晴天里的一声鸟鸣，代表着所有新的开始。

她小跑着，冲了过去。

少年闻声猛地回头，才刚刚转过身，怀里便撞入了少女温暖的身躯。

这是她期待已久的怀抱，是这辛苦的日日夜夜里，在心里支撑她不断奋进的怀抱。丛夏伸手紧紧地环住了周嘉誉的腰，把头埋进了他的怀里。

刚刚平静如湖面的心情波动起来，像是被人投了石子一般，从湖底开始激荡起一圈又一圈的涟漪。

她激动，他狂喜。

这是他们第一次相拥，就在这样一个夏日的黄昏。他们不需要避讳任何人，在所有目光下坦然地将爱意宣告天下。

"高考结束了。"丛夏抬头，目光澄澈地望向了周嘉誉，语气里有激动，有惊喜，她紧紧地抱住周嘉誉的腰。

周嘉誉一时没忍住，伸手摸了摸丛夏微红的脸，拨了拨她额前的碎发。她的皮肤很软很滑，触感很舒服。她的眼睛亮闪闪的，就这样眨着望向他，只是这样看着都心动，一切都有些不真实。

"我知道。"

周嘉誉当然知道高考结束了，这一天，他在心里推演了千千万万遍了。他可以正大光明地摸摸丛夏的头，可以去牵她的手，然后一起去做所有想做的事。

"去楼上换身衣服，晚上去找林骁他们玩。"周嘉誉摸着丛夏的头，耐心温和地说了一句。

到楼上的时候，孟葭已经开始在准备晚饭了，瞧见丛夏回来也没说什么。

她本身就不是否定周嘉誉，只是不希望丛夏在大好年纪做错误的事。现在高考已经过去了，疲于奔命的生活也已经暂告一段落，丛夏想做什么都随她吧。

回到房间，丛夏换下了为考试准备的运动裤、白短袖，在衣柜前站了许久，最终拿出了那条去年生日买的蓝白格子裙。

她洗了洗脸，没有化妆，简单地涂了唇膏，整个人的气色看起来好了许多，略微整理了一下有些乱的头发。

"妈妈，我晚上想出去玩。"

"去吧，早点回来。"孟葭放下手里的活，又给丛夏转了几百块钱。

"谢谢妈妈。"

再下楼的时候，天已经有些暗了下来，黄昏时分，太阳已经快要西沉，霞光温柔，这注定是一个美好的夜晚。

周嘉誉也把准考证、纸笔都放了回去，下楼的时候还拿了两罐冰可乐，分了一罐给丛夏。

少女蓝白色的裙角，散下来柔软的长发，干净的白色鞋子，都让人挪不开眼。

夏日里，流窜的热气，怎么也消减不了的躁动。不时可以听得到冰可乐里浮动的二氧化碳"咕嘟咕嘟"的气泡碰撞声。

丛夏接过了可乐，和周嘉誉一起走向公交站。

黄昏已近，来往的车辆，温柔的霞光，在公交车的窗格中簌簌地闪过。两人极有默契地都没有谈论考试，而是说起了暑假，说起了这个漫长温柔的夏天。

"一会儿吃什么？"丛夏连吃了几天的米饭青菜，早就已经腻烦了，今晚她想吃点好吃的。

"吃火锅？"周嘉誉扬了扬眉毛。

"好啊，再给我加五份猪脚？"丛夏倒是记得很清楚。

一转眼，运动会已经过去快有一年，时间过得可真快，现在高考都已经结束了，微博的热搜词条充斥着高考的字眼，各个商场里游荡着刚刚解放的学生们。周嘉誉和丛夏找到林骁他们会合的时候，正好赶上了饭点。

排队的时候，孙橙瑶叽叽喳喳地说个不停。

"夏夏，我们明天去逛街吧，我都好久没有买衣服了。"

"夏夏，今晚你还睡吗？晚上我们去唱歌吧。"

"夏夏，明晚我们再去看个电影吧。我还想喝那个新出的奶茶！"

周嘉誉一直默不作声地听着，直到听到了明晚孙橙瑶也要约丛夏，抬手碰了碰林骁，直接说道："丛夏明晚有事。"

"什么事啊？"孙橙瑶一脸好奇。

别说孙橙瑶，连丛夏自己都不知道自己明晚能有什么事。

"你忘了，我爸爸说明晚请你和叔叔阿姨吃饭。"周嘉誉张口就胡说的本事倒是很抗打，脸不红心不跳，说得煞有介事。

"什么时候说的？"

"就刚刚咱们回家的时候啊。"

林骁倒是很快理解了周嘉誉的意思，拉着还问个不休的孙橙瑶去了隔壁的甜品店："你不是说想吃草莓蛋糕嘛，走走走，现在就给你买一个。"

剩下两人继续坐在门口排队。

"咳……明晚有空的吧？"周嘉誉瞧着孙橙瑶和林骁走远，才凑近了一些小声说道。

丛夏憋着笑，故作镇定地挑了挑眉，一脸真诚："你不是说，明晚叔叔请我吃饭吗？"

周嘉誉一时语塞，干笑了两声。

认识这么久，周嘉誉这家伙向来都是一副浑不憷的样子，考试、模拟，甚至是去招飞，他都显得格外漫不经心，似乎对一切都没有那么在意，一切又都在他的计划中。

此时此刻，他却没有那么从容，话音有些颤抖，只有目光很诚恳，望向丛夏，在等一个答案。

"明晚见。"丛夏轻笑了一下，亮晶晶的眼睛弯成了一条线，弧度格外好看。

得到了肯定的回答，周嘉誉松了口气，又恢复了往日的神采。

刚好火锅店叫号，孙橙瑶和林骁也提着一整个草莓蛋糕回来了。

翻滚着的红油锅，看起来就让人咂舌。满满当当地点了一桌，嘈杂的人声里，四人举起杯碰在一起。

"高考结束啦！"

短短的一句话，背后是一年来，甚至更久更久的时间的努力煎熬。

破天荒地，丛夏也喝了点啤酒，但她酒量还好，至少喝一杯不会醉成像孙橙瑶一样。

可能是酒精起了刺激作用，也可能因为这一年实在实在太难了，孙橙瑶一边咽着草莓蛋糕,一边"吧嗒吧嗒"地掉眼泪,慢慢失控到大哭。

"累死了,真的累死了。"孙橙瑶哭得有些哽咽,嘴里含混不清。

丛夏抽了纸巾仔细地给她擦着眼泪。她是能理解那种挣扎和无力,就像是久久绷起来的弦,猛地一松懈,就会和失重一般疲惫恍惚。

只是她习惯了坚强,习惯了用平静去粉饰自己所有的恐惧不安。

二模考试成绩陡然下滑的时候,面对蒋珍霞和孟荑的双重压力,曾经有很多很多个晚上,做完模拟题她都头痛欲裂,需要止痛药勉强支撑。她和周嘉誉的事情传遍全校的时候,同学老师们审视的目光,无休止的谣言,她也挣扎着叫自己闭目塞听。

但这一切,没有人知道,包括周嘉誉。

丛夏始终觉得,人这一生,要面对很多很多课题,有些有幸有人会帮助你一起面对和解决,但有些注定是孤独斗争。

而她早就已经习惯了在平静下波涛汹涌,即使心如惊雷,依然面如平湖。

耳边还有孙橙瑶的哭声,想到这儿,丛夏恍然抬头,莫名地怅然若失。看着坐在对面的周嘉誉,她一时感慨万千。

那么他呢?他有看穿自己这些伪装,这些坚持吗?

周遭有些嘈杂,处处弥漫着烟火气,看向周嘉誉的那一瞬间,丛夏明显感受到了自己的心颤了一下。

少年长得是那么明朗英俊,高挺的鼻梁,眼尾微微挑起来的桃花眼,深邃的眼窝,他靠在椅背上,双手交叠,目光闲散平静。

从来没有过这样的感觉,如此强烈。

丛夏一直都没有找到自己真正意义上喜欢上周嘉誉的某个瞬间,或许是他飞身过来护住她的那一刻,或许是招飞前夕她目送他上车的那一刻,或许是新年漫天烟火里他说丛夏我喜欢你的时候。

而现在,此时此刻,过往的所有点滴涌在一起,本将要被声势浩大地点燃,却意料之外地融化在了最简单最平常的一次对视里。

沸腾的锅子雾气升腾,人声鼎沸时,她真的期待着周嘉誉在身边,而恰巧他就在身边。

很平静,很平静。

周嘉誉笑了,只是笑着。

林骁赶紧又切了新的蛋糕递给孙橙瑶,手忙脚乱地去哄。其实明眼人谁看不出来,两人青梅竹马般长大,关系早就不需要靠什么身份去证明。

孙橙瑶是喜怒哀乐形于色的小孩子脾气，林骁是能时时刻刻接住她所有情绪的那个人，她也一样爱着他，只是不自知罢了。

吃过了火锅，四个人一起去唱歌，又点了不少的酒。
看着周嘉誉面不改色地喝了一罐又一罐，丛夏才知道他的酒量这么好。
一直闹到了快要深夜十二点，孙橙瑶完完全全哭累了，唱累了，发泄累了，醉倒在了林骁的身边，终于安静了下来，嘴里只剩下了呢喃着回家。
林骁背着她，和从小一样，在路边拦了辆车送她回家。
六月的晚上，偶尔还有点微凉的海风缓缓吹过，潮湿温暖的空气，醉人的晚风，到了该看海的好时节了。
周嘉誉走在丛夏的旁边，沉默了半响，尝试着越靠越近，最终鼓起勇气握住了丛夏的手。
从来没有和任何异性牵过手，被触碰到的那一刻，丛夏下意识地往后缩了一下，可她很快便反应过来，紧紧地握住了他的手。
永远没有比肢体接触更让人有安全感的事情了。
他的手掌很暖很暖，将她的手包在掌心，顺着皮肤纹理，那种欣喜和温暖融化进血液，直到流向心底。
"周嘉誉。"丛夏喊得很小声，像是呓语一般，还带了撒娇的意味。
"嗯？"
"好喜欢你。"
海风吹来了要盛夏的好消息，月光下十八岁的末尾是最让人心动的信号。
周嘉誉的心跳猛地一滞，紧紧地握住了她的手。
"我也是。"

回到家，丛夏换掉了一身带有火锅气味的衣服，洗了澡。
"哗哗"的热水滑过身体的每一寸肌肤，丛夏捧了一把水冲了冲脸，眼前又不自觉地浮现出了今晚的场景。
高考结束了，他们的夏天要开始了。
少年笔挺的背、温热的手，每一样都刺激着她刚刚放松下来的神经，让她心跳有些不自觉地加快，连喘息声都有点颤抖。
吹干了头发，擦干了身子，丛夏换上干净的睡衣躺在床上，毫无睡意。
谈不上多疲惫，谈不上多惊喜，也没有很想要疯狂地熬夜和狂欢。她轻轻闭上眼，今晚的梦里不会再有层出不穷的考试题，不会再有背得快要梦魇的化学公式，今夜好眠。

因为周嘉誉的善意"谎言"，孙橙瑶只好让步过几天再叫丛夏单独出去看电影、逛街，高考之后的第一天，自然而然地就归属了周嘉誉。

睡到了自然醒，丛夏洗漱之后，站在衣柜前发了很久的呆。

该穿什么呢？

过去总是素面朝天，天天穿校服卫衣，已经很久没有纠结过要穿什么衣服了。她翻了翻去年的裙子，倒是还有几条合身的。

来回试了几件，最终丛夏拿出了去年夏天刚来临川时候郑言鑫带着她买的那条白色连衣裙。因为裙子的领子比较低，裙摆还缀着珍珠，腰间的蝴蝶结也很大，凸显得整个人除了清纯，还多了几分成熟沉静。

这裙子买回来她只穿过一次。丛夏小心翼翼地换上裙子，然后整理好裙摆。看了看镜子里的自己，她微微扯了扯嘴角。

今天就不要把头发扎起来了吧。

丛夏生来头发就好看，又黑又亮，摸起来还很柔顺，散下来，铺在肩上看起来很文静。

丛夏是从来不化妆的，加上之前又在上学，所以也没什么化妆品。她只是往脸上涂了点防晒霜，又抹了一点唇彩，穿了一双白色单鞋。

到楼下的时候，周嘉誉已经在等着了。

看见丛夏的那一瞬间，周嘉誉有点诧异，目光恍惚地落在她身上。

阳光真的特别好，温柔的风吹起了她的发丝和裙角。周嘉誉从来没有见过这样的丛夏，一袭白裙，眉目温柔，就站在那里，朝着他笑。

应该是阳光太好了，以至于很多年之后，只要有人问周嘉誉年少的时光，那么多飞扬的画面，那么久远而又耀眼的时光里，他每次第一时间都只会想到这一天，这一幕。

"你等了很久了吗？"

以往天天见，也不觉得有什么，今天她却莫名地紧张。

"没有，刚下来。"周嘉誉的目光不自觉地被丛夏吸引，大概是犹豫了三两秒，他缓缓朝着她的方向伸出手。

丛夏先是愣了一下，继而微微笑了笑，把手放在了周嘉誉的手掌间。

"去哪儿？"丛夏和周嘉誉贴得更近许多，心跳有些快，但始终舍不得放开他的手,目光侧向他,口气欢脱。

"带你去游乐场。"周嘉誉今天换了一身便装,手里拎了饮料,牵着丛夏的手,走在树荫下。

因为刚高考结束,所以游乐场大多是刚刚结束高考的学生。天气不错,大家在肆意地欢笑奔跑,气氛很是欢快。

丛夏已经习惯了握住周嘉誉的手,跟他一起站在人流里排队,也没有觉得多疲惫。

阳光有些刺眼,毕竟是夏天,室外活动还是会有些煎熬。

周嘉誉自己倒是没什么,只是有点担心丛夏会中暑,于是站得离她更近了一些,抬手帮她遮住了阳光。

"我不热。"丛夏脸有些晒红了,但瞧着周嘉誉的举动,还是笑着摇了摇头,想让周嘉誉把手放下来。

"再忍一下,马上就到我们了。"周嘉誉嘴上没说什么,心里已经开始后悔来游乐园了,太阳这么毒,千万不能中暑。

丛夏好脾气地应了一声,看着周嘉誉不愿意把手放下来,索性也就不客气了,微微张开双臂圈住他的腰,靠在他的怀里。

周嘉誉倒是没料到丛夏突如其来的亲密举动,反应过来后,小心地把她圈在怀里,帮她遮着阳光。

不知道是不是因为刚洗过澡,她的身上有淡淡的香气,甚至连发丝都有温柔的味道。她乖乖地把头埋在他怀里,只能看得到微红的耳垂和白皙纤长的脖颈。

游乐场的项目大多很刺激,丛夏倒是也都不怕,跟着周嘉誉一样又一样地把所有的刺激项目都玩了一遍,甚至还在下了大摆锤之后吃了一个冰激凌。

高三这一整年都在冲刺,丛夏不是刷题就是在复习,要么就是揪着周嘉誉考单词,倒是很少见到她玩得疯的样子。她脸红得厉害,还挂着汗水,笑嘻嘻地拿着冰激凌看向周嘉誉,随手指着下一个目的地。

最美好的年纪,眼前是五彩缤纷的热闹世界,人声鼎沸,盛夏晴天,周嘉誉跟在她身后。

他总是觉得丛夏此时此刻就应该在他身边,恰巧她就在身边。

吃过了冰激凌又买了棉花糖,丛夏咬了一口,然后把棉花糖凑到周嘉誉的嘴边:"尝一口,很甜的。"

周嘉誉也就犹豫了两三秒,便凑了过去,尝了一口,确实是很甜,那种丝丝入扣的甜味顺着舌头上每一个活跃的分子细胞滑进心里。

丛夏笑得眯起了眼睛,她很喜欢甜食的,孟葭对她看顾得很严格,所以她吃甜食的机会并不多,今天过了把瘾。

其实周嘉誉选择游乐场的理由不仅仅是因为这是个放松的好场所,更因为这里晚上会有盛大的烟花秀。

黄昏已经近了,熟悉的黄橘色衔接着慢慢变成深蓝色的天空,温度开始下降,各种游乐项目也开始关闭,大家都自觉地去往了游乐场的中心,等待着日落之后,那场盛大的烟花秀。

"周嘉誉。"等待的时候,丛夏轻轻喊了一声他的名字。

"我在。"周嘉誉很确定地回应着。

"你喜欢夏天吗?"

躁动不安的空气,热得让人烦躁的室外温度,夏天的美好总是要伴随着一些不安、焦虑。但夏天远远不止这些。

还有浪漫的星空,有吹满整个城市的晚风,有蝉鸣和潮汐,有浪漫的月光,还有自由的爱恋,那些被课本和试卷压抑住的所有悸动都在盛夏夜里疯狂地长。

"我喜欢。"周嘉誉轻轻地说了一句,沉默了一小会儿,他又补了一句,"但格外喜欢今年的夏天。"

今年的夏天,应该是周嘉誉十八年以来最期待的夏天。

"今年的夏天,是属于我们的夏天。"

晚风里,丛夏听得到自己飞速的心跳,看向周嘉誉的目光变得朦胧,所有的感官开始变得敏感,她感受到了血液的翻涌。

天已经完全暗沉下来,游乐场的城堡亮起了灯火,人越来越多,声色越来越张扬,浪漫而温柔的夜晚就要开始了。

"我也喜欢,我喜欢有你的夏天。"丛夏一字一句说得恳切。

一切就如同梦境一般,班级门口如风一样傲娇地抱着篮球的少年,现在站在她身边温柔地说着有关于这个夏天的一切

烟火秀开始了。大朵大朵的烟火随着人群的惊呼冲上夜空,绽放,绚烂,然后凋败,前赴后继,燃满整个夜空。

人群里开始有欢呼声,嘈杂里,丛夏听到了一声询问。

"丛夏,要不要,在一起?"

心在猛烈地跳动,丛夏手心里捏出了汗。不知为什么,明明是预料和注定的事,他说出口的那一瞬间,却依旧紧张到失去所有反应能力。

要在一起吗?

在这个夏天。

在他们真诚而又热烈的十八岁。

丛夏沉默的反应让周嘉誉有些不知所措,活了这十八年,就连面对高考都没有这样紧张惶恐过,此时此刻却心跳得快要蹦出胸腔。

他自认是个潇洒的人,但莫名地在等待回答的这一刻,他变得有些瞻前顾后,有些害怕。

烟火还在绽放,周遭依旧嘈杂。

丛夏迟迟没有回答,周嘉誉的期待慢慢地变得落空,他开始不确定,开始觉得后悔,尝试着小心翼翼地又说了一句:"要是……"

"要。"

赶在周嘉誉没说完,丛夏回过神。

"要在一起!"

说完,丛夏扭过头,望向周嘉誉,明亮的眼睛里都是烟火的光芒。

很巧,又是一个漫天烟火的夜晚。

与他们互诉心意的那个除夕夜一样。

烟火照亮了彼此的脸,美好得不像话。

"在一起。"周嘉誉听到了他最想要听到的答案,跟着重复了一遍,握着她的手轻微地颤抖。

"丛夏,我不太会说。"

"你不用说,你听我说。"丛夏平复了一下情绪,尽量控制自己快要溢出来的泪水,她有很多话想要说。

"我认识你的时候,从来没有想过有一天会那么喜欢你。甚至都不知道从什么时候起,我开始期待你找我背单词,期待每晚自习你塞给我的各种零食,期待你总是会问我"丛夏明天咱们要干什么"。你知道吗?很可怕也很奇妙,我们明明才认识不到一年,但我竟然习惯了生活里有你。"

丛夏慢慢地回忆,慢慢地说出那些积攒心里的话。

"我也不知道什么是喜欢,但我想和你一直在一起,想和你去一个城市,想要牵你的手,想要你抱抱我,甚至亲亲我。"

周嘉誉对丛夏突如其来的坦然又惊又喜,他从没想过一向从容自持的她,竟然也会红了脸,声音都颤抖地和他说这许多话。

"就是……我很喜欢你,所以你也要很喜欢我才可以,要好好对我。"丛夏从自己杂乱的语言系统里最终只找到这一句话。

控制不住了,她一向坚强,很少流泪,说完好好对我之后,她轻轻一眨眼,就又流下了晶莹的泪珠。

"当然会好好对你。"周嘉誉一时心疼,伸手去擦她的眼角。

他从没有觉得自己的语言如此贫瘠,贫瘠到让人惶恐。他小心翼翼地擦掉了丛夏眼角的泪,哄着她。

怎么会对她不好呢?

能和她在一起,已经是这个夏天,不对,是往后所有夏天里最幸运的事。

烟火连连,是盛大的相遇。

周嘉誉轻轻摸了摸丛夏的脸,吹了吹她带着泪水的睫毛,微微凑近俯下身,亲了她的额头。

她不自觉地闭上眼,像是羽毛轻抚过额头,温温热热,顺着皮肤纹理冲进了大脑里最敏感的神经。丛夏莫名地沉醉,咽回了泪水,觉得幸福到溢于言表。

烟火熄灭,人潮慢慢散去,星空照常闪亮着,丛夏钩着周嘉誉的脖子,埋着头,呼吸迟迟平复不下来。

"要不要发个朋友圈?"丛夏忽然没头没脑地冒出了这么一句话。

周嘉誉当然是愿意的,只是发了朋友圈,也就意味着,家长、老师、同学、朋友在内的所有人都会知道他们在一起这个事实,他不怕,但他怕丛夏会觉得有些快。

"一起发吧。"丛夏露出了狡黠的笑,"男朋友,要不要拍个照片?"

没有拍到烟花,但拍到了比烟花更灿烂的景象。

丛夏没有屏蔽掉任何一个人,因为周嘉誉这么好,值得所有人看见。

编辑完了文字,丛夏又看了看周嘉誉的手机,看到他仅仅编辑了四个字:慎始,善终。

发出了朋友圈,周嘉誉合上手机,呼出一口气,恢复了以往镇定自若的模样。

"丛夏,虽然我们才十八岁,但我今天说的话不是一时兴起。我喜欢你,要和你在一起。"

说完这一句话,周嘉誉没再说什么。他真的不善于说那些温暖的漂亮话,他甚至都知道要写什么文案,他是很想很想和丛夏在一起。

就这么简单。

丛夏点点头,她知道,她全都知道。

回去的路上,两人终于都恢复了平静,偶尔会相视一笑,沉醉在夏日的晚风里，做一个美好的梦。

"男朋友。"

"女朋友。"

"起风了。"

"我知道，我听到了。"

丛夏的那条朋友圈的文案写的是——

我把喜欢说给风听，风起了，你可以听到我最虔诚的想念。

丛夏这条朋友圈发出去，她还没到家，手机就受到了消息的连番轰炸，首当其冲的就是孙橙瑶，直接一个电话打过来了。

"夏夏，什么情况啊，这就是今天誉哥说的正事？"

丛夏开了外放，周嘉誉听到了孙橙瑶的话，倒是很积极地应答道："确实是正事啊。"

"早知道你俩有这个意思，但没想到你动作这么快！"林骁和孙橙瑶在一起，自然而然地听到了对话，本来是想去赶紧质问周嘉誉来着，刚好接着孙橙瑶的话说完了。

丛夏和周嘉誉之间早就是醉翁之意不在酒，全校议论纷纷他们照旧我行我素，只等着高考结束就戳破那层窗户纸。

同学朋友们也都陆陆续续地给他们发了消息，甚至连蒋珍霞都给点了赞。只是直到走到了家门口，孟葭甚至连消息都没给她发一句。

"回家之后，再和阿姨好好说一下。"周嘉誉还是有点担心，耐心地嘱咐了一句。

丛夏其实没有很紧张，毕竟早晚孟葭都会知道。

"你不用担心，我会好好和妈妈说的，我先回去了。"丛夏笑着凑过去亲了亲周嘉誉的脸颊，然后狡黠地看着他笑了很久。

"我走啦？"

"走吧。"周嘉誉缓缓地松开了丛夏的手，目光一直目送着她走到了单元门门口，见她回头还挥了挥手。

走到家门口的时候，丛夏站在原地沉思了好一会儿，深吸了口气，掏出了钥匙打开家门。

刚刚进了家门，她就看到了坐在沙发上的孟葭。

"妈妈。"丛夏尝试着怯懦地叫了一声，抬头看了看孟葭，目光平静，像是在等待着盘问。

"这么快你们就决定了吗？"孟葭虽然很喜欢周嘉誉，但也不能接受两个才十八岁的孩子在高考结束就匆忙地在一起。

"决定了，很早之前就决定了，只是今天才发出来。"丛夏说的全部是心里话。她和周嘉誉，从漫天烟花的那个除夕夜，从他们把所有美好而隐晦的情绪说出口的那一天，他们就已经决定好了。

"夏夏，妈妈觉得你应该再考虑一下。"孟葭一直担心，本来是不想管他们这帮小朋友的，但实属也没有想到他们发展得能这么快。

"考虑什么呢？考虑他是不是有车有房，是不是有能力？还是考虑他这个人是不是一个正直善良的好人？"丛夏其实不太明白，她要去考虑什么。

车子、房子，且不说这些俗物对于周嘉誉来说根本就不值得一提，就算靠着她自己的努力她也早晚都会拥有。无论是成绩、人际交往，还有性格，周嘉誉都没有什么可质疑的。

她相信在临川一中所有的日日夜夜，他们一起度过了酷暑寒冬，一起做过了那么多张试卷，经历了那么多困难，这些点点滴滴足以让她坚信，周嘉誉就是个堂堂正正、坦然从容的人。

是她要喜欢和要找的人。

"妈妈，人这一辈子要做的事情太多了，有翻越不完的山。我从来没有想过有一天我会在翻山越岭的过程中，遇见周嘉誉。让我在许许多多质疑自己和未来的瞬间，能够被鼓励被肯定。

"妈妈，我真的很喜欢他，他也很喜欢我。"丛夏看着孟葭，眼神和口气都足够真诚。

孟葭没有想到丛夏会一口气说这么多，道理其实她早就知道，只是为人母，总是会有更多的担心和顾虑。她轻轻叹了口气："夏夏，妈妈知道了。只是妈妈想要再多嘱咐你几句，人这一生并不会如想象的那么顺利，什么都会变。但如果你真的做好了决定，那么也要做好迎接困难和变故的准备。"

丛夏沉思了很久，看着孟葭，许久都没有说话。

孟葭说得没错，前面的路还很难走。

梦想，未来，工作……还有很多很多的事，有很多很多的挑战，但这一切如果是和周嘉誉一起面对，那么永远值得期待。

"妈妈，我知道了。"丛夏挽起孟葭的胳膊，把头倚靠在她肩膀上，"您要相信您的女儿，相信我的眼光！"

孟葭松了口气，暂时地放下了顾虑，摸了摸丛夏的头，看着天花板。

"妈妈当然相信你，只是我们不能预估未来，不能保证所有的一切都会按照我们的想法发展下去。妈妈希望无论怎样，你可以一直保持足够的勇气，做好迎接挑战和变故的准备，无论谁离开，无论谁到来。"

"我会努力的。"

"周末叫嘉誉来家里吃饭吧。"

回到房间，丛夏第一时间就给周嘉誉汇报了刚刚的谈话内容，又闲聊了一会儿，丛夏瞥着桌面压着的那张毕业合照，停顿了几秒钟，小声地说了句："周嘉誉，我好喜欢你。"

"知道了，丛老师。"周嘉誉强忍着没有笑出声。

这才在一起一天啊，这句好喜欢你，丛夏都重复了几遍了。平常上学的时候，她可不是这个样子的，总是严肃地板起脸问他单词背了多少。

"丛老师，我也喜欢你。"

"最喜欢我吗？"

"最最最喜欢你！"周嘉誉的声音里染着笑意，果然是个幼稚的小姑娘。

挂了电话，丛夏坐在桌子前发呆。那张毕业照，她站在班级的最右边，左边是孙橙瑶，后面站着的就是周嘉誉。

少年穿着蓝白色的校服，高高地仰着头，因为隔得太远，目光看得不太真切，只是依旧能隐约瞧得见骄傲的神情。

丛夏不自觉地挑起了嘴角，昨天还在她身后的少年，今天已经是她朋友圈里公之于众的男朋友。

这种感觉真的很奇妙。

丛夏把头蒙在被子里，忍不住地笑出了声。

周末周嘉誉来家里吃饭的时候，还提了很多水果，虽然早就来过很多次了，但总归这次的身份是不一样的。

孟葭的态度还是和之前一样热情，倒是看不出来什么起伏和特殊对待。大概是还在孕期，她整个人看起来更慈爱更温柔，饭桌上不停地给周嘉誉夹菜。

丛夏也跟着松了口气，饭桌上老是忍不住看着周嘉誉笑。

但轻松的心情没持续太久，吃过饭，孟葭还是提出想和周嘉誉单独聊一会儿。

"夏夏，你刷碗吧，我和嘉裕单独聊聊。"孟葭将丛夏的紧张看在眼里，只是淡淡地笑了笑，就撂下了筷子。

"好的，阿姨。"周嘉誉在桌下捏了捏丛夏的手，看着孟葭先起身离开，又贴着丛夏的耳边小声地说了一句，"别担心，等我谈完了，我来刷碗。"

跟着孟葭去了客厅，周嘉誉在一边规规整整地坐好，倒是没有了往日里那副骄傲的样子，看起来听话乖巧得很。说不紧张，肯定是假的。毕竟对面坐着的是丛夏的妈妈。

"嘉誉啊，考得怎么样？有没有想过要去哪儿？"

"考得还成，招飞的体检我过了，等着成绩出来，就走北航的提前批了。"

周嘉誉要当飞行员的事孟葭也有听说，认同地点点头："挺不错的，那你和夏夏的事，怎么考虑的？"

"我和丛夏，我们从高考前就说好了，我们要一起去北州。"周嘉誉简明扼要地阐述着他们打算好的未来。

"嘉誉，夏夏从小就是个固执坚强的孩子。我想她应该也把我和她爸爸的事情告诉过你了吧。那时候我和她爸爸刚离婚状态很不好，她老是一个人待着，一个人学习，从来都不吵不闹，还学会了做饭给我吃。"孟葭压低了声音，看着厨房里在收拾碗筷的丛夏，回想起那段时光，心里还是有些愧疚。

"后来我带着她回到临川，我知道她很不适应，但她几乎从不在我面前提起自己适应新环境的艰难。每次一问她，她都闭口不谈。"孟葭微微叹了口气，"阿姨和你提这些没别的意思，只是想告诉你，夏夏真的是一个很坚强、勇敢的孩子，她做好的决定没人能改变。她既然选择了和你在一起，证明她真的很在意，很喜欢你。"

周嘉誉的脊背有些微微出汗，他有想过丛夏的过去很难，只是从孟葭嘴里说出来，这种心疼的情绪便是另一番感觉。

"如果你也选择和她在一起了，那阿姨希望你，恳请你，好好地照顾并且珍视她。"孟葭一字一句说得很郑重，"阿姨知道十八岁的恋爱是很难走到最后的，要是有一天你不喜欢她了，也请你不要伤害她。"

"阿姨您言重了。"周嘉誉的目光变得很慎重，看向孟葭，口气很严肃，连呼吸声都变得很轻。

"我理解您的想法，但我想说的是，我和丛夏在一起也是认真地想过的。

不管是十八岁，还是二十八岁，我都不会后悔今天做的决定。我知道现在的我没什么能力做承诺，但我会努力的。"周嘉誉轻吐了一口气，是有些担心和害怕的。

其实，他真的很少害怕，但对面丛夏，他总是犹疑，也总是惶恐担心。

"那就好，阿姨先相信你。"孟葭温柔地笑了笑，轻轻摸了摸肚子，无非就是一个母亲对女儿的爱护，一种嘱托。

"妈妈，我洗完了！"丛夏火急火燎地洗好了碗，赶紧冲到了客厅，生怕孟葭给周嘉誉出难题。

"去吧，天气这么好，你们俩下楼散散步吧。"孟葭看得出丛夏的心思，也没多说什么，送两人下了楼。

天气是越来越热了，就连晚上的风里都染着一股让人躁动的热气。

海边的人不多，丛夏很自觉地牵着周嘉誉的手，旁敲侧击地问着孟葭刚刚说了什么。

"你不用担心，阿姨没说什么。"周嘉誉停住脚步，微微挑了挑眉毛，摸了摸丛夏的鼻梁骨，口气里带着几分玩味。

"谁担心了？搞不定我妈，那是你的问题。"丛夏这会儿倒是嘴硬起来，抽回自己的手往前快走了两步。

周嘉誉舔了舔唇，快步追上，搂住了丛夏，把头放在了她的肩膀上，还坏心眼地在她的耳边吹了口气。

"丛老师，现在否认是不是来不及了？是谁洗碗连手都没擦干净就冲出厨房了？"周嘉誉从背后环抱住丛夏，握住她的手。

丛夏知道否认无用，勉强挣扎着转过身，扬起头踮踮脚，忽然亲了周嘉誉。但因为身高不够，她只亲到了他下巴，甚至温热的呼吸还落在了周嘉誉滚动的喉结上。

"你……"周嘉誉愣住了，僵在原地，眼睛和身上都着了火一样，盯着丛夏有些微红的脸。

"怎么了？我……我这是在行使权利。"丛夏强装镇定，只是说不顺溜的话语和微微在颤抖着的肩膀出卖了她的紧张。

"真的要行使权利了吗？"周嘉誉轻轻地摸了摸丛夏微红的嘴唇，咽了咽口水，月光下，能看得到他滚动的喉结和眼睛里流露着的那种难以描述的压抑。

"我……唔……"丛夏还没反应过来，一股热气扑面而来，然后落在了她唇边。

等待反应过来的时候,那种湿热感已经完全侵占了她的嘴唇,甚至顺着中枢神经一口气涌上了大脑。

心跳得厉害,丛夏不自觉地闭上眼,沉醉在了这个慢热的吻里,手钩上了周嘉誉的脖子。

"丛老师,学会了吗?这叫作行使权利。"吻到了一半,周嘉誉停了下来,摸着丛夏被吮吸得微红的唇,挑起嘴角,笑得不太正经。

丛夏的呼吸还是乱的,喘息着盯着周嘉誉的眼睛,像一只红了眼有些急的小兔子一样,着急却一个字也说不出来。缓和了半天,她才吐出两个字:"快点。"

"什么?"周嘉誉还没回过神,就被搂着脖子,盖上了唇。

起了海风,周围的人不多,暮色里流窜着暧昧的气息,潮汐的声音混合着心跳涌动在耳边,所有的感官都被放大,带着他们一起沉醉在这个吻里。

"夏夏,我会照顾好你,一定会。"

周嘉裕又想起了孟葭的话,满心满眼都是眼前这个女孩,温柔倔强,又那么勇敢坚强。

"我将让你,永远被肯定,永远被在意,永远被珍视,永远地做那个被爱的小孩。"

海浪声又大了许多,许多话淹没在了这声音中。

丛夏微微抬起头,没有注意到自己眼睛里的泪光,颤抖着回望。

然后,点点头。

"想不想和我一起回去看看奶奶?"两人并排走在回家的路上。

因为高考已经结束,周堃就想带着周嘉誉搬回原来的地方住,但是房子还没有到期,所以周嘉誉就选择自己独居在这里,等到房子到期了再走。

时间还早,丛夏就跟着周嘉誉上了楼。

"什么时候啊?"

离成绩出来还有很长一段时间,丛夏也没有做好什么计划,跟着周嘉誉回去看看奶奶也是个不错的选择。

"要不明后天?叫上林骁和孙橙瑶,然后去周边玩玩。"回了家,周嘉誉打开冰箱,从冰箱里拿出了昨天买的樱桃蛋糕走到客厅递给了丛夏,"尝尝,看朋友圈很多人在买。"

"学校后门新开的那家?"

周嘉誉沉默着点点头，坐在丛夏的对面，随手拿过来靠枕抱着，想看着她吃蛋糕。

"那家店不是很多人排队吗？"丛夏尝了一口，又接连吃了好几口，味道是不错，但一想起之前看到的排队队伍，味道就变得不那么好了。

"你排了多久队？"

周嘉誉摇摇头，依旧是习惯性漫不经心地笑，靠在沙发上："没多久。"

丛夏抿了抿嘴里的奶油，笑而不语，挖了一块递到了周嘉誉的嘴边："你也吃，真的很好吃！"

周嘉誉倒是对甜食没什么太大的瘾，但丛夏喂过来的，他肯定不会拒绝。

"我刚才给林骁他们发过消息了，你回去也和阿姨商量一下？"

"好！"

吃过蛋糕，丛夏又依偎在周嘉誉的身边看了很久的电影，直到丛夏的眼皮子都开始打架，懒洋洋地躺在周嘉誉的怀里，缓缓地闭上了眼。

"丛老师，困了？"

丛夏没应声，懒懒散散地侧了下身，能嗅到他身上淡淡的柠檬气息。

之前高三的时候，蒋珍霞就说过，高考结束没出成绩的这半个月，将会是直到退休之前最惬意舒服的一段日子。

确实，丛夏和周嘉誉都没有去核对高考答案，而是抓紧一切时间在一起，享受当下。

周嘉誉轻轻拨弄着丛夏的头发，放松地靠在沙发上，又低头亲了亲她的额头。

这样的日子，一想到还有很多很多，就足够让人心安了。

丛夏和孟葭商量了一个晚上，她才勉强松口。四个人很快买了车票，去了熟悉的地方。

漫长的车程，期间一点也不无聊，四个人吵吵闹闹，把高中回忆了个遍。

到站的时候，奶奶已经早早地等在了车站，热情地朝着他们挥手。

小半年不见，奶奶倒是瘦了些，听周嘉誉说，是前几个月她生了场小病，身体刚刚恢复。

"奶奶好。"丛夏跟在周嘉誉身后，乖巧地跟奶奶打招呼。

"你们好，你们好。走吧走吧，奶奶在家给你们准备了好吃的。"奶奶还是一如既往的和蔼慈祥，迎接着大家。

上次来还是正月凛冬，冰天雪地冷得人直打战，现今已经是温暾夏日，坐在车上，晒着午后的阳光都犯困的时节。

"奶奶！有没有牛肉小丸子？"孙橙瑶一看到奶奶就亲，准确来说，看到好吃的就亲！

"有有有。"奶奶到家就开始去厨房端菜。

"你就知道吃。"林骁还是忍不住吐槽孙橙瑶。

丛夏是第二次来了，倒是颇有几分轻车熟路的感觉。

"丛老师，很熟悉嘛。"

丛夏斜睨了一眼周嘉誉，仰着头不以为意："那当然！"

奶奶的厨艺水平还是丝毫不减，烧了满满一桌子的菜，最后竟然被四个人都吃了个七七八八。

"奶奶，一会儿我来洗碗。"丛夏想着奶奶怎么也是刚刚病愈，还是需要好好休息，主动提出来洗碗。

"不用不用，让这个臭小子洗，孩子你跟奶奶去卧室聊聊天。"

奶奶到底是阅历沉积的人，尽管周嘉誉还没有和她说，她自己看也看懂了七八分。

丛夏有些发怵，怔了怔，看了一眼周嘉誉。

"我来洗碗。"周嘉誉用眼神安慰了一下丛夏便笑着去收拾碗筷了。

孙橙瑶和林骁也很识相，自发地去院子里玩。

奶奶的卧室里，洁净规整的床单，收拾得一尘不染的书桌和衣柜，墙上还挂着几张合照。

有周嘉誉，有周堃，还有一位看起来很温柔朴素的女士，应该是周嘉誉的妈妈。

"孩子，坐吧。"奶奶拉了把椅子。

"快给奶奶说说，那个臭小子是怎么把你追到手的？"

"咳咳……"丛夏干咳了两声，倒是没想到奶奶会问得这么直接，有些不好意思地笑了，"没有谁追谁，奶奶，就是……就是我们互相喜欢，然后就在一起了。"

奶奶听了，笑得更开心了，拉过丛夏的手轻轻地抚摸着，眼神里满是疼惜和慈爱。

"这个臭小子啊，真是有福气。"奶奶想起以前带周嘉誉的那几年，这小子蹦蹦跳跳，不知天高地厚，也不知道疲惫。

"孩子啊，奶奶有几句话想跟你说。这臭小子呢，从小独立惯了，他妈妈又去世得早，爸爸工作又忙，小时候在我这边养着的时候，基本也是从来不用我操心。平时住学校，只有周末回来，甚至生病烧红了眼睛都不会叫老师打电话给我，周末回来还装得和没事人一样。"

丛夏一直都知道周嘉誉是个独立到有些可怕的人，但没想到他竟然从小就已经适应了所谓的孤独。

至少她还有个幸福美好的童年，但周嘉誉连这一份陪伴都没有。

"你看着他没心没肺，什么都不放在心上，不知道难过伤心，但其实他什么都知道，只是把所有的情绪都藏起来，慢慢地，他也就不表现出来，甚至也不知道自己有多需要陪伴。"奶奶微微叹了口气，她这个孙子，她太知道是个什么样的性格了。

"孩子，奶奶没什么想说的，谢谢你，愿意陪着他照顾他，哪怕只有一程。"奶奶现如今这个年岁早已经习惯了各种各样的人生变数，面对儿孙们的情情爱爱早已经看得更为纯粹坦然。

房间里很安静，丛夏听着奶奶说的话，心里忽然五味杂陈。

认识周嘉誉一年了，似乎真的从来没有看见过他难过沮丧。回过头，他永远都是用最热烈真诚的眼光看着她。

他通透、明朗，拥有不属于这个年纪的冷静和坚决。他张扬、恣意，在这个内卷到身心俱疲的社会坚持选择自己喜欢的未来。

恰巧这时候午后的阳光很暖，照进屋子里，把墙上大大小小的照片都镀上了一层好看的光晕。

丛夏看着照片里，从七八岁到十七八岁的少年，眼睛里始终不变的光，心里涌起微微的暖，微微的疼。

陪着周嘉誉，应该是她的幸运，也是她愿意花时间做好的事。

"奶奶，他很好的，他有这个能力做自己想做的事，我愿意陪着他。"丛夏收回目光，回握住奶奶的手，很坦然地笑了笑。

门外传来敲门声，周嘉誉洗好了碗，拿了切好的水果："奶奶，吃水果，你最爱吃的橙子。"

"好好好，放在这儿吧，奶奶年纪大了得午休，你们去玩吧。"奶奶摆了摆手，接过橙子，叫两人离开了卧室。

从卧室出来，丛夏的目光一直就没从周嘉誉的身上离开过。

"你老看着我干什么，丛老师？我可没有少背单词。"周嘉誉回过神，忽然把丛夏压在墙边，眼神里带着一丝威胁意味，贴得格外近。

"没什么。怎么，不给看啊？"丛夏也不怕，还伸手摸了摸周嘉誉的鼻梁骨，细细地描摹着他的五官轮廓。

"看看看，看个够！"周嘉誉舔了舔后槽牙，咽了咽口水，从她的眼睛吻到了她的鼻梁，又吻到了她的嘴唇，根本顾不上孙橙瑶和林骁还在院子里。

"干什么？现在光天化日就开始耍流氓了是吧？"丛夏被吻得头脑发热却还是嘴硬。

她有个坏毛病，一接吻眼睛总是忍不住闪泪光。

"喂，丛老师，要不要一亲你就这样泪光闪闪地看着我啊，好像我在欺负你一样。"周嘉誉有些心疼地摸了摸她被他亲红的嘴唇，缓缓地说出这么一句不正经的话。

"只有我欺负你的份儿。"丛夏一向傲娇得很，目光里带着不容侵犯的审视，只是闪着泪光又多了几分娇柔和妩媚，像是只骄傲俯视的小猫咪，软乎乎地瘫在周嘉誉的臂弯里。

"周嘉誉，你一定要做自己想做的事，知道吗？"

盛夏，蝉鸣，屋子里的空气燥热难耐。

"在你的王国里，永远都不要服输，永远地朝着你爱的蓝天前进。"说完，丛夏翻转了身体，将周嘉誉按在里面。

"我会陪着你。"

她眼睛一闭，心一横，一手抚上他的胸膛，轻轻地、轻轻地咬住了他的唇，像是给这个盛夏一个甜蜜的烙印。

老家周边也有很多有趣的景点，四个人在奶奶家住了两天就又买了票去周边散心。

是难得的机会，三五好友，也不需要为生活发愁，也没有未来要忧心，生活按下了暂停键。

丛夏有点晕车，所以除了偶尔闲聊几句，大部分时间是在睡觉。

周嘉誉："给。"

"话梅糖。"丛夏笑着，直接张嘴吃掉了周嘉誉手心里的糖，还是熟悉的酸酸甜甜的味道。

"你俩行了哦。"孙橙瑶本来想给丛夏找水喝，被周嘉誉抢先一步。

两个人整天腻腻歪歪，可真算得上旁若无人了。

林骁倒是淡定得很，余光看着孙橙瑶气急败坏的样子，打趣了一句："你着急什么。"

"谁着急了？"孙橙瑶捶了一下林骁，瞪了他一眼。

林骁趁着没有出成绩前，其实有偷偷地对了下答案，发挥得不错，尤其是理综，基本可以稳定在270分以上。如果不出意外，去南林大学应该是不成问题。

孙橙瑶之前不是老念叨着想去南林嘛。

"喂！林骁！"孙橙瑶把找出来的零食递给林骁吃，叫了好几声他都没回答。

"听到了，叫那么大声干吗？"林骁揉了揉耳朵，接过孙橙瑶的零食，回过神不再去想志愿的事。

他们要去的地方有山，因为还是夏天，山里不算冷，但还是要带上些厚衣服，等到爬到山顶的时候会冷。

四个人到了地方先吃了顿热乎乎的火锅，然后趁着午夜打车，准备开始夜爬，争取看到第二天的日出。

虽然是晚上，但夜爬的人不少，大多是年轻的面孔，一堆人在一起朝着山顶出发的感觉，竟也多了许多趣味。

丛夏的体力不是特别好，所以才走了一个多小时，就有些上气不接下气，她拽住了周嘉誉的衣角，微喘。

"累了？"周嘉誉递过去一张湿巾，顺手帮她擦了擦额角的汗，"这身体素质不行啊，暑假要好好锻炼了。"

丛夏瞪了他一眼，又迈着沉重的脚步往上爬。

周嘉誉笑笑没说话，默默地绕到她身后，怕她万一太累了脚滑了摔倒，这可是爬山，摔下去可不好笑。

爬到了一半，海拔越来越高，天还没有亮起来，即使是在夏天也冷得很，尤其是山里的风吹起来，凉飕飕的，让人禁不住打了个寒战。

周嘉誉给丛夏递了外套："要不要歇会？"

丛夏明明已经累得直喘，还是咬咬牙摇摇头，一副不肯认输的样子。

果然是个嘴硬的姑娘，周嘉誉抿了抿嘴唇也没说什么的，把剩下的最后一瓶水给了她，在身后紧紧地跟着她。

一直往上走，中途也有人走不动放弃了，每一次停顿都是对大家意志精神的考验。

孙橙瑶身体不太好,快爬到山顶的时候就开始头晕头疼,蹲在原地迟迟站不起来,被林骁从原地搀扶起来喘息了半天。

"你没事吧?"林骁犹豫了一下,摸了摸孙橙瑶的头,轻拍了几下她的背,帮她顺着呼吸。

大概这会儿是真的难受,孙橙瑶难得没有和林骁吵,一头栽倒在他肩膀上,哼哼唧唧着开始含混不清。

"孙橙瑶!孙橙瑶!"林骁有些急了,赶紧喊她的名字,把她扶起来,擦掉她额角的虚汗。

"叫那么大声干吗!"孙橙瑶迷迷糊糊,还是应了一声,缓了整整四五秒才带着哭腔一样,"林骁,你带我下山吧,我不想爬了。"

"好好好,不爬了,我带你下去。"林骁有些慌,孙橙瑶的脸色不是很好,他和丛夏他们俩解释了一下,就带着她往下走。

这山也不算太陡,林骁看着孙橙瑶发白的脸和涣散的眼神,直接背着孙橙瑶往下走。

"还要继续爬吗?"周嘉誉知道丛夏应该也已筋疲力尽了。

没犹豫,丛夏点点头,都已经爬到这儿了,马上就要登顶,怎么可能放弃呢?她握住周嘉誉的手,两个人坚定信心继续一步步地往上爬。

天已将开始慢慢地见了光,越往上,光越明显。

丛夏拼尽了全力,走到山顶的那一刻,感觉自己已经耗尽了全身的力气,腿脚都开始发软。

云海在翻涌,像是卷起来的千层浪。太阳还没有升起来,但是光已经顺着地平线溜了出来。不同于暮色和晚霞,是那种很明亮很刺眼的光。

周嘉誉微微眯起眼,握着丛夏的手,感受到光照在每一寸皮肤上。

"周嘉誉,以后飞上了蓝天,想做什么工作?"丛夏忽然提起了以后。

"以后吗?做个民航的驾驶员吧。"周嘉誉其实很早之前就想好了,做客机的飞行员,在一次次的起落中,让更多的人相见,团聚。

丛夏有些意外,她以为周嘉誉会想要做空中救援,甚至是加入空军这样更冒险也更意义重大的工作。

"丛夏,生活是平静自然的,大多数人这一生不会经历大开大合的起伏的。你不觉得客机的飞行员是个幸福指数很高的职业吗?他们可以载着一班又一班的人去实现梦想,与亲人朋友相见。无论是出发还是回家,每一班航班都有独属于它的意义。

"如果说,这叫普通的话,那我甘心平凡,因为我觉得那样承载着许多期盼和幸福的我很酷,我只想做自己想做的事。"

周嘉誉很少这样口气平静地叙述什么,但他说这些话的时候,眼神带着光,脸上洋溢着很自豪的神情。

阳光落在他脸上,有说不出的温柔。

总有人负重逆行,也总有人往返于人间烟火。

丛夏目不转睛地看着周嘉誉,莫名觉得幸福。

他是周嘉誉啊,总是能给人惊喜的周嘉誉啊。无论是站在竞争的风口,还是选择的十字标下,他永远都有自己的理解,永远都会有自己的选择。那些俗世的意义永远束缚不住他高傲不屈的灵魂,他是那么独一无二,又鲜活生动。

"陪着你,做闪闪发光的飞行员。"丛夏收回目光,看向继续涌动着的云海。

太阳已经升起,闪耀的光芒化作千丝万缕洒满了整个山顶,落在人潮里,美得充满希望。

日出,最大的意义,是生机,是新生。

高考已经过去了,凡是过往,皆为序章。无论成绩好坏,他们都要迈向人生的下一步。

太阳完全地升腾起来,云海开始慢慢散去,眼前是开阔的一片晴朗,是夏日里一个不错的清晨。

"做闪闪发光的人,我们一起。"

周嘉誉回头望,看着丛夏。

人头攒动,云海翻涌,我们拥有着浪漫的夏天。

下山的路也很长,林骁背着孙橙瑶走得也不轻松。加上太阳出来了,越往下走温度越高,林骁的额头出了不少汗。

"你把我放下来吧,我能自己走。"孙橙瑶嘴上不说,心里实属不好受。

"没事,再忍忍马上就下山了。"

"林骁。"

"嗯?"

"你也会去南林的对吧?"孙橙瑶一直没有问过,是因为她心里也不确定,所以只好不停地猜测、试探。

林骁沉默了片刻,能感受到背上的人是紧张的。

"你想让我去南林吗？"林骁思考了很久，没有回答，有些忐忑地问了一句。

下山的风还是很凉爽的，簌簌地从耳边掠过，孙橙瑶听到了自己加速的心跳和很多很多心里翻涌的情绪。

"你能不能也来南林？"

说了一句，她似乎还觉得不太够。

"继续陪着我。"

林骁愣了一下，反应不及，只觉得心口一暖。这么多年缄口不言的默契忽然被戳破，有些欢喜也有点害怕。

"好，我会去，会陪着你。"

漫长的沉默之后，林骁把这个其实早就在心里做好的决定告诉孙橙瑶。

他会去有她的地方。

得到了肯定的答复，孙橙瑶长长地舒了口气，还是觉得有些头晕，把头靠在了林骁的背上，语气很软："林骁，我是不是有点自私？我总是习惯身边有你，到大学还是希望这样。"

林骁的心揪成一团，他从来没听过孙橙瑶说这样的话。其实看到周嘉誉和丛夏已经在一起，他也曾经犹豫过，要不要和孙橙瑶开诚布公地谈谈，要是不行，大学也就不去南林了，找个离她远远的城市好好地上学生活。

但他又舍不得，舍不得戳破这层关系，舍不得失去孙橙瑶。

直到，她刚刚说，希望你一直在我身边。

他们提早下的山，人不多，寂静的山林里，说任何一句话都能听到真诚的回音。

"孙橙瑶，说句喜欢我很难吗？"林骁忽然有些泄气，来来回回猜测，他已经没什么耐性了，话都说到这儿了，不如就摊开问清楚。

"谁喜欢……"

"我喜欢你。"孙橙瑶话还没说完，林骁先开了口。

"你说什么？"孙橙瑶怎么也没想到这家伙会在下山这么狼狈的时刻突如其来地表明心意。

"你是真看不出来，还是不想看出来？"

"你……你说什么？"孙橙瑶紧紧抱住了林骁的脖子，呼吸都有点颤抖。

"没什么。"许久，林骁泄气了一般，没说什么，也不想再重复了，他确定孙橙瑶一定是听清楚了的。

直到快走到了山下，两个人都没有再说一句话。

沉默得可怕，孙橙瑶被林骁从背上放下来的时候，整个人还是有点飘。林骁背着她走了大半的路程，所以也气喘吁吁的，看起来就疲惫得很。

"走吧，吃早饭去。"林骁没有打算继续刚才的话题，又恢复了以前嬉皮笑脸的模样。

"林骁……"孙橙瑶揪住了林骁的衣角，眼神有些闪躲，又忍不住看向他。

"你是认真的，对吧？"

林骁的手僵在半空中，像是没听懂孙橙瑶说的话一样，半天没吭声。

"我想和你一直在一起。"孙橙瑶咬咬牙，还是交代了自己的心事，"我是认真的。"

两个人青梅竹马这么多年，彼此什么鬼样子没见过，一起上学放学，一起中考高考，一起做了那么多的事，哭哭笑笑。到了真的想要表明心意的时候，竟不知如何说出口。

林骁听到了自己飞快的心跳，孙橙瑶那句想一直在一起戳进了他的心窝，他望着她的目光都变得凝固焦灼起来。

"所以，你到底是不是认真的？"孙橙瑶等不到回答，心在一点点变凉，目光变得有些涣散，泄气了一般，口气都难过起来。

"我是，我怎么不是？"林骁生怕这句话掉下去再也接不起来，想也没想脱口而出。

山林里总是有不听话的风儿在流窜，刚升起来的日光洒落在每一寸土地上。孙橙瑶微微仰着头，林骁半倚在栏杆边，微微攥紧了手。

漫长的沉默，是等待，是考量，是期许，也是无尽的憧憬。

"你瞧瞧你的德行！"孙橙瑶笑出了声，笑声掉落在夏日里，悦耳得如同银铃。

"我怎么了？我认真得很，小爷就是看上你了，怎么着，愿不愿意？"

说都已经说出口了，索性就一口气来个痛快，所有沉默的时光，所有暗淡的夜晚，总是需要一个交代。

"看你表现喽！"孙橙瑶恢复了体力，快步地朝着前面蹦跶过去。

林骁瞧着她的背影，笑着没有再应声。

在周边又玩了几天，又回去在奶奶家住了几天。

做饭、露营、唱歌、喝酒，所有他们没有尝试过的，他们都在这个肆意挥洒的暑假尝试了个遍，看日出日落，望云卷云舒，伴侣、朋友都在身边。

或许，这样的日子，一辈子也就只有这一次。那么甜，那么轻松，以至于后面孤独又痛苦，才会觉得难以忍受。

一直到快要出高考成绩的日子，四个人才买了高铁票回到临川，顺便准备着报志愿的事情。

周嘉誉去北航已经是板上钉钉的事，孙橙瑶选了几所南林的学校，大多是211，但分数没下来也不知道结果。林骁想要陪着孙橙瑶，南林大学成了不二的选择。至于丛夏，北州大学是上上选了。

临川这边从二十三岁就开始说要出成绩，但是网站的页面一直刷新，也没有刷新出个结果。

二十四号，丛夏又起了个大早，坐在电脑边坐立难安，倒也不是紧张，只是有些着急焦虑。

日头从东边滑落到西边，页面还是一个样子，丛夏累得很，不知不觉地趴在桌上睡了过去，直到被电话铃声吵醒。

"丛夏，可以查到成绩了。"电话那头是周嘉誉的声音，显然他是刚刚查过，口气平静，听不太出波澜。

"你查过了！"丛夏的睡意瞬间消散了，注意力都集中在高考成绩上面，目光死死地盯住桌面上的一角，紧张地期待着。

刚巧这时孟葭推门进来，看到丛夏在通着电话，压低了声音："夏夏，可以查成绩了。"

丛夏点头，又催促着周嘉誉："多少分啊？"

"683分。"周嘉誉算是稳定发挥，对于这样的成绩欣然接受，没什么太大感觉。毕竟从招飞结果出来的那一刻，他去北航就已经是板上钉钉的事。

还算不错的成绩，算是给了他高中三年一个完整满意的交代。

"这么厉害！"丛夏忍不住叫出声，一下子从椅子上站起来，竟一时忘了孟葭还站在旁边。

孟葭笑了笑，像是意料之中，继而安抚着丛夏的情绪。

"妈妈，妈妈您听到了吗？他考了683分！"丛夏想起了她开始教周嘉誉英语的时候，完形填空奇高的错误率、作文驴唇不对马嘴的逻辑，到今天能考到这样的成绩，不过才用了不到一年的时间。

他是那个倔强地老是想要逃掉早自习的少年，是那个对数学天赋异禀总是泯然众人的天才，是她乏善可陈的青春里最明媚动人的一束光。

丛夏有些激动，但还是拼命地压制着情绪，因为自己还没有查成绩。

"夏夏,快查一下。"孟葭心也跟着提到了嗓子眼,有些着急地催促着。

电话那头,周嘉誉听到了丛夏兴奋的喊叫声,也听到了孟葭的肯定,勾起嘴角笑了:"你也快查一查。"

丛夏颤抖着输入考号,眼睛盯住屏幕,手攥紧了衣角,迟迟没有按下回车键。

十二年寒窗苦读,终于到了收获的时候。

房间里安静得很,电话那头也在等待着,丛夏看了一眼孟葭,深吸了口气,重重地点下了回车键,闭上眼。

页面还是刷新了很久,才缓缓地弹出画面。

考生:丛夏
数学:142
语文:130
英语:149
理综合:289
总分:710
710 分!

丛夏缓缓地睁开眼,看向电脑屏幕,开始看得不太真切,直到适应了电脑屏幕词目的光晕,才看清楚了分数。

一列列成绩赫然在目,看在眼里清晰得很。

是的,710 分!

超过七百分的高成绩!

超过了她所向往的最高学府的分数线!

"夏夏!"孟葭激动坏了,从床上站起来,一把抱住了丛夏,喜极而泣,泪水夺眶而出。

她是知道丛夏的成绩不用操心的,但取得这样好的成绩,很难不激动兴奋。这么多年辗转辛苦,此刻看来,是如此值得。

孟葭的拥抱让丛夏从震惊中回味过来,又重新仔细地看了看,抿着嘴笑了笑,她松开攥紧衣角的手,没有刚才知道周嘉誉成绩那样雀跃激动,反倒是多了一丝从容和平静。

"多少啊?"周嘉誉在电话那头听得不是很真切,但能隐约听到孟葭的欢呼,估摸着是考得很不错。

丛夏的声音都染了笑意，一手轻轻地环抱住了孟葭，一手拿起电话，尽可能平静地说："710分。"

尘埃落定，所有吃过的苦，终于在这一刻得到了答案。

寒窗苦读，所以我们都要名满江湖。

丛夏长长地舒了口气，看见了孟葭眼睛里闪烁着晶莹的泪光。她小心地帮妈妈擦拭掉，目光温柔："妈妈，不要哭了。"

好不容易安抚好了孟葭的情绪，丛夏迫不及待地奔下楼去。

是个晴好的艳阳天，阳光洒落每一处，穿过漫长的林荫路被切割得零碎。奔跑着，丛夏的发丝飞扬起来，她感受到了自己飞速的心跳、快要爆炸的脉搏，下了楼梯，她冲出单元门。

小区对面就是临川一中，周嘉誉是在学校提前查的成绩，一直也没有离开，就在原地等着丛夏。

她不想停歇，即使气喘吁吁，即使满头大汗。

延迟的喜悦和激动穿透心脏，丛夏希望立时就可以看得到周嘉誉，告诉他，自己实现了自己的目标。她可以回应所有的质疑，足以面对所有的否定和猜忌。

她丛夏，就是临川一中的骄傲，是整个临川的骄傲。

更是周嘉誉的骄傲。

熟悉的教室门口，熟悉的班牌，五色地锦爬满了的教学楼，丛夏一时恍惚，想起了回头望见周嘉誉的第一眼，仿佛就在昨天。

教室里，只剩下了周嘉誉和蒋珍霞，闻声蒋珍霞先抬起了头，看到了急匆匆跑来的丛夏。

蒋珍霞欲言又止了许久，最终只是轻轻地拍了拍她的肩膀，又转头看了看周嘉誉："你们很棒，老师为你们骄傲。"

"谢谢老师。"丛夏笑得很灿烂，很坦荡很骄傲地看向蒋珍霞。

蒋珍霞离开了教室之后，教室陷入了良久的沉默。

丛夏站在讲台上，而周嘉誉就坐在他们曾经坐过的位子上，窗边有风，吹进来使他的发丝轻轻地颤抖。

隔了一整个教室，他们的目光却还是准确地对接在一起。

从这头到那头，从盛夏再到盛夏，一个轮回，一场拼搏，一次相遇。

丛夏很少哭，此时此刻，她只是觉得眼睛很酸，她也不想走过去，只是想静静地隔着安静的桌椅看着周嘉誉。

眼泪滑落出来，很快沾湿了她漂亮的脸颊。

周嘉誉的眉毛微微动了动，心像是破了洞，但灌进来的是温柔的暖风，他看见有难以言喻的表情出现在丛夏的脸上。

是雀跃，是笃定，是欣慰，也是激动昂扬。

原来我们的夏天里，不止有青涩的爱情，还有滚烫的理想。

彼时穿堂风掠过，裹挟了几分燥热，从长廊里吹进教室。

"丛夏，你还记得吗？我说过，我们要过奇妙、绚烂、震撼的一生。"周嘉誉缓缓开口，目光一如既往的坚韧和骄傲。

丛夏点点头，她记得，她全都记得。

她记得周嘉誉的梦想，记得他骄傲的深情，记得他说要过很酷的一生，不愧于自己，尽自己所能有益于社会。

栾树大道一如往常，那个少年在树下轻轻地盖住她的眼睛，告诉她一定要做自己想成为的人。

丛夏忽然想起了小时候，爸爸给她念过的书。

是名家张载的《横渠语录》。

"为生民立命，为天地立心，为往圣继绝学，为万世开太平。"

她也想尽自己所能，做这样的人。她也确定，周嘉誉也想要成为这样的人。独立自主，明辨是非，赤城热烈，仰不愧于天，俯不怍于人。

有志者，事竟成。终究是苦心人能叫冰封的岁月都开出花来。

庆幸至极，他们很清楚自己的目标，自己的梦想，并且想要成为对这个社会、对这个国家有作用的人。

要过精彩的、独一无二的一生。

丛夏下了讲台，飞一样地冲进了周嘉誉的怀抱，眼泪更汹涌，打湿了周嘉誉的短袖。

下课铃声陡然响起，一切都是那么熟悉，亦如昨天，他们笑笑闹闹，又痛苦又挣扎，写完了一张又一张的卷子，睡过了一个又一个短暂的课间。

之前网上很火的帖子，丛夏依稀记得是这么说的。

"我赞美严寒，赞美酷暑，甚至赞美每一道不会解的数学题，因为严寒酷暑我们同经历，我们拿到的是同样一张不会写的数学卷子。"

我们实实在在一起感受到了每一阵风，每一场雨，一起看了大雪堆积满校园，一起见证了周而复始的升旗仪式。

时光为什么美？因为总有人常伴左右。

"丛夏，以后还有很长很长的路。"

"我知道。"丛夏收了眼泪，眨着还有点带着泪珠的眼睛。

"准备好了吗？"

丛夏笑了，答且反问："当然，国王，你准备好了吗？"

"什么？"周嘉誉对这个称呼有些意外，觉得有趣，轻轻用手指刮了刮丛夏的鼻子。

"我说，国王，你准备好为我建造一个美好而浪漫，只属于我们的国度了吗？"

在丛夏心里，周嘉誉就是国王，是他们世界里的精神支柱。

不会坍塌，永远都屹立着不倒，朝着他们共同奋进的目标，前进，拼搏。

"准备好了。"周嘉誉的桃花眼里极少是这样温柔缠绵又透着坚韧充满力量的，像是暗夜里的焰火，滚烫烧灼又带着缠绵的希望。

"国王还说，想你一直看着他，建造属于他的王国。"

正是五色地锦青翠欲滴的季节，棕色的塑胶跑道，灼眼的阳光，操场上嘈杂吵嚷的人群。

青春，总是有人前赴后继，没人永远十八岁，却永远有人十八岁。

高考的落幕代表着胜利，也代表着属于这一届1089人青春的结束。临川一中将一直迎来新的鲜活的少年。

也将目送着毕业生们走向更远的远方。

第六章·
春风得意，时间嘉许

成绩出来后，各所学校的招生电话很快就打了过来。丛夏很早之前就已经在心里做好决定，她要去北州大学。

至于报考的专业，近些年来大热的金融、法律、电子、计算机科学这些专业孟荗都有拿过来给她看，但她斟酌许久，最终选择了被大家戏称天坑的生物工程专业。

"为什么选生物工程？"周嘉誉问丛夏。

丛夏想了想，理清了自己的思绪："人类发展到今天，经历了那么多疾病的考验，到现今为止，我们能完全消灭的病毒只有天花病毒，剩下的99.9%的病毒，我们都只能与之共存，从发现，到研究，再到防控，治疗，周而复始。但即使是这样，人类对于生物科学研究也从来没有停止过。我们不断地奋斗，不断地提高技术，走在科学的最前沿，延长人类文明的里程。

"我是觉得挺奇妙的，一个个不同形态的细胞组成了不同的生物个体，不同的生物个体演绎出完全不同的精彩的一生。我希望自己能有幸见证这一门应用科学的进步，去做出自己的一点微薄的贡献。"

周嘉誉听着丛夏平静地叙述着，眼睛里有着明亮闪耀的光，忽然也觉得骄傲。

人活这一生，说到底也不过是为了那么一点点微薄的意义。那么一点微薄的意义其实放在浩渺的宇宙里，随着时间洪流的冲刷，也终将是走向虚无。

但，没有关系。

"周嘉誉，我们能改变这个世界的真的很少很少，但没有关系，哪怕一点点，哪怕我们所做出的成果再微不足道，只要我们永远都在努力，在遵循自己的意愿生活，就足够了。"

周嘉誉安安静静地听着丛夏把这些话说完，伸手摸了摸她的头，看着她，许久没有说话。

宇宙浩渺，能遇到灵魂共振的人何其幸运。

"我们家夏夏，这么有骨气，以后一定也会是闪闪发光的科学家。"

丛夏笑着回过头，钻进了周嘉誉的怀里，抬头看着湛蓝的天空，刚巧天上有飞机飞过，留下了长长的航迹云。

"你在蓝天，我等风起。"

孙橙瑶发挥得不算太好，但也还可以，等了漫长一个月，南林师范大学录取通知书到的那天，她的眼泪的夺眶而出。

林骁的成绩和所预估的差不太多，680分，最终被南林大学录取。

巧的是，师大和南大好几个校区里，孙橙瑶的哲学专业和林骁的化学专业都在两所学校的同一个区，离得不远，总之可以常常相见。偌大的金陵城，小青梅和她的竹马相伴着开启了大学时光。

漫长的暑假，四个人旅行，聚会，去看海，去野餐，去追日落潮汐，一起拍了证件照，一起采购了许许多多大学生必备的用品。

各个学校的开学时间大多在八月末九月初，临行前，一班一起参加了谢师宴。

席间，蒋珍霞也喝了点酒，看着满桌熟悉的面孔，欣慰地笑了笑。这三年风风雨雨，她又送走了一届毕业班。

天下没有不散的宴席。山水有相逢，若是有缘总是会再见的。

夏天已经接近尾声了，海风吹过的临川，夜晚渐渐凉了下来。

散着步，周嘉誉又和丛夏去看了看栾树大道。今年秋天，栾树再开花的时候他们是看不到了，那时他们应该一起在北州。

"周嘉誉，还是舍不得的。"丛夏坐在单车的后面，抱住了周嘉誉的腰，把头靠在他的背上，有些许淡淡的失落。

"这一程告一段落了，夏夏，要开始下一程了。"周嘉誉骑着单车，耳边风簌簌吹过。

"下一程，还有我。"

丛夏释然地笑了笑，下一程，她还有周嘉誉。

临行前的几天，孟葭生了，是个男孩，六斤八两，母子平安。

丛夏站在病房的门口，犹豫了很久，始终没有踏进去，也没有抱过她这个弟弟。

　　生产之后，孟葭需要休养，丛夏也没麻烦郑言鑫，自己把东西邮寄了过去，自己买了飞机票，一个人踏上了去往学校的路。

　　周嘉誉要开学得早一些，进学校之后还有新一轮的体检和体考，忙得不像话。

　　丛夏一个人跌跌撞撞地拖着行李箱，又去拿了自己邮寄过来的行李推开了宿舍的门，里面刚刚到了一个室友。

　　是标准的四人宿舍，上床下桌，环境不错。

　　看见丛夏进门，站在门口的女孩回过头热情地朝着她招手："嗨！"

　　"你好！"丛夏放下东西，也跟女孩打了个招呼，"我叫丛夏。"

　　"我叫徐清雅！是丹平人！"女孩个子不是很高，长了张娃娃脸，大眼睛扑闪扑闪的，看起来格外可爱，她拿了桌子上一个小盒子给了丛夏，"给你，以后我们就是室友啦！"

　　小盒子里应该装了不少糖果和巧克力，被包装在精致的盒子里，看起来是用了心的。

　　丛夏说了"谢谢"，把自己早就准备好的钥匙扣选了一个递给了徐清雅。

　　"我来帮你理东西吧！"徐清雅到得早，早就把东西都理好了，转过身来帮丛夏。

　　陆陆续续另外两个室友也都到了，四个人里除了于亦婷是生科的，丛夏、徐清雅还有最后一个才到的李慧敏都是生物工程专业的。

　　年龄相仿的女孩们，初次相见，相处倒也算是融洽，嘻嘻哈哈地去食堂吃了开学第一餐。

　　因为刚开学，所以要准备的事情很多，大家都各自忙碌着，装扮自己的小窝，熟悉和高中完全不一样的上课节奏。

　　开学典礼办得格外盛大，丛夏站在队伍里，听着严正的宣讲，看着湛蓝的天空，微微地笑着。周围站着的都是同龄人，风华正茂心怀理想。

　　回宿舍的时候，刚好周嘉誉也空了，打来了电话。

　　虽然都在北州，但也不是经常可以见面，北航的沙河校区太偏远，去找丛夏一趟一整天时间就没了。

　　"回宿舍了吗？"周嘉誉刚刚训练完吃过饭。

　　丛夏还在路上，身边跟着徐清雅。

　　宿舍四个人里面，丛夏和徐清雅关系是最好的，基本是每天在一起，吃饭、上课、下课。

"还没呢,在路上。"

"吃过晚饭了没有?"

"还没,回宿舍休息一会儿再说,太累了,不想吃。"丛夏忙了一天,也没什么力气和胃口,只想回宿舍睡觉,顺便准备一下第二天的课。

"现在连饭都省了?"周嘉誉的口气听着有些不悦,高中的时候,丛夏就老是借口不吃晚饭。

丛夏不好意思地支支吾吾两句,想打马虎眼敷衍过去,好在周嘉誉也没说什么。谁知道到了宿舍不久,外卖的电话就打了进来。

之前丛夏就同他说过,哪个门离她宿舍最远,他偏偏把外卖地址写在了那个最远的门。

他一定是故意的!

"周嘉誉!你什么意思!"骑车骑了大半个学校才拿到外卖,丛夏看着又是奶茶又是烧烤的好几袋子食物,赶紧给周嘉誉打了电话。

"拿到啦!"周嘉誉洗过了澡,懒散地靠在椅子上,"谁让你不吃晚饭,应该也没锻炼身体吧,刚好拿这一趟,锻炼加吃饭。"

丛夏气不打一处来:"有能耐你就每天都给我买!"

"乐意之至。"周嘉嬉皮笑脸地挂了电话。他到现在都记得高中体育课她跑八百米就气喘吁吁的样子,这样的身子骨怎么能行,得趁着大学多锻炼。

丛夏提着几袋子外卖回到宿舍摆了整整一桌子。

"吃饭!"

徐清雅刚打算去食堂买点吃的,就看见丛夏这阵仗。

"夏夏,你不是说你不想吃晚饭吗?怎么买了这么多?"徐清雅看着这一桌子吃的,笑得合不拢嘴。

刚巧李慧敏和于亦婷也从外面回来,看到摆满了桌子的吃吃喝喝,打趣道:"夏夏,你这是发大财了?"

丛夏想了想,不想跟周嘉誉一般见识,有得吃喝总比没有强,拿都拿回来了。

"捡的!不要钱。"丛夏边把包装拆掉边说,"快来吃!"

徐清雅捧起一杯奶茶,吸了一大口,嘴里嚼着珍珠含混不清地说:"是不是男朋友给买的?"

丛夏没应答,算是默认。

"你这也太幸福了吧!夏夏,你男朋友在哪儿念书啊?你们怎么认识的啊？"

"北州航空航天大学，我们是高中同学。"丛夏如实答道。

"北航！夏夏，你快问问你男朋友有没有什么优质资源快给咱们宿舍介绍介绍！"徐清雅一想到穿着制服的帅气男大学生就两眼放光。

"你们还是高中同学啊，这不是妥妥的校园恋爱吗？"李慧敏是那种典型的乖乖女，父母是大学老师，从小循规蹈矩地长大。

"我们是毕业了之后在一起的。"丛夏拆开最后一个外卖包装，里面是切分好的几块巧克力蛋糕。

她有一天似乎是念叨着想要吃巧克力蛋糕，但因为那天实在太晚，所以没有吃到，没想到周嘉誉还记得。

巧克力蛋糕甜腻腻的，丛夏其实是不大饿的，但周嘉誉买了这么多，不吃又有些浪费，吃着吃着，她胃口也就好了起来。

徐清雅一边吃一边含混不清地说着："那你们是谁追谁？照片照片，快给我们看看你男朋友的照片！"

丛夏仔细回想了一下，谁追的谁。

或许是她先动的心，但表白是他先开的口，所以勉强说是他主动追求也不过分吧。

她翻了翻手机，很容易就可以看到周嘉誉的身影。

但她最喜欢的还是去年他和林骁一起打球时，她偷拍的那一张。

照片是静态的，但那飞舞的球衣、矫健的步伐，都能感受到流窜着的早秋的风，还有被阳光描摹着俊朗的侧脸，目光里透着的坚定。每一次看，丛夏都忍不住感慨，这世间竟有这般阳光的人。

"哇！夏夏，你男朋友也太帅了吧！"徐清雅哇哇乱叫。

李慧敏和于亦婷也表示赞同。

"高中就这么帅了，这现在大学摆脱了丑校服，不用再玩命学习，这不得成全校的香饽饽啊。"

想想当时在临川一中，确实有不少女孩对他芳心暗许过吧。年少得志，又恣意张扬，和所有人打成一片，嘻嘻哈哈又见不惯丑恶曲折，心里总装着星辰大海。谁能不对这样一个鲜活又明朗的少年心动呢？

"哪有你们说得那么夸张！"丛夏笑了笑，想起高三生活，总觉得还在昨天，"还有，他也没有拼命学习，他是数学天才，省赛的金牌获得者。"

"咱们省的金牌？"李慧敏是兰海人，兰海和临川相隔不到四百千米，属于一个省份，她当然知道在高考大省，数学省赛的金牌有多难得。

"那他为什么要去北航？"

"想当飞行员，走了提前批。"

"这么酷！"李慧敏从小被管得死死的，听了丛夏的话震惊极了，连眼睛里都闪着光。没想到同龄人里，居然还有人可以活出另外一番样子。

四个人围坐在一起，说说笑笑，又把高中时候的经历分享了一番。直到把桌子上的吃的喝的都消灭掉，她们才心满意足地排队冲了澡，洗漱睡觉。

不同于丛夏这边，周嘉誉的大学生活过得还是挺辛苦的。

有早操，有体训，还有各种应接不暇的训练。好在宿舍几人关系不错，兄弟几个训练完，常常组团打几把游戏。

丛夏也不黏人，倒是显得周嘉誉格外像块牛皮糖。

大学生活逐渐步入正轨，一晃眼一个月过去了，丛夏沉迷于学习也没什么精力去思考其他事情。毕竟竞争这么激烈，稍微放松一些就会落下。周嘉誉的身子骨是越练越好，经过了开学的又一轮身体检查，开始系统进行各种身体素质训练。

也有一阵没见了，两个人事情都多，老是约不到一起去。

但是这次赶上了十一国庆小长假，说什么都要去玩一次！

十一小长假，几个室友除了徐清雅都回家了，丛夏和周嘉誉相约不回去，在北州好好一起待几天。

从昌平到市区还是有一段距离的，丛夏很早就换好了衣服等在校门口。

两个人开学之后就只在中秋的时候见了一面，比起在临川每日都见，实属是频率太低了。

沙河那么偏，这一路过来，周嘉誉却没有任何不耐烦，坐在飞驰的地铁里，满脑子是一会儿见到丛夏要说什么、要做什么。

"等很久了吗？"周嘉誉一路小跑着过来。

丛夏穿着新买的裙子，眼里流出笑意："不久，反正也没什么事。"

"今天是不是可以晚点回去？"丛夏眼睛里闪着光，问周嘉誉。

以往他们学校晚上要集合，所以这学期仅有的一次见面，他们也是相见匆匆，生怕误了他的点名。

"当然可以。"周嘉誉抬手摸了摸丛夏的头，摊开掌心，里面是两颗话梅糖。

丛夏习惯性地等着周嘉誉把糖果剥好送到嘴边，然后张口吃掉。

"我们去划船吧！"

来北州这么久，丛夏出校玩的次数屈指可数，学业那么忙，已经消耗掉本来就不多的精力，哪还有心情想着出去玩。

秋日的北州天气正好，轻快的风从天空的这一头吹到天空的那一头。丛夏挽着周嘉誉的胳膊下了地铁，穿越过人流，步调很欢快。

北州公园的人格外多，节假日出来就这点不好，虽然时间充裕，但只能看得到人山人海。

排了很久很久的队伍，才租到船，丛夏额头上细碎的发丝都被汗水打湿了。坐在船上，她整个人没了精神。

"丛老师，这才刚见到我，就困了？"周嘉誉上了大学之后，体能更胜从前。

"咳咳！"丛夏干咳了两声，勉强打起精神想要反驳一下，就被周嘉誉拉得更近了一些。

"困了你就睡。"周嘉誉宠溺地把丛夏的头按在了自己肩膀上，微微挑了挑眉，一副霸道总裁的模样。

丛夏哭笑不得，困意消散了不少。

"未来的周机长，你是要做机长，不是要做船长。"

秋日的湖面总是格外好看，阳光洒落在上面，波光粼粼，像是一幅画。

丛夏沉默地靠在周嘉誉的肩膀上，没多会儿又开始犯困。朦胧中，她一仰头就能看见周嘉誉的脸。

人力蹬着的小船虽然不需要花费太大力气，但时间久了还是会累，到了湖中心，丛夏直接摆烂耍赖。

"周船长，考验你体力和技术的时刻到了，接下来就把咱们这艘船的生死存亡都交给你了，希望你不要辜负我的信任。"

半个多月不见，丛夏开朗了不少，都学会开不痛不痒的玩笑了。

周嘉誉舔了舔后槽牙，没说什么，脚下的动作没有停下来。

划过船，丛夏也睡好了，挽着周嘉誉的胳膊，缓慢地走在路上。

"明天也是假期，要不要去我们学校玩？"周嘉誉问了一句，今天他出门的时候，室友们还起哄着要见丛夏。

丛夏都没有犹豫，点点头答应。

都放假了，当然要好好放松一下，抓紧一切时间在一起。

"那明晚和我的室友们一起吃个饭？"周嘉誉心想，有这么好的女朋友当然要让所有人都知道。

"和你的室友们？"丛夏一时没反应过来，有点犹豫，但一抬头对上周嘉誉带着期待的目光，又鬼使神差地点了点头。

反正是他的朋友，反正早晚是要见的。

"那明天下午我来接你。"周嘉誉笑着应声。

秋天的北州城，落叶落在大街小巷，干枯的枝头上还挂着一些尚在挣扎的黄色叶片。划过船，周嘉誉牵着丛夏的手，走走停停，巷子里有卖糖葫芦的小摊贩。

周嘉誉买了一串火红的山楂，递到了她的嘴边。丛夏一向不喜欢吃酸的，但周嘉誉买糖葫芦总是会买山楂的，说吃了开胃还对身体好。

好在山楂的外面包裹着厚重的糖，吃到嘴里也不算太酸。

丛夏咬了一口，然后踮着脚，把糖葫芦放在周嘉誉的嘴边："快尝尝。"

恋爱真的太好了，就连吃一串糖葫芦都觉得有千百般滋味。

周嘉誉笑着吃了一口，嘴里的糖完全化开，混合着山楂的酸刺激着味蕾。

周嘉誉看着眼前的人，心里一动，忽然搂着她的腰，把人给拉进怀里，凑近了轻轻碰了碰她的鼻子，眼神里满是爱意和疼惜。

"干什么？"丛夏手里还举着糖葫芦，被周嘉誉困在怀里完动不了。

周嘉誉的眼神像是着了火，在逐渐暗下来的夜色里显得格外勾人。

丛夏害羞脸红并不敢抬头看他，只是轻微地偏头，紧接着能感受到唇间有温润的触感。

那种感觉像是飘在了云端，又像是做了一个微甜短暂的梦，她不自觉地闭起眼睛。

"喜欢你。"周嘉誉闭着眼，依然能想象到丛夏羞涩的神情，想得到她温柔的眉眼。

在这匆匆的人间，有幸遇见，爱与被爱同时发生，简直是这个世界上最酷的事。

难得没有晚训，周嘉誉陪着丛夏在外面又吃了顿热气腾腾的火锅，一直散步到很晚很晚。

"走吧，该送你回学校了。"周嘉誉掐着时间，准备赶最后一班地铁，把丛夏送回学校。

走到地铁站，丛夏揪住了周嘉誉的衣角，眨着眼睛，半天也不说一句话。

"怎么了？"

丛夏抿了抿嘴巴，欲言又止的样子，盯得周嘉誉心里都有些发毛，他又重复问了一句："怎……怎么了？"

"今晚学校不查寝的。"丛夏实话实说，等着周嘉誉的反应。

不查寝，怎么了吗？

周嘉誉犹豫了片刻，像是反应过来什么一样，看向丛夏，眼神里游移着一丝不确定。

"我说，今晚学校不查寝。"丛夏真是不明白，周嘉誉是真不懂还是装不懂，她气呼呼地重复了一遍。

再不回应，就略微显得矫情了。

周嘉誉挑了挑眉毛，笑得略微不正经。

地铁口，人来人往，因为很晚了，所以人声也不算太嘈杂，只有来回行驶的汽车鸣笛声在黑夜里尤为刺耳。

丛夏站在原地，望向周嘉誉，听到了自己"咚咚"的心跳声。

"巧了，我们今晚也不查寝。"周嘉誉牵起了丛夏的手放进口袋，也不想继续跟丛夏打哑谜。

都已经十八岁了，在外面过夜也不算什么大事。

听到了周嘉誉的回答，丛夏满意地点点头，煞有介事的样子，凑近又裹了裹衣服领子："走吧，不想坐地铁了。"

顺着丛夏的意思，周嘉誉带着她找了个环境还不错的酒店。

因为是十一假期，很多酒店不提前预订根本没有空房间。不过还算幸运，没找多久，就遇到一家有退房的酒店。

进房间之前，丛夏在门口犹豫了一下，然后郑重其事地看向周嘉誉："你能管好自己的吧。"

周嘉誉哭笑不得，心里清楚得很，自己是不会对丛夏做什么的，但嘴上不饶人，老是想逗她："这会儿害怕是不是来不及了？"

"你你你……"丛夏故作镇定，瞪了一眼周嘉誉，"你给我正经点。"

房间的门打开了，将房卡放进卡槽，整个屋子立刻亮堂起来，丛夏一抬头就撞上了周嘉誉滚烫的目光。

关门的声音在空荡寂静的房间里格外震耳，周嘉誉等不及，把人抱起来放在了门口的柜子上，轻轻地抚着她的脸，鼻息落在她的耳边、颈间。

"周嘉誉……"丛夏到底是有些怕了。她还在生理期，所以才会壮着胆子撩拨周嘉誉在外面住。

谁叫他们学校那么偏远，一个月到头见一面都很难，好不容易没有晚训，不用着急赶回去，良辰好景总是不能错过的。

"别怕，我不会做什么的。"周嘉誉觉得自己快要热到顶点，额头上冒出了细密的汗珠。他将外套脱下来，随手丢在了柜子上，滑落了也没有心情去捡。

屋子里，暧昧的灯光，又没有旁人在时的羞涩，那种亲密，悸动完全夺走了理智和镇定。

原来，平常再波澜不惊、从容不迫的人，在面对自己喜欢的人的时候，也会把持不住，羞红了脸。

从来没有吻过这么久，从柜子上，周嘉誉又抱着她到床上。软绵绵的床铺，丛夏被他笼罩在身下，像只乖巧又魅惑的小猫。

外套已经被脱下来，头发散乱着铺在白色的床单上格外晃眼，丛夏的胳膊缠上了周嘉誉的脖子，感受着颈间滚烫的鼻息，觉得头顶的灯光都变得模糊起来，恍惚间闭上了眼。

这一晚，时间过得又快又慢，所有的感观都被放大，那是丛夏第一次见到周嘉誉那样迷惘又闪烁着危险的神情。

最后，周嘉誉去浴室洗了很久很久的澡，回来搂着丛夏安安稳稳地睡下，为这个美好的夜晚画上了圆满的句号。

第二天一直睡到中午，丛夏才勉强睁开眼睛。

周嘉誉还没醒。

还在睡梦中的他，一会儿被丛夏摸摸鼻子，一会儿被她摸摸嘴巴，一会儿她又忍不住摸了摸他的喉结，调皮得肆无忌惮。

是好看的，凭良心讲，自从在临川一中教室门口见到周嘉誉的第一眼，丛夏就觉得他好看。

是那种很明朗的少年感，让人总是会禁不住想起浮动着阳光的操场，精湛的篮球技术和燥热又漫长的夏天。

丛夏是盛夏出生的，算下来要比周嘉誉大上几个月。所以她的名字里有"夏"字。因为孟葭说，希望她永远可以活在热情似火，充满希望的夏天里。

"你干什么？"

正在入神地想着，周嘉誉从睡梦里醒来，感受到丛夏指尖的温度，半睁着眼睛，口气带了些威慑的成分。

丛夏笑嘻嘻地钻进了周嘉誉怀里，也不敢去看周嘉誉，嘴上也厉害得很："没什么，行使我的权利而已。"

周嘉誉满意地笑笑，摸了摸丛夏的头，又躺了好一会儿才在她的催促下起床。

因为没有带换洗的衣服，见朋友也不方便，所以丛夏从酒店出来就先回学校去换衣服收拾去了。周嘉誉倒是无所谓，直接在市中心等着室友们过来，丛夏换洗好他就带她一起去了吃饭的地方。

周嘉誉的室友们很热情，其中一个叫盛铭洲的室友也带着自己的女朋友，剩下两个电灯泡，段晨瑞和张寻。按照年纪排，段晨瑞是宿舍里最大的，所以大家都客客气气地叫他一声"瑞哥"。

丛夏"入乡随俗"也跟着叫瑞哥。

段晨瑞和盛铭洲是东安人，张寻是北州本地人。

看着两个兄弟带着各自的女朋友出双入对，段晨瑞和张寻就显得格外可怜，尤其是段晨瑞，他一脸愤愤不平的样子，卷好的鸭子统统只能进了自己的嘴里。

听周嘉誉说，盛铭洲虽是理科生，但英语成绩也是相当不错，完全可以不走提前批来北航，也是为了飞行梦才直接签了航司，当了飞行学员，女朋友也是高中校友。段晨瑞也一样，但他是文科生。

"啧啧，你们够了啊，早知道我就不来了。"段晨瑞看着左邻右舍都一副美滋滋的样子，心里真不是滋味，多包了许多葱丝卷在饼里。

丛夏觉得有趣极了，忽然开口说了一句："瑞哥很想谈恋爱吗？"

段晨瑞不置可否，血气方刚的年纪，谁不想吃吃爱情的苦。

以前在文科班的时候，那么多女生，他愣是没一个看对眼的，现在可好，到了北州的训练场，别说是找女朋友了，连蚊子都是公的。

丛夏默不作声地吃完饭，她瞧着段晨瑞长得实属不赖，肥水不流外人田嘛，宿舍里徐清雅不是每天念叨着想要周嘉誉帮忙介绍飞行员小哥哥嘛，这点小事就不劳烦周嘉誉了。

丛夏加了段晨瑞的微信，看到段晨瑞的朋友圈里真有新鲜出炉穿着飞行学员制服的照片，她动了动手指，将照片发给徐清雅。

饭桌上大家吃吃喝喝，年轻的大学生们坐在一起总是很容易熟络起来，有说不完的话题。

没多久，徐清雅就回了消息，满屏的感叹号，丛夏就知道这家伙肯定是动心了。

丛夏托着下巴又看了看周嘉誉。

"怎么了？老看手机，笑得那么开心，有事？"

丛夏压低声音，把徐清雅看上段晨瑞的事说了。周嘉誉也是上道，马上领会了其中意思，表示晚上回去就和段晨瑞提。

"你什么时候学会当红娘了？"周嘉誉印象里的丛夏，温柔安静，似乎对学习之外的事都不是很感兴趣。

"和瑶瑶学的！"丛夏微微扬起头，有点骄傲的样子。

提起孙橙瑶，总是会想起他们在临川度过的那么多有意义的时光，四个人笑笑闹闹，美好得找不出形容词去形容。

也不知道，她和林骁在南林过得怎么样。

散了席，回酒店的路上，丛夏给孙橙瑶打了视频电话。刚巧，孙橙瑶也确实和林骁在一起吃火锅，打算吃完要去夜爬，弥补上次高考后爬山没有登顶的遗憾。

"夏夏！想我没有？"孙橙瑶还是一如既往，总是笑得没心没肺。

"你小心热汤溅出来烫着你！"林骁在一边，也一如既往像个老妈子，操心着孙橙瑶的许多事。

"你和誉哥这是在哪儿啊？"孙橙瑶透过手机视频，精准地捕捉了酒店的环境背景。

丛夏干咳了两下："管好你自己！"

周嘉誉这边也马上收到了林骁的微信。

林骁：把握时机！可以啊！

周嘉誉骂了句脏话，就忙起丛夏交代的正事，把徐清雅精挑细选的照片发给了段晨瑞。

高中生活已经远去，但那份鲜活的记忆始终都没有离开和消失。无论何时想起，笑和泪都充斥着整个脑海，永远那么难忘。

丛夏看着视频里孙橙瑶熟悉的笑靥，心里暖洋洋的，晚上连洗澡的时候都忍不住哼着歌。

"这么开心？"周嘉誉帮丛夏吹着头发，看着她一脸满足的样子，揉了揉她的头发。

丛夏点点头，她由衷地觉得幸福和快乐。

恣意的年纪，不需要为生计发愁，年少喜欢的人就在身边，旧人传来音信，新人凑在一起欢声笑语。

从前,她一直在想,什么是青春?

现在她有了答案,这大概就是青春吧,没有具体的定义,是细细碎碎的点滴组合在一起,是那份朝气,是觉得只要努力就可以获得全世界的眼光与信心。

国庆在外面玩了三天,再回到宿舍的时候已是晚上了。

徐清雅听见门口有响动,瞧见是丛夏进来赶紧扑了过去。

"你你你,你干什么?"丛夏赶紧抱住自己,一脸警惕地盯住徐清雅。

"夏夏,真是我的好夏夏。"徐清雅满脸春风拂面,一看就是红鸾星动,有好事发生。

"聊上了?"丛夏心里跟明镜似的,徐清雅这样子,瞧着就是和段晨瑞发展得还不错。

"聊得还不错!他说明天来市区这边,我们一起去玩!"

丛夏看着徐清雅一副沉醉其中的样子,忍不住想要泼冷水:"你可别高兴太早,飞行学员哪有你想的那么好,早上五点多就要起床,晚训要点名,周末还要跑八千米,哪有那么多时间陪你。"

"没关系啊,我又不需要他全天陪着我。"徐清雅完全沉浸其中,根本想不到那么多,高中三年都要压抑疯了,好不容易上了大学,谁会拒绝和帅哥谈恋爱呢?

丛夏耸了耸肩,现在徐清雅能听得进去她说的话才怪呢。

"那你就好好去见小哥哥吧!"

徐清雅兴高采烈地准备起来,刚好赶完了一个作业,明天就可以无忧无虑地出去玩了。

"夏夏,你觉得我穿哪套好看?"徐清雅手里拿着两套衣服,叫丛夏帮着挑选一下。

丛夏很认真地帮着她挑选完,然后去洗了个澡,开始忙活起作业和其他的事。

这些天在外面和周嘉誉玩,功课也没有做,还是得要补一补。所以洗过澡,丛夏就一直坐在桌子前,忙活到凌晨。

再打开手机,才发现周嘉誉打了电话过来,她想着时间太晚,就没有回电话过去,斟酌着发了条消息。

谁承想,周嘉誉的电话马上又打了过来。

"干吗？你怎么这么晚还不睡？"宿舍只有徐清雅，这家伙又恰巧还在和段晨瑞无限拉扯，丛夏就没有出去打电话。

"你没回我。"周嘉誉洗漱过就已经躺上床了，怎么发消息丛夏都不回，他就知道她一定又在学习或者忙些正事。高中的时候就是这样，每次做模拟题或者复习，她都可以坐在那儿一下午，连口水都不喝。

丛夏觉得，周嘉誉自从谈恋爱之后，是越来越小孩子脾气了，这消息回得慢一点，他都要记仇半天。

"未来的周机长，你该睡觉了。"

"没听到你的晚安，我睡不着。"

"晚安。"

"没有丛老师特殊的问候，我睡不着。"

"很想你，晚安。"

"没有听到女朋友说爱我，等了一晚上，我睡不着。"

"很想你，我爱你，晚安。"

"没有……"

"周嘉誉！别太过分！"丛夏稍微拔高音调，她是把周嘉誉给惯坏了，叫他都学会了得寸进尺了。

"好了，睡觉！"丛夏一边哄着周嘉誉，一边爬上自己的床。

周嘉誉默不作声了一会儿，和丛夏说话，他的声音里总是带着笑意："我没说谎，我还是觉得想你。"

丛夏不自觉地也跟着笑了，就算是刚分开，也还是会想念。

"我也想你。"

"晚安。"

"晚安。"

国庆假期过了没几天，段晨瑞和徐清雅就在朋友圈发了谈恋爱的消息。惹得刚回来的另外两个室友都埋怨丛夏偏心，没给她们介绍帅气的飞行学员小哥哥。

丛夏要是真有这个资源，她倒是想给宿舍每个人都介绍一个，奈何周嘉誉单身的朋友有限。

大学生活其实没有想象的那么轻松，赶着早八，做着全世界最难做的小组作业，听完全听不懂的专业课，打不完的卡，参加不完的无聊活动……

丛夏奔忙着，努力着，暂时还没有看到大学真正的意义，她只是觉得自己每天都很累，甚至和周嘉誉打视频电话的力气都没有。

当然，周嘉誉也没好到哪儿去。五点多要起床跑步，上课要列队，晚上还要点名，时不时还会有各种新的训练，考验着他们的体力、精力、意志力。

确实再也没有成摞的卷子、班主任无尽的唠叨、每次月考的排名，日子看似轻松了许多，实则总是会有新的考验。

"嘉誉！下午学院有活动，去吗？"班级里，同学下课的时候问了一句。

周嘉誉很少关注训练和学习之外的事，所以连是什么活动他都没搞清楚，抬头问了一番。

"活动倒是没什么新奇的，主要是咱们系花也去！"

"系花是谁啊？"周嘉誉想了半天，也没想到。

段晨瑞收拾好了书本，回了一句："这你都不知道，就隔壁西区的女飞，乔愉。"

这一届，北航确实是有在部分地区招女飞，虽然训练很多时候是分开的，但大一同在一个学院，又同在一个专业，互相认识那是自然而然的事情。

更何况乔愉确实是漂亮，别说是这帮男飞了，就是放在整个学校，也是排得上名号的。

北航东校区这么个男多女少的地方，女飞算是其中不一样的烟火色彩了。

"那可真是嘎嘎漂亮！"另一个室友张寻补了一句。

"漂亮也跟我没关系，我是有女朋友的人了，不去。下午好不容易没课，我想睡觉。"周嘉誉是完全没有兴趣。

"啧，去呗！"班级里同学们都起哄着，毕竟周嘉誉是他们公认的这一届男飞里最帅的，帅哥美女放在一起，都觉得养眼。

"不去，困。"

说完，周嘉誉就拿了课本回宿舍睡觉去了。

活动按计划如期举行，平常上课训练是要穿着制服的，难得轻松，大家换上了自己的衣服，兴高采烈地聚在一起玩。

乔愉确实也来了，因为不训练，她穿着便服又没有扎头发，一走过来，就吸引了不少目光。

谁能想到看着这么娇弱白皙的姑娘，训练起来完全是另一个人，她在女飞里成绩出类拔萃，但说起话来又温温柔柔，是同性看到都会心动的程度。

外面是热闹非凡了，宿舍里倒是安静。

周嘉誉下午回了宿舍，躺在床上一口气睡到了晚上，再睁眼睛的时候，天都黑了。他摸索着看了一眼手机，发现自己睡前给丛夏发的消息，居然还没被回复。

喝了整整一杯水，周嘉誉坐下，小声骂了一句："小没良心的。"

看了看时间和她的课表，这会儿她也下课了，就打了电话过去。

好久，才有人接，没说两句周嘉誉就发现丛夏的口气不太对。

"怎么不回我？"

"没看到。"

"那打电话怎么这么久才接？"

"手机没在身边。"

"饿不饿，晚上吃饭了没？"

"不饿，没吃。"

"丛夏，你干什么！"周嘉誉忍无可忍，气不打一处来。

丛夏也阴阳怪气起来："我怎么了，你生气什么？你不应该高兴吗？系花那么好看，去看系花吧，美女飞行员！"

原来下午徐清雅和段晨瑞打视频的时候，正巧撞破段晨瑞参加活动，张寻没有注意到他在视频，很大声地喊了一句"快过来，系花来了"。徐清雅当时就翻脸了，跟着丛夏念念叨叨了一下午。

丛夏表面上没说什么，心里不免猜测周嘉誉是不是也去看系花了。

"嗷嗷嗷！"周嘉誉气笑了，靠在椅背上。

还当是什么大事，原来是为着系花这事。

周嘉誉坏心眼地逗着丛夏："是好看呢，未来还是女飞。"

"好得很啊，周嘉誉，长本事了。"丛夏尬笑着，捏扁了手里的可乐罐子，嘴上不饶人，"去吧，再看看，我就不在这儿耽误你看美女了！"

"哎哎哎！"眼看着丛夏要挂电话，周嘉誉赶紧拦下来。

"干什么？还有什么话要说？"

"丛老师，你这人怎么这么不经逗呢？"周嘉誉现在都能想象到丛夏的神情，一定是高高地扬起下巴，一脸傲娇的神情，或许还会有点脸红。她总是这样，一紧张一有些生气，脸和耳朵都会红得发粉。

"周嘉誉！我看你是吃饱了撑的。"丛夏这会儿也大概明白了。

"哎！不能这么说，我还没吃呢！"周嘉誉又玩笑了一句，赶紧认真解释，

"我在宿舍睡了一下午觉,连门都没出,我上哪儿看系花去?"

"梦里看!"丛夏还没消气。

"你这就不讲道理了,我梦里怎么看?"周嘉誉被小姑娘怼得没话了。

"怎么了?不都说男人的'基本盘'就是这样吗?"

"什么'基本盘'?"

"花心且好色!"

"你再说一遍!"周嘉誉有些恼火,气不打一处来。

丛夏不说话了。

两个人就这样在电话里僵持了整整一分钟,周嘉誉才先开口:"我真的没去看,夏夏,你不要生气,刚才我错了。"

周嘉誉的口气很真诚。

这一道歉倒是叫丛夏不好意思了,本来也是她自己臆测发了无名火,故意不回周嘉誉消息,道歉的人居然还是他。

"我……我没生气。"

"真没生气?"周嘉誉压低声音又问了一遍。

丛夏半天没吭声,然后应了一声:"没有。"

"你就这么不相信我啊?"周嘉誉心里多少不是滋味,她怎么就料定他会去看系花呢?

他可是最出淤泥而不染的,怎么可能会跟着室友们一起"同流合污"呢。

"所以,你还生不生气了?"

"所以,系花到底好不好看?"

两个人几乎是同时脱口而出,说完之后,又同时陷入沉默。

气氛谜之尴尬。

看着下午徐清雅和段晨瑞吵架的激烈程度,这位女飞行学员的颜值应该是不俗的,同在一个学校,又同是一个专业,同性之间莫名的胜负欲更是会被无限放大。

"不是,我也不知道啊。"周嘉誉哭笑不得,"要不我现在下去看看?"

"你敢?"丛夏急了,"真去看,你就和系花过得了。"

"好了好了,不吵了,晚饭你到底吃了没?"周嘉誉还是担心着丛夏的,她老是不吃晚饭,一学习起来就什么都会忘记。

"不太想吃了,不怎么饿。"

"不饿多少也得吃点,你还要我点外卖,你去拿吗?"

"可别！"丛夏可是再也不想走大半个校园去拿外卖了，"我一会儿就去吃，你也要记得吃饭。"

哄好了丛夏，周嘉誉在宿舍凑合了一顿泡面，刚吃完，段晨瑞和张寻他们就回来了。

"你说说你们俩，你们去看什么系花也就算了，怎么还捎带上我啊？"周嘉誉气不打一处来，今天这事，他纯粹是炮灰了。

段晨瑞也是刚哄好徐清雅，瘫在椅子上，直喊累。

"今天咱系花还问了呢。"张寻嘟囔了一句。

"问什么？"

"问你去没去啊！"段晨瑞从椅子上坐起来，"不得不说，咱们这系花长得不赖，但眼光真是不行！咱专业那么多帅哥，偏偏问你！"

周嘉誉翻了个白眼，根本也没当回事。直到又过了几天，周末加训结束后，几个室友约着打球，下场有个陌生的姑娘冲过来给周嘉誉送水。

"你好，飞行技术专业乔愉。"

周嘉誉有点没反应过来，看着乔愉递过来的水，接过来也不是，不接也不是。

犹豫再三，念在是第一次见面，周嘉誉还是接过了那瓶水："飞行技术，周嘉誉。"

乔愉笑得很温柔，温柔里又带着一丝骄傲和诚恳："指导员说，这次校庆，咱们学院有活动，要求咱们专业的也要出节目。你是男生这边的班长，晚上有时间吗？我们来商量一下怎么办？"

说起这个班长，周嘉誉就来气。当时在没有指导员的群里，大家讨论着谁去做这个班干部。

从小到大，周嘉誉是什么班干部都没做过，想着到大学怎么也要有个突破，班长要是管着点名查寝什么的，他还可以适当偷偷懒，就去争取了一下，没想到真就当上了。

谁承想当个班长事情这么多啊！

说不完的通知，收不完的材料，配合学院弄不完的各种活动。秉承着当了就要认真负责的态度，周嘉誉忙活来忙活去，累得要死不说，还要牺牲不少个人时间。

周嘉誉捏着矿泉水瓶，背对着打球的朋友，都能听到他们的唏嘘起哄声。

"晚上我得给我女朋友打电话，不着急的话，明天中午吧。"周嘉誉回答得很坦然，婉言拒绝了乔愉的提议，态度很礼貌，抱着篮球。

"谢谢啊，我还不渴。"周嘉誉已经把水接过来便不好丢掉，塞给了一边嚷着渴的同学。

乔愉的脸色不太好看，但反应还算是得体冷静，她又笑了笑，微微昂起头看着周嘉誉："好，明天中午，我在教室门口等你。"

周嘉誉看着乔愉离开，松了口气，心里想着，这班长是当不长久了。

丛夏的功课很忙，即使是在市中心，周末也很少出去玩，基本是在图书馆度过。很快英语四六级考试的报名通道也开启了，大学生活想来也并不轻松，总是在忙碌中，一整天的时光就悄悄溜走。

周嘉誉这边忙活着校庆时学院的活动，跟乔愉的接触是在所难免的。

但好像又没有他想象的那么困难，乔愉对待学生工作的态度一直很专业认真，提出来的点子其他成员也都是认可的，倒是叫周嘉誉觉得自己小肚鸡肠。

不了解的同学们总是会说一些风言风语，但也不算是什么大事，毕竟八卦总是校园生活里少不了的部分。

周嘉誉跟乔愉相处也算是舒服，如果不远不近当个朋友，是完全没什么问题的。

"给。"

又在办公室忙活了一晚上，节目终于敲定和准备得差不多了。

周嘉誉看乔愉坐在位子上也整整两个小时了，去食堂吃晚饭的时候就买了瓶牛奶给她。

"谢谢。"乔愉合上电脑，一边整理桌面的材料，一边和周嘉誉聊了几句，"我听段晨瑞他们说，你女朋友是你高中同学？"

"是，她高三转校来了我们班。"周嘉誉谈及丛夏的时候，总是会忍不住多说几句，"我们是前后桌。"

乔愉若有所思地点了点头："刚好也忙完了，指导员说一会儿才过来，闲着也无聊，要不你给我讲讲你和你女朋友的故事？"

周嘉誉愣了一下，想了想也没拒绝，就此机会把话说开了也好，他拉了一把椅子过来，一边回忆一边讲。

从教室门外那一场误会一般的相遇说起，从他开始想要抄她的作业却被教育了一顿说起，从新年的那场烟花说起，从那个无可匹敌的盛夏说起。

周嘉誉说得很认真，乔愉听得也很认真。

看来，未曾谋面的丛夏，是一个优秀温柔又闪着光的姑娘。

乔愉微微叹了口气,嘴上没说什么。

其实,她注意到周嘉誉远远比校庆要早。

在招飞的阶段,所有人要去各大航司先进行面试,然后才会去到民航总院去进行体检。

巧的是,她和周嘉誉面试的是同一家航空公司。

那天她走得太急,半路上材料复印件掉了都没有发现,是到了面试的地方才发觉不对。

眼看着就要到她了,再跑出去打印未必来得及,点名不到者后果格外严重。

"你材料丢了?"乔愉焦头烂额的时候,在走廊里碰到了周嘉誉,是他主动提供了帮助。

"嗯!"乔愉已经给父母发消息过去了,但是因为住得远,赶过来肯定是来不及了。

"这附近就有个打印店,你先进去面试,我排号在后面,把文件给我,我去帮你看看。"

周嘉誉瞧着她是个姑娘,自己确实也可以举手之劳帮一下她,就以最快速度跑着下去帮她去打印了资料,赶在面试官叫她进去的前一秒把资料塞进了她手里。

面试之后,乔愉没有再见到周嘉誉,连句谢谢也没来得及说。后面惯例的体检,也依然没有再能偶遇到他。

本以为他是体检的时候被淘汰了,或者最终选择了其他的航空类学校,再也遇不见了。

直到开学,乔愉在列队的人群里看见了有些熟悉的面孔,才从同学的口中得知,他叫周嘉誉,是这一届飞行技术专业文化课成绩第一名。

这一届里,签约盛京航空的,只有乔愉和周嘉誉,等到大三上学期要被送去澳大利亚学飞。

只可惜,他们的第一次对话不是"你好",是"我要给我女朋友打视频了"。

乔愉听着周嘉誉把他和丛夏的故事讲完,笑着点点头,表示了祝福,没有提及面试的那件事,想来周嘉誉早就忘了。

"真好啊,你的女朋友真是幸福。"乔愉停顿了几秒,真诚地说了一句。

"我是更幸福的那个吧。"周嘉誉笑了笑。这是他第一次把丛夏的故事从头至尾地讲一遍,他自己都没想到,他会对那些记忆那么熟悉,熟悉到每一个晚自习、每一次模拟考里的细枝末节都记得清清楚楚。

想起来，就好像是发生在昨天。

从老师的办公室出来，周嘉誉给丛夏打了电话，应该是在忙，丛夏过了很久才接起来。

"怎么了？"丛夏还在赶作业。

"夏夏。"

"嗯？"

"没什么，就是想你了，这周末我没有加训，我们去梅园看雪吧。"

已经入冬，北州落了雪，白雪镶红墙，想想就应该是很好看的景致。如果和爱的人一起，大概会格外浪漫。

丛夏察觉到了周嘉誉口气里的变化，放下笔，柔声地问了一句："怎么了？是发生什么事了吗？"

"没有，就是觉得想你了。"周嘉誉宽慰道，声音轻柔得很。

听着周嘉誉的话，丛夏忍不住挑起嘴角，她也是想周嘉誉的，做起事情来还好，停下来，她总是会去想周嘉誉在做什么。

人声鼎沸也好，烟火寻常也罢，只是所有生活里的瞬间，都希望彼此就在身边。

"我也想你，这周末我们就去梅园看雪。"

落雪之后，梅园的游客很多。

周嘉誉起了个早，赶的最早的一班地铁从沙河到市中心，丛夏还是如往常一样等在校门口。

"这是什么？"瞧见周嘉誉过来，他手上还提了一只袋子，丛夏好奇地问了一句。

"打开看看。"

是条围巾。

丛夏兴奋地拆掉了包装袋子，看着纯白色毛茸茸的围巾，扬起头朝着周嘉誉问："干吗忽然买围巾给我？"

周嘉誉拿过围巾，轻轻地缠绕在了丛夏的脖子上，然后帮她把头理好："男朋友给女朋友买条围巾，不可以吗？看着好看就买喽。"

丛夏偷笑，略有点戏谑的意思看着周嘉誉："可以呢，那以后你真的当了周机长，是不是看见钻石好看，也要给女朋友买一颗啊？"

周嘉誉被丛夏逗笑了，她说的是钻石，在他听来就是钻戒。

"你这么快就想着钻戒了,咱们可都还没到法定结婚年龄呢。"

丛夏白了他一眼:"是钻石,您这是耳朵不大好吧。"

周嘉誉没再与她争辩,见四下无人,便亲了一下丛夏的额头,拉住丛夏的手揣进口袋里。

不管是钻石还是钻戒,只要她要,只要他有,当然都会给她。

天气预报上明明说今日有小雪,可直到上了地铁,也一直不见下雪。天阴沉得厉害,厚重的云快要掉下来一般。

地铁上人不少,找一个座位都很困难,丛夏勉强挤在角落里,周嘉誉拉着扶手,把她罩在自己身下的阴影里,垂着眼睛,目光始终落在她身上。

轰鸣声太大,丛夏总是听不清周嘉誉在说什么,但能看得到他温柔笑着的眉眼。

到梅园不用坐太久的地铁,下了地铁才发现,外面真的落雪了,是那种轻盈的细细密密的小雪花。

还好提前一天订了门票,人很多,周嘉誉紧紧攥着丛夏的手。

古老的城墙砖瓦,细看能瞧得见许许多多的缝隙和裂痕,满目朱红色的宫墙绵延着,抬头望出去的天都是四四方方的。

很小的时候,丛夏是来过梅园的,和爸爸妈妈。

那时候,他们还没离婚,报了旅游团,他们跟着导游的脚步,缓缓地挤在人群里。夏天很热,晒得丛夏头脑发昏,根本也听不清那些历史典故,只想着快点回到酒店,喝一杯冰冰凉凉的饮料睡上一觉。

"冷不冷?"周嘉誉瞧着丛夏出神,帮她紧了紧围巾。

"不冷。"丛夏回过神,牵着周嘉誉温热的手,缓慢地走在一砖一瓦都有历史痕迹的路上。

今天下的是小雪,但因为上周下了两场很大的雪,所以到处可以看得见积雪。白雪红墙,颜色格外醒目,是一种难以言喻的美,颇有几分"昨夜不知雪深重,一座宫阙一座楼"的意味在。

走过一座座古老庄重的殿宇,即使只是散步,也能感受到厚重的历史气息,让人莫名觉得浪漫。

丛夏微微侧目,看得见少年温柔的笑容,两人走过的路上还留着一串串脚印。

格外冷,张张嘴说话,都冒着凛冽的白气。

到了某处白雪红墙下,周嘉誉指了指自己的脸,然后举着相机,好整以暇地看着丛夏。

"干吗?"丛夏微微有些发愣。

"怎么这么不自觉啊?"周嘉誉皱了皱眉毛,又弯下腰凑近了不少,"你说呢?"

丛夏思考了几秒,便心领神会了,傲娇地盯着周嘉誉又看了一会儿,踮踮脚,亲了周嘉誉的脸颊。

周嘉誉一米八几的个子,尽管弯下了腰,丛夏还是要踮踮脚才能亲得到他。

因为出来玩,所以周嘉誉带了之前丛夏送给他的拍立得相机,在她亲过来的一瞬间,他拍了张照片。

下了雪的梅园,总是带着浪漫的氛围,加之来往的游客里也有不少情侣,拍拍照、牵牵手也都常见得很。

"你们什么时候考完试?周末我们把回家的票买了吧。"丛夏想起昨天跟孟葭打电话说到放寒假回家的事。

"好。"周嘉誉点点头,又想起了什么,"今年过年你是不是要留在临川过?"

丛夏沉默了片刻,她还没决定好,其实她也有很久没有见过爸爸了。高考录取结果出来后,他们通过一次电话,但也没有聊太久,爸爸给她转了三万块钱,叫她留着上大学花。

留在临川,总是免不了要去面对郑言鑫的亲戚朋友,她是不想的。

"要不,今年你还是跟着我回老家,和奶奶在一起过。"

丛夏攥了攥手,抬头看向周嘉誉,眼神有些游移:"好,等回去我和妈妈商量下。"

周嘉誉没再说什么,点点头,转移了话题。

丰年总是好大的雪,完完整整地将这宫殿转悠一圈,手都是冰的。

回去的路上,周嘉誉心疼丛夏,就叫了车,没有坐地铁。

她靠在他的肩上,透过车窗能看见纷纷扬扬的雪花,一片又一片。高大的写字楼不停地往后退,应接不暇,让人有些眼花缭乱。

"周嘉誉。"

"嗯?"

"我想回临川了。"

"快了,马上就要考试周了,考完我们就回家。"

临川本来对她来说只是一座陌生的临海城市,不知道是不是高中那一年的记忆过于美丽，来北州这半年，她总是想着那里，想着临川一中，想着夏天里那些珍贵的回忆。

丛夏默不作声地点了点头，笑得很开心。

她是有酒窝的，但可惜只有左边一边，笑起来的时候格外显眼。

周嘉誉轻轻地戳了戳她的脸，帮她把围巾理好："睡一会儿吧，到了我叫你。"

雪下得更大了，周嘉誉趁着丛夏睡着，又摸了摸她的眼睛。他在想着，或许用不了几年，毕业了，读研了，工作了，他们也会有一个家，或许在北州，或许在临川，或许是在天南海北的任何一个角落。

四六级考试结束不久，考试周到来，丛夏觉得自己快要被榨干了，尽管可以算是有条不紊，但架不住科目多、难度大，到最后连和周嘉誉视频的时间也没有了。

北州的天越来越冷，丛夏在图书馆一坐就是一天。

好在，再难熬也就只有一周的时间，考完最后一门考试的下午，丛夏就开始迫不及待地收拾行李。

周嘉誉昨天就已经结束了所有的考试，该邮寄的也都邮寄回家了，中午出发，早就到了机场等着丛夏。

"晚上七点半就能到临川了。"周嘉誉帮着丛夏把行李送了托运，两个人过了安检，安静地等在航站楼里。

时间还早，正巧赶上了落日，夺目的阳光从航站楼高大的落地格子窗里落进来，颇有些温柔浪漫的氛围在。

"周机长，看到了吗？这儿以后都是你梦想起航的地方。"丛夏总是喜欢打趣周嘉誉，笑嘻嘻地看着他。

周嘉誉微微挑了挑眉毛："你这么笃定我能当上机长？"

"不能吗？"丛夏不以为然。

"那你可得拭目以待。"周嘉誉将丛夏揽在怀里。

"瑶瑶他们是不是也快回去了？"

周嘉誉翻了翻手机，看林骁之前发的消息，可能还得再等个一周，南方的大学放假都稍微晚一些。

"等他们回来了，我们去玩！"提起高中的玩伴，丛夏总是两眼放光，兴奋得很。

"刚好叫林骁打球。"

候机的时间虽然久，但聊着聊着过得也算是快。

飞机从起飞到安全落地一共用了不到三个小时，可能是顺航的缘故，落地的时间比预计的要早。

高考结束快开学的时候，周嘉誉跟着周堃搬回了原来住的地方，隔得远，所以和丛夏家也不顺路，出了航站楼就打车先离开了。

丛夏等了半天，也没有看见孟葭，倒是没几分钟接到了郑言鑫的电话。

"夏夏，你妈妈在家照顾弟弟抽不开身，叔叔开车来接你，你在机场9号出口等下。"

"好的，谢谢叔叔。"

挂了电话，丛夏略微有些失落，但又说不上来具体是哪里失落，她收了手机，站在寒风里安静地又等了几分钟，郑言鑫就到了。

郑言鑫帮着丛夏把行李抬上后备箱，在副驾驶和后排的位置上丛夏犹豫了几秒，还是坐在了后排。

"夏夏，怎么样，大学生活还挺有意思的吧？"

"挺好的。"

"你妈妈和轩轩都在家呢，还给你准备了一大桌子菜，回家咱们就能开饭！"

轩轩，大名郑沐轩，就是她都没怎么见过面的弟弟。

丛夏开学前一天，他才出生，所以她也就匆匆看了一眼。因为孟葭还在月子中，丛夏去报到也就没有叫人送。

从机场开回市区的路还是有些远，丛夏实在不知道要说些什么好，最后索性闭上眼装睡了半个多小时。

快要到家的时候，路过了临川一中。丛夏偷偷睁开眼，看见了熟悉的大门，熟悉的烫金大字牌匾上，还有一点点积雪。

刚到家，推门进来的时候，轩轩在哭，孟葭正抱着哄。

"妈妈，我回来了。"丛夏提着行李，稍微调整了一下情绪。

"夏夏回来了，快换鞋进来吃饭了！"孟葭怀里哄着轩轩，招呼着丛夏进门。

饭桌上基本都是丛夏爱吃的菜，孟葭一直在给丛夏夹菜，还要顾着旁边咿咿呀呀的轩轩。

才不过半岁，也不会说话，认生的，小孩子总是哭个不停。

"妈妈，我自己来就好了。"丛夏看了一眼像奶团子一样的小孩，拦下来孟葭要夹菜的举动，"你哄他吧。"

吃饭的空隙，孟葭去接了个电话，大概用了几分钟，再回到饭桌边。

"夏夏，妈妈晚上约了个医生朋友，她好不容易下班有时间了，妈妈想带你弟弟去看看，这孩子半夜老是吐奶。"

孟葭话里的意味再明显不过，丛夏余光扫了一眼还挂着眼泪的小孩，抬头很平静地笑笑："你去吧妈妈，碗筷我来收。"

目送着孟葭和郑言鑫带着轩轩出门，屋子里又重新安静下来。

丛夏站在原地愣了好久，大脑有足足半分钟是完全空白的。她说不上来是失落还是落寞。

还挺好的，爸爸妈妈，他们都各自拥有了幸福的一家三口。这听起来似乎是有些讽刺。

收拾好了碗筷，丛夏又把行李都整理好，恰巧家里没人，便又给周嘉誉打了个视频电话。

"吃过晚饭了？"

"嗯！准备一会儿洗个澡就睡了。"

"叔叔阿姨呢？"

丛夏停顿了两秒："他们带着轩轩去找熟人看医生去了。"

周嘉誉隔着手机看着丛夏，算是能感同身受吧，就像他回到家，周堃加班还没有回来一样，他自己煮了泡面洗了澡。

可他已然习惯了。

"那一会儿你就好好地洗个热水澡，明天休息一天，晚点我们去散步。"周嘉誉没说什么安慰的话，他也并不认为丛夏是需要安慰的。

他记得高考之后的那个假期里，丛夏和他站在人潮涌动，晚霞满天的栈桥上，曾经很认真地对他说过一句话："周嘉誉，一个饱满的灵魂，总是需要承担很多辛苦，克服许多困难。但我希望我们无论走到哪儿，无论到何种境地，无论是分开还是在一起，都要始终保持自己高贵的灵魂，要骄傲，要热烈，要像风一样自由。"

"我也希望，我们能为彼此骄傲。"周嘉誉沉默了许久，望向丛夏，只轻轻地说了一句。

那天栈桥上的人特别多，晚霞是一种浓重的深粉色，海浪翻滚一起涌向天边，嘈杂得厉害，有似曾相识的烟火气。

热吻陷落在海风里,浪漫到找不出任何形容词。

周嘉誉想,这一辈子,他或许都忘不掉。

丛夏放下手机,洗了个澡,早早地回了自己的房间。

期末成绩还没有出来,但丛夏自认为考得还算不错。在北州大学这样的地方,高手云集处总逃不掉如山的压力。

大一没有太多的专业课,大多是一些打基础的课程,但丛夏始终没有忘记自己选择生工的初心。

如果可以,进实验室,做学术研究,是她最想坚持的方向。

想着想着,困意袭来,朦胧中她似乎听见孟葭他们回来了,屋外时而会传来孩子的啼哭声。

丛夏熄了灯,皱了皱眉,拉高了被子盖住了耳朵,直到哭声减弱她才长长地舒了口气。

月光很好,顺着窗帘落下来有零落的影子。

没关系,她早晚都会有自己的家,会有自己热爱的工作,也会有幸福灿烂的人生。

回家大概有了一周,孙橙瑶和林骁也从南林放假回来了。

四个人重新聚在一起,小半年不见,总是有许多话要聊一聊。

"夏夏!你不知道,我们学校男女比例简直太夸张了!"孙橙瑶抱着奶茶杯肆意地抱怨着,"想看帅哥,太难了。"

丛夏眼神有意无意地看向球场上奔跑着的林骁,提醒着:"孙小姐,注意你的形象,你男朋友还在这儿呢。"

孙橙瑶白了一眼林骁,像是没看见一般,继续该说什么说什么。

"怎么样啊,青梅竹马谈恋爱的感觉,很好吧?"丛夏上大学之后,人放松了不少,跟着徐清雅,打趣开玩笑的本事也跟着见长。

"凑合着吧。"孙橙瑶虽然嘴上这么说,但是难以掩饰嘴角的笑意。

长这么大,第一次离家这么远,陌生的环境难免需要时间适应。刚去的时候,也不知道是不是水土不服的缘故,孙橙瑶还因为急性肠胃炎进了一次急诊。

怕家里担心,孙橙瑶也没有告诉父母。室友们各有各的事情,同学多半也只能是来探望一下。忙前忙后缴费照顾她的事,都是林骁一个人在忙。

南大的课业一向是不轻的,林骁那段时间一下课就往医院跑,甚至逃了晚上的查寝直接陪床到天亮。

稍微能吃点东西了之后，孙橙瑶想吃草莓，林骁就跑去超市买了整整一大盒子又红又大的草莓，洗干净摆在床头。

"但除了他，也没有人能忍得了我的坏脾气了。"想了好一会儿，孙橙瑶的目光又重新投回到篮球场奔跑的少年身上，口气平静，眼睛里闪动着幸福的光芒。

"怎么会呢，我们瑶瑶这么好。林骁也算是慧眼识珠！"丛夏挽着孙橙瑶的胳膊，把头靠在了她的肩膀上。

室内篮球场很暖和，周嘉誉和林骁穿着单薄的篮球服，两个人玩得热火朝天。

这一幕，再熟悉不过了，像极了高三的那个秋天，清晨的凉风里，如风一般的少年旋转，跳跃，投篮，防守。

临川一中的校门常年是开着的，打完球，几人去校园里面又溜达了一圈，天色也渐渐暗了下来。

林骁和孙橙瑶两家本身就交好，在一起之后他们也就没瞒着父母，得了家里人的首肯，恋爱自然是放在明面上谈得如鱼得水。这不逛完了学校，林骁就要带着孙橙瑶回家吃晚饭。

"夏夏，我们走啦！改天再聚！"上出租车前，孙橙瑶一直抱着丛夏不撒手，在原地停留了很久才肯上车。

看着林骁和孙橙瑶坐的车走远，丛夏沉默了一会儿没有说话。

"怎么了？"

丛夏摇摇头："没什么，大家都过得挺好的。"

"当然，我们都会过得越来越好。"周嘉誉看着林骁带孙橙瑶回家吃饭，心里也想着带丛夏回去一次，"今晚我爸不加班，要不要来家里吃饭？"

"今……今天吗？"

虽然早就见过了周堃，也去过奶奶家两次了，但正式以女朋友的身份去他家里与他家人见面吃饭是第一次。

"你要是没准备好，咱们就下次。"周嘉誉不想强迫丛夏，毕竟是临时决定。

"也没有。"丛夏略微思考了一下，给孟葭发了条消息，说晚上不回去吃饭了。

周堃难得晚上在家吃饭，所以特意烧了不少周嘉誉爱吃的菜，又收到了丛夏要来的消息，便去楼下超市买了不少饮料零食。

到了单元门口时，丛夏站在原地深呼吸了好几次。

"丛老师，你怎么还紧张了？"周嘉誉伸手揉了揉丛夏的头。

丛夏摇摇头："没有，我这叫做好准备。"

周嘉誉掏钥匙开门进去的时候，周堃已经准备好了所有的饭菜等在了客厅，看见丛夏进来热情地招呼了一声。

"丛夏来了，快进来。"周堃迎着丛夏进来。

平常都是父子两人住，所以家里没有女士拖鞋。刚刚周堃去超市买零食的时候买了一双女士拖鞋。

"谢谢叔叔。"丛夏换了鞋进了屋子，把才买的水果递给周堃，随便寒暄了几句就跟着周嘉誉去洗手了。

"叔叔不知道你喜欢吃什么，这臭小子也没提前告诉我。"

丛夏抿了抿嘴，本来就是临时起意，多少有点不好意思。

周嘉誉倒是一点也不觉得尴尬，在他看来，丛夏是他心里指定好的未来的家人，奶奶也已经认可，带回来和周堃吃饭，是一种确认，不是考验和衡量。

周堃的话本就不多，饭桌上找了些话题，也是没聊几句就又安静下来。

丛夏也不是很擅长聊天的人，倒是辛苦了周嘉誉，在饭桌上从临川高中生活讲到了北州上大学的体验，饭桌上的气氛才逐渐热闹起来。

吃过饭，丛夏本来想要帮着洗碗，被周堃拦下来。

"去客厅坐吧，我来。"周嘉誉把碗筷丢进洗碗池，挽了挽袖子。

丛夏点点头，乖巧地坐在客厅和周堃有一搭没一搭地聊天。

大概是在企业里待久了，身居高位，周堃的脸上总是有种不怒自威的严肃，看不太出喜怒，口气四平八稳。但和丛夏聊天的时候，他倒是没什么架子，聊的话题大多也都是关于周嘉誉的。

丛夏偷偷地瞄了瞄厨房，周嘉誉正在专注地洗碗，他的手机放在餐厅的桌子上，有电话进来，满手的泡沫不是很方便接。

丛夏帮他拿了手机，扫了一眼手机屏幕，来电人显示着她感觉陌生的名字。

乔愉，一看就是个女孩子的名字。

"帮我接一下，我手上有泡沫。"周嘉誉微微弯下腰，凑近到丛夏举着手机的高度。

"喂，怎么了？"

"哦，是这样的。团委老师让我们准备的资料你准备好了吗？汇报的日期提前了,你要是弄好了今晚就发一下,我想今晚就开始准备 PPT。"

"我还差最后一块的资料没有找完,等我一会儿,我马上整理好就发你。"周嘉誉刚好洗完了最后一只碗,对着水龙头冲洗了一下,手上带了不少水珠,朝着丛夏甩了一下。

"干吗?"丛夏知道周嘉誉还在打电话,已经是压低声音了。

"那个……你那边是不是有事?要是实在有事明天来弄也来得及。"乔愉好像听见了压低声音的笑意和女孩子的娇嗔。

"没事,我把女朋友送回家,就去整理,晚上肯定发给你。"周嘉誉自己拿住手机,伸手抹了抹丛夏脸上沾上的水珠,"还有事吗?"

"没事了。"乔愉沉默了一会儿,小声答了一句,"拜拜。"

挂了电话,丛夏压低了声音,盯着周嘉誉:"异性缘这么好啊,大晚上还有女生给你打电话。"

周嘉誉若有所思一般地点点头:"当然了,你不是一直好奇我们专业那个漂亮的女飞学员,就是她。"

"这样啊,漂亮女飞。"丛夏顺手摸上了周嘉誉的脖子,凑近了许多,目光看不出什么意味,捧着他的脸,许久不说话。

"吃醋了,丛老师?"

"你觉得呢?"丛夏歪着头,样子骄傲得有些可爱。

"好好的吃什么醋,不许吃!"周嘉誉朝着客厅看了一眼,周堃专注在电视节目上没注意到厨房的响动,他趁机狠狠地亲了一下丛夏,"这样可以了吗?"

"可以什么可以!"丛夏一狠心,咬破了一点点周嘉誉的嘴唇,然后把他推开了,毕竟家里还有长辈在,不好再纠缠不休。

做错事还想要亲她,休想!

痛感让周嘉誉略微清醒了一些,再回过神丛夏已经出了厨房,他人影都没捞到。

"爸,碗我洗完了。时间不早了,我送她回去。"

又坐了一会儿,周嘉誉就打算送丛夏回去了。临走前,周堃塞了个红包给丛夏,丛夏不好推托便收下了。

离开周家,丛夏拆开红包看了看,里面装了五千块钱。

算不得正式上门,又都还在念大学,红包其实也就是周堃给两个孩子的零花钱。

"叔叔给了这么多。"丛夏捏着红包在思虑着该怎么办。

"小富婆,以后包养我喽。"周嘉誉没太放在心上,还不正经地打趣了丛夏。

"没个正行。"

下了电梯,左转就是楼梯间,话音还没落,丛夏就被周嘉誉拉了进去。

关门的巨大声音震响了楼道里的声控灯,丛夏被周嘉誉按在了墙角,吓了一跳,怯生生地盯着他。

刚刚在厨房,可还有没做完的事。

"你干什么?"

"别吵,我亲会儿,要是把人都喊过来我可不负责。"

周嘉誉现在真是越来越流氓了,说什么都能脸不红心不跳。

跟着见长的可不止嘴上说话的功夫,还有吻技,他亲过来的时候有些急,真碰在一起,又舍不得太粗鲁用力,碾着她微红的唇瓣轻轻地舔,每每到最后总是吻得丛夏头脑发昏。

周嘉誉自己也不知道,为什么面对丛夏的时候,明明上一秒还理智得很,下一秒就会失控,总是想把她揽进怀里。

"亲够了没?"丛夏的嘴唇被吻得发红,她喘不过气,说话的声音都小了许多。

"亲不够怎么办?"周嘉誉笑得很坏。

每次亲亲摸摸之后,周嘉誉总是这样,眼睛里闪着晦暗不明的光,笑得不正经,口气也跟着飘忽起来。

"走开!"丛夏推开周嘉誉,下意识去擦了擦嘴,不想却惹恼了周嘉誉。

"怎么还去擦?"

"脏。"丛夏心一横,想到什么就说什么了。

周嘉誉火大:"你再说一遍?"

楼梯间的灯光已经暗了下来,只能听得见细微的喘息声。丛夏被周嘉誉抱在怀里,紧紧束缚住,为她一时脑子短路说出的话付出了代价。

丛夏和孟葭磨了好久,最终过年她还是和周嘉誉去了奶奶家,年后也没待上半个月就又回了北州。

第七章·
雪也落在我肩头

快开春了,天气渐渐回暖,新学期拉开了新的篇章。

大一最是打基础的时候,所有的通识课、基础课也基本上过了,丛夏在不断的学习中也慢慢明确了自己的目标和想法,进入实验室的机会开始逐渐增多。尽管是才大一,但申请加入老师的课题组的事也通过了,跟着师兄师姐们操作起来,心里也就越来越踏实。

周嘉誉还是照常训练,忙里忙外应付着各种班级杂事。盛京航空公司一直都是将学员送训到澳大利亚学飞,时间是大三的下半学期。

也就是说,他和丛夏终究是要有一年异国恋的时间。

送训回来,他就可以真正地开始他的飞行梦了。

大一的时间过得格外快,期末考试之后,又是盛夏。

再回到临川的时候,天气已经炎热得不像话。海边翻涌的浪潮,潮湿的空气,一切都是熟悉的样子。

趁着临川一中还没放暑假,丛夏和周嘉誉还喊了孙橙瑶和林骁他们一起回学校看望老师。

教室里,蒋珍霞依旧和从前一样,唾沫横飞强调着无数个重点。下面坐着的每一个学生,也都和从前的他们一样,端坐在课桌前,偶尔会开个小差,上课说两句闲话。

入夏不久,就是丛夏的生日,过了生日她也十九岁了。大家陪着她一起过了个生日,一起吃了烧烤,在海边守了一场日出。

好朋友都在身边,最爱的人侧过头就能看得见。丛夏总是觉得这一年多,过得太幸福美好,幸福美好得那么不真实。

记得小时候,爸爸总给她讲,生活也是有能量守恒的。这几年过得不好,往后几年就会过得好起来了。

那么她这两年过得这么幸福，往后的几年呢，还会和现在一样吗？

多少个夜晚，丛夏睡不着的时候都会去想这个问题。

事实也证明，能量守恒定律是正确的，在他乡痛苦到闭着眼睛都想流泪的日子，差点让她有了想要放弃生命的想法。

再开学到了大二，学业也愈加繁重起来。

丛夏进了实验室之后，周末都很少出门了，基础数据的构架她一直都有很耐心地去学，尽管现在实验室发表的论文她也没有署名权。

梅园又落雪的时候，周嘉誉说了很久想和丛夏去看，但总是没能实现，慢慢也只好作罢。

同在一个城市，一个月最多却只能见上两面，开始的时候还能坚持着每天都打打视频电话，后面不是周嘉誉熄灯早，就是丛夏从实验室回来太晚了，两个人的作息表也完全对不上了。

周嘉誉生日那天，正好赶上了周末，没有别的训练，段晨瑞和张寻找了不少同学，打算出去过，连蛋糕都买好了。

丛夏也很早就准备好了礼物，把晚上要吃饭的时间预留了出来，花了好久的时间收拾，都准备和徐清雅一起出门的时候，实验室那边又打了电话过来。

"夏夏，你真的不去了吗？"徐清雅看着丛夏脱去了新买的外套，又把打理过的长发扎了起来，觉得有点可惜。

丛夏捏着手机，不知道怎么和周嘉誉解释。

"你先帮我把礼物带给他，我先去师兄师姐那边看看，忙完了我再打车过去。"

"那好吧，那我先去了，你忙完快点过去。"徐清雅一个人先去了饭店。

到了的时候，包间里坐满了人，周嘉誉今天看起来格外精神，坐在中间的位子，正喜笑颜开地和段晨瑞他们聊天。看见徐清雅进来，他先是高兴得很，但等了许久，后面没人跟进来。

"那个，夏夏去实验室帮忙了，她让我先把礼物给你带过来。"徐清雅为难地把自己和丛夏的礼物放在了一边的桌子上，神色有些不自然。

周嘉誉一时没有消化这个消息，愣了一下。

"没事没事，麻烦你了。"周嘉誉很快调整了情绪，脸上倒是看不出什么失落和不悦，招呼着徐清雅在段晨瑞旁边坐下。

"咱们点菜吧。"周嘉誉把菜单给周围的朋友传阅了几份。

"要不咱们再等会儿吧。"段晨瑞稍微打了打圆场。

"没事,开始吃吧,太晚了。"周嘉誉带头先点了两个菜,包厢里的气氛渐渐活跃起来。

大家都默认丛夏会来,所以喊人庆祝的时候把乔愉也叫上了,谁承想最后丛夏没来。

包间里正热闹,大家点了一桌子的菜,又点了些酒,凑在一起又闹又笑,气氛很活跃。

"这就是你们那个漂亮的女学员?"徐清雅压低声音,没好气地质问了段晨瑞一句。

"哎呀,不要生气嘛,宝贝,我发誓真的再也没有去看过她,我们话都不说一句的。"

自从上次徐清雅因为段晨瑞去看乔愉和他大吵了一架,差点分手了之后,段晨瑞再也不敢了。本来也就是听闻同专业有漂亮的姑娘,出于好奇养眼的目的跟风瞧一瞧,没想到当天徐清雅会被这件事气哭,他费了好大力气才哄好,可不想再弄巧成拙。

"她老是盯着周嘉誉干什么!"徐清雅嘟囔了一句,又着急地低头看了看手机。

丛夏人应该还在实验室,所以消息也没有回。

直到这一顿饭吃完,蛋糕上来,吹了蜡烛许了愿,丛夏也没能赶过来。

大家的礼物都放在门口的桌子上,吃过饭周嘉誉的一帮朋友同学准备去唱歌,难得周末没有训练,借着陪周嘉誉过生日的机会,正好去放松一下。

周嘉誉稍微喝了点酒,席间一直盯着手机,却始终没有看到丛夏的消息。大家又都在兴头上,给他庆祝生日,他也不好太扫兴,收了手机穿上外套,站在最后面也跟着出了门。

门外的风不小,鸡尾酒的后劲大,被冷风这么一吹,周嘉誉下台阶的时候没注意,跟跄了一下险些摔倒。

"不舒服?"乔愉拉了他一把。

"没事。"周嘉誉躲开了乔愉的手,清醒了不少,"刚才喝得有点多。"

乔愉尴尬地笑了笑,收回了手:"要不先回去休息,他们玩得这么高兴,应该是得闹到半夜。"

周嘉誉倒没有很不舒服,心情差却是真的,跟着去唱歌,也肯定是心不在焉。临走的时候,他和段晨瑞私下发消息说了一下。

"我今晚得准备一份材料,也要回学校,一起走?"乔愉试探着问了一下。

市区回学校要坐很久的地铁，又很晚了，乔愉一个女孩子，大家都是同学，倒不至于为了避嫌那么不近人情。

"走吧。"

吃饭的地方附近只有一个地铁口，倒是离得不远。

路上，乔愉一直在随便闲聊着找话题，周嘉誉出于礼貌也都答了，只是话不多。

直到走到地铁站，都准备下电梯了，却没想到会遇到匆忙赶来的丛夏。

丛夏跑得急，所以完全没有注意到从电梯上来地铁口的人，还不小心撞到了乔愉。

"不好意思，不好意思。"丛夏慌乱地抬起头，嘴里还念叨着道歉，在看到乔愉和周嘉誉的那一刻，她愣住了。

周嘉誉也还蒙着，没想到这么赶巧，居然会在地铁口碰到一起去。

"没关系，没关系。"乔愉没有见过丛夏，只是礼貌性地回复着。

"学校的事处理完了？"周嘉誉回过神来说了一句，口气不算太好。

"嗯。"丛夏的目光没有离开乔愉，"你们吃完了？"

乔愉看了看周嘉誉，又看了看丛夏，也反应过来，猜到了大概。

"我女朋友。"

"你好，我是乔愉。"

乔愉这个名字丛夏印象深刻得很，之前假期去周堃家吃饭的那一晚，打电话过来的就是她。

丛夏心里想得多，但脸上一如既往的平和，抬起头礼貌地朝着乔愉打了个招呼："你好，丛夏。"

乔愉很会察言观色，同样笑了笑："那个，那我自己先回学校了，你们聊。"

等着乔愉慢慢走远，丛夏的脸上挂不住了，后退了几步，好整以暇地看着周嘉誉："不是瑞哥他们给你庆生嘛，怎么你面子大到连系花都要过来了。"

周嘉誉喝了酒，加上丛夏在他生日的时候放他鸽子，心情已经很差，这会儿他还没不高兴，她倒是先发制人起来。

"可不敢当，哪有丛老师你的面子大，日理万机，忙得连我生日都不能赏光出席。"

丛夏被刺痛，若论起气人，她是无论如何也比不过周嘉誉的。只是周嘉誉从来对她都是好脾气，没有向她展示实力罢了。

"丛老师，这会儿忙完了？要不你还是回学校休息吧。"周嘉誉得理不饶人，酒劲蹿上头，根本也想不了那么多。

北州的十二月总是冷得吓人，寒风直往人袖口领口灌，丛夏被气得说不出话。刚忙完实验，本就累，跑了这一路连手机消息都没顾得上看一眼，到这儿还要听周嘉誉对她冷嘲热讽。

"好，那我回去休息。"丛夏向来不会吵架，和周嘉誉在一起这一年多，两个人几乎也没什么太大的矛盾，这样针锋相对是头一次。

说着，丛夏就要转身往回走，竟没有一点想要跟周嘉誉递软和话的意思。

周嘉誉一把拽住了准备离开的丛夏，气不打一处来，盯着她好半天没说出一句话。

丛夏始终低着头，也不抬头看周嘉誉。

"他们去唱歌了，我有点累就想先回去，她回去准备材料，坐同一趟地铁而已。"周嘉誉叹了口气，手往下挪了挪，握住丛夏有些凉的手，压低声音解释了一句。

见丛夏半天还是不说话，周嘉誉有点慌，不知道是不是刚才自己说的话太重了些，凑得近了许多。

"那么多人，就你和她要回学校吗？"丛夏小声嘀咕了一句，显然还是不高兴。

其实说到底，也是她不好，生日这天要撇下周嘉誉去实验室，本来想着着急跑过来好好认个错，谁承想见到面会吵起来。

"顺路而已，都是一个学校的。"周嘉誉着急得很，根本不想再谈论乔愉，"实验室的事忙完了？"

丛夏沉默着点点头，鼓起勇气看向周嘉誉。

"为什么提前回去？"

"心情不好，喝了酒也有点晕。"周嘉誉的情绪还是不高，随口解释了一下。

"为什么心情不好？"

周嘉誉觉得丛夏就是故意在气他，在这里明知故问："你说呢？"

不知是不是天气太冷风吹的，丛夏的脸被吹得通红，眼睛也沾上了些泪光，看着周嘉誉楚楚可怜的样子，倒像是被欺负了的样子。

"我又不是故意的，我这不是忙完了就跑过来了嘛！跑过来就看见你和美女同行！"丛夏说得有些激动，话的尾音里还带了些娇嗔。

"好了，好了。"周嘉誉晕得厉害，实在不想和丛夏再讨论这个问题，"不生气了,今天是我生日,你都没有和我说句生日快乐呢。"

丛夏抿了抿嘴,张开双臂环抱住周嘉誉的腰,长长地叹了口气:"我没生气,你也不要生气,等来年的生日,我一定会陪你过。周嘉誉,生日快乐。"

生日蛋糕已经分没了,礼物也叫盛铭洲、段晨瑞他们一起带走了,丛夏这么干巴巴地冒出一句话来,稍微显得有些底气不足。

周嘉誉摸了摸丛夏的头:"吃饭了没?"

"还没。"丛夏刚忙完实验室的事,累得很,直接就从学校那边跑过来,差点没在地铁上睡着。

过了晚饭点,各种店里的人也不多,周嘉誉陪着丛夏简简单单地吃了碗面,时间也不早了。

吃面的时候,丛夏话也不多,埋头吃完,又盯着看了很久。

"你和乔……乔愉,你们经常在一起吃饭吗?"丛夏到底还是介意。

闻名不如见面,乔愉长得确实是漂亮。虽然是女飞行学员,但眉眼弯弯看着就温柔可人,丛夏心里多少还是在意的。

"同学而已,抬头不见低头见,交集不多。"周嘉誉实话实说,出了面馆又给丛夏买了热乎乎的奶茶,放在手里暖着。

丛夏若有所思地点了点头,没吭声,牵着周嘉誉的手,小声地说着:"今天我真的不是故意的,有特殊情况,等下周末我们单独出来,我好好地给你补过一个。"

周嘉誉点点头,淡淡地笑了一下。

其实,很多个周末,都是这么说好了最后却没能实现。

"要不,我送你回去吧,你看着很累。"周嘉誉摸了摸丛夏有些浮肿的眼睛。时间也不早了,再晚地铁都要停了。丛夏本来是想着今晚要不然就不回去了,陪着周嘉誉在外面住一夜也好。

"那,就先回去吧。"丛夏点点头,没继续说下去。

回去的地铁上,人不多,丛夏坐在周嘉誉身边,头靠在他肩膀上,昏昏欲睡。

这个生日,周嘉誉过得真算不上高兴,但能见得到丛夏一面,总比见不到要好。等着假期,时间充裕多见见面弥补上就好了。

这样想着,周嘉誉摸了摸丛夏的头。透过地铁的玻璃窗,人影闪动,虽然模糊不清,但能看得到依偎在一起的两个人亲密无间。

送丛夏回了学校之后,周嘉誉在校门口站了许久,忽然想起之前高中中的日子，前后桌那么近，拍拍肩膀，就能看得到她回头羞涩的笑意。

在冷风里站了许久，入了夜，月光是越来越亮了。

丛夏缓慢地走在回宿舍的路上，从校门走到宿舍还有一段距离，天气太冷，也不想骑自行车，只能加快脚步。

"丛夏。"路过实验室的时候，碰到了熟人跟她打招呼。

"师兄好。"丛夏打起精神，借着路灯的灯光看清了对面的人，是一个实验室的师兄季子帆。

"这么晚，出去了啊。"季子帆刚做完了最后一组数据弄完从实验室出来。

"刚去给我男朋友过个生日。师兄又在实验室忙到现在，辛苦了。"

丛夏这几个月一直跟着季子帆的小组做实验，帮着做一些基础数据。

季子帆是本校专业第三直博上来的，脾气很好，又认真负责，导师也看重，所以部分项目是他来负责。项目组的人虽然不少，但他对组里的每一个同学都公正公平，也经常会帮助还在本科期间的师弟师妹协调时间。

就是项目工作量大，所以平常总是得叫项目组的同学加班加点地赶。

"这样啊，那今晚是不是耽误你们庆祝了？"季子帆觉得有些过意不去，出于礼貌问了一句。

丛夏摇摇头没说什么，大家都一样，都有自己的业余生活，不能因为这个就推托。

"刚才给大家点了蛋糕，这是剩下来的，刚好在这儿碰见你了，给。"季子帆把手里的蛋糕递给丛夏。

丛夏不好推托，礼貌客气地接了过来："谢谢师兄。"

"快回去吧。"

到了宿舍，徐清雅已经回来了，她和段晨瑞的那些同学不熟，所以唱歌也没去。

"夏夏，你终于回来了。你见到周嘉誉没！今天生日宴，他们专业那个女飞也去了！"徐清雅还以为丛夏是从实验室回来的不知道。

"我知道。"丛夏很累，随手把蛋糕给了徐清雅，"小雅你吃吧。"

"你知道？"

"我出了地铁口就碰到他们了。"丛夏叹了口气。

"他们？一起的吗？上哪儿去？不是都去唱歌了吗？"

"他们都要回学校，所以一起坐地铁，我刚巧碰到了。"

徐清雅的反应倒是比丛夏还激动："他们一起回学校？他们一起回哪门子

学校！"

丛夏累极了，一点也不想去周嘉誉和乔愉为什么要一起回学校，反正周嘉誉解释，她便信。

洗过澡，她爬上了床，看了看手机的消息。

周嘉誉二十几分钟前发了条消息，说是到学校了。

丛夏：那就早点休息吧！晚安。

本来周嘉誉还想要跟她说说话，聊天框里都打好了文字，看见"晚安"之后，他愣了几秒，失落地把打好的字删掉了。

周嘉誉拆了礼物，盒子里是一条带着小飞机的男士项链。

小小的银色飞机，机翼的地方还缀着一排小小的钻石，旁边还穿了一颗星星，精致得很。周嘉誉小心地把项链从盒子里取出来握在手里仔细地看了半天。

桌上亮着台灯，光落在手中的小飞机上一闪一闪地亮着金属光泽，周嘉誉盯着看了许久，才又继续拆了盒子里装着的手写信。

是丛夏亲笔写的。

笔迹一如既往的工整娟秀，一行行密密麻麻写了很多，显然是用了心的。

借着台灯光，周嘉誉从头读到了尾，目光停留在信的最末尾，久久地没有挪开。

周嘉誉，生日快乐，不止今天。

你说你爱蓝天，那我愿等长风，希望每一场风起都能听到你起落平安的问候。

看了许久，周嘉誉有些触动，捏着信纸端坐了许久后把信件小心地折叠好，连同着小飞机收进了盒子，放进了抽屉里。

"总有一天，我会带着每一次起落平安，问候你。"周嘉誉小声地重复了一句。

大二的专业课正是多的时候，考试周的压力也是翻倍的，丛夏忙了一日又一日，起早贪黑，实验室、图书馆两头跑。

和周嘉誉说好的补过生日也没有实现。

稀里糊涂，就这样又要迎接新的寒假生活了。

本来要一起回家的，连机票都买好了，丛夏这边又被通知实验室的项目收尾。犹豫再三，她还是决定改签机票，再留两周。毕竟这个项目她跟了这么久，现在要收尾了，肯定是想要有始有终为好。

　　临行的前一天，丛夏陪着周嘉誉吃了饭，两人还看了一场电影。

　　等电影场次的时候，丛夏安安静静地坐在周嘉誉边上，把手放在他的膝盖上，也不说话。

　　"还要在北州再待几天啊？"周嘉誉一直情绪都不是很高，但丛夏做好了决定，他也不好说什么。

　　"再待一周多吧，要看项目的进度。"丛夏捏了捏周嘉誉的手，哄着他高兴些。

　　"走吧，可以进场了。"

　　大概是因为周末，影厅坐满了人，新上映的片子，质量不错，周嘉誉看得很投入，倒是丛夏刚经历了考试周，昨晚也没怎么睡好，在昏暗的电影场昏昏欲睡。

　　散了场，周嘉誉也没忍心叫醒她。

　　过了一会儿，丛夏才清醒过来，朝着周嘉誉不好意思地笑了笑。

　　"很累吗？"

　　"很累，不想走了，今晚也不想回学校了。"

　　"那我们今晚就不回去了。"周嘉誉摸了摸丛夏的头，帮着她系好那条自己送的白色围巾。

　　找了一家环境还不错的酒店，丛夏洗了个热水澡，驱散了身上的疲惫感。

　　周嘉誉搂着丛夏，眼皮有点沉，总是想要和丛夏说说话，说那些心里话，但话到嘴边，又不知道该怎么开口。

　　丛夏躲在周嘉誉怀里，总是忍不住地犯困，又舍不得睡，捧着他的脸，轻轻地亲了亲。

　　"不要生气好不好？"

　　"我没生气，好好的生什么气。"周嘉誉无奈地笑了笑。

　　"说好了和你一起回家的。"丛夏又往周嘉誉身上贴了贴，整个身子都靠在了他的身上，眼睛一刻也不肯离开他，"我错了，等我们以后毕业了，工作都稳定了，就会有我们自己的家了。"

　　周嘉誉不置可否，点点头，回吻了一下丛夏："睡吧。"

　　简单的约会过之后，周嘉誉回家了，在家也没少忙学校和班级的事。丛夏还是照常去实验室，跟着师兄师姐学习，学习到了不少。

又熬了一周多，项目收尾，丛夏终于可以回家了。

"明天回家了吗？"季子帆是负责人，而且他手上还有导师布置的不少活，得大年三十才能回去。

"是啊，我明天的飞机回临川。师兄呢？还回去？"丛夏最后一天去实验室，把东西都收拾好了。

"我还不能回去，论文还没写完，导师也不能放我走啊。"季子帆已经完全习惯了科研的辛苦，"大二下学期，还想要进老师新的项目吗？"

"可以吗？"丛夏的眼神里闪着期待的光，"感觉本科可以进实验室和老师、师兄师姐学习的机会不多，能够再参加项目或者课题，我肯定愿意。"

季子帆想了想，大概思考了一下："那如果下学期有合适的项目，导师带着我一起做的话，我和你说，你可以给导师写写邮件申请下。"

"真的吗？谢谢师兄！"丛夏开心极了。

虽然大二下学期专业课仍然不少，继续参与项目肯定会压力倍增，日子应该只会比这学期更难过。但只有不断地学习和实践才能为以后走科研这条路打好基础，而且在实验室打杂的时间，她总是觉得很有意义。

"那我先回去啦！"

丛夏挥了挥手，走出实验室之后又折了回去："师兄，你也早点回家啊，提前祝你新年快乐！"

季子帆愣了一下，点点头："你也是，一路顺风，新年快乐！"

回家之后，丛夏终于有时间和周嘉誉腻歪了两天，看了电影，吃了饭，见了见孙橙瑶和林骁。

年是留在临川过的，丛夏跟着孟葭走了两天亲戚，第三天说什么也不肯再去了。

孟葭只好带着轩轩继续走亲戚。

丛夏一个人在家，刚好有大把的时间安静地看书，懒散地追剧，喝喝咖啡睡睡懒觉。

周嘉誉照常回了老家，可能是年岁大了，奶奶也备不动年货，跟他一直唠叨要他跟丛夏好好的。

元宵十五过后，各个高校陆陆续续开学了。

周嘉誉上学期拿了奖学金，趁着寒假还有几天，就和丛夏提前走了两天，在北州周边的城市玩了玩。

路过解放桥上的巨大摩天轮的时候,周嘉誉有兴趣乘坐一下,但丛夏犹豫着说:"不要坐了吧。"

"怎么了?"周嘉誉询问原因。

"我看攻略上有人说,坐了这个摩天轮就会分手,所以私下里都不叫它'津湾之眼',叫它'分手之眼'。"丛夏平常也不是个迷信的人,只是一涉及和周嘉誉有关的事,她总是格外敏感。

周嘉誉被丛夏的解释逗笑了,戳了戳她脸上的酒窝:"你怎么信这个?"

丛夏默不作声,本来是不信的,只是和周嘉誉有关,她没办法不紧张。

她希望,所有和他们爱情相关的词条、因素,甚至是某种看不见的磁场都是美好的。

"那我们不坐了,我们去吃晚饭,然后去听相声。"周嘉誉握住丛夏的手,带着她往前走。

"周嘉誉,我们要一直在一起的。"丛夏有些底气不足,又补了一句,"对吧?"

自从上次之后,丛夏老是觉得她和周嘉誉之间像是有话没说开一样,偏偏又忙又累,拖久了就又不知道该怎么说,忘了要说什么。

"当然。"周嘉誉一直觉得这是个肯定句,而不是判断句。

丛夏得到了想要的回答,沉下了心。

回到北州,忙碌的学习生活又开始了。这次,不只是丛夏,周嘉誉也一样抽不开身。

周而复始的训练,还有缠人的班务,不断在心底积攒的梦想。

还有不到一年就要去航校了,去了国外,除了陌生的环境,还有异地还有时差。周嘉誉空了就会想,总是隐隐担心。

丛夏回了学校重新投入学习中,有了季子帆的指导和帮助,她也成功加入了新项目,渐渐混成了生工实验室的熟人。

季子帆也会多照顾丛夏一些,毕竟实验室里没有几个本科生,专业课没学完基础肯定稍差一些。

早出晚归,丛夏慢慢习惯了这样的生活节奏。

又是照常去实验室的一天,因为是周末,大家都想着多休息会儿,丛夏又来得早,所以实验室还没有人。

换了衣服，丛夏把手机调了静音放好，就开始干活了。

实验室的师兄师姐陆陆续续地赶过来，大家各司其职，忙活着自己手上的事。

直到快中午，丛夏才捏了捏酸痛的脖子，想起看了看手机。

结果满屏的消息和十几个未接电话。

丛夏赶紧点开，先选了徐清雅的电话回过去。

"小雅怎么了？"丛夏有不好的预感。

徐清雅打了一上午的电话，终于是打通了。她要不是今天和段晨瑞在外面约会恨不得冲到实验室去找丛夏。

"你怎么不接电话啊？"徐清雅快要冒火，"你男朋友受伤了，段晨瑞今天因为这个都放我鸽子了，好像挺严重的，你赶紧去医院啊！"

丛夏反应了半天，然后磕磕巴巴地询问着地址，得到了地址后她赶紧冲出了实验室，连书包都没来得及拿。

丛夏直接叫了车，赶紧朝着医院去了。

天气很热，赶上了午高峰，路上的车也不少。

"师傅，还要多久能到？"

"姑娘，这路况这么差，估计怎么也还要二十分钟。"

丛夏心里着急，又不知道周嘉誉那边什么情况，犹豫了一下，付了车款，下了车赶紧朝着医院跑去。

路上车不少，赶上中午，天气又热，晒得人都是懒洋洋的。丛夏跑得急，中间也不敢休息，一口气跑到医院的时候上气不接下气，连额头和鼻尖都冒了许多汗。

去了导诊台询问了下，又找了一阵，丛夏才跌跌撞撞地跑到了病房门口。

推门进去的时候，病房里还有不少人在。

除了段晨瑞和盛铭洲两个熟悉的面孔，丛夏一眼就看到了站在病床边的乔愉，她愣了一下，气氛尴尬，一时不知道该怎么开口。

几个人都还穿着训练的制服，像是从学校赶过来还没得及换。

"你来了。"盛铭洲他们几个打了招呼。

丛夏回过神，恍惚地应了一声，打了个招呼。

"他上午发烧也没请假，训练的时候不小心把膝盖摔伤了，医生看过了，问题不大，但可能需要住几天院。导员还有事就先走了，现在你来了，我们就都先回去了。"盛铭洲说话的口气四平八稳。

周嘉誉还睡着，应该还在发烧，打着点滴。

丛夏沉默了几秒，点点头："我知道了，谢谢你们。"

话说到末尾，丛夏的目光在乔愉的身上又多停留了几秒，最终也没再开口，目送他们离开。

病房一下子安静下来，丛夏才发觉自己跑得着急，随身只带了手机。

她腿脚有些发软。

她拉了把椅子，安静地坐在病床边，摸了摸周嘉誉滚烫的额头，心里说不出的难受。

日头又下滑了许多，太阳有快要落下的趋势。

周嘉誉的脸烧得有些红，应该是不太舒服，所以睡得不安稳。丛夏就这样坐在一边，看着他，思绪飘忽。

她记得上次在医院陪着他还是在高三。窗边的窗帘架子脱落砸下，周嘉誉不顾一切地将她护在身下。

一转眼，竟然过得这么快，眼看着大二都要结束了。

人总是不能有大把空闲的时间，因为只要一空闲下来就会想许多许多漫无边际的事。

丛夏莫名地觉得难过，好像大学并没有他们高三时期待的那么自在肆意，反而充斥着诸多的隐形压力，不停地走，也早就不再像从前一样在乎周围的风景了。

奖学金、评积极分子、绩点、学科排名，每一样都让人心力交瘁，大家似乎都开始了新的生活，不停地忙碌、追逐。

丛夏靠在椅背上，垂着眼睛，忽然想到，这学期都快要过去了，她竟然一个视频电话都没有给孙橙瑶打过，两人的聊天记录还停留在上次回临川出去玩的时候。

这学期，她也没有和周嘉誉正经约会过一次……

每次见面，要么是只能吃顿饭，要么是只能看一场电影，就要匆匆赶回学校，各忙各的事。

丛夏的目光一刻不离地落在周嘉誉身上，她忽然有很多话想和他说。

时间一分一秒地流逝，太阳快要滑落到地平线下面，落日余晖顺着窗子落进来，照着白色的床单都在闪着微弱的光。

周嘉誉醒过来的时候，只觉得眼皮沉重，头还晕，恍惚能闻得到刺鼻的消毒水味。

"你醒了。"丛夏倒了杯热水,小心地把他扶了起来。

"你怎么来了?"周嘉誉烧得糊涂,到了医院经医生检查过之后,他就昏昏沉沉地睡了过去,连丛夏什么时候来的他都不知道。

"小雅跟我说你受伤了。"丛夏把水递到周嘉誉的手中,摸了摸他还是滚热的额头,"我去叫一下护士再量个体温吧,摸着还是很烫。"

护士量过体温,39℃,又给了他两个退热贴。

"膝盖还疼不疼?"

丛夏刚才趁着周嘉誉昏睡着看了看,摔得还挺严重的,整个左膝盖都肿成了紫色。

周嘉誉摇了摇头。他感冒已经有几天了,开始没太在意就拖严重了。昨天夜里开始发烧,烧到早上要训练也不见好,他晕得厉害才在训练的时候摔了一下,不巧又是膝盖着地。

还好没出什么大问题,不然职业生涯就彻底断送了。

丛夏本来想教训周嘉誉两句,又舍不得,直接坐在了床边,默不作声地拿着纸巾帮他把刚刚护士拔针留下针口还在微微渗血的手擦了擦。

"饿不饿?我去外面给你买点吃的。你烧得这么厉害,不能不吃饭。"丛夏的口气很温和。

周嘉誉握住丛夏的手,不答反问:"今天你不去实验室?没有课吗?"

"不去了。"

按照原计划,丛夏下午是还要在实验室待着的,晚上还想要旁听一个线上会议。但现在,她也没什么心情参加了,怕打扰到周嘉誉休息,手机直接静音没再打开看过消息。

丛夏下楼去给周嘉誉买了粥和软乎乎的糕点,回来的时候刚好赶上周嘉誉和奶奶在打电话。

"奶奶,我和丛夏在外面玩呢,她买完东西回来了,你要不要和她说说话?"周嘉誉说着把电话凑到丛夏耳边。

"喂,奶奶。"丛夏边放下东西边接了电话。

趁着丛夏打电话的工夫,周嘉誉洗了手吃了块糕点,稍微有了点力气。

"喝点粥。"丛夏挂了电话,把外带的盒子打开塞了勺子给周嘉誉。

周嘉誉不接:"你喂我吧,丛老师。"

"你又不是小孩子了。"丛夏不允,周嘉誉便这样直勾勾地盯着她看。

丛夏无奈,只能照做,嘴上在埋怨,心里却没什么不愿。

粥喝得好好的,周嘉誉忽然提了一句:"明早,买个柚子吃吧。"

"想吃柚子了?"丛夏应承着,又喂了他一勺粥。

周嘉誉点点头。

上次发烧的时候还是高三,那时候他们算不得太亲近,他烧了一整天没去上学,丛夏冒雪给他送粥送药,还送了一盒剥好的柚子。

那时候,冬日里,天那么冷。

"那我明早就去给你买。"丛夏简单地收拾了一下桌子,也去洗了洗手和脸,驱散了困意。

"你再坐一会儿就回去吧。"

不知不觉,天已经黑了,周嘉誉叮嘱着丛夏。他自己一个人习惯了,生病什么的他也能搞定。

"我不回去了,今晚就在这儿陪你。"丛夏握着周嘉誉的手,又试了试他额头的温度,降下来不少。

"这儿没有床,你怎么睡?"周嘉誉态度很坚决。

丛夏拗不过他,又给他打了壶热水,看着他洗漱好重新躺下,交代了一下护士夜里要是有什么情况再给她打电话,才坐上了回学校的地铁。

周嘉誉看着丛夏离开,挥了挥手,躺下翻了个身,还是觉得疲累。

像是进入了休止期一般,周嘉誉总是觉得和丛夏没什么话要说,明明她就在眼前,心里又莫名地失落。

从去年生日缺席,到寒假失约没能一起回家,再到这小半年来甚少见面,他从开始的焦虑不安、气愤不悦,到现在竟然开始有些心安理得地接受,习以为常。

这样的过程,让他觉得可怕。

正想着电话铃声又响了起来,是乔愉。

"喂,是我。"乔愉纠结了一个晚上,本来是想发消息问候一下,但久久没有收到回信就打了个电话,"你好点没?"

"好多了,已经退烧了。"

乔愉捏着手指,可能是觉得自己这个电话有些逾矩,说不定丛夏可能还在医院,便又瞎解释了一句:"导员让我问问的,他不放心,你烧退了就好。"

"没事了,谢谢你。"周嘉誉礼貌地致谢。

挂了电话，也没什么力气去思索，烧还没完全退下去他又有了困意，不知不觉，他又睡了过去。

丛夏从医院出来也没什么精神，还粗心大意坐地铁坐错了方向，坐过了好几站才发现，匆忙赶下来换乘。

在地铁上她才又重新打开手机，不过才一个下午，"99+"的消息真让人头疼得厉害。

消息是各个群里的，其实她已经给很多群设置了免打扰，但项目群、实验室群、各种专业课的群还是不停地冒出新消息，一打开手机屏幕就让人眼花缭乱。

丛夏趁着自己还有力气，把消息一一看过又回复了很多"收到"，还在手机上写完了一个专业课论述作业发给了课代表的邮箱。

季子帆也给她发了几条消息，大概是问她是不是遇到什么事了，还有项目的一些进展，外加一篇对她有帮助的和专业相关的论文。

丛夏礼貌地回复过后，关了手机，合上眼觉得精力快要被榨干，疲惫到了极点，她长长地舒了一口气。

地铁的轰鸣声不大，不停播报的站点，亮起的小红灯，一个又一个闪过……

周嘉誉又在医院观察了几天，发烧是很容易治好的，比较棘手的是膝盖的伤。

在北州不比临川可以做饭煲汤，只能靠外卖打发三餐。

丛夏买了红心柚，尽可能地抽时间待在医院陪着他。看着周嘉誉膝盖的伤慢慢恢复一周之后准备出院，她悬着的心才放下了。

对飞行员来说，身体每一个零部件细小的变化都会影响以后职业生涯的"存亡"。

回学校之后，周嘉誉也要忙着补这几天落下的课，颇有些焦头烂额。加上六级考试要开始了，他的英语一向不怎么灵光，那可是叫蒋珍霞整整头疼了三年。住院生病耽误了这么久，复习任务也更重了一些。

又是一节早八，整整上了一上午的专业课，好不容易熬到中午，大家叫苦连天地离开了教室，赶去食堂吃饭。

周嘉誉还准备在教室再坐一会儿捡一捡专业课，看了一眼手机消息，偏偏又是通知班长开会。

周嘉誉正纠结怎么能逃掉,乔愉走了过来。

"我去吧,老师那边我帮你说一下,学院里的要求应该是一样的。"

"谢谢啊。"周嘉誉确实是不想再跑出教室了,想了想他又补了一句,"下次导员有什么要求做的工作,我帮你。"

"没事的,也不麻烦。"乔愉笑了笑,走到了教室门口又停下脚步,回头对周嘉誉说,"这几天专业课的电子笔记我刚给你发微信上了,你要是有需要就看一下。"

周嘉誉愣了一下,也想不到什么理由拒绝乔愉的帮助,点了点头:"真的谢谢你啊,麻烦了。"

"不客气。"乔愉点到为止,礼貌地笑了笑走出教室。

乔愉离开之后,教室只剩下周嘉誉一个人。几乎一整个中午的时间他都耗在了这儿。

再抬起头的时候,已经快要下午了,周嘉誉直了直腰看了会儿手机。

丛夏发了不少消息,许多是英语的资料以及叮嘱他要遵医嘱适当回复运动之类的。

周嘉誉:有时间吗,能不能打个电话?

正巧,丛夏刚下课,从教学楼出来看到周嘉誉发过来的消息,就赶紧拨了电话。

"怎么了?"

"没怎么,就是想和你说说话。"

今天的天气格外好,开着门窗的教室有穿堂风经过,吹起了白色的纱布窗帘,搅得阳光像是光影灯一样,一闪一闪。

这样好的天气,这样好的夏天,周嘉誉总是下意识地会想到临川,想到丛夏。

丛夏暗暗松了口气,她以为是周嘉誉的膝盖又疼了,口气柔和了几分:"说吧,我都听着呢。"

"天气很好。"

"是啊,又是夏天了。"

从他们初识的那个八月开始,这是他们要一起过的第四个夏天了。

北州的夏天不同于临川,没有翻滚的海浪和吹过整座城市的海风,更多的是燥热难耐和焦灼不安。

丛夏想到,周嘉誉好像很久没有给他带话梅糖吃了。

209

"明天下午有空吗？"丛夏忽然提了这么一句。

周嘉誉扫了一眼课表，倒是真有一节通识课。

"没关系，我没有课，我去找你。"

本来是打算趁着明天下午空闲去图书馆把专业课的作业写完，现在也管不了那么多了。

"我们学校这边太偏远了。"

周嘉誉其实有点动了翘课的心思，虽然这门通识课老师节节课点名，而且眼神敏锐，缺席是一定会被扣平时分的，但他还是很想去见丛夏。

"没关系，我去。"丛夏背对着午后毒辣的阳光，汗水打湿了她额前的碎发，眼前有些花，但她的头脑异常清晰，她想去见周嘉誉，特别想。

没有原因，只是在某一个特别美好的夏日午后，迫不及待想要见一面。

"记得，给我买话梅糖。"

"好。"

夏日里多雨，丛夏从海淀区坐了很久很久的地铁，尽管带了伞，还是沾湿了鞋子，脚底潮乎乎的难受。

周嘉誉一下了课就赶着去校门口。其实，这是丛夏第一次来周嘉誉的学校。

因为离市中心实在太远，周嘉誉从来舍不得她从市中心奔波过来再折腾回去，都是他坐地铁过去。

"鞋子湿了？"周嘉誉瞥见了丛夏沾湿的白色帆布鞋，弯下腰低头帮她查看，"我背你吧，先去买一双干净的鞋子。"

周嘉誉怕丛夏脚底潮湿会着凉，所以固执地把她背了起来。

丛夏打着伞，趴在周嘉誉的背上，白皙得如藕节一般的胳膊环抱住他的脖子，由衷地觉得幸福。

到了附近最近的商场，找了一双还算合适的单鞋。丛夏坐在长椅上，周嘉誉蹲下来，帮她把袜子、鞋子都脱下来，用干净的纸巾把她的脚仔细地擦干净才给她换上了新的鞋。

"走吧，去吃饭。"周嘉誉擦了擦手，站起身朝丛夏笑。

晚饭吃了热乎乎的打边炉。

丛夏是江南人，平常不喜欢油腻辛辣的，打边炉清淡又有滋有味，吃起来刚刚好。

周嘉誉不怎么饿，吃得不多，大部分的时间是看着丛夏吃，听着她说学校和实验室的各种大事小事。

按照说好的,周嘉誉还带了话梅糖来,吃过饭剥了给丛夏吃。

吃过饭,外面的雨也停了,丛夏牵着周嘉誉的手,难得觉得轻松惬意,像是找回了高三时辛苦学习了一整周后,仅剩下的周六一下午休息时间一起休闲散步的自在。

"好吃吗?"

丛夏笑着点点头,把头靠在他肩上,前些日子里积攒的紧张和压力也慢慢地散了。她和周嘉誉终究是从高中时代走过来的,一起度过了那么多有意义又难熬的时光。

周嘉誉紧紧地握着丛夏的手,缓缓地长舒了一口气。

"夏夏,我们会一直在一起的。"

像是一种肯定,也像是一种期许。

"当然。"

下过雨后的夏日傍晚格外凉爽,有风吹过来,驱散了难缠的暑热。难得清闲,即使没有海,也跟从前浪漫的六月一样。

这天下午之后,丛夏和周嘉誉都会尽可能地抽时间出去约会,哪怕只是散散步,吃个饭,也要保证一周必须见上一次。

暑假来得很快,丛夏和周嘉誉也都拿到了大二学年的奖学金,在临川休息了一个多月。

轩轩已经两岁,生得像孟葭,大眼睛又黑又亮的,也不认生,亲戚邻里都喜欢得很。他学会说话之后,除了叫爸爸妈妈,就是奶声奶气地叫丛夏姐姐。每每丛夏在屋子里忙活久了,他就会来跌跌撞撞地敲门。

开始丛夏也不习惯,久了慢慢地也会哄着他玩一会儿。

再有半年,周嘉誉就要去国外学飞了,异国倒计时,晚上睡不着的时候丛夏总是会想许多。

暑气消散之后,新学年就又要开始了。

学习了大部分的专业课之后,丛夏可选择的课题组越来越多,能参与的项目也越来越多,加上前两年学科绩点排名都不错,她还是准备在保研这条路上努力一下。

"这么晚还不走?"

丛夏回过神:"没呢师兄,我打算今天把这个赶完,明天周末上午就能晚起一会儿了。"

适应了实验室的节奏之后，丛夏心态上轻松了许多，面对科研、学习也更能得心应手一些。

"还是早点回去休息吧，不急在这一时。"季子帆理了理桌面上的东西，又想起了什么，"丛师妹，你如果是保研或者直博的话，可以考虑再参加一些比赛，不只是生物学方面的，电赛什么的都可以考虑，丰富一下自己的本科经历。"

丛夏若有所思地点了点头，这两年多她好像确实没有参加过校级以上的比赛。

"好，那我去留意一下，谢谢师兄！"

"不客气，等回头我看到相关的资料发给你。"季子帆脱了白大褂，"走吧，这么晚了，赶紧回去吧。"

因为回宿舍顺路，加上丛夏又有些比赛上的事想问季子帆，所以两人一起回去。

季子帆本科期间参与了不少比赛，倒是有些经验可以说一说，基本从报名到准备都说得很仔细。

丛夏掏出手机，记在备忘录上，想着万一要是忘了也不好老去麻烦季子帆。

"师兄，我到宿舍楼了，谢谢你啊。"

"不客气，提前准备，找好队友，以你的能力拿奖是不成问题的。"

季子帆在这样高手云集的学校学习了那么久，见识过太多有能力又肯努力的人，丛夏可能不是其中天赋最高的，她少言寡语、心思细腻，最大的优点就是有毅力有恒心。

科研之路艰难，最重要的，就是得耐得住寂寞。

科学的进步与发展从来不是一蹴而就的，能够真正地投身其中的人其实并不多。

季子帆目送着丛夏的背影渐渐消失在视线里，舒了口气，能碰到志同道合的人本来就是幸事，做朋友做师兄妹都很好。

丛夏听了季子帆的建议，开始着意留心比赛的事，很快就在一个比赛中报了名。

大三上学期还是有不少的课，丛夏大多数时间全身心投入在实验和课业上。但和周嘉誉说好的，他们每周一定会见上一次，说说话，散散步，一起吃个饭。

眼看着又入冬了，周嘉誉在北州学习的时间也快要进入倒计时。

丛夏心里渐渐放松下来，没有了之前的焦虑和紧张，和周嘉誉约会的时候也没有那么压抑了。

北州初雪的时候，周嘉誉带着丛夏又去了一次梅园，买了糖葫芦还吃了涮羊肉。

周嘉誉二十岁的生日是丛夏一个人陪他过的，这一年也算是把去年的遗憾弥补上了。

二十岁又是一个全新的起点，比起十七八岁的骄傲和冲动，更多一些沉稳和踏实。

毕业照十二月末拍了，在周嘉誉生日后不久。飞行技术专业和其他的普通大学本科不同，基本是两年半的专业理论知识学习再加上一年到两年的送训学飞。

具体去哪儿，就要看不同学校和不同的航司要求了。盛京航空和东安航空都是送训到澳大利亚学飞。

周嘉誉和乔愉是整个班级里"唯二"签约盛航的，盛铭洲、段晨瑞是东安人，所以当时签约的是东安航空，张寻签了另外一家航司，会去到加拿大学飞。

周嘉誉的毕业典礼，丛夏有去。不管他们的学校有多偏多远，她总是不想错过他生命里的每一个重要时刻。即使上午有考试，下午她还是没有午休就赶过来。

人群里，周嘉誉一眼就认出了丛夏，她穿着厚重的外套，戴着他送的那条白色围巾。

"你怎么来了，不是说四点多还有一门考试吗？"周嘉誉心疼丛夏大冬天还要来回地跑。

"没事，就看着你毕业，和你拍张合照我就回去。"丛夏也不觉得辛苦，踮了踮脚，抬手摸了摸周嘉誉的眉心。

陪着周嘉誉拍了照片，丛夏又着急地赶了地铁回去。

因为最近又添了要比赛的事，所以精力更不够用了。坐地铁回去的工夫她都困得迷迷糊糊。

不过好在忙碌的这一整个学期也要结束了，参加完比赛，再回临川好好地放个寒假过个年。等着周嘉誉出国学飞，明年的暑假丛夏也准备着手找找实习单位。

班级上的朋友同学都在忙着告别，周嘉誉已经把宿舍里要邮寄回去的东西都邮寄走了，站在操练过的，再熟悉不过的操场上，他感慨万分。

"好啊，你们都去澳大利亚了，就我一个人去加拿大。"张寻不满地抱怨了一句。

"啧，咱班不是好些也要去那边的嘛。"段晨瑞安慰了一句，揽着周嘉誉和盛铭洲，像是幸灾乐祸，"咱哥仨可还在一起。"

张寻翻了白眼，盛铭洲嫌弃地打掉了段晨瑞的手。

"那你和徐清雅怎么办，准备好异国恋了？"周嘉誉看着微微阴沉的天空，忽然问了一句。

"恋着呗，都谈两年了，异国就异国。"段晨瑞嘴上这么说，心里也没底，毕竟大洋彼岸，还隔着时差。

周嘉誉沉默着没有回应，暗暗坚定地想，也就是异国而已，不难的，不到两年就回来了。

盛铭洲倒是兴致不高，这回一个劲儿地跑神看手机。

"别看了，手机也不能看出花来。"段晨瑞顶了盛铭洲一下，也抬头看了看天空，"你说，我们都可以成为飞行员开着飞机上天的吧？"

"当然！"张寻肯定地点了点头。

"肯定会的。"周嘉誉深吸了口气，目光有种说不出的坚定，"我们一定都能做飞行员。"

盛铭洲收了手机，补了一句："并且这一辈子的职业生涯里，都能起落平安。"

"一辈子顺航！"

欢呼着，喧嚣着，比别人短暂的大学生涯就猝不及防地画上了句号。好像高考还在昨天，一转眼就又是人生的下一段旅途。

离开学校的最后一晚，周嘉誉一夜未眠，看了看熟悉的校园，自己一个人静静地坐了一晚上。

他仍然记得自己十七岁时说要做全世界最酷的人，现在想来自己应该也没有辜负那时少年的期望。

他也记得，丛夏说要他建造一座属于他们的王国，他将是永远的国王。

他准备好了，他把异国的日日夜夜揉进了这个不眠的夜里，无数次确认自己的内心——他真的，准备好了。

因为丛夏有比赛，所以周嘉誉先回了临川，丛夏特意叮嘱了他和孟葭自己参加比赛的那三天完全封闭，所以她也不打算上微信之类分心。

比赛正式开始的前夕，周嘉誉和丛夏打了很久的电话，说好了今年过年还是要回奶奶老家过。

一起放鞭炮，包饺子，准备年夜饭，还要拿着奖学金给奶奶买新年礼物。

带着这些美美的念想，丛夏那一晚睡得很好，比赛时精气神也很足，加上队友给力，抽到的题目也很合适，所以进展得特别顺利，前两天的工夫就已经完善了基本构架。

比赛期间她也没怎么看手机，想着这次比赛结束，可以冲奖项回家好好地陪着周嘉誉和奶奶过年。

只是，没有人想到意外会来得那样快。

第二个比赛日结束的深夜，丛夏接到周嘉誉的电话。

奶奶在外面买东西的时候，雪天路滑不小心摔了一跤，情况有点严重，周嘉誉已经连夜从临川坐高铁赶了回去。

丛夏紧张得不行，酝酿好的睡意一下子全都消失，心里已经在想着要不要明天一早就去找比赛的工作人员说退赛。

直到凌晨三点周嘉誉到了医院，才回了电话过来。

"奶奶怎么样了？"

"还好，现在情况稳定下来了，手术刚结束，医生说暂时脱离生命危险，要在重症病房里观察几天。"周嘉誉连夜奔波又加上担心得要命，整个人和虚脱了一样，说话已经有气无力。

丛夏松了口气，想了下，如果自己退赛的话，那么小组的成绩也会被作废，大家都是为了争保研或者直博名额的，她也不好因为自己的个人原因就直接拍拍屁股走人。

"那等我明天下午结束比赛了，马上就买最近的航班过去。"

"好。"周嘉誉没什么力气了，微微叹了口气合上眼。

刚刚在高铁上，他真的快要疯了……

幸好，奶奶还在。重症病房是没有太多探视时间的，周嘉誉站在彻夜亮着灯的走廊里心悸得发慌，一遍遍地祈求，奶奶一定要平安无事，他愿意用自己十年的寿命去换。

只可惜，可能医院有太多的祈求声了，这一句老天爷没有听见。

天完全亮起来，阳光正是刺眼的时候，奶奶的状况急转直下，医生在病房忙活了许久之后无奈地摇了摇头。医护人员给奶奶套上了吸氧机，勉强维持着最后几个小时的生存时间让奶奶把没说完的话都说完。

周嘉誉已经许多年没有哭了，即使当年妈妈去世的时候，他也是一滴眼泪都没掉。

他一直告诉自己要做个坚强到甚至有些心硬的人，他自己一个人也可以过得很好。可奶奶颤抖的手摸到他的脸的那一刻，他的眼泪完全失控，话都讲不出来一句。

"臭小子，以后还是要照顾好你自己，知道吗？"奶奶什么也想不到了，看着眼前的周嘉誉，目光变得飘忽。

"奶奶，奶奶，我照顾不好自己，我求您了好不好，求您了，别离开我……"周嘉誉忽然失控，眼泪流进了嘴里，又苦又咸。

"你得照顾好自己，还要照顾好……照顾好你爸爸，和……夏夏。"奶奶环顾了一圈，只看见了周堃和周嘉誉，没有看到丛夏的身影，"夏夏呢，见……见见她，我得嘱咐她两句。"

周嘉誉一瞬间泪水决堤，甚至都看不清眼前的画面，也哭不出任何声音："我给她打电话，我打电话，她马上就回来了，奶奶您再坚持一下。"

周嘉誉疯了一样给丛夏打电话，一遍又一遍却始终无人接听。

比赛时是不允许带手机入场的，丛夏不知情，她依然以为奶奶已经脱离了生命危险。她匆忙完成比赛离开场地的时候才发现手机里有无数个未接来电。

她已经顾不得去找工作人员和老师解释，以最快的速度赶去机场，路上给周嘉誉回电话。

"奶奶，奶奶，我是丛夏。"丛夏眼睛红得厉害，"您再等等我，我马上就上飞机了。"

奶奶和周嘉誉只说了几句话，便像耗光了所有的精力一般，又强撑着和周堃交代许多后似乎已经是筋疲力尽，勉强吊着一口气看了看屏幕里哭着的丛夏。

"好……奶奶，等……等你。"

丛夏用仅剩的理智完成了安检登机，甚至在起飞开飞行模式前还又和周嘉誉通了一个电话。

等飞机落地，她疯了一样跑出航站楼，从机场去往医院的路上时，她收到了周嘉誉的消息：奶奶去世了。

短短五个字，丛夏盯着屏幕，坐在出租车的后排，心情陡然跌入谷底。

已经……去世了。

最后一面也见不到了。

丛夏已经听不见周围嘈杂的鸣笛声和司机的询问声，她觉得好安静，脑子短暂的空白之后，闪过了一帧又一帧和奶奶有关的画面。

出租车停在了医院的门口，丛夏不知道自己是以怎样的状态和神志走上了电梯，跌跌撞撞地进了已经安静了的病房。

周堃已经在着手处理后事了，周嘉誉坐在一边的椅子上，垂着眼睛，神情有些呆滞，目光落在眼前的白色被单上，整个人像是灵魂被剥离了一般，毫无生气可言。

听到丛夏进来的声音，他努力地抬起眼皮。

他抬头的那一瞬间，丛夏吓了一跳。

熬了一夜，周嘉誉本来好看明亮的眼睛里布满了血丝，又哭得太凶，眼皮都红肿起来，脸色微白，唇色发紫，看起来要多憔悴有多憔悴。

"来了。"周嘉誉的口气很轻，似乎已经没有什么力气，"要不要，再看一眼奶奶？"

丛夏站定在床边，泪水模糊了视线，伸出的手还没有落在被单上就已经僵在了半空中。

她实在是没有这个勇气……

逝者已逝，生者如斯。

丛夏后退了几步，垂下胳膊，勉强将眼泪忍住，直到靠在了医院走廊里冰冷的墙壁上，再也控制不住，泪水一瞬间爬满了脸颊。

奶奶的身后事办得很简单，火化的那一天，周嘉誉在原地整整站了半日，一动不动，面无表情，却又在心里疼得翻江倒海。

葬礼之后，周堃又在老家忙活了几天还要去临川处理小半个月丢下的工作，本来想带着周嘉誉一起回去，奈何他不肯。

丛夏本来也不放心周嘉誉一个人留在这边，况且她自己一个人待在临川也没什么意义，所以网上买了一些日用品，决定在奶奶家这边也住一段时间。

葬礼结束之后不久，周嘉誉终于坚持不住病了。开始只是轻微的咳嗽发热，丛夏给他吃了两天的感冒药也不见好，扁桃体发炎肿到完全说不出话。

周嘉誉拒绝去医院，丛夏也没有办法，看着他躺在床上，面色苍白，嘴角起了泡，心疼却又很无奈。

这些天，周嘉誉基本是不吃不喝，也几乎不怎么和丛夏交流。

认识他这么久,丛夏从来没有见过他这个样子。

"周嘉誉,把药吃了。"

丛夏确定周嘉誉听到了,可等了半天,他没有任何反应。

这么多天过去了,这样下去也不是办法,丛夏咬了咬牙上去掀开了周嘉誉的被子。

"起来!"

周嘉誉深吸了口气,费力地从床上爬起来,接过了丛夏手里的药,全部塞进嘴里。

"你起来和我说说话。"

周嘉誉摇了摇头:"夏夏,我没什么心情。"

"那起来吃点东西,我陪你。"

"我没什么胃口。"

"那你要怎么样!"丛夏的耐心也快被消耗殆尽。

长久地沉默过后,周嘉誉抬起头看向丛夏,眼神里有一种说不出的陌生:"不想怎么样,不想让奶奶离开我,但她还是离开我了。"

周嘉誉看着丛夏,口气从激动又重回平静,松开了握紧的手:"而且,她是带着遗憾离开的。"

丛夏像是猛地被刺中,心疼得厉害。她怔怔地看向周嘉誉,完全没有反应过来,一句话也说不出。

"你……是在怪我吗?"丛夏底气不足,声音很小,话的尾音里还在抖着。

周嘉誉话说出口就后悔了,只是情绪上头,他第一次体会到了完全控制不住自己情绪是什么感受。

"我没有。"周嘉誉轻叹一口气。

他知道这件事怪不了丛夏,可他的大脑里总是不断地闪现着奶奶最后带着遗憾离开的画面。这种自责、愧疚、怀疑一旦开始,就很难再停止。

周嘉誉叹了口气,重新躺下,过了好久才闷声说了一句:"我想自己待一会儿。"

丛夏有些不知所措,明明她没做错什么,却像做错事的小朋友一样站在原地也不知道该辩驳什么。

如果她知道奶奶的情况会恶化,她肯定当天晚上就会退赛赶回来,如果……

可是没有如果。

丛夏忽然觉得心好痛，一时间愧疚、悲伤，全部涌上了心头，随着心跳很快席卷了全身上下。

听到房间的门关上，周嘉誉重新睁开眼，他看到了桌面上丛夏留下的热牛奶和面条，沉思了半晌。

他想要道歉，但说不出口。

周嘉誉恨自己为什么会钻这样的牛角尖，为什么会想到如果那一晚丛夏就退赛，是不是就来得及看奶奶最后一眼。

像是掉进了无底洞，一旦踏进去就没有办法走出来，只能越陷越深。

没有剧烈的争吵，只有冷漠和疏离。

丛夏从来没觉得，和周嘉誉待在一起会有一天变得如此煎熬和紧张。

她也说不清自己到底是不是愧疚，还是委屈，只是夜里睡不着的时间越拉越长，从开始凌晨的一两点，到后面凌晨三四点都毫无睡意，甚至可以睁着眼睛熬到天亮。

周嘉誉的身体慢慢好了，精神状态稍好之后的某天晚上陪着丛夏去了趟超市，买了很多菜，准备了一顿丰盛的晚饭。

"我来吧。"

丛夏正在洗菜，周嘉誉挽了挽袖子，从流水里接过青菜。

周嘉誉的厨艺是很好的，也就一个多小时的工夫，就准备好了晚饭，都是丛夏爱吃的。

刚才去超市，买了点啤酒，周嘉誉也一起放在了桌上。

周嘉誉的酒量很好，但一般是不会喝酒。丛夏进餐厅看见桌上的啤酒，心里隐隐不安，但也没有表现出来便落座了。

两人各怀心思，也没什么心思吃菜。

丛夏味同嚼蜡，目光时不时落在周嘉誉的身上，欲言又止。

"这是奶奶临终前嘱咐我给你的。"周嘉誉见丛夏也不怎么动筷子，也就切入正题了。

是一个很小巧的红木盒子，丛夏接过来打开，里面是一只成色很好的翡翠镯子。

"奶奶收了一辈子，她让我给你。"周嘉誉的口气很平静，倒是没什么波澜。

"嘉誉……"丛夏刚刚有些缓解的情绪又一瞬间掉回了谷底，她已经很难表述清自己的心情了。

"我不是故意的,我没有想到……"

"不是你的错,我不该对你发脾气,对不起。"周嘉誉打断丛夏的话,把红木盒子又朝着丛夏的方向推了推,"奶奶给你的,你就好好留着吧。"

他当然知道这不是丛夏的错,可他总是在想,如果参加比赛的是他,丛夏的至亲重病在即,他一定会立刻退赛赶到她身边的。

最伤人的从来不是结果,是反复挣扎的过程和不对等的博弈,以及他现在已经不能够确定的,还存在的,是否变得稀薄的爱意。

他没有怪丛夏的意思。

他只是,有点……失望吧。

自大二开始,丛夏越来越满的时间表,错过的生日,失约的回家行程安排,不停调整压缩的约会时间,无数个想要开口却又静默不知道该说什么的瞬间。

原来最可怕的不是争吵,是沉默,是平静。

周嘉誉又开了一罐新的啤酒,喝了大半。他忽然觉得很陌生,他抬眼看了看丛夏,目光刚好撞上了她温柔的眼睛,一如既往的清澈柔和,却怎么也瞧不见当年在教室门口第一次遇见时,回头张望的天真和明亮。

是谁说过,真正分开前,总是有一段回光返照,之后便是彻底的诀别。

"给我点时间,让我去接受和消化一下。"

沉默良久,周嘉誉的目光始终没有离开丛夏,最终说了自己的决定和想法。

从始至终,丛夏一言未发,她坐在椅子上,背挺得笔直,手里捏着那只翡翠镯子,面上平静坦然。

"好。"

组织了很多话,但想到最后,丛夏都没有说出口,应该是没必要的。

"给我把镯子戴上吧。"丛夏伸出了白皙的手臂,把镯子递给了周嘉誉。

看着镯子费力地滑进手腕,丛夏被那抹翠绿色刺痛了眼,有想要流泪的冲动。

"我等你。"

还在寒假,丛夏就先回了临川,走的那天是周嘉誉送她去的高铁站。

快进站的时候,丛夏僵在原地回头看了看周嘉誉。

少年似乎还是那个少年,笔挺高大地站在那里朝着她挥手。候车室的阳光照进来,落在他身上,有一种说不出的光亮、温暖。

原来,人是可以对另一个人反反复复心动的。

回去的路上，丛夏关了手机，七八个小时的路程她连一口水都没有喝，甚至感觉不到饿和渴。

是什么时候，她和周嘉誉之间，演变成了连解释都会觉得矫情的地步了？

丛夏控制不了自己的眼泪，哗啦啦地往下流，慢慢模糊了外面高速后退的窗外景致。

明明有微信，有电话，有各种各样的联系方式和途径。

但直到除夕夜，两个人都没有再说过一句话。

这个假期过后，他们已经不会再一起回北州了。

丛夏不敢让自己停下来，她拼命地看论文，和师兄师姐讨论课题，忙到自己只要躺在床上，就累得昏睡过去。

年，周嘉誉是一个人在老家过的。

热闹的烟火，家家团圆的年夜饭，这一切都随着奶奶的离开而变得遥不可及。

他是可以一个人生活得很好，在临川这么多年，他也是这么过的。亲人逝去的滋味他也不是没有尝过，只是奶奶的离开是能扎进他心里的那把刀，插进去，连流出的血都是落寞和孤单的。

关于丛夏，关于这么多年的感情，许多夜里他总是会梦到。

犹豫了再犹豫，挣扎了又挣扎。

他是知道丛夏开学的日子，算着时间在她临行的前一天赶回了临川。

还没出正月，临川还是冷得厉害。周嘉誉就站在楼下，没有打电话，一直等，从正午到太阳落山。

直到天黑了，丛夏下楼帮着孟葭倒垃圾，才在单元门口看见周嘉誉。

意料之外，又意料之中。

站的时间太久了，周嘉誉的脸和手都冻得冰冷，丛夏走过去很自然地握住了他的手帮他暖。

"夏夏。"

无数个夜里，思念和爱终于占了上风，周嘉誉舍不得。

丛夏轻轻地应了一声，钻进了他的怀里，口气很轻，有些轻微颤抖，也不敢去问他是不是想好了，是来和好还是来告别。

"我爱你。"周嘉誉闭上眼，紧紧地抱住丛夏。

话音刚落，丛夏的眼泪就掉了下来，又很快被擦掉。

"我知道，我也是。"

年都要过完了,可四处还是红彤彤地亮着灯。丛夏想起了高三的那个年,那个美丽的冬日童话。

童话,应该都是有个美好温柔的结局吧。

又下雪了,漫天纷飞的雪花落下来,这一年,一定是个好年。

丛夏回北州不久,周嘉誉就开始准备出国的事了。

同一批一起去的同学,就是盛铭洲、段晨瑞,还有乔愉。这件事,周嘉誉也跟丛夏说了。

回学校的日子,丛夏依旧忙碌得很,这是可以卷绩点的最后一个学期了,她也不敢松懈。

去澳大利亚要转机,起飞前,周嘉誉给丛夏发了消息。

回过了之后,丛夏盯着手机屏幕出神了好久。

这一去,就是小两年,甚至连过年都未必能回来。他也终于要靠近自己的梦想了,高中时就无比坚定和向往的梦想。

雄鹰本来就是属于蓝天的。蒋珍霞说得对,周嘉誉生来就是为了赢的。

她还是很骄傲,骄傲这样的人是她从年少就认定和喜欢的。只可惜,她已经觉得,他在离她越来越远。

是很强烈的第六感。

尽管他们和好了,周嘉誉也再没有提起过奶奶去世这件事,但真相就扎在了心头,无论如何也没有办法忽略。

丛夏无力得很,原来渐行渐远是一种这样的感受吗?她开始偶尔失魂落魄,患得患失……

甚至开始,给自己做心理预期。

周嘉誉要是离开她的话,她应该怎么能更好地接受。

第八章·
一世顺航

因为身处异国隔着时差,两个人也都琐事缠身,慢慢就把每天视频改成了两天一次,后来是三天一次。

周嘉誉的适应性一直很强,但奶奶去世之后生了场大病,一直没有完全恢复过来,加上澳大利亚这时候已经快要入秋,水土不服的缘故,忙着训练也无暇顾及身体上的问题。

才刚刚四月,他就又病倒了。

盛铭洲和段晨瑞在另外的训练基地,在这里,在澳大利亚离周嘉誉最近的,能稍微搭把手买药什么的,就只有乔愉。

"你膝盖的伤又犯了?"

上次周嘉誉摔伤后痊愈是痊愈了,但多少还是留下了一些碰见阴雨天会隐隐作痛的毛病,加大训练量之后时常需要注意。但人一病倒,身体的各个部位都会格外不舒服。

周嘉誉开始难受起来也没有太当回事,更不想麻烦乔愉帮忙,毕竟是异性又没有那么熟。他请了假,在单人宿舍里躺了很久,没吃晚饭中途醒来还是吐了一次。

丛夏这边要准备从实验室回去了,到了与周嘉誉打视频的时间。

"你怎么了?不舒服?"隔着屏幕,丛夏也能感受到周嘉誉的不适。

周嘉誉这会儿又开始有点发烧,困意刚刚上来,眼皮沉重,头痛欲裂,强撑着应了一声。

"那你休息,我看着你睡。"丛夏有点担心,举着手机没有回宿舍,一直在楼下徘徊着,她想等周嘉誉睡着了再挂。

大概又过去了十五分钟,早春的北州还是凉飕飕的,丛夏的手被风吹得冰冷,看着周嘉誉像是睡着了,刚想要小声叫他确认一下,有敲门声传来。

半天无人应答后,门被推开了。

"周嘉誉你睡了吗?我刚从教官那边要了退烧药和消炎药。"

"你不在吗?"乔愉在门口又问了一句,没有听见回应,悄悄进来看了一眼。

丛夏在视频的这一头听得真真切切,只是沉默着没有说话,心揪成一团,把自己这边的摄像头关掉了,看着周嘉誉那边房间里的动静。

乔愉进来了,大概也是看到了周嘉誉在昏沉地睡着,脸色不是很好。

乔愉把药和晚饭都放在了桌上,走过去想要叫醒周嘉誉起来量个体温,再把药吃了。

但看着周嘉誉睡得踏实,便作罢了,四下无人,乔愉纠结了一下伸手摸了摸周嘉誉的额头,滚烫得很。

顺着镜头,丛夏看得很真切。

她拼命地劝说自己,只是摸了一下额头,只是这样,也是为周嘉誉的身体健康考虑而已。

也是在弯腰摸到周嘉誉额头的瞬间,乔愉看见到了一边还通着视频的手机,上面的画面清晰地倒映着自己的手,对方的备注是"宝贝夏夏"。

做了亏心事,乔愉下意识地缩回了手,慌乱了足足有十几秒,本来想马上离开,但转念又想起周嘉誉还发着烧。

她拔高音量,又稍微用力地拍了拍周嘉誉的胳膊,才勉强把他叫醒。

"你……你怎么在这儿?"周嘉誉难受得很,迷迷糊糊地在房间里看见乔愉。

"盛铭洲跟我说你病了,晚上给你发消息你都没回,他们的基地离这边太远了,叫我来看看你,送点药。"乔愉说的是实话。

基地航校和大学不同,生活起居,教官是不会细致入微地关心和照顾的,生病也没个室友,都是自己一个人。

周嘉誉这会儿被叫醒,但意识完全不清楚,从床上撑起来,看东西都有重影一般。

"谢谢啊,我没事。"

周嘉誉掀开被子,本来是想要去把药吃了,顺便送乔愉出门,只是脚一刚落地根本坚持不住,胃里揉成一团地痛,前一秒还有意识,后一秒便彻底迷糊着倒了下去。

丛夏的心悬到了嗓子眼,下意识地叫了一声,视频便断了。

"周嘉誉!"丛夏捏着已经挂断的手机,惶然无措地站在宿舍楼下,焦急不安,却没有任何作用。

应该没事的吧,他身边不是还有……乔愉。

想到这儿,丛夏再也端不住了,她缓缓地蹲在地上,失落地紧紧抱住膝盖,一点声音也发不出来。

又哭了,高三那么难,一整年她都没怎么掉过眼泪。

但自从奶奶去世之后,面对周嘉誉,她觉得自己眼泪快要流干了。

早春的天冷得不像话,丛夏脸上的眼泪被冷风吹干,微微地刺痛。她也不知道自己哭了多久,连再站起来的时候,腿都麻得打战。

扶着楼梯扶手,丛夏艰难地朝着宿舍走。

有电梯,她没有去乘,一级级楼梯迈上去,脚和小腿都又麻又痛。

这一路,丛夏的头脑里闪过了许许多多的画面。

从临川到北州,从一中到北航,无数个黯淡无光的晚自习,堆成山的卷子,篮球场奔跑跳跃的身影,背不完的单词,整理不清的数学题目,躲不开的老蒋查岗,和那个浪漫到无可匹敌的盛夏。

初雪唯美的梅园,酸甜的糖葫芦,可口的话梅糖,一起去后湖划船散步,他们度过的每一个新年,看过的每一场烟火,无论再回忆多少次,都那样明媚清晰。

还有,他们曾多次去过的栾树大道,夹杂着海风,永远做着的那个温柔静好的梦。

走到最后,丛夏坐在了台阶上,漆黑的楼道里,她听见了自己心剧烈起伏又平静下来,再剧烈破碎的声音。

她努力地去想,想她和周嘉誉到底是怎么走到现在这一步,却始终找不到节点,找不到答案。

是因为繁重课业越来越少的见面机会,是奶奶的遗憾离开,还是身边不断出现的误会……

丛夏忽然失去了所有的信心,好疲惫,好辛苦。

还有一年多,这样异国又说不清道不明的日子,要承受着不断猜疑和伤害的日子,她真的一天都撑不下去了。

她好累,好失望。

她能感觉到,周嘉誉也是,或许是在奶奶去世的时候,又或许更早。

就像是脱离了正常运行轨道的列车,其实在冲出去的一刹那,就已经无可挽回了。

如果到此为止的话,那些美好的回忆或许还留得住吧,再这样下去……只能越来越崩溃，直到互相伤害了吧。

丛夏茫然地看着黑暗的楼道，窒息感越来越强烈。

心痛得厉害，丛夏紧紧地攥住胸口的衣服，觉得呼吸都变得困难。

楼梯间没有灯，丛夏就这样坐在冰凉的台阶上，整整一夜。

她承认，她退缩了。

——我们分手吧。

楼梯间越来越亮，阳光落进来的时候，丛夏盯着屏幕终于还是按下了发送键。

拖着疲惫到极点的身体，丛夏回到了宿舍。

室友们都还没醒，丛夏脸也不想洗，轻轻地抽出椅子，又坐了好一会儿，直到徐清雅起来看见她这副失魂落魄的样子。

"夏夏，夏夏你怎么了？"徐清雅蹲下来，抬头望着丛夏，眼里全是关切，"你说话啊，你怎么了？"

丛夏麻木地摇摇头，摸索着掏出了手机，又给季子帆发了消息：师兄，我不太舒服，下午实验室我就不去了，和你说一声。

放下手机，丛夏又抽了一张冰冷的湿巾纸，擦了擦化着淡妆但已经花掉的脸还有红肿的眼睛，气若游丝："小雅，我想睡一会儿，今天庄教授的课我不去了。"

说完，丛夏摘掉了她一直戴着的手链，那条高三时周嘉誉在雍和宫为她求来的手链，那条日夜不离的手链。

丛夏勉强爬上床，用厚重的被子紧紧地把自己裹住，用力眨眨眼，任由好不容易抑制的眼泪肆意打湿枕头。

年少成名，天生有着那么一副反骨，又骄傲热烈，从不低头，他的眼睛里总是装着蓝天，装着星辰。从前只觉得人风华正茂最当时，现如今才明白少年不老，早已是这人间第一流。

所以，无论和不和她在一起，他都该有美好人生的。

或许那个人是乔愉，或许不是，但他早晚会遇见更合适他的人。

丛夏这样想，莫名得到了欣慰。

这一生，周嘉誉都会是她的骄傲。

周嘉誉的手机没电了，丢在宿舍里，没有带着一起去医院。

乔愉一个人，看见周嘉誉就倒在她面前吓坏了，赶紧叫了教官，一起把人送到了医务室，又在凌晨的时候转去了医院。

急性肠胃炎加严重感染，送到医院的时候，周嘉誉的体温已经快烧到了

40℃，蜷缩成一团。

他挣扎着，躺在病床上，甚至已经听不懂医生说的英文，大脑缺氧空白一片。

只在叽里呱啦的英文里听见有人叫他的名字，然后有护士来给他打针。光影还在头顶不停地转动，慢慢地，他又失去了意识，昏睡过去。

乔愉一直守在医院不肯走，这么晚了，盛铭洲他们肯定也都休息了，总不能把他一个人丢在异国他乡的医院里。

这一晚，乔愉连眼睛都没合，盯着吊针，止痛针打完换消炎针，一遍又一遍地找护士要体温枪测体温。

周嘉誉睡得很不安稳，大概是太痛了，梦里都在皱着眉，呢喃着。

他梦到奶奶，奶奶回来了，和从前一样给他烧好吃的菜，慈爱地笑着喊他臭小子。

然后他又梦到了丛夏，开始是一家人笑着在吃年夜饭，后来不知怎么她一直哭，怎么哄也哄不好。

这一夜，受尽了折磨。

周嘉誉是。

丛夏也是。

直到天亮起来，周嘉誉的烧才勉强退了一些，止痛药也发挥了作用，让他睡得安稳了不少。

在医院允许探望的时间，盛铭洲先赶了过来。

"他好多了，不过还是有点烧，你拿湿毛巾给他擦擦身上吧，医生说消炎药不会那么快起效。"乔愉站起身，有点心不在焉。

她还在担心昨晚她摸了周嘉誉额头一下被视频那头的人看得一清二楚的事。因为对方的镜头是关着的，所以她也不确定丛夏是不是看到了。

"好，麻烦你了，你先回去休息吧。"盛铭洲看了一眼床上的周嘉誉。

"那我先回去了，医生说他还不能吃东西，要到晚上。"

"我知道了。"

乔愉走出病房，轻轻地关上了门，在医院的走廊里站了许久，她在懊悔，为什么当时会没有克制住伸手摸了一下周嘉誉的额头。

周嘉誉是下午的时候才醒的，睁开眼的时候只觉得恍惚。

"你终于醒了！"盛铭洲去叫护士拔掉了针，扶着他坐起来。

"怎么在医院了？"周嘉誉边问边回想着昨晚，大概对医生的诊断有点印象。

"急性肠胃炎，加感染。"盛铭洲无奈地解释着，又忍不住质疑，"你怎么回事，在澳大利亚不习惯？"

"可能吧。"

折腾了一天一夜，损耗了不少元气，周嘉誉还是觉得有点晕乎乎地难受，缓了好一会儿他才忽然想起昨晚临睡前还打着视频。

后面醒来，乔愉在房间，再后来他就晕倒被送进了医院。

他猛地惊醒过来，四处翻找。

"你找什么呢？"

"我的手机呢？手机！"

盛铭洲想起乔愉刚刚给他发了消息，说一会儿过来给周嘉誉送粥和手机。

"乔愉一会儿过来，她给你带过来，别找了。"盛铭洲不以为然，周嘉誉现在这个鬼样子还能有什么力气玩手机。

"不行！你快点，把手机借我！"

周嘉誉不知道丛夏有没有看到自己被送进医院，也不知道她有没有看到乔愉进来，这会儿联系不上自己，她肯定会急疯了。

拿着盛铭洲的手机，周嘉誉可以倒背如流丛夏的号码，只是打了四五遍，都是关机。

好在，乔愉没多久便过来了，把手机带给了周嘉誉。

充了电，手机很快就开机了，只是还没来得及松口气，周嘉誉就看到了丛夏的消息：*我们分手吧。*

多一个字都没有。

周嘉誉还虚弱的身体，就这样在满怀期待和焦急中迎来了迎头一击。

分手。

病房里出奇地安静，周嘉誉感受到心跳一滞，好像有十几秒的工夫，他完全感受不到脉搏的跳动和呼吸的起伏。他好像游离到了第三世界，失去了接受的能力，他在虚幻中遨游了不过一会儿，就迎来了死刑。

是的，是分手。

他一点都没有看错。

"那个，我有点累了，你们先回去吧，谢谢你们，辛苦了。"周嘉誉若无其事地合上了手机。

"你不是着急给丛夏打视频吗？怎么不打了？"盛铭洲不解，"没人接？你要不发发消息？"

"不用了，没事。我想睡会儿。"周嘉誉的口气出奇地平静。

盛铭洲与乔愉对视了一眼，虽然有疑惑，但也不好拗着周嘉誉来，只好先离开了。

空荡荡的房间，像是在白昼做了一个破碎的梦。

周嘉誉重新躺下，看着天花板，全力地去解读那五个字。

我们分手吧。

他一直所担心的，真正的风雨终于来了。而早早渲染的平静大概是从他大二那年，被错过的生日时就开始了吧。

时间在走，光影在流逝，但周嘉誉感受不到。

他呆滞地看着天花板，想了一遍又一遍。

直到午夜时分，他开始觉得心剧烈地绞痛起来，每一下呼吸都痛，甚至莫名地，四肢百骸都有轻微的麻木感。

他轻轻地掀开被子，坐了起来，拿着手机想要给丛夏发消息，却在经历了无数思想斗争后看见了消息发出去前面的红色感叹号。

那一刻，周嘉誉疯了一样，他换了病号服，拖着还有些发热的身体离开了医院。

最快的航班昂贵无比，周嘉誉花光了卡里的钱，回宿舍拿了护照，横冲直撞地朝着机场去。

那么远的路，那么长的时间，周嘉誉等在航站楼里，疯了一样地给丛夏打电话，却一通都没有成功。

起飞，落地，转机，候机，再起飞，再落地。

整整快要两天的时间，落地北州的时候已经又是黄昏了。

他几乎是不吃不喝，甚至只浅浅地睡了几个小时，他还在生着病，还是强撑着完成了所有航路。

这一路，他什么也想不到，他只记得高三那一整年，丛夏回过头抿着嘴朝他笑，然后问他数学题。

从机场赶到市区，天已经黑透了。

周嘉誉有些踉跄，去宿舍楼下，他想要等着丛夏，哪怕只是见一面，就见一面。

他想亲口对丛夏说，他不想分手，他爱她，现在是，以后也是。

月光很好，一如他们一起在临川度过的几百个披星戴月的夜晚。

走到宿舍楼下，好在没有等太久，他就看见了熟悉的身影出现，瘦弱单薄，憔悴无比，一看就是刚刚哭过。

他克制住心情，想要等她走近跟她打招呼，再把那一晚的事仔仔细细地说清楚，再然后他们会和以前吵架时一样，把所有的不悦、愤怒、悲伤都揉进一个拥抱或者一个热吻里。

他这样想着，念着，他确信着。

直到他看到丛夏走到一直等在楼下的陌生男生身边，然后陌生男生给了她手里提着的晚饭、奶茶，还有一本参考书。

隔得太远，周嘉誉没太听清，隐隐约约听到了"师兄""谢谢"之类的词汇。

不过，已经不重要了。

周嘉誉接连后退了几步，看着丛夏上去，又在原地站了许久。冷风钻进了他的五脏六腑，本就不适的身体，经历了舟车劳顿、绝望失意后彻底罢工。他觉得胃里在翻涌，喉咙里有血腥气在攒动。

走出校园不远，他就吐了起来。

只是，这些天他什么也没吃，吐出来的开始是酸水，后来带了血。

几分钟前。

"麻烦你了，师兄。"这两天，丛夏几乎没有出宿舍，连专业课都逃了，人憔悴得厉害。

丛夏难得会请假不去实验室，这次一请假就是两天，季子帆不放心过来看看。

"那你上去吧，实验室那边也不着急，多休息休息。"

"好。"丛夏也没什么力气跟季子帆客气，点点头，又道了一声谢，转身上楼去了。

从头到尾，她都没有在暗夜里看到周嘉誉。

出校门之后，周嘉誉吐了许久，到后面彻底眼前一黑，什么也不知道了。

再醒来，已经是在医院了，周堃坐在他床边，神情严肃。

"爸，你怎么在这儿？"

"你说呢？你好好在外面学飞，跑回来干什么？"周堃完全不知情，昨晚接到了医院打过来的电话，赶紧放下手上的工作从临川跑到了北州。

周嘉誉想了想，大概是因为他手机的紧急联系人是周堃，所以被路人送到医院才会联系周堃。

"医生怎么说？"

周嘉誉微微叹了口气，没有正面回答周堃的问题，昨晚他那么激动，只觉得一颗心要被掏空，完全失去了控制情绪的能力。

"胃出血，还好送来得早。"周堃简直要气死，"你跑回北州干什么？"

"吵架了？"周堃百思不得其解。

周嘉誉摇摇头，许久才平静地开口："分手了。"

"啊？"周堃以为自己听错了，本来想追问一句，但前后一联想，又看了看周嘉誉此时此刻的状态，追问的话又给咽了回去。

"医生有没有说什么时候能出院？"周嘉誉算了算时间，自己也得赶紧赶回去了。

周堃本来是有点担心，但是看着周嘉誉平静得甚至有些夸张，一时竟不知道说什么好。

又陪着他在医院待了几天，周嘉誉的身体刚刚渐好，就乘了最近的航班回了澳大利亚。

临行前，他也没有多说什么，好像从未发生过任何事一样。

回去的航班又足足熬了两天，再回到基地一个人的宿舍里时，周嘉誉在床上安静地坐了很久。

病也病过了，伤心也伤心过了，所有的一切都结束了。

周嘉誉看着房间里一切如旧的陈设，没有开灯，就这样坐着。

可笑吗？在他挣扎想要跨越山海去见她的时候，她的身边已经有了别人在陪伴。

周嘉誉忽然觉得挫败，自嘲一般地苦笑了许久，忍了许多天的眼泪一下子就掉了下来，只不过转瞬就被擦干了。

至今，他仍觉得不真实。他们这么多年的感情，无数个不断靠近的日日夜夜，从教室门外初相遇到在海风中热吻，如此种种，结束居然只需要一瞬间。

开了灯，周嘉誉去洗了把脸，然后打开行李箱，把里面的衣服、洗漱用品一件件整理好，恢复原位。

整理过后，他又如往常一样做运动，复习了一些理论知识，直到筋疲力尽洗过了澡才躺回床上。

临睡前，周嘉誉打开手机在唯一指定的联系人那一栏停了很久，点进去看了又看，红色的感叹号格外扎眼。

直到手机电量都要耗尽，快要熄屏的最后一刻，周嘉誉点了删除。

彻底删除可能只需要几秒，删掉的却是他们从认识到现在整整快四年的聊天记录。

这中间,即使换手机,周嘉誉都会把聊天记录导过去。单单翻看都要花费几天时间的聊天记录,就这样终结了。

分手之后的日子,似乎也没有周嘉誉想象的那么难过。

他开始拼命地训练,上模拟机,抓紧一切时间学飞,背理论知识,健身,锻炼。总之所有可以利用的时间,他都不放过。

他已经没有什么时间停下来思考,思考那些美好到让人心痛的回忆,思考他和丛夏为什么会走到今天这样的结局。

他的眼里,只有飞行,也只剩下飞行。

"周嘉誉,到时间吃晚饭了,别练了。"乔愉提醒了周嘉誉一句,他好像午饭就没有吃。

"没事,你先去吧。"

周嘉誉分手的事,乔愉有所耳闻。其实根本不用别人说,他走到哪儿戴到哪儿的那条小飞机项链在他从北州回来后再也没戴过。

那是他生日那天,丛夏送给他的,平常碰都不让别人碰一下。

"别练了,我有话和你说。"乔愉很少有严肃着急的时候。

周嘉誉有点意外,犹豫了一下,跟着乔愉离开了模拟教室。

操练的操场上还有不少人在跑步,乔愉走在周嘉誉的旁边,垂着头,若有所思,又迟迟没有开口。

"怎么了?什么事?"周嘉誉先开了口。

"那个……你是和女朋友分手了吗?"乔愉有些不好意思,但还是张口问了。

周嘉誉皱了皱眉,本来不想提及这件事,但还是没有否认地点了点头,没再吭声。

"是因为那天你生病我去你房间了吗?"乔愉急了。这些天她一直在想,是不是自己摸周嘉誉额头那一下让丛夏误会了。

"我那天,其实在你睡着的时候摸了一下你的额头,当时你烧得厉害,我手边也没有体温枪,后面我才看到你们在打视频。"乔愉叹了口气,觉得不好意思,越说越羞愧,"如果是因为这个,我可以跟她解释,我不是故意的,是我的问题。"

周嘉誉先是震惊了一会儿,但没多久便又恢复了平静,摇了摇头:"没事,不用了。"

解释了又能怎么样呢?她身边难道不是已经有新的人存在了吗?

她既然能狠心做到一口气把他删掉，难道还会在意是不是有女同学摸了摸他的额头吗？

周嘉誉抿了抿嘴，没有说什么。他心里很清楚，他和丛夏之间的问题其实很早很早就出现了。

夜以继日规划不到一起的时间表，总是被爽约得不到正视的情绪需求，奶奶临终前的遗憾，许多许多，积攒到今天，他们已经再没有什么勇气去解决和面对了。

即使是要追溯，也已经找不到源头了。

"对不起，真的对不起。"乔愉的口气很真诚，她真的没有想到，她一时私心上头的举动会给周嘉誉带来这样大的麻烦。

她是喜欢周嘉誉，但还不至于要去做第三者或者蓄意破坏他的感情。

"没事。"周嘉誉心里本来也没什么怨气，"还得感谢你把我送到医院，去吃饭吧。"

乔愉看着周嘉誉平静的面孔，也说不出什么其他话来，只能点点头。

学飞本身就是一件艰苦漫长的事，这一批学员里，也就数周嘉誉和乔愉最出类拔萃，在训练基地，日复一日，没有寒暑假，一转眼就是大半年。

快要进入冬季，丛夏升了大四，基本也没什么课了，但为了保研留在本校，她依然是风里来雨里去，像是住在实验室。

假期，她没有回临川，没时间，也不敢回去。

那个充满着他们年少美好时光的地方，她怕是这一辈子都没有再面对的勇气了。

中间，孙橙瑶从南林赶过来陪着她玩了一周。当然，孙橙瑶和林骁也得知了他们分手的事。

孙橙瑶其实问过她，要不要看看周嘉誉的朋友圈。

开始丛夏是拒绝的，只是第二天夜里她便又后悔了，小心翼翼地接过孙橙瑶的手机。大概是训练太忙太辛苦了，所以周嘉誉更新朋友圈的频率不多，这大半年也不过只有三两条。

他的头发剪短了一些，还是如从前一般阳光好看，眼神明亮更坚定了，他穿着制服，站在训练场背对着阳光和同学开心地笑着拍了张合影。

隔着屏幕，丛夏已经感觉到自己的心在悄声碎裂，那种熟悉的陌生感像是汹涌而来的潮水，只一瞬间，她就掉进深渊。

还有七月里唯一一条朋友圈，是一张暗夜里，积雪的照片，没有配文。北州正值盛夏，而遥远的澳大利亚是冬雪连绵。

厚重的积雪上，是用手指写下的四个字"生日快乐"。

七月二十四日，这一天，是丛夏的生日。

生日快乐。

周嘉誉祝丛夏生日快乐。

丛夏的泪水落在手机屏幕上，她想起生日那天在宿舍门口看到的漂亮的铃兰花束，没有署名。

她困惑了很久，现在想来，应该是他送的吧。

她记得，她和周嘉誉说过，等到他们结婚那天，她希望婚礼现场都是漂亮洁白的铃兰花。

因为铃兰的花语是——幸福归来。

她曾在给周嘉誉的生日信里写道，你爱蓝天，我等长风，希望每一场风起，都能听到你起落平安的问候。

等到风起，等着他学飞归来，他们最终会永远在一起。

多么美好，多么真诚的愿望啊。

可她再也听不到周嘉誉起落平安的问候了。

丛夏关了手机，微微合了合眼睛，泪水掉落，心痛到完全找不到形容词。

"夏夏，要不你再尝试联系一下誉哥，哪怕只是做朋友呢？"孙橙瑶都替丛夏可惜，这么多年多么不容易，怎么也不至于走到形同陌路。

做朋友吗？

丛夏固执地摇了摇头，他们已经再也做不了朋友了。

那么喜欢，那么视若生命一样的人，怎么可能做朋友呢？怎么舍得只做朋友呢？

回不去了，无论如何，都回不去了。

那个充满着希望与热烈的盛夏，那个笑着回头望向她的少年，永远地离开她了。

大四基本没什么课，丛夏几乎是全身心投入了实验。

难过归难过，日子是要继续过下去的。

周嘉誉学飞的路上虽然遇到了很多困难，但也都一一解决，慢慢变为成熟的飞行员。

经过面试，丛夏顺利拿到了保研资格。

那一晚，丛夏在宿舍楼下坐了很久，捏着手机想给熟悉的号码发去喜讯，却没有底气，最终关了手机，一个人静静地坐了一夜。

新年的脚步越来越近，再不想回家也要收拾东西回去。

没有周嘉誉的临川，对丛夏而言不过是一座美丽的海滨城市，并没有太多温度。那个暂且称之为家的地方，她也没有太多的眷恋。

回去见了孙橙瑶和林骁一次，林骁已经拿到北州大学的保研资格，也转了专业。孙橙瑶教资通过又参加了省考，准备去临川一所很不错的私立中学做老师，等着林骁一毕业参加工作就商量结婚的事。

四个人，却硬生生地变成了二加一，丛夏看着孙橙瑶幸福的模样，心里酸涩得厉害。

这是自认识周嘉誉后，没有他的第一个新年，张灯结彩里，丛夏觉得麻木，感受不到任何喜悦，只是机械地跟着他们去走亲戚。

她想，这时候周嘉誉应该还在夜以继日地学飞，朝着他美好的未来努力。

又是一个失眠的夜晚，丛夏算着时差，这个时间，他应该已经准备起来去早训了。

熟悉到不能再熟悉的号码，每一个数字看着都让人心里难受。

夜晚，情绪总是最容易冲上头。鬼使神差地，丛夏找了个周嘉誉肯定不会接电话的时间，想放任自己打个电话，想着想着，手指已经脱离了大脑的控制摁了拨出。

漫长的忙音，一直都没有人接，丛夏的心冰冷得厉害，大概率是不会有人接了。就在不抱任何希望的时候，忙音消失了，猝不及防，电话被接通。

丛夏吓了一跳，坐在床沿上，险些滑落下来，背僵住，音节堵塞在喉咙里，发不出任何声音。

周嘉誉起来睡眼蒙眬，看见来电显示的时候，一下子清醒过来。他从没有想过她还会打电话过来，本来心灰意冷不想接的，可就在最后一刻，仍然不忍心。

"喂。"周嘉誉半天等不到回答，有些急躁，口气里多了些不耐烦。

丛夏忽然失控，熟悉的声音钻进耳朵里，她本以为完全冰封和沉默的心一瞬间就被击溃了所有防线。

"喂。"丛夏说话的语调都变了，隐隐带了些哭腔。

"什么事？"周嘉誉尽可能地控制着自己的情绪，丝毫不想流露出任何的激动、惊喜，甚至是紧张害怕，只有不停发抖的手出卖了他所有的伪装。

丛夏听得出他口气的不耐烦，拼命地压抑着自己的哭声却还是失败了，从隐隐抽泣变成大哭不止。

她真的很想周嘉誉，很想很想，当初分开的时候，她终究是高估了自己，高估了自己的承受能力。

无数个日日夜夜里，她只要一闭上眼，就难过得想要流泪。

周嘉誉听到丛夏的哭声，心揉成一团，话到了嘴边，咕哝了很久才叫出口："夏……夏夏，别哭。"

听到了安慰，丛夏反而哭得更失控了，那种压抑了许久都不敢落的泪，终于爆发在最亲昵的称呼里。

想，真的想。周嘉誉也想她的。

"不哭了，好不好？"周嘉誉心疼得很。从前，他是最看不得丛夏掉眼泪的。

他最怕的就是丛夏那双清澈明亮的眼睛里含着一汪泪水看向他，每每如此，他都觉得心像是被刀割一样疼。

学飞的日子很苦，他通过不断训练来麻痹自己，却只有在深夜思念如潮水时，才能感受到自己的心还跳动着。

丛夏勉强止住泪水，尽可能地平复自己的心情，大脑思绪乱成一团，想到什么便脱口而出："你会飞回来的，对不对？"

周嘉誉愣住了，他当然会回来的，跨大洋彼岸，千山万水，只要丛夏在，他都会义无反顾。

"我会，一定会。"周嘉誉轻轻合上了眼，认命一般，保证着。

如果她愿意，他一定会飞回她的身边。

不管这中间间隔了多少岁月，不管大洋彼岸是不是温暖如春。

周嘉誉说得很笃定，是他自己都不能预料的笃定。他不知道现在丛夏是不是一个人，不知道她到底是什么心境，但只要她开口，只要她一流泪，只要她说等他。

他就知道，自己必输无疑。

眼泪顺着脸颊掉进嘴里，又咸又苦。

"我们还可以再见吗？"丛夏努力擦干眼泪。

会再见吗？

周嘉誉也问过自己很多次这个问题，却一直没有得到答案，直到丛夏问出了这个同样的问题。

他们都知道，一定还会再见。

哭过了，电话也挂断了。

周嘉誉从不无故缺席和迟到，却在那一日早训晚了整整半个小时。

澳大利亚又是夏天了，异国风光，周嘉誉驾驶着飞机冲上了他一直向往的蓝天。他肯定着，肯定着有一天他会带着荣耀，带着笃定，带着所有的所有飞回她身边，告诉她这样孤寂痛苦的岁月，他是如何煎熬着度过的。

大四下半学期开学了，毕业论文也很快开题。

有了那个可以飞回来的约定，丛夏终于在看不到希望的日复一日里找到了坚持下去的意义。

实验做不下去的时候，疲惫到想要哭泣的瞬间，她总是会抬头看看天空。

一望无际的蓝天，偶尔可以看得到飞机飞行而过留下的一串轨迹。

即使没有联系，即使没有每天视频，即使他们还不能相见，但有信念，再长的岁月都能够忍耐。

这中间季子帆有尝试着跟丛夏表达过好感，只是都被丛夏委婉回绝了。

不管有没有他会飞回来的约定，她都不会和季子帆在一起。

年少时遇见了太过惊艳的人，注定一生要为此折腰。

五月了，天气越来越暖，算算日子，不到三个月，周嘉誉便要回国了。

丛夏的论文给老师看过几次，还有个别数据需要确定，所以还需要经常出入实验室。

"来了！"季子帆被丛夏拒绝过后，反而坦荡多了，两个人单纯交流学术问题，是很好的搭档。

"师兄早。"丛夏换了实验服，拿了书。

论文里有个基础数据还是有问题，还需要具体实验之后才能算出来，所以丛夏找了季子帆帮忙。

因为到得早，所以实验室也没有其他人，季子帆帮着丛夏梳理了一下实验步骤，便着手开始帮着她实操。

本来一切都很顺利，眼看着实验就要结束，基础数据也要出来可以记录了，意外发生了。

碎裂的玻璃，过度反应出现的爆炸，扑面而来的火光……所有的一切来得太突然，以至于丛夏完全没有反应过来，就被人狠狠拉到桌子下面。

太快了，丛夏根本来不及做出任何反应，巨大的烟雾和火光将整个操作台包围，浓烈的化学味道呛得人根本睁不开眼。

"师、师兄。"丛夏勉强发出声音。

季子帆反应得更快,拉着她蹲下的时候,掉落的碎玻璃划破了他的额头,瞬间额角流满了血。

"快走!"季子帆觉得眼前白花花的一片,烟雾和火光很快就带着周围的设施燃烧起来。

玻璃碎裂的声音,小范围的爆炸一直在继续。

这里是实验室,很多危险品。

爆炸的速度太快了,丛夏没有一丝力气,意识已经开始飘忽。

她挣扎着靠近季子帆,想要起来去拉他,却以失败告终。

意识在慢慢退散,丛夏觉得呼吸变得困难,她的脑海里一片空白,科研目标、家人……

一切的一切她都想不过来。

只剩下了一张熟悉的面孔。

那一年,正值盛夏,潮汐蝉鸣,教室门口,少年抱着篮球,笑着看向她,眼里的光点亮了她全部的青春。

她独一无二的,盛大的青春。

可能要死了吧。

丛夏认命地闭上眼,已经没有力气再挣扎了。周围有各种嘈杂声,她听不清,也看不清,是有人来救他们了吗?

不知道,不重要了。

搬去临川,考上北州大学,她努力地生活,有许许多多闪耀过的瞬间,也不枉来这人间一趟。活了快要二十余年,遗憾有,但最终在生死到来的这一刻不足一提。

唯有一点,她终于还是等不到周嘉誉飞回来了吗?等不到他带着长风问候她的那一天了吗?

泪水模糊了视线,算了,丛夏想着,如果她这一生就这样结束了,那请老天爷把她所有的好运全部给周嘉誉吧。

请让周嘉誉,一辈子顺航。

永远,起落平安。

第九章·
铃兰花开

　　正值毕业季，校园里一切如旧。

　　六月晴好，天蓝得让人心动。所有毕业生换上了心心念念，独一无二的学士服，聚在阳光下拍毕业照。

　　这个四年一次的盛大典礼，在所有毕业生的期待中如期到来，大家拿着自己的学士帽，又一次站在人生的分岔路口，重新再出发。

　　丛夏记得，入学新生欢迎仪式，也是这样一个晴好的午后，万里无云，天蓝得格外透彻，一直有柔和的风吹着。

　　只是这一次，她没有在现场，等不到校长亲手为她拨穗，不能再看一眼熟悉校园的大好风光。

　　实验室的意外，被判定为实验室重大事故，学校承担了一部分设施问题的责任。虽然并不是因为丛夏操作上的失误引起的，但这场意外终究是造成了人员伤亡和财物损失。

　　爆炸的一瞬间，季子帆拉着丛夏挡了一下，额头上的外伤倒还不算严重，但是右臂被碎裂的玻璃伤到，整个手臂惨不忍睹，又偏偏是右手，做了两次手术后，效果仍然不好。

　　在医院里的每一天，丛夏都在自责，她宁可受伤的是自己。

　　医生和季子帆的父母说过，现在这样的情况，更建议去国外治疗。国外的疗养环境更好，要想把右手臂彻底恢复好需要时间和进一步制订治疗方案。

　　但季子帆的父母都还没有退休，本身只是普通的小职员，出国治疗的费用不低，要是辞了工作，就更负担不起高额的治疗费用了。

　　丛夏在医院里待了一天又一天，虽然季子帆的父母没有怪过她，但她内心始终过意不去。

　　她的身体情况还好，住了半个多月的院慢慢康复了。孟葭还要回去照顾轩轩，所以没在北州多停留。

毕业论文勉强交了上去，但优秀毕业生的事算是告吹。

放弃保研，丛夏想了又想，即使再不甘心、再痛苦，她也只能做出这样的选择，她要陪着季子帆去国外治疗。

这是她应该承担的责任，毕竟被救下的那个人是她。

她也知道，做了这个决定，离开了北州，她再也不能等到周嘉誉飞回来了。她要过另一种辛苦的人生。

她不知道季子帆什么时候会好，也不知道自己到底还有没有机会再回国。

这一次，平静大过伤心。

或许，属于周嘉誉的丛夏在爆炸的那一刻就死了，他们到底还是走上了截然不同的人生。

季子帆也劝过她，不需要她陪着，但架不住她坚持。

临行前，丛夏回了趟临川。

海边的风依然温柔，岁月静好。

"夏夏，你真的要走了吗？"孙橙瑶毕业之后就回了临川，安安心心地准备等林骁回来结婚。

丛夏沉默了一会儿，点点头。

"那……誉哥知道吗？"孙橙瑶抬眼，小心翼翼地问她。

"不知道。"丛夏垂着眼睛，捏着手指，然后很认真地看着孙橙瑶，"瑶瑶，能不能答应我一件事？"

孙橙瑶疑惑不解："什么？"

"不要把我的事告诉周嘉誉，等他学飞回来，就和他说……我出国了，和师兄一起。"

丛夏这一去不知道要多久，放弃保研之后，未来根本也不知道该做什么。

但周嘉誉不同，他学飞回来从观察员做起，飞个三四年，就很有希望升为副机长。找个合适的女飞，或是空姐或是其他人，结婚，生子，这才是他应该拥有的美好又确定的人生。

"为什么？"

丛夏摇了摇头："就不要让他在我身上浪费时间了。瑶瑶，你一定要答应我！"

孙橙瑶沉默了很久，最终还是答应了丛夏。

换了手机号码，过去的微信号也停用了，大部分的同学朋友也在这场意外后不再联系。

室友们只知道爆炸事件，丛夏和季子帆出国了，但至于具体去哪儿，就连徐清雅也不知道，甚至毕业典礼上也没再见到她人。

只是过了一个夏天，丛夏以最快的速度销声匿迹在所有同学朋友的视线里，除了孙橙瑶，没人知道她到底去了哪儿。

跨越了漫长无尽头的海洋，是全新陌生的环境。

季子帆的情况比在国内预料的时候要差，右臂已经切除了很大一部分坏死的肌肉组织，筋膜的问题更严重一些，要看后续的恢复状况，疗养中心已经联系好，在制订康复训练计划了。

也不知道是不是水土不服的缘故，到了国外，丛夏一直小病不断，不是低烧就是拉肚子，但也没时间仔细去调理休息。

她自愿承担了季子帆一半的治疗费用，所以照顾他之余，也要不停地工作。从开始想念、难过到一夜一夜睡不着觉，到后来麻木、平静，完全接受现状。算了算时间，这个时候周嘉誉应该也学飞结束，要正式入职了吧。

盛京航空总公司在北州，周嘉誉学飞近两年，回临川第一件事就是联系丛夏，纠结了许多天，电话拨过去却发现熟悉的号码已经暂停服务了。

托段晨瑞问过徐清雅，他才知道了实验室的意外，他到处打听丛夏的消息，只知道，丛夏放弃了保研，和师兄一起出国了。

其他，一点音信也没得到。

他抱着最后一丝希望，去找了孟葭，也只得到了一样的答案。

从丛夏家离开的那一刻，周嘉誉万念俱灰，支持着他无论遇到什么困难都勇往直前的信念又一次塌方了。

什么等着他飞回来，什么跨越千山万水，终究会再见面，都不过是一场他自以为是的笑话。

发生了意外，丛夏选择和师兄去国外了。

周嘉誉耳边一直闪着不同的人说着相同的话的声音，从失望到绝望，再到愤怒。

好样的，丛夏，你真是好样的！

周嘉誉想不通，想不通这个世界上居然有人可以这么心狠，下定决心就能完全地销声匿迹，连一个交代都没有。

在海边，他一个人坐到了天亮。

没有挣扎，也没有撕心裂肺的哭喊，他甚至已经感觉不到痛苦，只是觉得心被掏了一个洞，完完全全地空了。

五年了吧，时间过得竟这样快。

周嘉誉一时恍惚，想起了许多许多，碎片一般的回忆。聊天记录，电话，所有所有的照片，在太阳再次越过海平面的时候，全部被清理干净。

恰逢又是盛夏，所有的一切都有始有终。

入职了总公司，周嘉誉开始了夜以继日的飞行。

社交，训练，认真工作。

他似乎做回了那个阳光无拘无束的少年，热爱飞行，全力以赴。甚至连周围的朋友同学无意间提起"丛夏"这两个字，他的脸上也看不见波澜。

对于那段刻骨铭心的年少爱恋，周嘉誉再也没有提及过。

即使是经过了专业训练，从观察员做起也需要付出许许多多的努力。

乔愉和周嘉誉是同一批入职的，又是校友，入职培训也都在一起。

乔愉的好感压在心里这么多年，却迟迟不敢开口。丛夏的事她听说了，遗憾之余又多了一丝庆幸。或许，她有机会靠近周嘉誉。

林骁保研之后也在北州，周嘉誉不飞的时候，会去找他吃饭聚聚，日子过得也还算自在。

孙橙瑶每个月会往北州跑两次，来看林骁，偶尔也会参与他们的聚会。

聚会的时候大多是吃吃喝喝，从不喝酒，唯独有一次。

那是丛夏离开的第二年，北州下了初雪。

周嘉誉落地之后在驾驶舱坐了很久，下了飞机，连制服都没来得及换，便直奔梅园。

梅园的门票早就卖光了，进不去，他只能远远地在外面看着。

白雪红墙，和他们上学的时候没有任何分别。

大概在雪里站了好几个小时，直到林骁这边接到了孙橙瑶，打电话来催，他才回去匆忙换了衣服。

路上遇到卖糖葫芦的，周嘉誉买了好几串。

"誉哥，好久不见！"孙橙瑶做了一年老师性格也越来越沉稳。

三个人聚在一起吃饭，喝了不少的酒。

周嘉誉一向对自己的酒量有数，只是那天沉默着喝了一杯又一杯，直到头脑发昏，举着酒杯的手开始晃。

"哎哎！别喝了！"林骁阻止，"你今天怎么回事？"

周嘉誉没回应，也没有把酒杯给林骁，又倒了一杯喝干净，他喝光了抬头看着孙橙瑶，一言不发。

孙橙瑶被他看得有些底气不足，和林骁对视了一眼。

"你真的不知道丛夏去哪儿了吗？"说这话的时候，周嘉誉忽然红了眼圈。

孙橙瑶被问住了，她甚至不敢直视周嘉誉的眼睛，闪躲着夹了口菜，固执地摇了摇头。

可能是因为喝了酒，周嘉誉不如往日里能控制得好自己的情绪，他拦住孙橙瑶的筷子，口气里除了无奈、真诚，还多了几分哀求。

"瑶瑶，咱们认识这么多年，我从来没求过你什么。你告诉我，能不能告诉我，丛夏到底去哪儿了？"周嘉誉看着孙橙瑶，声音很低，捏着酒杯的手，连骨节都微微泛白。

"这次，算我求你了。"

周嘉誉多骄傲的一个人啊，上学的时候，整个临川一中谁不知道。别说求人了，就算在校长和蒋珍霞的面前也从来没低过头，今天居然用上"求"这个字眼。

孙橙瑶有些害怕，看了一眼林骁，抿了抿嘴。

"誉哥……"

林骁看出孙橙瑶有些动摇，其实丛夏去哪儿，他也没有听孙橙瑶提过。

看到孙橙瑶犹豫，周嘉誉像是抓住救命稻草一样，捏住她的肩膀："你知道的，你知道的对不对？"

"我求求你，告诉我！"周嘉誉很少失控，即使喝了酒也不会激动到这种程度。

明亮的眼睛里闪着小小的光圈，眼圈红得厉害，周嘉誉已经理不清自己的思绪，他只想再看看丛夏，只是看看，哪怕就一眼。

"誉哥，誉哥，你别这样。"林骁拨开周嘉誉的手，安慰了一下被吓着的孙橙瑶。

周嘉誉缓了好一会儿才发觉自己逾矩了，挫败地摇摇头，和孙橙瑶说了声对不起，喝干了杯子里剩下的酒。

孙橙瑶恍惚了很久，又想起丛夏临行前的嘱托，她说不想要周嘉誉在她身上再浪费时间。

设身处地地去想，如果她是丛夏，为了林骁，她可能也会做同样的选择。

但丛夏的离开似乎并没有让周嘉誉开始新的生活，反而是无尽地、日思夜想地沉沦与痛苦，那么所有的牺牲和纠结到底还有没有意义。

其实，孙橙瑶和丛夏联系得也不多，只是偶尔通一次电话，对丛夏的近况，她也知之甚少。

只听说丛夏找了工作，又租好了房子，和季子帆同住，方便照顾。

周嘉誉伪装得很好，如果不是这次喝酒失控，任谁都会觉得他已经放下。即使丛夏再出现在他眼前，他也不会再有任何波澜。

雪还在下，一片又一片洁净纯白。

最终，孙橙瑶说出了丛夏的具体去向，但并没有告诉他，丛夏当时说的那些话和做出的决定。

如果他们真的能见面，丛夏愿意告诉他，自然会说。

去国外找丛夏的航班是周嘉誉飞的，特意找了同事换班，落地的时候已是黄昏。

周嘉誉没有休息，落地后就朝着孙橙瑶给的地址去了。

是很郊区的地址，周嘉誉又开了几个小时的车，直到天都黑了。

国外不同于国内，人口密度小，所以房子和房子隔得也有些距离。

核对了几遍地址，周嘉誉确信自己没有找错。但屋子里的灯还没亮起来，估计是人还没回来。

怕丛夏看到，周嘉誉把车开到路对边，安安静静地等着。

时间一分一秒地过去，车窗外飘起了小雨。

地中海地带缠绵的冬雨是那么难熬，阴霾一连许多天都很难散去。

周嘉誉等了很久，但也没有不耐烦，握着方向盘，他想了很多。

想一会儿见到丛夏，他要说什么，想把他学飞到入职的许多惑奇妙惑辛苦的经历讲给她听。

更想问问她，为什么可以一走了之，音信全无？

但想到最后他又觉得泄气，或许他只能远远地看她一眼，连对话的机会都没有。

快晚上十一点了，周嘉誉都在质疑是不是找错了地方的时候，丛夏才和一个身影出现在夜色里。

她好像又瘦了不少，单薄的背影，扎着马尾，小心地扶着身边另一个人。

周嘉誉对那个人眼熟得很，是当年他在学校宿舍楼下看见的那个男生，她的师兄。

他们是……住在一起了吗?

周嘉誉想要打开车门的手顿在原处,紧接着心细细密密地疼了起来。

丛夏忙了一天,下了班又陪着季子帆去复健,结束之后,去超市逛了一会儿才回来。

"师兄,你饿吗?"丛夏和季子帆一起生活了很长一段时间了,但还是习惯性地叫他师兄。

租的房子虽然位置偏远一些,但很宽敞,丛夏和季子帆各有各的房间,主卧里还带了浴室和洗手间。

丛夏本来是想把主卧让给季子帆住的,但季子帆没答应,毕竟房租是丛夏在付,又是女孩子,有独立卫浴会方便许多。

季子帆摇摇头:"太晚了,别忙了,回去就洗漱下睡吧。"

季子帆的博士毕业本来是丛夏本科毕业同年的,但因为那场意外毕业论文没有及时提交,所以延毕了一年,是今年夏天才拿到了毕业证。

"丛师妹,我最近联系了一家新的研究所,他们看过了我的简历,和之前的研究方向很满意,线上面试也已经通过了,等元旦之后我就去那边工作。"

丛夏错愕了一下,有些犹豫。

又做了两次大手术,经过了这一年的复健之后,季子帆的右臂灵活度已经基本恢复,身体也在丛夏的悉心照顾下慢慢好起来。

生物相关专业的就业面窄,丛夏又放弃了保研机会,本科学历是很难从事研究类工作的。这一年多以来,她一直忙里忙外,又负担着房租,又要掏出积蓄分摊治疗的费用,季子帆心里也过意不去。

"要不还是再休息休息吧,医生说以你现在的身体状态还不能长时间工作。"丛夏抬起头,思考了一会儿还是想拒绝,"再想想吧,师兄你不用担心房租的事。"

季子帆没找到理由回应,只好点点头,想着再找时间和丛夏说。

"走吧走吧,雨要下大了,我们回家还是煮个面吃吧。"丛夏笑了笑,但笑里倒是看不见开心,更多的是疲惫。

周嘉誉自始至终没有打开车门。丛夏和季子帆交流着,拎着从超市买回来的菜和日用品,说笑着的画面,他都看见了。

隔得有些远,他甚至看不太清她的脸,可尽管如此,他还是一眼便能认出她。

上一次见，还是初春吧，也是这样一个夜里，他躲在角落里，隐忍不发。

周嘉誉忽然有一种从来没有过的挫败感，原来这个世界上，居然可以有这么让人无力的事，心痛到让人无法自拔，却只能默默地，像个贼一样去偶尔窥探。

坐在车里，异国他乡，又是夜晚，就和他在外学飞的无数个深夜一样，又孤独，又没有办法发泄，只能硬撑着熬过每一分每一秒。

周嘉誉看着对面房子的灯亮起，透着窗户可以看得到有人忙碌的身影，大概又过了两个小时，房间的灯都灭了。

看来她真的已经开始了新生活。

原来年少情深，留下的仅仅是刻骨终生的回忆。

飞了那么久的航班又开了好几个小时的车，周嘉誉再没有力气，疲惫地轻叹了口气，下了车，站在不远的路灯下，借着橘黄色的灯光看着已经暗了的窗口许久许久。

或许，他也该开始新的生活了。

年少时身无长物，却纯粹得让人怀念，仿佛一抬手就可以碰到天空一般自由自在。

如今，他也如愿做了民航飞行员，她也坚持了科研的梦想，大家也都算是得偿所愿。

雨还在下，淋湿了周嘉誉薄薄的制服衬衫。在寒风里，周嘉誉站了整整一夜，直到天快亮起来。

这次，是真的结束了。

周嘉誉开着车，一路驰骋，耳边的风飞速掠过，把有关临川夏天的梦做到了底。

丛夏习惯性地做饭，然后整理厨房收拾屋子，临睡前洗漱的时候看着镜子里的自己有些陌生。

到国外之后的每一天似乎都过得格外辛苦，开始水土不服一直生病，到后来慢慢好了一些，但忙前忙后熬夜工作成了常事。她开始没有任何缘由地头疼、失眠，甚至掉头发。

大概是常吃褪黑素和安眠一类的药物，丛夏的皮肤有些暗沉，粉底都遮不住的眼底乌青暴露了她的疲惫。清瘦，单薄，她好像再也不能做回当年勇往直前的少女了。

丛夏在镜子前驻足了很久，有些伤感。她恍惚又想起，这个时候如果表现出色，一切顺利的话，周嘉誉应该快要晋升副机长了吧。

意气风发的少年模样总是会出现在她的脑海里，也算是这没有意义的生活里唯一仅剩的清甜了。

洗过脸，丛夏又回了几个工作信息后便躺下尝试着入睡。

缠绵的雨季，丛夏紧紧地把自己裹在被子里，明明温度也没有那么低，却冷得厉害。

辗转反侧，快过了两个小时，她头痛欲裂却没有丝毫睡意。

她挣扎着爬起来，摸黑吞了片安眠药。

爆炸，离别，搅和着临川美丽的盛夏，时时刻刻缠绕在丛夏的梦里。

栾树大道，那个曾对她说要过奇妙、绚烂、独一无二人生的少年在她的世界里，早就销声匿迹，下落不明。

是她应得的惩罚。

不安稳地睡了几个小时，丛夏在天刚亮起时醒了过来，喝了杯水，和往常一样朝楼下望了会儿。

看见了某个穿制服的身影，高瘦挺拔，丛夏恍然惊醒。

太熟悉了，是他吗？

那个身影很快就上了有牌照的车，轮廓被清晨雨后初现的阳光模糊着，丛夏透过百叶窗看得不算太真切，心却猛地一滞。

她着急地拨开百叶窗，努力地朝着楼下望去，那人却已经上了车。

丛夏趴在床边，摸着冰冷的玻璃，神情恍惚了很久，才怏怏地垂下手。

怎么会是他呢……

丛夏觉得自己一定是太疲惫了，居然眼花到以为周嘉誉还会出现在她的生活里。

她叹了口气。又是工作日，她还要去处理繁重的工作，没有太多时间休息和瞎想。瞄了一眼桌上的话梅糖，丛夏一连往嘴里放了两颗，才勉强觉得嘴里、心里没有那么苦。

日子总在继续，周嘉誉飞上了蓝天，往返于朝阳落日之间。丛夏也没有因为实验室的爆炸一蹶不振，在努力地同辛苦的生活抗衡。

就像当年栈桥上丛夏对周嘉誉说的那句话一样。

无论走到哪儿，无论身处何种境地，无论是分开还是在一起，他们都在尽全力地保持自己高贵的灵魂，一直这样骄傲，热烈，像风一样自由。

即使内心千般苦，即使思念流成了河。

周嘉誉,丛夏,曾经放在一起可以闪耀整个临川一中的名字。

分开,也都努力地在发光。

又是一年,周嘉誉升了副机长,同批进来的,只有他和乔愉升得这么快,大家私下里都说两个人金童玉女,早晚会在一起。

乔愉是盛京航空为数不多的女飞,又晋升得那么快,加上是北州本地人,身边追求者无数,但她都没多瞧过一眼。

直到晋升副驾驶,同事之间的庆祝聚会上,乔愉大大方方地敬了很多人酒,结束的时候,她叫住了周嘉誉,提出一起散散步。

"恭喜啊!乔机长。"周嘉誉觉得一路上气氛有些尴尬,随口说了句。

这么多年,从大学到学飞,两个人也能称得上是朋友了。

"周机长,你比我提前升了一个多月呢!"乔愉笑了笑,"听说盛铭洲回东安之后,上个月也升副驾驶了。"

"可不嘛!"周嘉誉想起来了。

段晨瑞和盛铭洲是东安人,回了东安航空公司总部也顺利开始了职业生涯。

徐清雅和段晨瑞回国之后又异地谈了半年,前年这个时候分手了,具体原因大家都不知道,只知道徐清雅出国读研,段晨瑞后面通过朋友介绍认识了一个东安本地姑娘,安安稳稳谈了一年多也准备结婚了。

盛铭洲现在的女朋友是他的高中校友,具体是谁,大学的时候大家都没见过。

好像当时一起出发想要逐梦蓝天的少年们似乎都梦想成真,虽不免染上世俗的尘埃,但也似乎都在尽力生活着。

"周嘉誉,这么多年了。"乔愉准备了很久,真到说出口的时候,又全都没了章法,"我也不小了,二十五岁连一次恋爱都没谈过。"

"其实我认识你,远远比开学要早,当年航司的面试上,是你帮我打印了档案。或许从那个时候,我就已经对你有了不一样的感情。"乔愉的话说得很平静,看着周嘉誉,勉强压制着内心沸腾的波澜。

"但你和我打招呼时说的第一句话是,你要陪女朋友打电话。"乔愉扯了扯嘴角,打算跳跃丛夏这个对周嘉誉来说不合时宜的话题,"没关系,现在你是单身。我喜欢你很久很久了,能不能试试,和我在一起?"

乔愉坦然地说完,目光澄澈地看向周嘉誉,在等一个答案。

她不是到年纪非要谈恋爱，是只想和喜欢的人谈一场恋爱。

打小就倔强，乔愉从来不屑低头，就像当初所有人都不看好她做女飞一样，她还是会顶住所有压力，选择自己所挚爱钟情的未来。

周嘉誉停住脚步，思索了几秒。

他不是在思考要不要答应，而是在思考要怎么拒绝乔愉才不会伤害她。

"乔愉，"周嘉誉转过身，直视着乔愉的眼睛，没有逃避，"我心里有别人。"

周嘉誉也觉得自己很挫败，明明知道丛夏已经和别人重新开始了，可自己却甘愿画地为牢，止步不前。

他偶尔也会想，往后漫长的一生该怎么度过，是不是也会重新爱上别人，然后过烟火气十足、美满幸福的人生。

但，爱是自由意志的沉沦。

周嘉誉做不到，至少现在做不到。他没有办法接受除了丛夏的任何异性的靠近。他对未来预设好的那个家里，全都是丛夏的影子。

即使他知道，乔愉也很优秀，即使他知道丛夏这辈子都不可能再回来，他还是只爱她。

婚姻不是最终的归宿，但丛夏是周嘉誉的归宿。

真该死，周嘉誉话说到一半，忽然自嘲一般地笑了。

他上辈子，是不是欠她的。

"所以，在我的心没有腾干净前，接受不了任何人再进入。"周嘉誉深感抱歉，但他没有办法答应，口气很真诚，目光温柔明亮。

乔愉捏了捏裙角，在原地沉默了很久。

这两年，周嘉誉认真工作，自律生活，似乎完全走出了过去感情的阴影。偶尔大学同学聚会的时候，大家还会开玩笑说他没有心，他也从没否认过，笑得那么阳光温柔，任谁都觉得他已经不再难过了。

所以，乔愉才等了这么久才表明心意。她不想糊里糊涂地成为另一人的替身。

可没想到还是得到了这样不尽如人意的答案。

她犹豫了很久，说不悲伤是假的，眼睛里也蒙上了一些泪光，但固执地不肯掉下来。她微微抬起头："如果，我比她更先遇到你，你喜欢的人会不会就是我。"

周嘉誉思索了一下，诚恳地回答："可能吧。"

"但，没有如果。"

关于丛夏,从来没有如果。

乔愉哑然失笑,他连安慰一下自己都不肯。

"周嘉誉,如果你过得很幸福,不是我的话,也没关系。"在地铁口分别的时候,乔愉很认真地又讲了一句便离开了,没有回头。

在原地静默了很久,周嘉誉苦笑了一下。

还会幸福吗?

大概,会吧。

北州城又是冬天,今年过年,周嘉誉还是回老家,在奶奶生活过的老房子过。在奶奶的墓前,周嘉誉说了许多话,聊天一般,就像奶奶还在一样。

"奶奶,您也真是的,都不想我的吗?从来不来我梦里。"

表白的事没过多久,周嘉誉要转去航司临川分部的消息就传开了。

虽说分部也划归盛京航空管,但分部的资源和晋升渠道肯定是不如总部。周嘉誉是航司里公认的天才飞行员,自身条件好,学得又扎实肯努力,这样转去分部倒是让大家捉摸不透。

乔愉私下找过周嘉誉一次,询问他为什么,他也没有正面回答过,只说家在临川,想要回去了。

他这样一个大活人天天在乔愉眼前晃,总归是很难叫她死心的吧。已经耽误了她那么多年的青春,就不要再继续浪费下去了。做偶尔见面寒暄的朋友远远比貌合神离的情侣强一万倍。

况且他也不在乎什么晋升渠道,只要能一直投身于民航建设,做一名踏踏实实,飞好每一班航班的飞行员,他的梦想便已经实现了。

"乔愉,你很优秀,一定会成为优秀的女机长的!"临走前,周嘉誉和乔愉郑重地说了一句。

看着夕阳下周嘉誉离去的背影,乔愉许久没有离开。

"周嘉誉,你也是。"

年过去开春后,周嘉誉回了临川,大概又飞了一年,他按揭在海边买了一套新房。

是面积很大的一套跃层,有开阔的视野。站在大大的落地窗边,能隐约看见蔚蓝潮湿的海,开着窗的时候,能感受到海风。

遇见丛夏那年他才十七岁,现在一转眼,他已过了二十五岁的生日。

那一年春天，他印象格外深，林骁毕业回到临川入职了临川海洋大学从讲师做起，以最快的速度和孙橙瑶领证，在夏天办了婚礼。

周嘉誉从得知婚期的那一刻就在期待着。丛夏和孙橙瑶那么要好，说不定会回来参加婚礼呢。

这样他便有机会在人群里再看一眼她。

但直到婚礼结束，丛夏也没有出现。

春夏秋冬，又是一年，周嘉誉在二十六岁奔向二十七岁的那一年成功当上机长，成为盛航史上最年轻的机长。

那个傲娇的少年，终于实现了自己的飞行梦。

孙橙瑶怀孕，和林骁有了第一个孩子。周堃开始催着周嘉誉找对象，周嘉誉每次都是搪塞过去。

临川这边国际航班不少，周嘉誉基本是飞国际航班，这样一来一回就是一两周，他也很少在临川待。

不过说来也巧，他从来没有排班再飞过丛夏所在的国家城市。

直到那天，起飞开会前，看着目的地，周嘉誉出神了好一会儿。

"周机长，周机长！"身边的副机长拍了拍愣神的周嘉誉。

"没事。"周嘉誉调整了一下状态，"很高兴和大家一起飞国际SJ2018次航班。"

飞行时间很长，中间还要中转休息，落地的时候还遇上了雨天，低落盘旋了好一会儿。

下了飞机，周嘉誉擦了擦手心里的汗，在驾驶舱坐了很久。

晚上在酒店，意料之中失眠了，明天没有航班，所以周嘉誉便索性不睡了，随着性子又驱车去了丛夏几年前住的地方。

只是费力开过去才发现，这里已经住了新的人家。

周嘉誉失望而归，心里只觉得空落落的。

他在这座她生活的城市又留了两天，就到了飞回去航班的日子。

那天周嘉誉起得很早，换了制服，在胸口别上了属于机长的荣誉勋章。

是一班迎着早晨八九点太阳的航班，航站楼里人不多，周嘉誉拿着帽子，拖着行李箱，意气风发地走在人群里格外扎眼。

驾驶舱准备就绪后，旅客们开始登机，和观察员、副机长协调过各项数据，与塔台简短对话后，周嘉誉扫了一眼时间，拿起机舱播报。

"女士们，先生们，我是本次航班的机长。"

说了许多次的话，但每说一次，激动和骄傲却从来没有消退过。

丛夏坐在经济舱后排靠窗的位置，只觉得声音熟悉得很，仔细去听，奈何周围人声嘈杂，她没能听真切。

飞机已经开始滑行，丛夏看向窗外。

离开了这么多年，终于要回到那片她热爱的土地了，丛夏莫名觉得眼睛微酸。

周嘉誉，他应该已经在北州定居，不再回临川了吧。

看着玻璃窗外翻涌的云层，丛夏这样想着。

漫长的飞行旅途，经历了十几个小时，最终在黄昏时分落地在了临川的流廷机场。

不知道是不是太久没有飞过长航班，又没吃什么东西，快要落地的时候，丛夏只觉得一颗心都要蹦出来一样难受，头晕又恶心。

落地之后，旅客们很快陆陆续续地离开机舱。

丛夏坐在座位上缓了很久，尝试着站起来又眩晕着跌坐回去，她觉得有些呼吸困难，但想着撑一撑应该也没什么。

"女士，您是不是不舒服？需要我们为您联系医生吗？"空姐蹲下来询问丛夏的情况。

"没事，我可能有点晕机了。"丛夏干咳了两下，更晕了。

空姐见丛夏的状况不好便叫了乘务长，给了她水和糖果。

周嘉誉在驾驶舱和同事寒暄几句便出来了，看见乘务组都围在经济舱的后排，感觉不对，赶紧走过去。

周嘉誉以为旅客出了什么事："怎么了？"

拨开人群，在看清座位上的人面容的那一刻，周嘉誉觉得自己眼花了。

是……

是丛夏吗？

周嘉誉有好几秒没有反应过来，愣在原地。

是丛夏，是她！

周嘉誉蹲下来，凑近了许多，陡然感受到了自己过快的心跳。他捏住了丛夏的肩膀，想说话却卡住了。

丛夏正难受，迷糊中依然一眼就认出了周嘉誉，她吓了一跳，下意识地想要躲，却没有机会。

"丛夏！"周嘉誉颤抖着叫出了她的名字，看着她惨白的脸色，失去了所有的冷静理智。

丛夏上气不接下气，她挣扎着想要站起来离开，却没有力气地跌进了周嘉誉的怀抱。

那个她曾经无比熟悉，又无比怀念的怀抱。

她一定丑极了，没有化妆，甚至连粉底都没打，头发也有两天没洗了。长途跋涉之后，连嘴唇都是起皮的，更别提什么气色了。

她幻想过无数次和周嘉誉重逢的场景，但绝不是这样，灰头土脸，毫无尊严可言。

周嘉誉顾不了任何规矩，甚至不关心为什么丛夏会出现在回临川的班机上。

他叫乘务组以最快速度联系了地面的医生，一把抱起丛夏，朝着机舱外冲出去。

太困太累又难受，丛夏上了救护车不久便昏睡过去，再醒过来的时候人已经在医院了。

路上她记得不太真切，周嘉誉连制服都没来得及换，一路抱着她横冲直撞，像疯了一样。

丛夏费力地睁开眼睛，第一眼看见了孟葭。

"妈妈……"丛夏撑着身体坐起来，头还有些晕。

"别起来，别起来。"孟葭按住了丛夏，"你这孩子，回来怎么不告诉我们一声呢？"

丛夏这一走，就是四年多，这次决定回来她也只是和孟葭提了一句，并没有告诉孟葭航班号。

离开这四年多，再回到临川，一切都那么熟悉又陌生。

环顾了一圈四周，丛夏没有看见周嘉誉的身影，想问孟葭，话到嘴边又咽了回去。

"医生说了，你有轻微贫血，又加上低血糖才会晕倒。"孟葭越说越激动。

当初她一定要跟着去国外，这一走就是四年不见，也甚少打电话回来，短暂的交流中也基本是报喜不报忧。这才刚刚回来，就查出了贫血，这让孟葭怎么能不担心。

"妈妈，我想吃馄饨。"丛夏躺在床上，忽然有了胃口，听着孟葭喋喋不休的唠叨只觉得亲切。

临川不是她的第一家乡，却是她已经永远离开不了的，真正的故土。她爱这里的海，这里的风，这里的美食，这里的全部。

"妈妈去给你买。"孟葭还没完全平复情绪，在丛夏还没醒过来的时候她已经哭过了一场。

孟葭离开病房后，丛夏拿起手机回了几条消息。

见孙橙瑶打了几个电话，她回了过去。

"夏夏！你回来了！"孙橙瑶刚下课，正等着林骁来接一起去逛商场给宝宝买一些婴儿用品。

"嗯。"丛夏没否认，"你怎么知道？"

"昨天大晚上的誉哥给我打电话，问我你怎么回来了，吓了我一跳。你怎么回来也不告诉我一声！"孙橙瑶实属是不知情。

"这不是看你怀着孕不想麻烦你来接我操心嘛，想等着安顿好了再告诉你。"

孙橙瑶结婚怀孕的事，她人虽然在国外，却全都知道。当年那个坐在她旁边为了模拟考发愁的姑娘一转眼竟然都要做妈妈了。

"等我回去，过几天当面跟你和林骁说新婚快乐！"丛夏声音口气很平和，沉默了一会儿，她又想起了什么，"那……那他还说什么了吗？"

丛夏不说名字，孙橙瑶也知道她说的是谁。

"没有，就问了我你为什么回来，你还会不会走。"

丛夏静默了几秒钟没有回答，转移了话题，又和孙橙瑶说了几句，林骁便到校门口接她了。

挂了电话，丛夏在安静的病房里呆坐了很久。

在国外的这几年，她过得异常辛苦。好在季子帆的身体好转后，进了顶尖的研究所工作有了不错的收入承担了房租和生活费，他劝她辞掉工作申请国外读研，毕竟想在研究的路上走下去，本科学历是不够的。

辞掉工作大概准备了半年，她拿到了心仪学校的 offer，国外研究生大多是一到两年制，完成学业后，丛夏顺利地拿到了毕业证。

丛夏毕业后，季子帆的身体基本恢复，右臂上除了留下了一片疤痕没有其他的后遗症，收入稳定后准备移民的事了。

也是在那个时候，季子帆正式向她表白过一次。两个人志向相同，又一起生活了这几年。

承蒙丛夏照顾，季子帆的身体都好了，一起定居国外，投入研究，这样稳定的生活听起来很让人向往。

丛夏那天在饭桌前沉默了好一会儿，还是摇了摇头。

当初跟着季子帆来到国外，说到底是为了"赎罪"，所以无论多苦多难她都咬牙坚持着。

现在季子帆的身体好了，她也顺利完成了研究生学业，偏离轨道的生活终于重新回到正轨，她也应该回到属于她的地方。

即便，已经回不到从前。

回国那天，是季子帆送她去的机场，临行前他们拥抱了一下。

说心里话，她是感谢季子帆，当年不顾生命危险救了自己，后来养好了身体又帮着她分担学费、生活费。

能和这样的人做一辈子的朋友，也是极大的幸事。

丛夏真的没有想到，回国的这趟航班是周嘉誉飞的，也没有想到回临川她见到的第一个熟悉的人，会是他。

昨天模糊的记忆里，周嘉誉似乎是一如往昔的俊朗挺拔，穿着白色的制服打着领带，紧紧地把她抱在怀里，他激动到快要窒息。

出院之后，孟葭的意思是想要接丛夏回家住，但丛夏拒绝了。

轩轩已经上小学了，她真的不想横插进这个三口之家，而且临川一中附近离她面试好的研究所路程也太远了，所以托孙橙瑶在附近租了个单套室。

"瑶瑶！"

约孙橙瑶见面那天，丛夏到得很早，还给林骁和孙橙瑶补上了新婚礼物。

是一对全手绘的陶瓷情侣杯。

"夏夏！"孙橙瑶四年多没有见丛夏了，见面没说几句眼泪就下来了。

"哎呀，都要做妈妈的人了，怎么还和小孩一样掉眼泪呢？"丛夏抹了抹孙橙瑶脸上的泪珠，"怎么样啊，这才结婚不到一年就有小孩了！"

"还不都怪他，说就一次不做措施，肯定没事，结果一次就能中奖！"孙橙瑶气不打一处来，"怀孕了又舍不得打掉，真的很烦。"

"好啦，早晚都要生的嘛，你就提前享受做妈妈的快乐！"丛夏又安慰了两句，说了说自己这次回来的工作。

"那你这次回来不走了吧！"

丛夏点点头,现在她只想过安静稳定的生活。

"太好了!那我们就又和上学的时候一样了,我们四个又都在临川了!"

四个?丛夏下意识地想到了周嘉誉。

"他……他也回临川了?没在北州吗?"

"他都回来两年了,还在海边买了套房子。前年我们婚礼,周叔叔也来了,催他找女朋友来着,不过现在好了,你回来了!"孙橙瑶想得简单。

"他还没有女朋友。"丛夏有些意外,喃喃自语地重复了一遍。

他没有和乔愉在一起吗?

"我回来了也不能怎么样。"丛夏拨弄着面前的吸管,苦笑着说了一句。

"怎么会!你是不知道,有一年冬天,誉哥还在北州,我去看林骁就一起吃了个饭。他喝了酒,然后求着我,真的是开口求我,问我你去哪儿了,他说他就是想看你一眼。"孙橙瑶到现在都记着那年初雪周嘉誉喝了酒一脸落寞痛苦的样子。

丛夏愣住,眼睛看着杯子里的冰块有些微微发酸。

他那样骄傲的人,也会开口求人的吗?

"后来,我就告诉他了。对不起夏夏,我真的不忍心。你是不知道他那天的眼神,我和他认识这么多年,从来没有见过他那副样子。"说起这事,孙橙瑶也疑惑,"但我没有告诉他你的决定,我想着你亲口告诉他,误会解开了,他就会接你回来。"

默默地想了一会儿时间线,北州的冬天,她离开的第二年。

丛夏猛然想起什么,一激动失手打翻了面前的那杯冰咖啡,褐色的液体弄脏了白衬衫。

是那个冬天,没错,孙橙瑶回忆了一会儿说出具体年月的时候,丛夏无比确信,当时她隔着窗户看见的那个熟悉身影,一定是周嘉誉。

她忽然觉得很伤感,很可惜。丛夏难过得厉害,如果当时确信那个人是他,她应该会忍不住冲下楼去吧。

只是,命运弄人,现在这多年过去了,他们都各自有了新生活,终究是很难再回去了。

周嘉誉应该也是这样想的吧,不然怎么会在从机舱抱她下去之后,都没有在医院多留,至今没有再现身呢。

孙橙瑶看着丛夏情绪有些低落,又不知道怎么安慰,扬高了声调,赶紧转换了话题:"这周末!咱们高中同学聚会,你也去吧!好不容易这次能在临川凑齐不少人呢！"

丛夏兴致不高，本来想要拒绝的，但架不住孙橙瑶撒娇恳求，还是松口了。

高中同学聚会，周嘉誉肯定也会去的吧。丛夏想了想，到底是同学一场，看看他如今过得怎么样，远远地瞧一眼也好。

吃了饭之后，林骁开车来接孙橙瑶，来了就嗔怪她早春的日子怎么不戴上围巾。

"我们送你回去吧。"林骁提议。

"不用了，我坐地铁回家挺方便的，你快带着她回去吧。"

也很多年不见林骁了，他保研之后和丛夏也算是校友。

"那以后有时间咱们再聚，我先带着她回去了。"

"夏夏，我走啦，周末见！"孙橙瑶一步三回头险些摔跤，被林骁扶住又是好一顿唠叨。

丛夏看着他们幸福的背影渐渐消失在视线里，微微叹了口气，转身上了地铁，没回家，而是去了海边。

周嘉誉把丛夏送到医院，孟葭还没有到，是他先听到了诊断。

轻微贫血加低血糖，虽然不算严重，但周嘉誉还是紧张得够呛。

看着输了液的丛夏脸色稍微好了些，呼吸平稳不少之后，他才稍微放心，一个人沉默地在病床边上坐了很久。

这几年，她到底是怎么过的，怎么会看起来这么憔悴，好像很累很累。

日思夜想的人就这样活生生地出现在了眼前，周嘉誉完全没有预料到。

这一天，他有想过很多次，但实实在在发生的时候，他承认，他还是慌了神。

赶在孟葭来之前，周嘉誉离开了，那天临川还下了雨。

周嘉誉没有回家，开着车一圈又一圈地在郊区无人的公路上飞驰。车窗没有关，风从他耳边掠过唰唰作响，雨点时不时会飘进来，带着难缠的凉意。

就这样，他开到了凌晨，直到快要把油耗尽，甚至等不到第二天就给孙橙瑶打了电话。

他只想知道，这一次丛夏回来，还会不会离开。

丛夏把身体休养好一些之后，很快就投入了正式工作。孟葭托人找了中医给她把了脉，开了不少药给她调养身体。

孙橙瑶帮忙租的房子离研究所很近，孙橙瑶还送给她不少家居好物当作回来的礼物。捯饬了几天，简单装修的小公寓也有了家的氛围。

周末的高中同学聚会是一早就说好了的，本来丛夏是不想去，毕竟刚回来，当年她又是转校生，和大家也不是很熟。

但架不住孙橙瑶反复劝说，丛夏还是答应了，从研究所早早回家后，她琢磨着要穿什么衣服去。

这几天天气回暖，已经四月了，完全不用再穿着厚重的外套。丛夏从柜子里找出了一条鹅黄色的长袖碎花裙，又找了一件米白色的牛仔外套，化了个淡妆，看起来气色好了很多。

丛夏本来就生得白，穿上鹅黄色显得更像刚剥了壳的鸡蛋一样干净，也没多余的配饰，随便戴了一条小星星的项链就出门了。

到小区门口的时候，孙橙瑶和林骁已经在等着了。

"夏夏！你今天超级漂亮！"

孙橙瑶是属于那种甜甜的长相，即使做了妈妈小腹有些隆起来，穿上泡泡袖公主裙看起来也和小姑娘没什么分别。

"你也漂亮！"丛夏笑了笑，目光飘向车窗外。

她一直想问今晚周嘉誉会不会来，却始终没好意思开口。

车速不快，路过红绿灯的间隙还可以看得清马路两边的高楼林立。这四年多，临川的变化不算太大，还是一如往昔般吵嚷热闹。

路上堵车，时间有些晚，进去的时候大家基本到了个七七八八。

丛夏有些紧张地扫了一圈，并没有看到周嘉誉的身影，松了一口气的同时，心里莫名地有些失落。

"哎！这不是丛夏吗？"有人眼尖一眼就认出了跟在孙橙瑶身边的丛夏。

当年丛夏可是实验班，是整个临川一中的骄傲，高考理科的市状元，全省排名第二，红极一时，后面又和周嘉誉在朋友圈宣布谈恋爱，大家私下里议论纷纷，别提多羡慕。

丛夏和周围的同学们打了打招呼，大家也都不免问问大学毕业之后的去向和现在的工作。

毕业到现在，一张张熟悉的面孔多多少少有了变化。

读研，读博，工作。

交谈中，每一个人都流露着喜悦的神情。

丛夏话本来就不多，安静地坐在孙橙瑶边上，听着大家的寒暄也不自觉地笑了。

当时的实验班,除了孙橙瑶和林骁,还成了一对,不过是大学毕业回临川后才开始谈的,现在也快要领证结婚了。

　　不过说起那时的喜欢,谁还能比周嘉誉和丛夏明目张胆呢。跨越一整个班级去问的数学题,昂起头对蒋珍霞的铁血手腕说不,放在现在再来看,也是临川一中值得回味的佳话。

　　不知是谁提了一句,周嘉誉怎么没来?

　　丛夏沉默着没有说话,心微微颤了一下。

　　不来也好,他们的生活本来就不应该再有什么交集。

　　平常丛夏是不喝酒的,今天喝了一点,只是她酒量一般,喝了一些头就有些晕。

　　饭吃到一半,大家都在兴头上,门又被推开。

　　丛夏用手托住下巴有些犯晕。

　　她坐的位置刚好正对门口,勉强抬头看了一眼。

　　白衬衫制服,黑色领带,手上还拿着大衣,周嘉誉风尘仆仆地站在门口,转而朝着所有人笑着打招呼。

　　应该是赶过来得很急,连衣服都没来得及换。

　　丛夏以为自己喝多出现了幻觉。

　　"哎!誉哥你来了!你不是说今天飞航班不来了吗?"直到孙橙瑶喊出声,丛夏才反应过来。

　　"这不是飞回来了嘛!"周嘉誉说这话的时候看了一眼丛夏,神色如常。

　　显然,周嘉誉是认出了她的,只是目光很快地从她身上扫过再也没有飘回来。

　　丛夏的心里微微泛酸,固执地坐在座位上,心情低落到了极点,恨不得马上找个借口离开。

　　周嘉誉还是那个周嘉誉,如上学时一样,谈笑风生,在哪儿都是焦点。丛夏不敢去多看他,默不作声又喝了不少酒。

　　大家当然也没有忘周嘉誉和丛夏这么一段情缘,还会开玩笑地提起询问。

　　"都是年轻不懂事。"周嘉誉笑得很自然,就像是在说一件极为平常的事,甚至连看都没有看丛夏一眼。

　　丛夏捏着酒杯,周嘉誉的话她听得真切。

　　说得好像也没什么错,可她为什么那么难过,就像是热乎乎的心脏忽然被人掏了个窟窿,又空又痛。

酒过三巡，菜也吃得七七八八，也到了散场的时候。

孙橙瑶虽然过了孕早期，但坐久了身体还是吃不消，林骁就早早带着她回去了。

看着饭桌上剩的人不多，酒劲又一个劲地往头上涌，丛夏也找了个借口离开了。

赶上晚高峰，所以不太好叫车，丛夏站在路边，脑子里混乱异常。

晚上还是有些冷的，她又喝了不少酒，风一吹头隐隐作痛。

丛夏紧了紧外套领子，想往前走走去人少一些的路口叫车回家，才走了几步，就听见后面有鸣笛声。

丛夏循声回头去看，透过车窗看见了她最想看见，又害怕看见的脸。

"这儿叫不到车的，我送你。"周嘉誉的口气有些冷。

"不用了，我自己可以回去。"

"快点，这儿不让停车。"

丛夏犹豫了一下，还是按照周嘉誉说的做了，但还没打开后面的车门，周嘉誉又接了一句——

"坐前面。"

从吃饭的地方到丛夏住的小区还是有一段距离的，晚高峰路况又差，所以本就不短的车程又被无限拉长。

丛夏也不敢抬头，坐着不说话。

"听瑶瑶说，你是准备在临川工作了？"是周嘉誉先开的口，但话里怎么也听不出关心的口气。

"嗯。"

"不走了？"

"嗯。"丛夏只能干巴巴地说一个字，看着周嘉誉脸色不好，又补了一句，"应该吧……"

"那你男朋友呢？"周嘉誉直截了当地问，眼睛却始终直视着前方。

丛夏被问住了，一时竟不知道该怎么回答。

男……男朋友吗？

迟迟等不到回答，等红绿灯的间歇，周嘉誉扭头看了她一眼。

她就像一只安静的小兔子，有点紧张、胆怯，察觉到了他的目光，便抬起头也看着他。

红绿灯好长，可再长也不过只有几十秒。

周嘉誉却觉得这几十秒都已经太多了，喜欢上丛夏可能只需要一眼。

不对，准确来说，是他从来没有不喜欢过她。

只是，越喜欢他越气不过。

凭什么，凭什么她一回来他就要再捧着一颗真心凑上去，凭什么她能说走就走说分就分，可以这样冷漠无情。

后面的喇叭声响起来，丛夏小声地提醒了一句："绿灯了。"

周嘉誉平复了一下情绪，这一路再也没有看丛夏一眼。

"我到了，谢谢你。"丛夏解开了安全带，不敢多说其他。

"丛夏。"周嘉誉又叫了她的名字，但叫出口又不知道说什么。

丛夏停住了下车的动作，回过头用单纯清澈的眼神看向他。

车里安静得让人心慌。

"你是结婚了吗？"

本来是想要关心一下，出口却变成了一种质问。毕竟在国外他们都生活在了同一个屋檐下，这么多年过去了，结婚应该是情理之中的事。

丛夏很慌，明明没做错什么却觉得很难面对周嘉誉，她下意识地赶紧摇头，又许久不知道说什么。

"没……没有。"

"分手了？"

"没有。"

"那你们是一起回来的！"周嘉誉捏着方向盘的手越发用力，回头看着丛夏，眼睛像是着火了一样，根本控制不了自己的情绪，在意着她的每一个回答。

"这是我的事，周嘉誉，虽然我们是同学，但是我没有必要全都告诉你。"

丛夏慢慢冷静下来，才不会被周嘉誉牵着鼻子走。

更何况她也没有脸面去说这些，她和师兄在一起确实生活了四年多。

周嘉誉冷笑了一下，目光变得凌厉了许多，侧过身看向丛夏，口气里满是嘲讽："是啊，你当然不用和我说。

"就像当年说着等我飞回来，然后又能转头和别人出国，连通知都没有通知我一下，就音信全无。"

丛夏被戳到了痛处，心猛地疼了一下，一下子找不到话反驳。

"丛夏，可以啊，你的心也真是够狠。"刚才的饭桌上，周嘉誉明明没喝酒，这会儿却像是醉了一样胡言乱语，"我在你眼里算什么啊？你想起来的时候就打个电话问候一下,不想等了就可以连理由都没有给我踹到一边吗?"

话说出口周嘉誉就后悔了,但又收不回去,僵持在那里,略显尴尬和别扭。

隐忍了一晚上,明明刚才在饭桌上都云淡风轻像是没事人一样,做了那么久的心理建设,谁承想临到快要分开的时候却又以失败告终。

丛夏被周嘉誉突如其来的质问吓到,她甚至不敢去看他,沉默地坐在那儿把难过悄悄咽下去。

很久,车里响起很轻的叹气声,周嘉誉克制脾气,有些自责却又没表现出来,干巴巴地解释了一句:"对不起。"

"没事。"丛夏垂着眼睛,很小声地说了一句,声音里带了些隐忍着的委屈,"那,我先走了。谢谢你送我回来。"

看着丛夏离开,周嘉誉只能沉默地看着,也说不了挽留的话,直到她的背影消失在了视线里再也看不到。

回到了刚刚熟悉不久的小家,丛夏换过鞋,颓然地坐在沙发上发呆。又不知道该想什么,只是心里很不舒服,浑身也没力气。

周嘉誉肯定在怪她吧。怪她当时那么心狠一走了之,连一点消息都没有留下。

不过她也早就遭到报应了,不是吗?

这四年多她是怎么过来的只有她自己知道,压抑、隐忍,时时刻刻,甚至在梦里,闭着眼睛都控制不住想要流泪。

轻微贫血其实都不算什么。丛夏记得前年冬天,不知道是不是压力太大的缘故,生理期来了两个月都不走,一直流血,整个人的气色看起来糟糕极了,憔悴又浑身无力,去看了医生也不管用,后面吃了好久的药才止住,自此痛经的毛病越来越严重。

丛夏在客厅呆坐了很久,直到背都微麻,才缓缓起身去洗澡,吃了片褪黑素睡下。

高中同学聚会后,丛夏有很长时间没有再见周嘉誉。

研究所的工作一如既往的繁重,她已经习惯从早忙到晚没什么社交活动的简单生活。

孙橙瑶每周末都会来找她吃吃喝喝,顺便吐槽一下学生多么多么难管,林骁有什么地方没让她高兴。

从她的口中,丛夏也会偶尔听到周嘉誉的消息。

盛航临川分部的未来飞行之星、安全机长，最近又升任了飞行部的教员。

"哦，对了，你们俩微信加回来了没有？"孙橙瑶记得丛夏出国后用了新的微信。

丛夏正在洗菜，停顿了几秒答道："没有，也没什么交集，不加了吧。"

"干吗不加啊？都是同学。"孙橙瑶也疑惑得很，同学聚会那晚，周嘉誉不是问了半天丛夏的近况还要了微信吗？怎么还不加？

丛夏的手机密码她是知道的，是她转学到临川一中的第一天。

"我帮你加！"

丛夏回过神想要阻止，验证消息已经被孙橙瑶发过去了，再发点解释又有点欲盖弥彰，只好作罢。

可是直到孙橙瑶吃过饭要回去，丛夏的手机也没有什么响动，周嘉誉始终没有通过她的好友验证。

"他怎么回事，今天又没有航班！"孙橙瑶明明记得上周他跟林骁吃饭的时候说这周休息。

"我去催他！"

"不用了，瑶瑶。"丛夏摆手拒绝也不再抱什么希望。

送走了孙橙瑶，丛夏又整理了一会儿文献资料，便放下手机去洗澡了，再出来手机里的验证消息竟然被通过了。

丛夏：瑶瑶刚才过来了，她帮我加的。

丛夏想着既然主动加了人家也不好不说话。

周嘉誉：嗯。

周嘉誉回得很快，不过回得很敷衍，丛夏也不知道该说什么，打出那你早点休息发出去的那一瞬间，他也发来了新的消息。

周嘉誉：明天晚上有时间吗？

丛夏：怎么了？有事吗？

周嘉誉：想给林骁他们家小孩买点东西，我也不会挑，一起吧。

丛夏看着周嘉誉发过来的消息犹豫了一下，婴儿用品做做攻略也很容易了解，况且找谁不好，怎么会忽然找她。

本应该拒绝的，最后丛夏还是答应了，还在心里不停安慰自己，只是老同学一起给共同的好朋友买礼物。

她关了手机，辗转反侧了很久才入睡。这一晚，她又做了那个重复很多次的梦。

栾树大道，阳光一般耀眼的少年。

因为有了周嘉誉的约，丛夏尽可能早地收工等在了商场门口。
"吃晚饭了吗？"周嘉誉目不斜视，刚一上车就问了一句。
"我还不饿，买完东西我回去吃。"丛夏礼貌地回了一下，只想着快点去商场买了东西了事。
周嘉誉没说话，从后座上拿了一个牛皮纸袋塞给丛夏。
"今天有点事去了公司一趟，同事给的，我也来不及吃，你吃吧。"
已经放在了手上，也推不掉，丛夏只好说了声"谢谢"。
是包好的三明治，还夹了她最喜欢的紫薯泥，袋子的最底下放了几颗话梅糖。
丛夏捏着糖纸，一边吃一边偷偷地看他。
这几年，他应该过得不错，还是一副阳光俊朗的模样，高挺的鼻梁，细长明亮的桃花眼。
年岁见长，但少年感不减，倒是敛了几分稚气和锐利，多了一点温和从容的意味。
商场里人不少，丛夏走在周嘉誉的身边，一家家地逛。
"我之前在网上看，这个牌子的奶瓶材质好一些，我们就买这个吧。"丛夏抬头拿着一款奶瓶询问周嘉誉的意见。
"你觉得好，那就这几个颜色都拿一个吧。"周嘉誉不太懂，但丛夏说好他觉得一定靠谱。
丛夏还没反应过来，倒是一边的导购员很会看眼色，接了话。
"女士，您眼光真好，这是我们店里最新系列的产品。您老公对您真好。"导购员边说边兴高采烈地打包，"你们的宝宝真是幸福。"
丛夏吓了一跳，赶紧抬头去看周嘉誉。
还没来得及解释，周嘉誉先开口："谢谢啊。"
从店里出来，丛夏有些怨怪，小声地问："干吗不解释一下？"
"解释什么？"
"解释你不是我老公啊！"
周嘉誉停下脚步，侧过头看了她一眼没说话。
丛夏被他看得有些发毛，自顾自地说了一句："不解释，不解释也没关系，反正她也不认识我们。"说完提着奶瓶赶紧进了下一家店。

看着她慌乱跑掉的背影,周嘉誉在原地看了好一会儿忍不住笑了,跟上了她的脚步。

逛了一晚上,买了不少东西。

"一共花了多少钱,我转给你一半,回头把这些都给瑶瑶。"

周嘉誉挑了挑眉毛,看了一眼仔细拿着发票核对的丛夏,有点不悦,非要和他算这么清?

"我收入还可以。"

"我知道,但那也是你辛苦赚的,你自己的钱。"

"应该是 2786 元,我转你 1400 元吧,刚才路上吃掉了你的三明治。"丛夏低头算了一会儿,得出结论。

"丛夏!"

"怎么了?"

丛夏一副要跟他划清界限的样子,周嘉誉看着就气不打一处来,偏偏她还和没事人一样用那种平常天真的眼神看着他。

"没事,吃了我的三明治,晚上请我吃个饭就好了。"周嘉誉平复了一下心情,好整以暇地看着丛夏。

"你……"丛夏想了一下,又觉得为难,"要不然我多给你转两百块,你找时间自己去,就当请你吃饭了吧。"

周嘉誉真的快要气死了,她不会真以为自己就差这顿饭的钱吧。

"你想气死我?"

"我没有啊。"丛夏是听说明天下午他有航班,所以不想耽误他太久。

在商场的门口,两人隔得不远,面对面站了有一会儿。

"就吃之前上学时候一起吃的那家火锅吧,我饿了。"周嘉誉说完,也不等丛夏回应,朝停车场走去。

丛夏反应过来的时候,周嘉誉已经走出去好远。

火锅店里很热闹,因为离一中很近,有不少学生。

当年的蓝白校服已经改版了,丛夏扫了几眼,却还是觉得他们那时候的最好看。

"点菜吧。"

丛夏看了一圈,选了个七七八八,递上去的时候多说了一句:"有一份蘸料不要香菜。"

话音才落,周嘉誉和丛夏便对视了一眼。

因为，周嘉誉不吃香菜。

这一点丛夏还记得，甚至已经变成了习惯一样，很难忘记。

"再要一份猪脚。"周嘉誉补了一句，意有所指。

高三的时候，丛夏跳远伤了脚，周嘉誉秉承着吃什么补什么的原则一口气点了五份引得大家注目。

丛夏有些不好意思，赶紧转移了话题："他们家人还是这么多啊。"

"因为永远有人在上学啊。"

是啊，一转眼他们都已经毕业这么久了，但临川一中始终还在。没人永远十七岁，可永远有人十七岁。

丛夏看着嘻嘻哈哈聚在一起说笑的高中生们，有些感慨。

许多年前，她和周嘉誉也是这样穿着校服，背单词，问数学题，说学校那些奇怪又有趣的事。

热火锅"咕噜噜"地沸腾，丛夏在饭桌上也没再说什么，安安静静地吃东西。周嘉誉倒不是很饿，眼神总是飘向丛夏，想聊天也不知道要说什么话题。

"那个，那周末我们把这些东西给他们俩送去吧。"

丛夏想了想也好，便点点头，不想太尴尬就主动找了一些话题："你们平常飞航班昼夜颠倒的，还挺辛苦的。"

"习惯了。"

"不过可以到处去看看也挺好的，下次航班飞哪儿呀？"

"东安。"周嘉誉看了丛夏一眼，很自然地接了下去，"要一起去吗？段晨瑞婚礼。"

丛夏愣了一下。她出国这几年，也没和国内的朋友联系，还以为段晨瑞和徐清雅在一起。

"小雅跟他去东安了吗？"

"他们早就分手了。"

丛夏有些意外，大学那会儿两个人也算是浓情蜜意，连异国都没分手，怎么回来了反倒分开了。

"不是小雅的话，我就不去了吧。"丛夏有些惋惜地摇了摇头，"帮我转达下，祝他幸福。"

"好。"周嘉誉挑了几只煮好的虾，戴着手套剥了一会儿，把虾仁往丛夏面前递了递，"下周三晚上六点落地，要不要……来接我？"

"啊？"丛夏没反应过来，"我……我接你吗？"

怎么还没喝酒就醉了呢？丛夏想不通他怎么忽然提出这样的要求，但拒绝的话到了嘴边又不知道怎么开口。

"瑶瑶说，你是自己一个人回来的。"

上一个话题还没结束，周嘉誉又接了下一个话题。

"你也不会再走了。"

言下之意已经十分明显了，周嘉誉盯着丛夏把手里最后一只虾剥完，好整以暇地看着她："丛夏，我不想跟你绕弯子。我飞回来了，你也不会再走了，我不在乎这四年多你到底和谁在一起，到底经历了什么。只要你回来，我们随时都能重新开始。"

回国航班那天，送她去医院后彻夜开车的那一晚他就知道自己完了。

那么久不见，他以为自己早就可以放下，可以云淡风轻地说一句真巧，好久不见。

可是不行，他做不到。

他一直在后悔，如果奶奶去世的时候他没有说那些过分的话，如果异国的时候他能多一点关心和询问，如果当年从澳大利亚飞过去，他有勇气去询问一个答案，是不是他们之间也不至于走到今天的地步。

她能回来，是他从来没有想过的，坐着他亲自飞的航班。

看见她，从震惊到不可置信，再到激动得失去理智。稍微冷静下之后又拼命求证她是不是还会走，还会消失。

他之前说得对，只要是丛夏，只要她招招手，赴汤蹈火，这辈子他都在所不惜。

"丛夏，从前都是我眼瞎浑蛋，你怎么埋怨我都成。"周嘉誉口气很诚恳，甚至有点哀求，"就是，别再消失了，行吗？"

人声嘈杂，混着火锅"咕噜噜"煮开的声音。周嘉誉的一番话掉进了这些声音里，却让人听得格外清楚。

丛夏抬头撞上了周嘉誉明亮温柔的眼睛，心跳得异常快，像是快要蹦出一样在胸膛激荡。

他说什么……

重新开始吗？

他这是，在求她吗？

丛夏碰掉了桌边的碟子，粉碎的声音让她清醒过来，她慌乱地去捡却被周嘉誉拦住。

服务员收拾过后，丛夏重新正视着周嘉誉，连呼吸都变得有些痛。

这张她梦到过无数次的脸，此刻就在她眼前。她那么想念又羞于面对的人现在跟她说要和她重新开始，甚至是求着她不要离开。

"别开玩笑了。"

"我没有开玩笑。"周嘉誉很快打断了丛夏的话，眼神始终没有离开她。

"周嘉誉，我们都长大了。"

"所以呢？长大怎么了？"周嘉誉逼问得很紧，有些急，似乎一定要得到一个答案。

丛夏错愕了很久，才缓缓地开口："我没有这个力气了。"

话出口的那一瞬间，丛夏在周嘉誉明亮的眼睛里看见了某些东西碎裂的样子。瑶瑶说她看见过周嘉誉无比落寞的神情，本来还不能想象，这一刻她也看到了。

一个骄傲到从不屑低头的人，会有那样无助又哀怨的眼神，像是鼓足勇气期许了很久又落空，看起来让人无比心疼。

周嘉誉缓了一会儿，抿了抿嘴，苦笑了一下，自顾自地脱掉了一次性手套，嘴里念念有词："没事，慢慢来，你总会有力气的。"

"周嘉誉，你别这样……"

丛夏莫名地心痛，她所钟爱的少年是该无牵无挂、志在蓝天的雄鹰啊，怎么会因为情爱的事，因为自己，这样落寞和失意呢。

"时间还长，不着急，我去结账了。"周嘉誉不想再与丛夏争辩，站起来主动去结账。

丛夏本来还想再解释一下，可周嘉誉没给她这个机会。

回去的路上，两人一句话也没说。

买的东西就放在周嘉誉的车里，等着周末一起去孙橙瑶家。

很久没有聚齐的四个人齐聚一堂，孙橙瑶高兴得很，和林骁从中午一直忙到晚上准备了一大桌子饭菜。

"夏夏！你来了！"孙橙瑶听到敲门声赶紧去开了门。

"早就做好饭了，她一直惦记，你们总算来了。"林骁跟在孙橙瑶后面。

跟上学时相比，孙橙瑶没什么变化，还是娇娇俏俏，什么事都习惯找林骁。林骁倒是沉稳了不少，毕业之后在海大做讲师也会参与一些项目，现在是什么都依着孙橙瑶，连孙家父母都看不下去了，他们这女儿再娇宠着可是要上天了。

"给你和宝宝的。"丛夏把东西递过去。

"哟！你这干妈当得很称职嘛！"孙橙瑶笑嘻嘻地挽着丛夏的胳膊。

"你这干爸做得也不错。"林骁拍了拍周嘉誉的肩膀。

这是他们高中毕业就说好的事，那时候觉得还遥远得很，一转眼竟然都实现了。

孙橙瑶摸了摸肚子："宝贝，谢谢你干爸干妈喽，希望你出来的时候他们俩也把婚礼办完了！"

"瑶瑶！"丛夏赶紧否认，"什么啊，没有的事。"

"那干爸干妈本来不就是一对嘛！"孙橙瑶才不承认，又看着周嘉誉，"誉哥，你加油啊！我们夏夏这么好，抢手得很！"

"我努力。"

没想到周嘉誉非但没否认，居然还顺着孙橙瑶瞎说，丛夏瞪了他一眼。

"走吧，吃饭了！"

四个人难得聚在一起，高三的时候天天见，前后桌回个头的距离，没想到这多年过去了感情始终没淡。

临川一中今年翻修了，他们之前经常溜去的天台居然封上了。

食堂的饭菜又升级了，主校区甚至还扩招了，蒋珍霞升任做了年级组长。

大家谈笑着把这些细碎的小事说了遍，明明没什么意思，但聚在一起讨论起来怎么也停不下来。

吃过饭，周嘉誉和林骁在厨房收拾碗筷，孙橙瑶拉着丛夏聊天。

"你怎么回事啊，誉哥明显就想跟你和好，你干吗不答应？"

"都这么久了，我现在要什么没什么，还在国外和季师兄同住了四年多，说出去，怎么也不光彩吧。"丛夏压低了声音，目光朝着厨房飘去。

"以他现在的条件，他值得更好的人，和我重新开始，总难免会想起那些痛苦的过去，彼此折磨又是何必呢，破镜是没办法重圆的。"

"话可不是这么说，他要是找个条件好的，不是老早和那个什么，总部的女飞，叫什么来着，乔愉！不是早就和她在一起了嘛！"孙橙瑶看着丛夏都跟着着急，"你都不想想他为什么会回临川来！"

为什么回临川？

丛夏看着在厨房忙碌着的背影，耳边又响起了周嘉誉说重新开始。

因为这里有他最纯真无瑕的年纪里所有美好的回忆吗？

反正，她是因为这些才回临川的。

只是，伤害是真的，怀疑与不坚定是真的。她放弃周嘉誉出国连解释都没有，也是真的。这些年来她故步自封，过得辛苦，她早就已经没有了面对和重新开始的勇气了。

"夏夏，其实我一直想说，你为什么不把你想的都告诉他呢？"孙橙瑶是直来直去的性子，"无论是你当年出国，还是现在回来，如果你把自己想的都告诉他，说不定你们一起面对，很多问题都是可以解决的。"

"你想为他好，却不一定是真的为他好。"

说完这句话的时候，周嘉誉刚好从厨房出来，看着丛夏一脸茫然地看着自己，愣了几秒："走吧，不早了，我送你回去。"

"好。"丛夏好半天才应了一声。

从孙橙瑶家出来，等电梯的空当，丛夏偷偷地看向周嘉誉。

没有航班，他也没穿制服。灰色的运动帽衫搭了一条浅蓝色牛仔裤，明明很简单的穿搭，却格外贴合他闲散的气质。

胸前挂着的项链，丛夏一眼就能认出来，那是她送的生日礼物，是一架闪亮的小飞机。

本来已经被周嘉誉收起来很久了，但自丛夏回来的那天他又重新戴上了。

丛夏正看得入神，周嘉誉忽然回头看她。

偷瞄被抓包，丛夏有些不好意思，收回目光，赶紧钻进了刚上来的电梯。

已经是六月，快入夏了。临川的温度也跟着升了起来，道路两边的树木花草也跟着泛起了新的生机。

很晚了，路上人不多，周嘉誉一路安静也没说话，直到快下车的时候，他才缓缓开口："下周三我落地，来接我吗？"

"我还没有车。"丛夏回答得倒是恳切，毕竟机场那么远。

"到时候我把车钥匙放在我家楼下的那家花店那儿，你去拿了开我的车去。"

"那你怎么去机场上班？"

"坐地铁。"

丛夏抿了抿嘴，周嘉誉这是铁了心一定要她去，就算她这次找理由搪塞过去，总还会有下一次。

"那好吧。"丛夏最终还是答应了，"就这一次。"

周嘉誉还想说什么，但也没说出口，先一次就一次吧。

"给。"周嘉誉又提了后座的袋子给了丛夏。

"什么？"

"回去再看吧。"周嘉誉想了想又补了一句，"晚安。"

"晚安。"

丛夏提着袋子，从小区门口走进家门的路上一直在想孙橙瑶说的话。

回家拆开来看，是用盒子打包好的剥好的红心柚和石榴。

丛夏洗过手塞了一块在嘴里，酸酸甜甜的汁水很快填满整个口腔。

在国外这些年，她的口味也跟着变了不少，但很多饮食上的习惯始终保留着，周嘉誉也始终都为她记着。

很多事，一起面对真的会更好吗？

丛夏不敢假设，看着盒子里红彤彤的水果，轻叹了口气。

去接周嘉誉那天，丛夏早早忙完了研究所的事，还推掉了一个小会，先赶去周嘉誉家那里去拿车钥匙。

花店的老板听了来意，给了车钥匙的同时又从屋子里面捧出一束铃兰花。

"这也是周先生交代好的。"

丛夏看着洁白漂亮的铃兰花出神了好久，才接过来带上了车。

去机场的路丛夏不太熟，一路紧张地看着导航，好不容易开到了地方，才得知因为天气原因，周嘉誉的航班延误了半个小时。

在航站楼里也无聊，丛夏坐在一边的椅子上看着进进出出的人。

旅客，空姐，飞行员。

高楼里往返的这些人，演绎着新时代民航事业的现状。

丛夏默默地在想着，这些年，周嘉誉也应该是这样迎着朝阳，伴着晚霞，一次次地起飞又降落，实现他最初成为优秀的梦想飞行员吧。

她永远都会记得，高考登山看日出的那个清晨，少年高瞻远瞩，骄傲地说着自己梦想着的种种。

想着想着，丛夏不自觉地笑了。

她一直喜欢的人，不止聪明自在，更有一份民航从业者的责任心，和立足社会的积极价值观。

不知不觉，屏幕上的航班不断地滚动着，周嘉誉的航班顺利落地了。

提着行李出来的时候，周嘉誉一眼就看见了丛夏。

她穿着白色牛仔短裙和彩色条纹短袖，和当年上学的时候一样温柔可爱。

"这儿!"丛夏挥了挥手,看向人群里穿着制服高大挺拔的男人。

周嘉誉朝着她走了过去,上车的时候也看见了那束铃兰花。

"好看吗?"

丛夏应了一声:"好看的。"

这不是周嘉誉第一次送丛夏铃兰,包括分手后的生日,他都有偷偷地送过。因为他始终都记得铃兰的花语——幸福归来。

如今,他们终于都归来了,幸福也该指日可待了吧。

"不回家了吧,去海边?"

"飞了这么久,你不累吗?"丛夏反问了一句。

"我们很久都没有去海边了。"周嘉誉没回答,自顾自地说了一句,"真的很久了。"

一句话戳中了丛夏的心。他们一起许愿,一起感受过的海风和潮汐,记忆确实已经开始模糊了。

车子没开到海边前,周嘉誉下去买了很多酒。

海边人不多,找了个位置坐下来,周嘉誉打开了一罐啤酒递给丛夏。

"我就不喝了,明天还要上班。"

周嘉誉自顾自地一口气喝了大半罐,看着暗夜里涌动着的海水,沉默了好久才开口。

"我是在你毕业之后的那个夏天回来的,我去找你,徐清雅告诉我,实验室爆炸了,你毕业之后就和你师兄出国了。"周嘉誉敛了敛神色,心平气和地回忆。

"我找了你好多天,但你的微信加不到,电话也打不通,我从北州找到临川,问你大学同学,问瑶瑶,甚至找了孟葭阿姨,他们都是这样告诉我的,无论我去哪儿,和谁打听,都找不到你。

"大概消沉了一个多月吧,喝酒,抽烟,什么都干,直到开始工作之后,全身心投入飞行之后,生活开始规律了许多。身边的同学朋友越来越少提起你,慢慢地,我也习惯了生命里没有你的存在。"

周嘉誉说这些话的时候,语调很平稳,丛夏却听得格外难受,找不到宣泄口,只能默默地打开了旁边的酒,喝了不少心里却还是苦得厉害。

"你走的第二年冬天,我求着瑶瑶告诉我你的地址,我飞过去在楼下等了一晚上,看到你们一起回家的时候彻底死心了,回来之后更认真努力地工作,又过了不到一年升了副机长。

"升副机长不久,我就回了临川,买了以前你说很喜欢的海边的房子。再后来林骁回来,和瑶瑶结婚,家里长辈开始给我介绍女孩相亲,但我一次都没去过,因为我知道我去了也白去。"

丛夏安安静静地听着周嘉誉说这些,一边喝着酒,一边小心翼翼地在心里对着时间线,他和她不曾谋面的这些年,都在过着怎样的生活。

"在你回来的前一年生日,当天我有一趟往返北州的航班,去的时候很顺利,但回来的时候遇上强气流,颠簸得厉害,很久飞机都降落不下来。那时候我有想过万一要是出了意外,这可能就是我过的最后一个生日了。"

周嘉誉忽然扭过头看向丛夏。

借着朦胧的月光,丛夏分明看见了他眼睛里有泪光。

"于是我又许了和你分开之后每一年都相同却从没实现的愿望,我想见到你,想和你重新在一起。"周嘉誉说这句话的时候,两颗眼泪一下子就掉了出来,狠狠地砸在了手背上,"应该是因为在天上,离得近,所以老天爷终于听见了,你终于回来了。"

丛夏的心涩涩的,听到周嘉誉说这些,她好难过好难过。

她以为,周嘉誉一直在她看不见的地方过幸福顺遂的人生,却没想到她痛苦的每一分每一秒,他都分毫不差地一样煎熬。

又开了一罐新的酒,丛夏咽着苦涩的泡沫,心如刀绞。

"只要你回来了,只要你不再会消失,让我做什么我都愿意。"周嘉誉词穷了,他说不出其他动听的情话。

靠近丛夏,他伸手摸了摸她白皙微红的脸颊。

那样真实、可靠。

许多年往复着痛苦的夜晚,终于不会再重来了。他的世界从她回来的一刻起,就已经春暖花开。

海边有嬉闹的小朋友,翻滚着的海浪夹杂着海风吹过的声音。

是长久而又让人害怕的沉默。

丛夏向来酒量不好,酒精一刺激人就会飘忽有些失控。看着周嘉誉的眼睛,听着他平淡地讲过一年又一年,她突然控制不住自己的眼泪,从极力克制到完全失控地哭出声来,整个人像是散架。

"我也不想离开呀,我也想等你飞回来。"丛夏的眼泪像不听话的珍珠滚落,她含混不清地说,"可我没有办法,爆炸之后师兄受伤了要去国外治疗,什么时候回来、能不能治好都说不准,我总不能拖着你也和我一起等吧。"

痛苦的记忆又如同潮水般翻涌而来，那段至暗的日子丛夏这辈子都不愿意再提及，泣不成声。

"很难的，我也过得很辛苦。我要去找工作，我要交房租，我还要攒交到康复中心的钱。我不停地生病，失眠，莫名其妙地过敏，甚至还掉头发，我过得每一分钟都痛苦到找不到形容词。"丛夏越说越激动，酒劲儿全都涌了上来，她抱住了周嘉誉的脖子，红着双眼，漂亮的脸颊上爬满了泪痕，抽泣着鼓足勇气，"周嘉誉，那里的冬天好冷好冷，我也想你，很想很想。"

周嘉誉的心快要碎了，怪不得她回来之后变得更少言寡语，还会贫血，看着总是那么憔悴。

他以为她应该是和师兄过得很好、很幸福。

"可不可以，不要怪我。"丛夏醉了，但眼泪止不住，她紧紧地抱着周嘉誉，反反复复地说，"我真的不是故意的。"

第十章·
愿等长风

丛夏哭得厉害，酒精已经到了安全替代她可以理性思考的能力，再也装不下去。

周嘉誉有些不知所措，他本来只是想告诉她没有她的这些年他是怎么过的，没有想到，她哭得竟这样伤心。

"夏夏……"

"对不起，周嘉誉，真的对不起。可是你有乔愉，她比我好，她更合适你。"

丛夏知道所有人都说她心狠，但只要周嘉誉过得好，她其实并不在意。她没有想过，自己一厢情愿做出的所谓牺牲，代价周嘉誉也跟着承担了一半痛苦的后果。各自被情绪束缚，为固执骄傲献祭了全部的自由，也成了压死他们曾引以为傲的爱情最后一根稻草。

丛夏越发迷糊了，捂住脸，不愿意再抬头。现在说这些还有什么用呢，她真的没有力气再重新来过了。

周嘉誉小心地把丛夏扶起来，摸着她顺滑的头发，帮她擦了擦已经红肿带着泪的眼睛。

"丛夏，你在说什么？"

这样的眼泪好像要砸进他心里一样。

乔愉再优秀，在他的心里也都从不能与她相提并论。周嘉誉摸着她的头，闭上眼，能感受到那种真实的热烈和心疼。

越这样说，丛夏越止不住。她好久好久都没有这样放肆地流过眼泪了。她钻进周嘉誉的怀里，缓缓搂住他的腰，哭了很久很久，直到把周嘉誉白色的制服打湿。

海边离周嘉誉的家并不远，直到丛夏哭得筋疲力尽，他才背着她回去。

因为喝了酒，所以车就没开回去，走在路上还可以感受到潮湿的海风从耳边吹过。

周嘉誉感受到背上的人已经没什么意识了，昏昏沉沉地靠在他肩头反反复复地念叨："周嘉誉，对不起，对不起……"

太晚了，丛夏又喝醉了酒，周嘉誉把她放到了主卧的床上，给她用湿毛巾擦了擦脸。看着她因为醉酒而红起来的脸只觉得可爱，他忍不住低头亲了亲她的额头。

随即他又像是做贼一般心虚，赶紧起身去了厨房。

曾经最亲密自然的举动现在再做起来竟然如此生涩，周嘉誉心里很不是滋味。

喝醉了酒的丛夏一般是很乖的，只会撒娇地往人怀里钻。周嘉誉给她喂了点柠檬水，又在她身边沉默地坐了很久，才转身去阳台，关上了主卧的门。

她过得当真辛苦，完全不需要求证真假，只从她淡淡乌青色的眼底，还有单薄瘦弱的身体就能看出。

周嘉誉点了一支烟，心难受得厉害。

最后一丝怨气也没有了，这么多年所有的不解，所有的怨恨都在丛夏抱着他泣不成声地说对不起的那一刻彻底消失了。

或许，他们都要面临各种人生课题，而这些花费他们宝贵而又热烈的青春。

有勇气再来一次吗？周嘉誉无数次问自己这个问题，又无数次地得到了肯定的答案。

丛夏已经成为他人生意义的一部分，这一生，他都无法释怀和放弃。

丛夏醒过来的时候，躺在软和的被子里，挣扎着摆脱困意爬起来，揉了揉疼得厉害的太阳穴。

昨晚，她只依稀记得在海边，听着周嘉誉说了那么多，不受控制地喝了不少的酒，然后……然后是靠在他肩膀哭得一塌糊涂，她应该是说了不少难过的话，再之后她完全记不得了。

懊悔已经来不及了，酒也喝了，话也说了。

昨晚海风吹着，月光那么温暖又漂亮，她听着周嘉誉说那些过往，完全掉入了失控的旋涡。

丛夏掀开被子，晃晃悠悠地往卧室外面走，转弯在客厅的落地窗前看见了周嘉誉。

长身而立的背影，背对着她靠在窗边，挺拔却有种说不上来的孤独。

正看得入神，周嘉誉察觉到身后有人忽然回头。

"醒了？"

"嗯。"丛夏有些心虚地看了看周嘉誉，点点头，又像模像样地环顾了下四周，"这是你的房子吗？"

"不然呢？"

"装修得挺漂亮的，还靠近海边，应该挺贵的。"丛夏第一次来周嘉誉家，又是因为喝醉了酒，所以觉得有些尴尬，只好硬找话题。

"我的工资还可以。"周嘉誉看了一眼丛夏。

丛夏不知道该说什么了，站在原地一言不发。

"头疼不疼？"周嘉誉走了过去，很自然地抬手帮她揉太阳穴。

丛夏下意识地往后躲却没躲掉，周嘉誉一手将她圈在怀里，一手揉着她的太阳穴，口气很轻："酒量这么差，还喝那么多。"

离得太近了，丛夏能感受到他的鼻息，甚至可以闻到他身上淡淡的沐浴露一般的花香味，又莫名混杂着一些刺鼻的烟味。他眼底是血丝，看得出他应该是一夜没睡。

她记得，之前他是从不抽烟的。

看来这几年他没有撒谎，抽烟喝酒，他没少痛苦地折磨自己。

丛夏干咳了一下，有些不适。

周嘉誉也知道自己身上带了烟味，有些不好意思，他怕丛夏介意："我一会儿去洗。"

"没事。"

他沉默着给她揉揉太阳穴，时间过得格外慢。

"那个……那个，我昨天都说什么了？"

周嘉誉看了她一眼，凑得更近了，弯下腰盯着她的眼睛，让她的目光无处闪躲，很久都没有回答。

"你……你干什么？"丛夏有些慌，想要推开周嘉誉却挣扎不开。

"你有什么不能和我说的吗？"

"没有。"

"那你怕什么？"

"我没怕。"话是这么说，但丛夏的声音小得很，垂着眼睛一副委屈模样。

周嘉誉没再逼问她，往后撤了两步，拉远了一些距离。

"给你煮点粥喝吧，昨晚喝了那么多酒。"

"不用了，一会儿我就去上班了，我去楼下买包子就好。"丛夏有些不好意思，准备赶紧离开这儿。

"一会儿就好了，你再去卧室躺会儿吧。"周嘉誉进了厨房没再说话。

丛夏又不好直接溜走，也不敢反驳，只能乖乖地回到卧室。

也不知道是不是昨晚喝了太多酒，肠胃不是很舒服，肚子疼得难受。

丛夏回想了一下自己上次生理期，已经是三个月前了。自打在国外病了几场，生理期一直不走，血止住之后，她的生理期就再也没有规律过。

但这会儿腰有些酸，小腹闷闷地难受，丛夏预感不太好，想着应该也没有这么倒霉，便躺下强忍了一会儿出了一额头的冷汗，迷迷糊糊又睡了过去。

应该是没睡多久，可再醒来下床的时候，丛夏一眼就瞥见了蓝色的床单上落了一块血迹。

丛夏赶紧低头，发现自己白短裙的下摆也弄脏了。

叫天天不应，叫地地不灵。

不巧的是，周嘉誉这时候敲门进来，肯定是瞒不下去了，总不能弄脏了人家的床单还跑掉吧。

"那个……我把你床单弄脏了，我来洗一下吧。"丛夏的脸红得快要滴血一样，说话声小得像蚊子。

周嘉誉看了一眼床单，很小一片血迹。他没有在意："没事，一会儿我来洗。"说着弯腰去撤脏了的床单。

"哎，我来，你别碰，脏的。"丛夏赶紧去拦着，无奈何周嘉誉还是动手撤了下来。

裙子脏了，班是来不及上了，周嘉誉拿了一件最大码的白色短袖给她。

"我去楼下帮你买点卫生用品和红糖吧。"周嘉誉倒是一副驾轻就熟的模样，完全没有觉得尴尬和不好意思。

和年少时手忙脚乱，焖银耳红枣都不会完全不一样，周嘉誉准确无误地买了丛夏以前大学时经常用的卫生用品牌子。丛夏在卫生间处理了半天，扭捏地穿着他的白色短袖出来的时候，他也已经用红糖煮了鸡蛋，还泡了一杯热的红枣水。

白色短袖再大，也仅仅是件上衣。

丛夏穿在身上不合身倒是次要的，白花花的长腿露在外面才是最要命的。她就站在离周嘉誉不远的厨房门口，怯生生地看着他，一句话也不说。

"过来，把这个喝了。"

周嘉誉赶紧收回目光，生怕自己会想偏了。

研究所那边请了假，丛夏乖乖地吃了红糖鸡蛋和红枣水，虽然腹痛稍微缓解一些，但还是难受得直不起腰来，她蜷缩成一团，扶着桌面根本装不出若无其事的样子。

周嘉誉皱了皱眉，她的身体什么时候这么差了，明明上学的时候也没疼得这么厉害啊。

"要不要躺下休息会儿？"周嘉誉口气很温柔。

丛夏捂着肚子，本来还想嘴硬一下，但实在是太痛了，痛得她眼泪都快要下来了。

周嘉誉很自然地将丛夏横抱起来。

主卧已经换了新的床单，周嘉誉轻轻地将她放到床上，替她盖好被子，还塞了热乎乎的暖水袋进去。

"你去忙吧，我没事，躺一会儿就好。"

脸色都白了，丛夏裹在厚重的被子下就像只可怜的小猫一样。柔弱单薄。

周嘉誉坐在床边，掀开被子，伸手摸了摸，覆在丛夏平坦的小腹上，轻轻地揉着。

和大学时候一样，偶尔他们周末约出去玩赶上丛夏生理期，玩了一天晚上住在外面的时候，她总会有些不舒服，周嘉誉就会哄着她少吃止痛药，抱着她给她揉肚子。

丛夏捏了捏被单，疼得眼睛里蒙上了一层水汽，像是要哭了一样，周嘉誉瞧见了，心也跟着闷闷的不舒服，很低声地去哄。

一切举动都那么自然又顺理成章。

即使因为时间隔得太久有些略微生涩，但那份踏实的熟悉感让两个人完全拒绝不了。

丛夏知道自己昨晚说了许多话，知道自己现在应该拒绝周嘉誉的关心和照顾而不是继续肆无忌惮地享受和贪恋。

但理智好像忽然消失，感性一下子占了上风。

她往下摸索着，直到在温暖的被子里摸到了同样温暖的周嘉誉的手。

周嘉誉像是被烫了一样，眼眸动了下，继而看向了床上还挣扎的丛夏，翻转了手掌紧紧地握住了她冰凉的手，不给她反悔的机会。

"很疼吗？"

意有所指，是现在，是过去。

丛夏眨了眨漂亮的眼睛,眼泪就掉在了枕头上。

"疼。"

"别哭,揉揉就不疼了。"周嘉誉伸手抹掉了丛夏的眼泪,温柔地笑着,"夏夏乖,我陪着你。"

像是哄小孩子一般,周嘉誉对丛夏永远有用不完的耐心和温柔。

而丛夏也恰好最吃他泯然无畏的外表下心疼热烈的这一套。

疼到昏睡过去了,周嘉誉看着她迷糊睡着才收回了酸痛的手,中间又帮她换了一个热水袋,出门去最近的商场买了干净的新衣服。

一觉醒来,丛夏好了许多,找了一圈发现周嘉誉没在,看桌上放了字条。

我去航司一趟,给你炖了桃胶牛奶在保温碗里,新衣服在门口的柜子上。

字条的旁边还有话梅糖。

桃胶牛奶煮得很甜,丛夏喝得干干净净,想了想又把碗都洗干净了,才换上衣服离开了周嘉誉的家。

在那张字条上,丛夏也写了一行字:谢谢,碗我洗好了,我先回去了。

想了想,丛夏又补了一句:等你不忙了,我请你吃饭。

回到家才工作了不久,周嘉誉就打了电话过来。

"喂。"

"肚子好点没?"

"好多了。"

"那就好。"周嘉誉稍微放心,"就明天吧。"

"明天什么?"

"请我吃饭。"

丛夏反应了好一会儿才明白周嘉誉在说什么,低头应了一声,本来想着再说两句就挂电话了。

"夏夏。"

"嗯?"

"没事,早点休息。"话到嘴边,周嘉誉又给咽了回去。

慢慢来吧,她昨晚哭得那么伤心,反反复复只会念叨一句"对不起",看着就让人心碎。

至少，现在，此时此刻，他们都回到了临川，甚至几个小时前，她就活生生地出现在眼前。

铃兰花她没来得及带走，床上换过的新床单残留着她睡了一下午留下的香气。

周嘉誉知道，他那颗濒死的心终于活了，终于又能在复杂的世界里感受到属于自己的那一份喜怒哀乐。

丛夏研究所的事不少，好不容易忙完了，周嘉誉又被临时调去飞了新的航班，所以这顿饭也就拖到了周末。

已经是夏天了，天气炎热，但临川的雨总是说来就来。

丛夏没有带伞，也不好麻烦周嘉誉特意去接，想着挤地铁到吃饭的地方，也不过几百米，跑两步就到了。

没想到下地铁的时候雨下大了，她硬着头皮赶到的时候，浑身上下都被淋湿了。

"下这么大雨，你都不知道打伞吗？"周嘉誉算了下日子，她这会儿生理期应该还没结束，又淋雨，肚子不疼才怪。

"我没看天气预报，忘记带伞了。"丛夏嘴硬，淋了雨身上也不好受，小声解释了一下。

身上潮乎乎的，饭也没什么胃口吃，周嘉誉想要带着她回自己那儿。

"不用了吧，你那儿也没什么换洗衣服，吃饭吧。"

"那去你那儿。"

"啊？"丛夏以为自己听错了。

"去你那儿，点外卖到家里也是一样的。"周嘉誉也没给丛夏拒绝的机会，拿起了桌面上的车钥匙。

晚高峰，路上车不少。

丛夏的鞋也完全湿了，粘着袜子潮乎乎的，冷得厉害。

周嘉誉扫了一眼，从前面的抽屉里拿出了一双一次性拖鞋："换一下，脚底着凉肚子更疼。"

丛夏乖乖按照周嘉誉说的做了，快到家的时候脚底也干了。

"随便坐吧，要吃什么？"

丛夏租的房子不大，而且很偏，但房租便宜。

这几年在国外赚的钱基本都花在季子帆治病疗养加房租上了,丛夏也没什么积蓄。

"不着急,你先洗个澡吧。"周嘉誉怕她着凉。

"那好吧,你等我下,冰箱里有可乐,你自己拿。"丛夏去卧室里拿了干净的衣服钻进浴室洗澡。

出来的时候,周嘉誉正在厨房里忙活,刚好有人在敲门。

"去拿一下。"

是外送来的满满两大包的食材,丛夏费力地提到了厨房。

"我帮你吧。"丛夏一样一样地把食材掏出来,大概也能猜到周嘉誉准备做什么。

"去把皮蛋剥了吧。"周嘉誉不想让她沾水。

周嘉誉从小一个人生活,做饭对他来说再简单不过,也就不到一个小时的工夫,便做了几道简单的家常菜上桌。

丛夏也没干什么就帮着剥了剥蒜和皮蛋,递递勺子、铲子,还有些不好意思,说好请周嘉誉吃饭,结果食材是他买的,饭也是他做的。

"好喝吗?"周嘉誉盛了一碗山药排骨汤给丛夏。

她还在生理期,周嘉誉又往里面丢了几颗红枣和枸杞。

"好喝的。"丛夏点点头,喝着汤也不说其他话题,她一直在思考,思考她和周嘉誉现在是什么关系。

老同学?还是普通朋友?

好像又都不太像。

"想什么呢?"周嘉誉在剥虾,看破了丛夏的心思问了一句。

丛夏回过神,想了想还是问了一下:"那个,那天晚上是我喝多了,就有点胡说八道,你别太当真。"

周嘉誉斜睨了她一眼:"你想说什么?"

"我……咱们俩,就……当朋友挺好的。"丛夏脑子短路根本不知道说什么好,便随便扯了一句。

"我不想和你当朋友。"周嘉誉三下五除二地把手里的虾剥好,"你觉得我很缺朋友是吗?"

"不是……"

"我缺的是女朋友。"

丛夏语塞,干巴巴地看着周嘉誉。

抽了张纸，周嘉誉把手擦干净，好整以暇地看着丛夏："你是打算以后都不结婚，不找男朋友了吗？"

"没……没有啊。"

"那你准备去哪儿找？"

这问的什么问题，丛夏皱皱眉，但还是认真思考了一下，老老实实地回答了："朋友介绍……或者，相亲吧。"

周嘉誉有些不悦，但没表现出来。她这是宁可相亲，都不想考虑他是吗？

"朋友介绍的话，就让瑶瑶把我介绍给你；相亲的话，那让孟葭阿姨帮我说。"

"你别开玩笑。"

"我没开玩笑。"周嘉誉口气很认真，没有开玩笑的意思，"丛夏，我在相亲市场上的条件应该也还行吧，对我有什么不满意的，你提就是了。"

丛夏差点把喝进去的汤咳呛出来，她不可置信地看着认真询问原因的周嘉誉，半天说不出话来。

"还是说，你觉得，和一个完全陌生的人重新开始是你想要的？"

是啊，她都想过相亲，去和一个完全不认识、未知的人开始，为什么不考虑周嘉誉呢？

和她在年少勇敢的日子里深深羁绊过的人，曾经以为永远都不会再见，可老天眷顾，奇迹般再重逢，她真的还舍得再放弃吗？

"我……我不知道，可能吧。"丛夏垂着眼睛，逃避掉了周嘉誉的问题。

房间里足够安静，安静到听得见外面的风声。雨已经停了，夏夜里难得的凉爽。

说不失望是假的，周嘉誉沉默了一会儿，把虾推到丛夏的面前。

"吃饭吧。"

吃过饭，雨也停了，丛夏送周嘉誉下楼的时候，在楼下散了会儿步，随便聊了几句。

飞行的这些年，应该也挺辛苦的，丛夏走在周嘉誉旁边。

丛夏记得以前周嘉誉的膝盖就受过伤，便好奇地问了一句："你膝盖后来养好了吗？"

"在澳大利亚训练的时候又不小心伤了一次，做了一次手术，没什么太大影响，就是阴天下雨会有点疼。不过还好，不然职业生涯也要完了。"

说起阴雨天，丛夏猛地想起今日的坏天气，怪不得刚刚她洗澡出来，看到周嘉誉微微弯腰迟钝了好一会儿，大概是下着雨，膝盖不舒服。

"那你现在，要不要快点回去休息？"丛夏担心地问了一下。

周嘉誉固执地摇摇头没有答应，比起疼痛，他更讨厌回到家寂寞得死气沉沉。

"我想和你多待会儿。"顿了顿，周嘉誉又补了一句，"夏夏，别赶我走。"

周嘉誉："你现在不愿意，我们可以慢慢来。反正你现在不也没有合适的发展对象吗？"

周嘉誉说话的语调向来是漫不经心似的骄傲，刚才丛夏却分明听到一点点恳求的意味。

他的意思是，心甘情愿给自己当备胎吗？

丛夏有些动容，侧着头看向周嘉誉棱角分明的侧脸。

这么多年过去了，如风一般恣意潇洒的少年也变了模样。

微挑入鬓的浓眉，高挺的鼻梁，细长却坚定明亮、笑起来温柔明媚的桃花眼。

刚巧，散步路边高大的树木叶片上沾了刚下过的雨，落了几滴下来掉在了周嘉誉的脸上。

丛夏不受控制地踮了踮脚，很自然地帮他擦掉，擦完又觉得后悔。

周嘉誉捉住了她的手，镇定自若地紧紧握住。

丛夏挣扎两下无果，也不再白费力气，感受着手掌心里的温暖，踏实又安全。

重新在一起，是真诚再续前缘，还是重蹈覆辙，继续伤害？

雨后的临川惬意凉爽，夏天里总会发生许多意想不到的浪漫。

丛夏想破头却得不出这个问题的答案。她只是不受控制地贪恋着周嘉誉的好，即使理智一直在抗拒，但身体和心诚实得很。

不知道是那些年习惯了还是怎样，丛夏总是觉得和周嘉誉待在一起，会格外心安。

"下周要不要一起回学校看看？"周嘉誉想起来，他们已经很久没有回临川一中看过了。

丛夏在心里算了算时间："好啊，那我叫上瑶瑶吧。"

就这样说好，周嘉誉很满足，只要几天，他就可以等到下一次见面。

"回去的话，找条热毛巾放在膝盖上敷一下会舒服一点。"临走的时候，丛夏又多叮嘱了一句。

"知道了。"

一直逛到很晚，周嘉誉才回去。

洗了冷水澡，周嘉誉喘着粗气，满脑子都是丛夏。

时而庆幸时而又觉得害怕，被冷水从头冲到了脚，他才勉强克制住自己乱七八糟的想法。

按部就班地飞行，述职。连续不断地探索，研究。

日子在正确的轨道上奔行，渐进的不只是年岁，还有思想和稳定的情绪。

丛夏就知道有些话不能瞎说，这不，刚和周嘉誉说有可能去相亲，回去孟葭就真的给她介绍了一个邻居家的儿子。

说来也巧，相亲对象也是北航毕业的，只不过学的是飞行器制造专业，现在在临川航天研究中心工作，本地人，有车有房，只是个头不高，戴了副眼镜，长得有点呆呆的样子。

丛夏看了照片觉得不太行，但想着怎么也去见见，深入了解一下，这样也礼貌。

因为约的是回校看老师同一天，所以就定在了临川一中门口的咖啡店，简单聊聊。

丛夏还特意穿了一条蕾丝白长裙和高跟鞋，温柔大方。

对方人还可以，礼貌认真，就是可能是因为学工科的原因，略微死板，倒也还可以接受。

丛夏正想着怎么去接对方的话，迎面走过来的人却让她吓了一跳，还没等她反应过来，那人就已经坐在她旁边。

"你好啊，我是丛夏的高中同学，兼前男友。"

对方显然是被吓到了，愣了半天，看了看丛夏又看了看周嘉誉，一时没有说出话来。

搞什么啊？

和相亲对象见面，前任跑过来插了一脚，丛夏恨不得找一条地缝钻进去，狠狠地瞪了周嘉誉一眼。

"那个……这位先生，你这是……"对方不知所措，问了一句。

"一会儿我和她要回学校看老师，你们聊你们的，不耽误，聊完我们好一起进学校。"周嘉誉摆出了一副并不想走的样子。

"你干什么？"丛夏压低了声音，想让周嘉誉赶紧走，好结束这尴尬的场面。

"我坐着等你啊，你没看到这周围没有空座了吗？"

强颜欢笑着，丛夏只能歉意地接着上一句对方提起的话题："你刚才说，你的学校很偏是吧？"

"哈哈，是啊，东校区就是很偏远，相比西校区，男女比也更夸张一些。"

周嘉誉听到了熟悉的校区地理位置，感叹着点了点头："是啊，东校区那边，在食堂吃饭一抬头想瞧见女生都困难。"

"这位先生，也去过我们学校？"

"去过啊，没有去过一千也有几百次，待了好几年呢。"周嘉誉倒是没想到丛夏这位相亲对象居然还和他是校友，他觉得有趣极了，一边浅笑着看着丛夏，一边漫不经心地回答，"纠正一下，是咱们学校，我也是北航的。"

不能再尴尬了，丛夏坐在对面，一句话也插不进去。

"冒昧问一下，你是学什么的？"

"飞行技术。"

"飞院的啊，那应该录取分数不高吧。"

周嘉誉转了转眼睛，看着对面略微有些自傲的男人，挑了挑嘴角，眼神里带了一丝玩味："飞院怎么了？是不高，我也没要全国数学竞赛金牌的加分，高考裸分考了不到六百九而已。"

裸分都六百九，全国数学竞赛的金牌含金量可是相当高，加上了妥妥顶尖学校。

周嘉誉一句话，让对面的人哑口无言，完全没了刚才趾高气扬的气势。

"那个，王先生，不然咱们今天就到这儿吧。"丛夏实在受不了了，赶紧结束了这让人别扭的场面。

对方尴尬地走了，看着他走远，丛夏才生气地去付了钱，头也不回地走出咖啡店。

"你等等我！"周嘉誉快走了几步，追到丛夏身边。他不解地问，"怎么了？"

怎么了？

丛夏简直要气死了，他不知道怎么了吗？

"你干吗来捣乱，你看不见我在相亲吗？你这样人家怎么看我？"

"爱怎么看怎么看呗，难道你还真打算和他在一起？"周嘉誉说得诚恳得很，他实在不理解，自己比那人差哪儿了。

"这不是还在了解吗？你这样一来，彻底是没希望了。"丛夏觉得自己早晚要被周嘉誉给气死。

"他配不上你。"周嘉誉说得很直接。

本来他只是准备早点到学校门口等着丛夏，没想到路过咖啡店，隔着窗口就看见她和陌生男人正聊着，凑近听了一些，猜测到可能是相亲，他气不打一处来，也没想太多就走过去了。

　　看丛夏半天没说话，应该是真的生气了。

　　周嘉誉很少有挫败感极强的时候，但面对丛夏，他总是这样无力又没有底气："他真的配不上你，如果你真的要相亲，我可以给你介绍更好的。"

　　也不知道为什么，周嘉誉明明心里不情愿又难过，但如果丛夏真的不愿意选择他，他一定会把自己认为的最优秀合适的人介绍给她。

　　无论是谁，只要她过得幸福，偶尔能得知她的消息也就足够了。

　　丛夏愣在原地，她抬起头看着周嘉誉，看到了那双好看的眼睛里有很明显的失落和难过，但还在强撑着，嘴角有隐约真诚的笑意。

　　"不是。"丛夏下意识地解释，她最见不得周嘉誉这样，"我没有要和他在一起，就是介绍了见一见。"

　　周嘉誉沉默地点点头，身上的傲气全都收敛起来，鼓起勇气凑近了一些："那你能不能不生气了？"

　　周嘉誉身上总是有种好闻的淡淡清香，每次他一凑近，丛夏就能闻得到。

　　"不生气……"丛夏没什么底气地答了一句。

　　"一会儿看完了老师，买吃的给你。"

　　还像个高中生一样，周嘉誉哄丛夏驾轻就熟又生涩小心，听起来很冲突，但这确确实实是他的心情。

　　林骁和孙橙瑶到得晚一些，因为孙橙瑶月份大了，行动起来不是很方便，下个月就准备提前休假了。

　　蒋珍霞现在是教得更风生水起了，家长们挤破了头想让孩子进她的重点班。

　　林骁和孙橙瑶婚礼的时候有邀请蒋珍霞，但是因为她去省里参与会议，没有去成，这会儿再见到居然两人都要为人父母了，着实是让人惊喜。

　　"你们俩呢？高考之后不就在一起了吗？准备什么时候办婚礼啊？"蒋珍霞还记得高三那年，周嘉誉站在办公室傲娇地抬头和她叫板的样子。

　　没想到这小子最后竟然真的当了出色的飞行员，她还真坐过一次他亲自飞的航班。

　　丛夏想要解释一下，但又不知道该从何说起，还是周嘉誉解围。

　　"还没想好呢，到时候办婚礼肯定叫您！"

蒋珍霞满意地点点头。当年那个实验班数他们几个最有出息，丛夏是市状元，周嘉誉放弃了加分选择了北航逐梦飞行，林骁也是高分被南大录取。

一转眼居然都已经这么多年过去了，她自己也都快五十，要退休了。

临川一中翻新过一次，环境更好了，校服改了版，但怎么看还是当年的好看。

孙橙瑶挽着丛夏的胳膊："夏夏，你看小超市还在那儿！我们去买个可乐喝吧。"

"你还怀孕呢，不能喝碳酸饮料。"丛夏压低声音，看了一眼边上和周嘉誉聊天的林骁。

"嘘！"孙橙瑶赶紧捂住她的嘴巴，"在家都让他管着，今天出来，偷偷喝一点点。"

周嘉誉他们俩商量着去那边篮球场和高中生凑个热闹，孙橙瑶正好拉着丛夏去超市偷喝可乐。

买好可乐，两人就在礼堂边上的长椅坐着，快要期末了，也没什么人，大家都坐在教室里争分夺秒地复习。

可乐是冰的，丛夏看她连喝了两大口赶紧拦着："好了好了，你别喝了，瞒着你老公带你喝这个，我真是太罪恶了。"

"怎么能是罪恶呢？你这是积德行善。林骁那家伙整天这不行那不行的，现在不喝，之后我又要坐月子又要喂奶，什么时候能喝上？"孙橙瑶想起来就气，怀孕后跟犯人一样，"夏夏，你可不要给周嘉誉生孩子！"

"什么啊。"丛夏也跟着孙橙瑶的话往那方面想，赶紧又打消了念头，"我俩还是朋友呢！"

"你管这叫朋友？"孙橙瑶震惊了半天，"谁家朋友这样啊？"

丛夏略微有些底气不足，干咳了一下。

好像真的是这样，哪有异性朋友经常互去彼此家，还牵手，还……帮她揉肚子，越想丛夏越不好意思。

"你就嘴硬吧。"孙橙瑶趁机抢过可乐又喝了一些。

"走吧，咱们去看他们打球吧。"

虽然早就过了上学的年纪，但是和一帮高中生在一起竞技，丝毫不显得突兀。

周嘉誉的投篮命中率一如既往很高，和林骁一起把几个高中生打得措手不及。

阳光很好，夕阳里掺杂着浓墨重彩的橘，搅和在天边，像是把整个篮球场，乃至整个校园浸泡在橘色的梦幻气泡水里。

场上的少年们追逐着，叫喊着，是青春独有的潇洒美丽。

丛夏站在一边，看着周嘉誉自在的模样不自觉地笑着。

周围也零星地站着几个女生，看得目不转睛，手里还拿着水。

应该是被周嘉誉"杀"得没什么面子，下场的时候，某个穿着校服走向女孩的男孩说了一句："他肯定是咱们学校的体育特长生。"

还被周嘉誉听见了。

"学弟，我可不是，蒋珍霞蒋老师是我们班主任。"

"学长也是蒋老师的学生？"

周嘉誉应了一声。

"好好学习啊，两人以后一起考上更好的学校！"周嘉誉戳破了两人之间缄口不言的青春心事，害得小姑娘羞红了脸。

"那学长的女朋友呢？是对面站着的那个漂亮小姐姐吗？你们也是高中同学？"高中生学业繁重，却还是挺八卦的。

周嘉誉朝那边看了一眼，刚好逆着光，他看不真切她的脸，只能模模糊糊地瞧见温柔的轮廓，心就变得很软。

"是啊，她可是当年咱们市的状元，又聪明又漂亮。"

说到这儿，周嘉誉忽然发现，他们似乎实现了当初栈桥上的约定。

思想独立，灵魂高贵，永远和风一样自由，成为彼此的骄傲。

下了场，孙橙瑶把没有打开的冰可乐递给林骁。

"我的呢？"周嘉誉看了一眼，问丛夏。

她怎么还和以前一样，不知道买了水等他。

"要喝自己买。"丛夏也学乖了，伶牙俐齿，不给周嘉誉面子，"人家瑶瑶给自己老公买，我给你买什么？"

"行！"周嘉誉虽然生气，但也没法反驳她。

"刚才你在和学弟学妹说什么？"丛夏好奇地问。

"说你，又聪明又漂亮。"周嘉誉实话实说，又多补了一句，"他们说我有个好女朋友。"

"你怎么瞎说？"

"我没有，是他们说的。"

"他们瞎说。"

"确实瞎说，一点也不好，都不知道下场了给男朋友送水，你看人家学妹都知道给学弟送水。"周嘉誉接话的水平真是高,丛夏永远不是他的对手。

看见了他额角的汗,丛夏从包里抽了张湿巾给他。

"我手上都是脏的,碰了纸巾就不干净了,都抹脸上去了。"周嘉誉找了个什么破理由。

"你弯下腰一点,我够不到。"丛夏无奈,等着周嘉誉弯下腰,她努力踮起脚,帮他把额头上的汗擦干净。

隔得不远,林骁和孙橙瑶把这一切都看在眼里。

"就看着吧,他们俩最后要是不在一起,我都不姓孙!"

林骁的重点却不在这儿:"老婆,我也要你给我擦!"

"你是小孩啊!这也比!"孙橙瑶无语得要命。

都说结婚了,感情会淡下来,但是孙橙瑶怎么觉得林骁这家伙是越来越黏人。

"你以前上学的时候可不是这样的,不是经常说我这里差那里差吗?"抓着这点,孙橙瑶这些年可没少挤对林骁。

"哎呀,老婆,我那时候不是不懂事吗,错了错了。"

好像是这样的,年轻不懂事的时候,都会用自以为对的方式去表达情感,做出牺牲,决定始末。

林骁和孙橙瑶是,丛夏和周嘉誉也是。

回学校不久,孙橙瑶就回家待产,本来一切顺利,林骁小心翼翼地照顾,却还是出了一点意外。

孙橙瑶洗澡的时候不小心滑了一跤,摔得倒不重,但毕竟月份大了,身子沉,不过几个小时羊水就破了,送去医院的路上,林骁紧张得要命。

周嘉誉有航班一时半会儿没落地,丛夏第一时间赶了过去,病房里两家人都在。

知道生孩子疼,但看着孙橙瑶眼泪冒出来揪着床单的手指关节都发白了,丛夏还是吓了一跳。

林骁在一边用温热的毛巾给她擦汗,握着她的手,心疼得说不出话。

一直熬到快凌晨,始终达不到顺产的条件,又挂了催产素,疼痛更剧烈了,站在病房外面,甚至偶尔能听到呻吟叫喊。

好不容易熬到快天亮送进了产房,林骁坐立难安,有些崩溃,满脑子都是刚刚孙橙瑶疼得哭起来的模样。

产房门打开,护士从里面出来的时候抱来了用小被子包好的孩子。

"恭喜啊,是个女孩!"

"那我老婆呢?"

"快出来了。"话音还没落,里面又传来一阵嘈杂的声音,"产妇大出血。"

手术室里又是一片吵闹的抢救声,林骁进不去,在门口彻底丢了魂,急得心都快要蹦出嗓子眼。

丛夏听得真切,心"咯噔"一下,手心里全是汗。

看了一眼手机,周嘉誉的航班刚刚落地,这会儿已经在来的路上了。

又经过一个多小时的抢救,血终于止住。孙橙瑶被护士推出来的时候,林骁扶着墙缓了很久很久,才勉强支撑住,凑在床边跟着护士送孙橙瑶回了病房。

丛夏挤在人群里看了一眼,半个月前还活蹦乱跳的姑娘,面色惨白地躺在病床上,连额前的头发都被汗水浸湿了,看起来累极了。

孩子要在保温箱待几天,所以暂时也见不着,周嘉誉到的时候跟丛夏在病房外瞧了一眼,粉粉嫩嫩,小小的一个,可爱极了。

孙橙瑶还没醒过来,两个人也不好多留,就和林骁打了招呼回去了。

从机场赶过来,周嘉誉没开车,绕路和丛夏坐了一条线的地铁。

一路上,丛夏没有说话,满脑子都是刚刚孙橙瑶大出血性命垂危的事,心有余悸,加上又守了一夜,头晕眼花,坐在地铁上还有点想吐。

要是抢救不过来呢?

林骁大概会一辈子都走不出来吧。

早高峰地铁上没有座位,丛夏想了想,走近了一步,靠在了周嘉誉身上,抓住了他的衣服,贴着他的胸膛,缓缓地抱住了他。

周嘉誉有些没反应过来,背僵着,抓着扶手的手紧了又松,缓了一会儿才摸了摸丛夏的头,哄道:"怎么了?"

丛夏摇摇头,忽然觉得只要平安,无论是相遇、分开,还是在重逢都已经是上天最大的恩赐了。

又更何况,他们还都那么在意,惦记,深爱着彼此。

她从没有像此时此刻一样,这样怕失去周嘉誉过。

他天天飞在天上,意外随时都会发生。

丛夏扬起头,看着周嘉誉的脸,撞上了他那双永远深情看着她的眼睛。

十七岁,二十七岁。

似乎什么都变了，又似乎什么都没变。

重蹈覆辙的风险，丛夏认了，她再不愿意承认，也终于还是承认，她在乎着他，从不比他少。

每一次，每一次推开他，她的难过都在成几何倍数叠增。

她不想再逃避了。

"周嘉誉，我们和好吧。"

周嘉誉以为自己听错了，下意识地问了一句："什么？"

丛夏又沉默了两秒，抬起头直视着周嘉誉的眼睛，很确切地、一个字一个字地重复了一遍："我说，周嘉誉，我们和好吧，我想和你和好了。"

这一次周嘉誉听得非常清楚，丛夏说得用心又清楚真诚。

是和好，她说要和好。

周嘉誉一时不知道该做出怎样的反应，完全没有预料到就陷入了巨大的惊喜中，整个人还有点蒙，抱着怀里的人，低头看了她好久。

"怎么了？"周嘉誉怕她是一时兴起，转过头又会反悔，声音有些抖，追问着。

丛夏自顾自地摇摇头，把脸贴着他的胸膛，紧紧地抱着他，声音很轻："没怎么，就是不想再离开你了。"

这一生好短，眼看着他们都快要三十了。

今天在病房外，丛夏的目光一直都没有离开过周嘉誉。年岁尽管对他格外优待，但也和上学的时候有了细微的差别，青春里的肆意张扬敛了不少，骄傲的眼神里也多了几分沉稳。

他们努力了这多年，拼了命地想要成为自己想要成为的人，一年又一年，奔忙，努力，却到最后连最初的愿望都要忘记了。

"你还想和我和好吗？"丛夏也不确定，她曾经带给了周嘉誉那样痛苦的伤害。

周嘉誉抱着她，心软得一塌糊涂。

他终于等到了，无数次在梦里眷恋的场景，终于在现实生活中完整地实现了。

丛夏仰着头，和从前一样看着他，眼睛里全是渴望与幻想。

"一直都想。"周嘉誉同样看着丛夏，口气笃定。

地铁轰鸣着，一直朝前奔行。

听到确切答案的那一刻,丛夏的眼泪沾湿了周嘉誉的衬衫。

和解了吧,和周嘉誉,也是和她痛苦至极的这么多年。成长总是要以遗憾作代价,得到的未必多,但失去的一定不少。

所幸,再回头的时候,少年人的光彩还在,勇气还在,彼此缄默不言的许多孤寂的岁月,回首时依然有着相视一笑的默契。

孙橙瑶经过了这么一遭,身体还是受了不少影响,在ICU又住了两天才出来。

丛夏和周嘉誉一起去医院探望的,婴儿虽然还在保温箱,但是软软糯糯的可爱样子简直戳人得要命。

这不是和好了,所以两个人的红包便合在一起,包了个大的。

"哟哟哟,我这生了个孩子的工夫,你们俩就和好了?"

丛夏脸红,赶紧逃避掉这个问题:"你身体恢复得怎么样了?看过孩子了没?"

"还没呢,下床也走不了多远,林骁不让我去,说等着身体好一些再说。他去看过了,说孩子很好。"孙橙瑶有点自责。

孩子生下来才五斤,又瘦又小,她心疼坏了。

"没事的,你再好好休息几天,等着孩子出了保温箱,你再天天抱着。"

"孩子名字想好了没?"正巧这时候周嘉誉帮着买水果进来。

"还没,只起了小名,叫熙熙。"林骁答了一句,他做梦都盼望着是个女儿,终于是愿望成真了。

"你们什么时候领证啊?赶紧生啊,咱们上学时候不是都说好了吗,以后孩子要定娃娃亲呢,再晚生几年我们熙熙怎么办啊?"孙橙瑶可是老早就盯上了周嘉誉和丛夏的孩子。

有周嘉誉聪明的理科思维和好看的外表,还有丛夏温柔恬静的性子,这样的肥水怎么能流外人田。

丛夏吓了一跳,才刚和好,哪儿来的结婚生孩子啊。

"才不要呢,咱们家熙熙一辈子不用嫁人。"林骁倒是不高兴,才刚生下来的宝贝疙瘩怎么就准备嫁给别人了。

周嘉誉和丛夏相视一笑,回去的路上还在乐此不疲地讨论这个话题。

"都说爸爸像女儿,你看熙熙长得还挺像林骁的。"丛夏一直都挺喜欢小朋友的。

等红绿灯的时候，周嘉誉停下车看着丛夏："我也想要个女儿。"

"女儿？这怎么能说得准啊？"丛夏下意识地接话，想了想又觉得不对，"谁要和你生孩子啊？"

"那你还想和谁生？"周嘉誉笑了。

"那可说不好，下一代不也得讲究一个基因择优选择吗？"丛夏傲娇地抬了抬头，故意气周嘉誉。

路上车不多，周嘉誉车速很快，到了丛夏家还赖着不走，才下了电梯，关上公寓的房门，就迫不及待地把人按在门板上亲。

丛夏像是受惊的小兔子，缩在周嘉誉怀里，任由他蹂躏，从额头到唇，再到脖子。

很多年，两人没有这样激烈拥吻过了。

周嘉誉触碰到丛夏身体的那一刻，就已经完全失去了理智。

"周……周嘉誉，你干什么啊？"丛夏被吻得头脑发昏，上气不接下气地质问着他，却只得到了越吻越汹涌的回应。

"夏夏，夏夏。"周嘉誉也没喝酒，却好像醉了一样，微微闭着眼将丛夏抱起来，走到卧室，放在了柔软的床上。

被他笼罩着，可能是吻得有些缺氧，丛夏觉得头晕得厉害，只想闭着眼，沉醉在此时此刻的温柔里。

思念了这么多年，一下子爆发真是了不得。

本来只是单纯地想要送她回去，弄到最后，却一发不可收拾。

丛夏嫌弃刚从学校回来，身上脏得很，推着不肯："还没洗澡呢。"

周嘉誉的体温越升越高，只能勉强听见丛夏的话，帮她脱去身上唯一一件裙子，脱到内衣的时候，后面的扣子解不开，急得满头汗。

"解开，抱你去洗澡。"周嘉誉声音很低。

丛夏乖乖地听话，有些不好意思，脱下来放在一边，紧紧搂着他的脖子，挂在了他的身上。

浴室刚开始放的水温有些低，丛夏冷得发抖，地上又滑，贴着周嘉誉站好，由着他脱掉衣服，帮她清洗。

是第一次，周嘉誉也是想了很多次。

丛夏比他想象中的还要紧张一些，周嘉誉照顾着她的情绪，关了灯，只留了床头的那一盏。

橘黄色的灯光照射她雪白的皮肤，周嘉誉这么多年的渴望与幻想终于成真了,他听到了清晰的轻哼声,在寂静的房间里,格外清楚。

丛夏忍不住,流了几滴眼泪,模糊中,伸手擦了擦周嘉誉额头的汗,轻轻唤着他的名字,像是喃喃自语。

"夏夏,你回来了,不要再走了。"

情到深处,周嘉誉总是念着,念着过往的痛苦和认真。

"不走了,永远都不会离开你。"这一次,丛夏答得异常坚定,她知道,这一生,她与周嘉誉都不会再分开。

回应她的是深沉又热烈的吻。

后面,丛夏记得不太清了,她体力不支整个人昏昏欲睡,最后还是周嘉誉抱着她去清理了一下,又搂着她回到床上。

周嘉誉的烟瘾犯了,但还是克制着没有吸,他知道丛夏不喜欢他吸烟。

怀里的人睡得很安稳,兴奋过后,周嘉誉完全没有睡意,看着她沉睡的面容,只觉得心安。

这一觉,丛夏一直睡到晚上,再睁眼的时候,天已经黑透。

卧室没有亮灯,有些暗,丛夏起身,腿脚都是软的,差点摔倒,赶紧扶着床边才勉强站稳。

她在心里又骂了一遍周嘉誉。

丛夏打开卧室门,看到周嘉誉在煮饭。

"醒了?"周嘉誉下了点小馄饨,刚好熟了,"过来吃饭。"

丛夏微红着脸坐在餐桌边,看着周嘉誉把馄饨放在她面前,眼神始终没有离开他。

"干吗一直看着我?"

丛夏笑嘻嘻地往回缩了一下:"怎么,周机长还怕人看?"

周嘉誉轻轻戳了一下丛夏的额头,她也学会贫嘴了是吧。

"在航司里,也没少被空姐、女飞看吧。"

周嘉誉煞有介事地点点头:"当然,不然你以为呢?"

丛夏白了他一眼。在临川一中的时候,他就招蜂引蝶,还真是气焰不减当年,走到哪儿都是焦点。

"是吗?那周机长还挺受人欢迎的。"丛夏这话说得一股酸味。

"再受欢迎,不也是等了有些没良心的人这么多年吗?"周嘉誉心里也有怨气,回怼了一句。

丛夏理亏,低声下气地认错,端起面前的馄饨,舀了一个递到了周嘉誉的面前，不说话，只是眨着亮晶晶的眼睛，一脸真诚。

周嘉誉很受用，吃了馄饨，算是大人不记小人过。

吃过饭，丛夏懒洋洋的也不愿意动，索性周嘉誉也就没走，就留在丛夏这儿了。

刚醒过来也不困，两个人窝在沙发上看电视。

丛夏栽在周嘉誉怀里，攥着他的手，心思根本不在电视节目上。

"啧啧啧，手这么好看，想勾引谁啊？"丛夏莫名地有些脾气，还伸手去摸了摸周嘉誉的腹肌，"还有，腹肌练得那么好，想勾引谁！"

隔着衣服，格外痒，周嘉誉捉着丛夏的手。

"又惹我？"

丛夏心虚："我没有！"

"你想让我勾引谁啊？"说着，周嘉誉凑近，贴着丛夏的耳朵，亲了一下，又咬了一下她耳垂，惹得丛夏忍不住战栗了一下。

"你干吗？"丛夏有点害怕，早知道就不勾着他了，"我明天还要上班呢。"

"没事，做运动精气神更好。"周嘉誉搂着丛夏，手也不老实，一下轻一下重，让丛夏控制不住地发出声音。

"流氓。"丛夏骂了一句，紧接着的声音就已经完全被吞没。

年少时的梦，算是实现了吧。那个高中时代一回头就在她身后的少年，此刻正热烈地亲吻着她。

刚刚好，到今年夏天，是他们相识的第十年。

时光往复，日子会越过越好。

他们的夏天，放肆生长，繁盛如昔。

周嘉誉做了闪闪发光的飞行员，丛夏成为为人类生命科学奋斗的千万个科研人中的其中一个。

思想独立，灵魂高贵，像风一样自由。这短短一句话，耗光了他们十年的青春，却永远磨灭不了他们面对生活的勇气和骄傲。

山的后面还是山，路的尽头依然是路。

然而一生中独一无二的夏天永远不会结束。

宇宙这么大，找得到彼此，他们都是最幸运的人。

两家见面安排在中秋，刚好聚在一起吃了个团圆饭，也算是正式商量一下丛夏和周嘉誉订婚的事。

双方父母和亲戚都很满意这门婚事，门当户对，又情投意合，连轩轩都一口一个姐夫先叫上了。

丛夏私下里也有给爸爸发过消息，告诉他这个喜讯，因为隔得比较远，便和周嘉誉说好等着订婚仪式结束之后去一次江南那边。

饭一直吃到了晚上八点多，周嘉誉被两边亲戚要求着喝了不少的酒，不过也没醉，心情好得很。

不能开车，丛夏一时兴起，和上学的时候一样，扫了一辆共享单车。周嘉誉也没有问目的地，跟在她后面骑着，隔得不远。

风从耳边掠过，簌簌地响着，不知不觉，骑到了那条栾树大道。

梦里见过很多次，一别多年，树木还是那样茂盛。

十五的月光从树叶的缝隙里穿过，零散却烂漫。那条下坡的路，还是一如既往的平坦，顺着骑下去的时候，连发丝都在跳舞。

丛夏踩着单车，停了下来，朝着周嘉誉笑着挥手。

"周机长！"

以为多遥远的生活，竟然过着过着就到了眼前。

周嘉誉停了车，牵着丛夏漫步在栾树大道，塞给了她什么东西，摊开掌心去看，是一颗话梅糖。

粉红色的栾树花缀满了枝头，被月光照着，格外可爱。

丛夏剥了话梅糖丢在嘴里，酸甜的滋味在口腔里蔓延，她笑着扭过头看周嘉誉："很好吃的，你要不要尝尝？"

得到了肯定的回复后，丛夏踮踮脚，覆上他微薄鲜红的唇。

树荫下，能隐约看到交缠的身影。

去过奇妙，绚烂，震撼的一生吧。

这是十七岁的周嘉誉对丛夏的承诺，还好，年少夸下的海口没有落空，他们也算是在过着永不后悔且充满意义的一生了。

所有的喜欢、争吵、分别、思念，最终不过都融化在了这样一个话梅糖味道的吻里。

去热爱，去对抗生活的遗忘。

周嘉誉说的每一个字，丛夏都记得。

爱与被爱是无解的难题，所幸骄傲的少年和温柔的少女续写了王子公主的美好童话，在一年年又一年夏天了，找到了确切不更改的答案。

兜兜转转，这一生的缘分二字都写满了临川的盛夏，停留在彼此身上，也不算浪费。

　　起风了。

　　自由自在的风,吹遍了整座城市。

　　吻过后,丛夏微微抬起头,看了看天空,又看了看周嘉誉。

　　你爱蓝天,那么我愿等长风。

　　希望每一场风起,都能听到你起落平安的问候。

　　"周嘉誉,风停了。"

　　"嗯,停了。"

　　"我们,该回家了。"

—正文完—

番外一·
我将喜欢说与风

　　订婚之后，周嘉誉基本是赖在丛夏那儿不走了，除了飞航班，几乎二十四小时守护在丛夏身边，乐此不疲地准备着婚礼的各项事宜。

　　丛夏忙着研究所的事，有时候回来都已经晚上八九点了，每次回来周嘉誉都会抱怨，未来的女科学家可真是越来越忙了。

　　但抱怨归抱怨，周嘉誉从来都是做好了饭，并且监督着她一定要吃完。

　　"不想吃了，好累，我想洗澡睡觉了。"丛夏耍赖。

　　"都做好了，还不吃？"周嘉誉拖着她去洗手，帮着她冲水打泡沫，然后好好地洗了一遍。

　　"不想动，你喂我吧。"丛夏现在是更放肆了不少，换了干净的睡衣，坐在餐桌边，好整以暇地看着周嘉誉。

　　周嘉誉白了一下她，但还是拿起了桌上的碗碟。

　　丛夏胃口一直不是太好，勉强吃了一碗。周嘉誉还给她煮了红枣银耳汤，调养她生理期疼得要死的问题。

　　"下次航班什么时候？"丛夏好像老是记不住，天天问周嘉誉航班的事。

　　"周日，周日！"周嘉誉无奈地重复了一遍，"不关心我是吧？"

　　"怎么会呢？我这不是在问吗？周日几点落地？我去接你！"

　　周嘉誉正在洗碗，丛夏从背后抱住他，把脸靠在他的背上撒娇。

　　周嘉誉关了水龙头，擦干了手，转过身，摸上了丛夏的腰，盯着她的眼睛看也不说话，没多一会儿就又控制不住想要亲她。

　　丛夏很轻，托着她的腿和腰，周嘉誉把她抱到了卧室，俯下身去亲她。

　　丛夏有些累，被亲了两下就着急拒绝，推开了周嘉誉。

　　"嗯？"周嘉誉有些气喘吁吁，被人硬摁住稍微有点着急。

　　丛夏脸红也不好拒绝，被周嘉誉抱起来，又吻了一下鼻尖，摸了摸耳垂，又好像不耐痒,往后缩了缩。

"干什么?"周嘉誉被逗笑了。

丛夏也不回答,微微抬起头,眼神别提多天真诱惑。

简直……要了命。

周嘉誉又热又难挨,捏了捏丛夏的脸,用手勾画了一下她的鼻梁。

注定又是一个睡不了的夜晚,丛夏也没勇猛多久,就被周嘉誉这家伙,从头亲到了脚。

丛夏体力不是很好,总是会犯困,懒洋洋地睁不开眼。倒是周嘉誉体力好得吓人。

最后丛夏是被抱着去了浴室冲洗,到最后她完全昏睡过去,被周嘉誉抱着回了卧室睡下。

一直睡到了第二天下午,周嘉誉起来去航司开会她都不知道。

熙熙百日宴那天,孙橙瑶和林骁两口子摆了酒,来了不少人。丛夏和周嘉誉作为孩子的干爹干妈当然到场,还额外准备了礼物和红包。

孙橙瑶的身体恢复得差不多了,气色看起来也好了不少。

丛夏抱着熙熙,逗得开心。

"喜欢啊,喜欢你赶紧和誉哥生啊!"

丛夏想了想,这次没有否认。毕竟她和周嘉誉也都不小了,订婚之后,就是结婚,生小朋友反应该也列入规划里。

她自己本身是很喜欢小孩的,只是对于养育一个小孩长大成人,她不太有信心。

正巧周嘉誉进来,也听到了孙橙瑶说的话,和丛夏对视了一眼,笑了。

回去的路上,丛夏隐晦地提了一下这个事,但周嘉誉打趣她两句之后,摇了摇头。

"怎么了?你不喜欢小孩?"

"再过几年吧,把你身体养好再说。"周嘉誉说得很认真。

孙橙瑶大出血的事刚过去不久,他实在是害怕,不想丛夏冒险,更何况她现在身体也不好。他是很喜欢小孩子,但是丛夏的安全是第一位,还是养养身体再考虑吧。

"你还是好好想想咱们婚礼的事吧!"

婚礼的事很快就被提上了日程,说到底还是周嘉誉的效率高,丛夏随口说过的一些事他记下来，很快实践。

丛夏从小就喜欢西式的婚纱，在各种 APP 上看到好看的婚纱图片就会收藏起来。

某天周嘉誉刚好在旁边，她就拿给周嘉誉看，没想到周嘉誉真的托朋友打听，找到了她中意的婚纱品牌的设计师。

因为设计师人不在临川，所以两人还特意去了设计师所在的城市来进行定制。

航班是周嘉誉亲自飞的，丛夏听着机长播报，美滋滋了一路。

丛夏对婚纱的设计要求不少，她想要那种精美大方，但又有点设计感的衣服。和设计师聊了一下午，说了很多想法，也看了很多图片，才商定出一个大概方向。

后续回到临川，又商量了面料、款式的具体细节。

因为是定制，所以设计和制作周期也都很长。周嘉誉倒是两不耽误，着手准备着婚礼的其他事宜。

大到场地、宴席，小到邀请函、伴手礼、喜糖，周嘉誉事事参与，仔细琢磨，有时候连丛夏都觉得不至于，一个喜糖盒子都能选一晚上。

"丛老师，这是我们有且仅有一次的婚礼，你认真点好不好！"

"好好好！"每每这个时候丛夏都像哄小孩一样哄着周嘉誉。

婚礼定在了夏天，场地选在了草坪，布景选用的是他们一直喜欢的铃兰花。每一盒喜糖里还放有夫妻俩手工做的巧克力，伴手礼也是丛夏一件件仔细挑选的，伴娘找了徐清雅。

其实回国之后，得知徐清雅和段晨瑞分开之后，丛夏就尝试着联系她。

刚开始徐清雅还是有些怪丛夏当时音信全无一走了之，后来打了很久的电话也了解到她这么多年在国外的不易，慢慢就原谅了她，答应回国参加婚礼并当伴娘。

因为要做新房了，周嘉誉那套海边的跃层就重新装修了一下。丛夏又添了不少喜欢的家居，房间整体也变暖色调许多。庭前的小院子里也移栽了不少漂亮的花朵，放了架秋千，和一套小桌椅，傍晚的时候坐在这儿聊聊天喝喝酒别提多惬意了。

周嘉誉晋升了机长后，加上教员的那一份工资，一年七八十万是有的，这套跃层的贷款他也还得差不多了。所以丛夏的意思是，自己一分钱没出，不好意思在房本上加上自己的名字，但周嘉誉执意如此。

婚礼的准备筹划，整整又花了小一年的时间。

婚纱是在婚礼前一天邮寄到家的，主纱是一件抹胸缀着素色小花和小颗粒珍珠的拖地纱，还有一件缎面蝴蝶结鱼尾裙摆的晚礼服。

邀请函都是周嘉誉一张张手写的，每一位宾客，都是他们幸福的见证者。

直到婚礼现场，周嘉誉才第一次看见穿着婚纱的丛夏。

天气很好，夏日里的阳光总是格外好，周嘉誉回过头，看见丛夏站在不远处，捧着铃兰花束，朝着他温柔地笑。

白皙的皮肤，鲜艳的红唇，长长的拖地婚纱，所有的一切和年少时梦寐以求的一模一样。

丛夏的长发低低地盘在脑后，只戴了一顶简单的珍珠王冠，披着头纱，背对着阳光，缓缓地朝他走过来。

不过是十几步的距离，周嘉誉的头脑里闪过了许许多多的画面。

这一路走来，有多不容易。

他们终于从教室前后排暗戳戳互相喜欢的少年男女，成为今天白纱西服相互对望要携手走一辈子的人。

周嘉誉握住了那双手，微微用力。

他知道，这一双手握住了，他这一生都不会再放开。

无论贫穷还是富有，无论健康还是疾病，无论顺境还是逆境。

夏天周而复始，少年人的勇气和热忱注定一世不会被消磨，那些爱过痛苦过的痕迹永远雕琢在了夏日的晴空里。

丛夏有些泪目，她看着指间滑入了一枚闪亮的戒指，再抬头，周嘉誉用最温柔的眼神看着她。

她忽然释怀，释怀全部，悲伤或者快乐。

世界这么大，夏天这么长，她却有幸遇到了年少倾慕，一眼万年的人，长久地做着炙热美好的梦。

原来，有情人，是真的会终成眷属。

"周夫人，新婚快乐。"晚宴跳开场舞的时候，周嘉誉贴着她的耳边忽然叫了一句。

丛夏听得真切。

以你之名，冠我之姓。

"新婚快乐，周机长。"

起风了，吹乱了丛夏散下来的长发，周嘉誉伸手帮她理，顺势亲吻了她微红的脸。
　　爱意随风起，风止意难平。
　　是终点，是起点。
　　婚礼的誓词里，丛夏还写了一句：

　　　我将喜欢说与风听，风说，我将做你一生最虔诚的信徒。

番外二·
周铭臻小朋友

婚礼结束后不久,周嘉誉就晋升了盛航临川分公司的飞行部副部长。丛夏自己找了新的研究方向,潜心钻研了很久,也算是小有成就,顺利申请到了不少资金,做出了一些成果。

周嘉誉和孟葭都时常叮嘱着丛夏要把身子养好,周嘉誉一直在研究食补,所以丛夏的身体气色也都慢慢在恢复。

也是这个时候,周嘉誉才开始慎重考虑备孕的事。

烟肯定是不能吸了,连酒周嘉誉都不喝了。

只可惜夫妻俩备孕努力了一阵,始终没有动静。

加上周嘉誉升职之后,是越来越忙了,三天两头就有航班,有时候确实是分身乏术,根本也顾不上家里的事。丛夏这边也是忙着科研,其实也没什么闲工夫,就差吃住都要在实验室了。

没想到就见缝插针地怀上了。

丛夏反应很大,开始以为是工作辛苦,完全不知情,实在撑不住了就回家休息了一天,睡了整整十几个小时,也吃不下东西,起来之后症状还是没得到缓解,头重脚轻难受得紧。

周嘉誉今晚的航班落地,丛夏也没力气煮晚饭了,在客厅她又睡了一会儿,直到周嘉誉回来叫醒她。

身体不舒服,人就会格外矫情,丛夏懒洋洋地躺在沙发上,伸手要周嘉誉抱她起来。

周嘉誉笑了一下,弯腰宠溺地一把将她抱起,带回了卧室。把人放在床上就想着亲昵,制服都没来得及换,就熟练地解开了丛夏的扣子。

长航线一飞就是一周,许久不见,当然是想得紧。加上丛夏平时太忙,两个人每天连个电话都不能保证。

丛夏半眯着眼，还没从睡梦中醒来，感到胸前一凉，赶紧推开，娇嗔了一句："不要，我好难受。"

周嘉誉伸手摸了摸她的额头，并不发烧，但看着精神是恹恹的。

"怎么了？着凉了？还是工作太累了？"

丛夏摇摇头，翻身钻进周嘉誉的怀里撒娇，嘴里就是嘟囔着难受。

白天的时候觉得只是头晕恶心，这会儿也不知道是不是没吃饭的原因，肚子也有点疼，她往被子里又钻了钻，蜷缩在一起。

"吃药了没？我带你去医院吧。"周嘉誉看着她不像是没事的样子，担心地摸了摸她的头。

"不要，想睡觉，睡觉吧，好不好？"

丛夏不愿意，周嘉誉也没办法，想着应该就是换季着凉了，应该睡一觉就没什么大问题，给她倒了热牛奶，但没喝一半就恶心喝不下，只好先熄了灯睡下了。

直到深夜，睡得正踏实的时候，周嘉誉被叫醒，丛夏拽着他的胳膊，说肚子疼，他才意识到问题很严重，送她去了医院。

急诊的人不少，周嘉誉急坏了，检查结束赶紧去问到底怎么回事。

大夫低头看了一眼化验单，又问了问具体情况，低头一边开药一边说着："先兆流产，已经有出血了，不能再过度劳累了，不然孩子保不住了。"

周嘉誉以为自己听错了，好半天才反应过来医生在说什么。之前一直在备孕，后来因为丛夏科研压力太大就暂缓了，没想到居然没做措施那么一两次就能中奖。

回到病房的时候，丛夏还昏睡着，面色不太好，看起来很累很憔悴。

周嘉誉不敢走开，还没完全从喜悦中缓过来，看着丛夏一如既往平坦的小腹，轻轻地伸手覆盖在上面摸了摸。

很软，还没有显怀，所以根本看不出，好像和平常一样。

他很难想象，这里正在孕育一个新的生命，流着他们共同的血，是他们两个人爱的结晶。

这一整夜，他都没再有过一点困意，直到天亮，丛夏迷迷糊糊地醒过来。

明明已经睡了一整晚，但还是很累，头晕还有点恶心，肚子的坠痛感倒是好了一些。

"还难不难受？"

丛夏摇了摇头："好一点，医生怎么说？"

"医生说要好好休息,是先兆流产,要卧床。"

"啊?"

丛夏的震惊程度绝不亚于周嘉誉,半天才确信自己已经怀孕这件事,她看着坐在床边同样也是期待激动着的男人,忽然觉得莫名地紧张,心里又有暖烘烘的感觉。

"我们……有孩子了?"

"嗯!"周嘉誉肯定地回复着。

喜欢林骁和孙橙瑶家的女儿也不是一天两天了,周嘉誉做梦都想生个自己的小姑娘,这不,终于有希望要实现了。

丛夏的反应不算轻,科研压力实在是太大,所以前期劳累过度才导致了先兆流产。周嘉誉接她回家之后,她就请了一段时间假,在家卧床休息。

全家人也陆陆续续知道了这个喜讯,都很宝贵很期待这个新生命的诞生。

周嘉誉尽可能地安排好自己的航班,多抽时间陪着丛夏,还学做了很多营养餐,天天哄着,希望她能多吃点。

有了孩子的喜悦渐渐平复下来,四个多月的时候,是丛夏吐得最厉害的一个月,周嘉誉已经完全从开心转变成了心疼和担忧。

除了小腹隆起来一点点,丛夏其他部位都瘦了不少,看起来又可怜又委屈,经常是吃着吃着东西就放下碗筷,眼睛一眨,眼泪就下来了。

"周嘉誉,要是真的生了个女儿,你会不会就只爱女儿不爱我了?"丛夏问了个很无厘头的问题,搞得周嘉誉手足无措。

"怎么会呢?我都爱的,你和女儿我当然都爱。"周嘉誉很认真地解释和保证。

"渣男!你说过的,你只爱我一个的,你的爱要分给别人了,对吧?"

周嘉誉完全不知道怎么回答,眼看着丛夏又要哭了,赶紧凑过去轻声细语地哄,摸了摸皱在一起的小脸。

"怎么是别人呢?那是女儿啊,是我们的孩子啊。"周嘉誉把手放在她微隆的小腹上,很认真很认真地说,"但如果非要问我谁更重要一点,那一定是你。"

"这个世界上,没有人比你更重要,我最爱你。"

周嘉誉一点也没胡诌,他说得狠认真。

这一辈子,朋友,亲人,子女。

偌大的世界里,形形色色这么多人,再也找不到比丛夏更重要的。

他很爱她，拿命爱的那一种。

丛夏本来也就是耍个小脾气，看着周嘉誉这么认真，意外地感动。

她伸手去摸周嘉誉的脸，然后搂住他的脖子，把头埋进他的胸膛，好半天才肯说一句话。

"我现在，是不是特别不讲道理？居然还和自己的孩子吃飞醋。"

"没有啊，吃醋说明你在乎我，我开心着呢。"周嘉誉顺势亲了一下怀里的人，笑得很开心，一点也没有不耐烦。

"给你买了话梅糖，吃一颗，就没那么恶心了。"周嘉誉拉开抽屉，剥开糖果给丛夏，"晚上我还有航班，要不要送你回妈家。"

丛夏摇摇头，虽说现在和孟葭的关系缓和了不少，但是毕竟轩轩和郑叔叔都在，这么多年不在一起生活，还是不习惯也不方便。

"你自己在家，我不放心。"周嘉誉想了想，还是觉得不妥。

"没事的，一会儿我打电话问问瑶瑶，看她晚上可不可以带熙熙过来玩。"

四个人是高中同学，毕业之后这么多年也算是修得圆满，有了幸福的家庭和可爱的孩子。

孙橙瑶一直惦记着丛夏这一胎是个男孩，这样刚好可以和他们家熙熙定个娃娃亲。尽管这一点林骁从来不答应，但奈何这个家还是孙橙瑶说了算。

过了四个月之后，丛夏终于好多了，人也跟着慢慢长胖了一些。

孕晚期煎熬了一些，身子沉，行动特别不方便，丛夏懒洋洋地不愿意起床，翻身也变得困难。周嘉誉请了假，细心地照顾和陪伴。

丛夏的身体还是多少有些吃不消，睡得不安稳，夜里老起夜，不仅腰疼耻骨也疼得厉害，人懒洋洋的，脾气也急躁了许多。

周嘉誉倒是一点也不气，无论丛夏怎么使小性子，他都哄着，一点也没有在航司里做部长的凌厉。

丛夏有问过周嘉誉，是想要个儿子还是女儿。

周嘉誉一直很喜欢熙熙，所以也一心期盼着想要生个女儿，连丛夏孕期买的各种婴儿用品也都是粉色、黄色一类的。

倒是丛夏希望是个男孩，多像周嘉誉一点，可以果敢努力，做个骄傲热烈的少年。

孙橙瑶也是一心盼着是个儿子，这样算下来刚刚好比他们家熙熙小了两岁，也算是合适。

生产的那天，丛夏疼得死去活来，支撑着也不吭声，捏着周嘉誉的手，委屈巴巴。

折腾了整整一天一夜，达到了生产条件，丛夏被推进去的时候，周嘉誉已经紧张得连后背都起了一层薄汗。

在产房外，等了大概一个多小时，孩子才生下来。

是个男孩，丛夏强撑着看了一眼，就昏睡了过去。

周嘉誉想要女儿的愿望落空了，但毕竟是自己的孩子，还是跟宝贝疙瘩一样捧在手心里。

儿子就儿子吧。

他们的血脉得以延续，融合成一个全新的个体，一个鲜活的、明媚的生命。

这是一种没有办法用言语形容的情感，是这个孩子，让他们之间除了恋人，又多了家人，亲人的身份。

孩子的名字是丛夏起的，叫周茗臻。

若水茗心，臻于至善。

周嘉誉曾问过丛夏对孩子有没有什么期许。

丛夏想了整整十个月，在孩子满月的时候才得出答案。

她想要他们的孩子一生都如水一般清澈，永远有勇气和热忱去探索，他喜欢他自己，有一些人也喜欢他，永远大胆地过自己想要的生活。

周茗臻满月后不久，周嘉誉带着他和丛夏一起去看了奶奶。

站在墓前，他们说了很久很久的话。

离开从来不是终点。

周嘉誉抬头看了看蓝天，他想，奶奶应该一直都看得见吧。

她可能只是变成了这人世间的风霜雨雪，百年之后，在另一个时空，他们还是会重逢。

番外三·
致敬这场遇见

周茗臻刚出生那会儿,周嘉誉可忙坏了。

孩子还小,夜里总是要起来喂奶。丛夏刚生了孩子,体力还没恢复,经常夜里睡不安稳,起了夜一整天人看起来都没什么精神,周嘉誉很是心疼,于是商量着,只要没航班,都是他带着孩子去次卧睡。

生了儿子,周嘉誉的愿望算是落空了。丛夏抱着儿子看着他一脸不满意的模样,没少取笑他。

孙橙瑶倒是高兴得很,这下她娃娃亲的愿望确实是不会落空了。

失望归失望,但毕竟是自己的儿子,周嘉誉一样宝贝得很,即使每晚起来许多次给他喂奶,也一样不嫌烦,耐心地哄着。

看着怀里蜷着小手挥舞着的小朋友,那种为人父母的心情油然而生。

丛夏慢慢从产后的虚弱状态里恢复过来,开始在家办公,渐渐恢复工作状态。

周嘉誉带娃从一开始的焦头烂额到后来驾轻就熟,除了喂奶他代劳不了,其他的已经完全掌握。

有时候小朋友哭闹得厉害,连丛夏都会有些失去耐心,周嘉誉却能耐着性子哄着。

丛夏在一边看着,有时候甚至有点恍惚。

上学时那个意气风发又骄傲得不可一世的少年,一转眼竟变成了如今踏实内敛的模样,是可靠的丈夫,也是负责人的父亲。

丛夏的目光一时没挪开,盯着周嘉誉看了好一会儿。

"怎么了?你看我干什么?"周嘉誉察觉到了她的目光,把刚刚哄睡着的周茗臻放回婴儿床里,坐在丛夏身边,搂着她的肩膀。

"没事,觉得周机长哄孩子的样子,非常慈爱!"丛夏抱住周嘉誉的脖子,凑过去用鼻子轻轻摩擦了几下周嘉誉的脸。

慈爱？什么鬼形容词啊！

周嘉誉抱起丛夏把她放倒在沙发上，示威一样亲了一下她的嘴唇，还使坏一样微微用力地咬了一下。

"除了慈爱？还有没有其他的？"

丛夏没忍住，笑出了声，看着他一脸认真的样子，故意歪着头也不正经回答。

"周机长自己觉得呢？"

周嘉誉捏住丛夏到处乱摸的手，笑了一下。

婴儿床里周茗臻睡得踏实，这段时间忙活着他，正经事都忘记做了。

周嘉誉也不想多废话，低头亲了亲怀里的人，然后顺势把她拖到身下，熟练地拨开衣服。

"哎哎，你儿子还在这儿呢！"丛夏莫名觉得羞耻，推搡着不肯，但又被周嘉誉折磨得难受，欲拒还迎的样子，脸红得像是要滴血。

"没事，睡着了，他不知道。"周嘉誉贴着丛夏的耳边，轻轻地说，"熙熙那么可爱，林骁都开始给她买小裙子了，我们也给儿子再生个妹妹，好不好？"

"不要……"丛夏被吻得头脑发昏，但还是拒绝。

周嘉誉没再强求，顺着丛夏的意思。

他虽然做梦都想要个女儿，但是怀胎十月一朝分娩的苦他代替不了，丛夏不愿意他当然遵从。

一场情事，丛夏浑身都是汗，照惯例由周嘉誉抱着去清洗了一下，回来躺下就捂着被子睡了过去。

周茗臻这时候也醒了，哭闹了两声就被周嘉誉抱了起来。

"嘘，妈妈在睡觉呢。"

寒冬凛冽，窗外刮着冰冷的北风，临川又是冬天。

丛夏在卧室安然地睡着，周嘉誉在冲奶粉，哄着咿咿呀呀叫着的周茗臻。

一家三口，圆满又温馨。

偶尔，丛夏还是会做梦，梦到他们分开，身处异国那些年，每次醒来她都不自觉地会落寞好一阵。直至周嘉誉笑着凑过来问她怎么了，然后温柔地亲亲她的时候，她才会切实地感觉到，那些分离的日子已经过去很远很远了。

现在，她有幸福的家庭，有完美的爱人。

而这一切，从十七岁在临川遇见周嘉誉的那一天起，就是命定好的。

她的少年，是她的救赎，是她的希望，更是她一生的依靠。

她向来很少和周嘉誉说谢谢，但这个冬天，周嘉誉生日的那天，她捧着亲手做的蛋糕走到他面前,看着他吹灭了蜡烛的那一刻,很用心很真诚地说了一句——

"谢谢你,周嘉誉。"

周嘉誉茫然地看着她,沉默了一会儿,然后会心一笑。

他知道丛夏想说什么,那双明亮的眼睛望向他时天真而又纯粹的眼神,这么多年,从来都没变过。

他最宝贵的人,他愿意豁出命保护的人,一直是她,一直只有她。

周嘉誉爱丛夏,从来不是秘密,是尽人皆知的事实。

日子风平浪静,所有的悲伤和离别都已经成为过往,再回首起来,也不过是谈笑间的感叹。

周嘉誉成了出色优秀的机长,丛夏的科研成果日益在推进,周茗臻在按时长大。

一晃眼就是几年的光阴,周茗臻也到了上幼儿园的年纪,选了和熙熙同一家幼儿园,也不过半年的工夫,每天都帮着熙熙提着小水壶,跟在她后面。

某次孙橙瑶和丛夏一起接两个孩子放学,看着两人一前一后的身影,都觉得十分有趣。

"你看,我说什么来着,这娃娃亲还是得结吧。"

丛夏笑了笑,看着自己儿子对熙熙这股子殷勤劲儿,也是没办法。熙熙她也是打心眼里喜欢,孙橙瑶说什么就是什么吧。

"周末咱们高中百年校庆,要不要回去看看?"孙橙瑶抱起熙熙,一边往外走一边问。

"周末应该有时间,回去看看吧。"

临川一中建校百年,已经培养了许多许多的优秀学生。

那天,天气很好,六月的阳光明媚灿烂。

周嘉誉和丛夏,还有孙橙瑶和林骁带着周茗臻和熙熙一起回来了。

熟悉的教室,整齐的课桌,还有他们翘课去的天台,经常逛的超市,都还是一如既往,是原来的样子。

丛夏握着周嘉誉的手,上了楼梯,不自觉走到了那个他们熟悉的教室,站在走廊里。

已经改版的校服,男孩女孩欢快的笑声,阳光穿透玻璃落在他们身上,恣意而又美好热烈的十七岁,好像已经离他们很远很远了。

丛夏转过头去看周嘉誉,不自觉地笑了笑。

周嘉誉若有所思，极有默契地回过头也看着她。

"你站在我们班门口干什么？"

丛夏诧异了几秒，但很快记了起来。

那是他们第一次见面，周嘉誉同她讲的开场白。

绕了一圈，好像一切又回到了最初开始的起点。

丛夏自然地应对，扬了扬眉，笑得更开心了。

"我是新转来的。"

"你刚才说，你叫什么？"

"我叫丛夏，夏天的夏。"

熟悉的对白，从乍见之欢到久处不厌，日子倏地一下，匆匆而去十几年的光阴。

他们之间，早就不能用喜欢和爱来衡量，而是早已融入彼此生命里不可或缺的一部分。

走廊的窗户开着，有燥热的风涌进来。日子辗转往复，临川又是夏天。

都说人的一生中只会有一个夏天，其余的都在和它做比较。

周嘉誉赞同但也庆幸。因为那个他们曾无比期待的夏天在记忆里成了永恒，定格在他们热烈无悔的十七岁。

而他的夏夏，永远地留在了他身旁，再也不会离开。

"老公，回家吧。"丛夏很自然地去牵周嘉誉的手。

周嘉誉笑着回应了一声，抱起周茗臻，握住了丛夏的手。

丛夏微微侧过头，她的目光里，全是那个她爱到骨子里的少年。

人间，总是难得一个圆满。

教室外两人对视的那一眼，也算是幸运了一整个青春韶华。

操场有学生在肆意地奔跑，广播里传来了渺茫的声音，可以隐约听见歌词：我曾将青春翻涌成她，也曾指尖弹出盛夏，心之所动，且就随缘去吧。

太阳快要落山了。

夏秋短暂交错，尾声潮落。

致敬，这场遇见。

谨以此文祝愿天下飞行员都起落平安。

也祝我的少年，心想事成，永远不会低头。

—全文完—

后 记·

最初有《那就等风起》这个故事构架的时候,是在 2022 年夏天,某一个睡不着的晚上,我去公园里荡秋千,脑子里忽然就出现了一个有关少年模样的雏形,似乎美好的夏天里不发生一些让人心动和回忆的事,是一种浪费。

在连载的过程中,有很多读者问过我,有关于周嘉誉这个人物,到底有没有原型。我想了很久,应该是有的吧。为什么这么说,其实我在构思时并没有觉得想写一本有关于他的书,但真的落笔行文的时候,我就不自觉地把他身上一些闪闪发光的特质都摘取下给周嘉誉。比如他们数学成绩都好,比如他们都是火象星座,阳光恣意,有野心又足够骄傲……甚至为什么把故事写在临川呢?因为临川的原型是青岛加威海,他就在那里读书。

他似乎一直离我很远,也从未属于过我,但是有关青春这个话题,是我每每提及都无比感怀又深觉骄傲的存在。

所以,严格意义上来说,周嘉誉是另一个平行世界更完美的他,而丛夏是没有遗憾和不甘,实现愿望,更优秀更美好的我。

大概,在年少时,人总是可以轻而易举地遇到惊艳一生的人,却又终究会被年少不可得之物困其一生。

还好,周嘉誉和丛夏完整地拥有了彼此坚定不移的爱。除了他,我也算是求仁得仁,很幸运地过着自己不算太顺遂却小有意义的生活,并没有困顿一生。

《那就等风起》的战线拉得很长,虽然字数不多,但整整花了我近半年的时间,期间焦虑过,也失望过,磕磕绊绊写到最后,竟然如此不舍。

同时,写《那就等风起》同样也带给了我许多的快乐和思考。它带给我的最大意义就是让我更坚定地相信,勇气和努力是这个世界上最宝贵的东西,想要就去争取,得不到的就要学会放下。生活不会一帆风顺,但热爱生活的人一定无往不胜。

请相信，即使周嘉誉和丛夏不相遇，他们也会成为自己想成为的人，不放弃，不服输，平凡又勇敢着，热烈且骄傲着。

就像我在文里写的那样，思想独立，灵魂高贵，像风一样自由。

最后想谢谢可爱的读者们和能赏识这个故事，愿意给我出版机会的编辑，感谢大家有耐心看到后记，看到我诚恳的心里话。《那就等风起》如果也曾带给你过片刻的悸动和温暖，是它的荣幸，亦是承珞的荣幸。

也希望有一天，我们都能成为坚定、真诚、努力、可靠的大人。

故事有结尾，但岁月没有尽头，周嘉誉和丛夏会永远活在临川的夏天里，始终幸福，始终美好。

没有人永远年轻，却真的有人永远年轻。

夏天又要来了，潮湿温润的海风会吹过整座滨海城市，吹过临川，吹过青岛，吹过威海，也会吹来数不尽的好消息。

祝我们都能得偿所愿，祝周嘉誉永远起落平安吧。

也祝我的少年，一生幸福圆满，心想事成，永远不会低头。

承珞